AF203106

Auf dem historischen Schlachtfeld von Culloden wird eine Leiche gefunden, in der Kluft eines Highlanders und von einem Schwert durchbohrt. Zur selben Zeit befindet sich die nahegelegene Stadt Inverness in Aufruhr: Die Bewohner protestieren gegen den Zuzug eines Sexualstraftäters. An vorderster Front stehen die Burkes, eine Familie mit zweifelhaftem Ruf, doch die Kontrolle über den wütenden Mob geht ihnen mehr und mehr an einen gefährlichen Rechtspopulisten verloren.

Rebecca Connolly findet sich inmitten der Geschehnisse wieder: Bei der Aufklärung des Mordfalls arbeitet sie eng mit DCI Valerie Roach zusammen, während ihre Berichterstattung über die Proteste die Aufmerksamkeit der Familie Burke auf sich zieht. Als eine zweite Leiche in einer Redcoat-Uniform auftaucht, wird die Arbeit für Rebecca immer gefährlicher – und sie muss lernen, dass nicht alle Wunden der Vergangenheit verheilen ...

Ulrike Seeberger lebte zehn Jahre in Schottland, wo sie unter anderem am Goethe-Institut arbeitete. Seit 1987 arbeitet sie als freie Übersetzerin und Dolmetscherin in Nürnberg. Sie übertrug Autoren wie Lara Prescott, Philippa Gregory, Vikram Chandra, Alec Guinness, Oscar Wilde, Charles Dickens, Yaël Guiladi und Jean G. Goodhind ins Deutsche.

DOUGLAS SKELTON

DAS GRAB IN DEN HIGHLANDS

Ein Fall für
Rebecca Connolly

Kriminalroman

Aus dem Englischen
von Ulrike Seeberger

DUMONT

»Es gibt offene Wunden, manchmal
sind sie zur Größe eines Nadelstichs
geschrumpft, aber es sind trotzdem
noch Wunden.«

F. Scott Fitzgerald
›Zärtlich ist die Nacht‹

1

Er liegt auf dem Rücken, die Arme ausgestreckt, die Beine weit ge-spreizt, die Augen sind offen und schauen zu, wie der weiche Schnee auf ihn zuschwebt. Er weiß, dass er stirbt, aber er kann nichts da-ran ändern – nicht so, wie er am Boden fixiert ist. Er spürt keinen Schmerz, nur eine Art Taubheit, von der er weiß, dass sie nicht nur vom feuchten Heidekraut herrührt. Ihm ist, als hätte man ihn ört-lich betäubt, seinen Körper unempfindlich gemacht, aber seinen Verstand wachgehalten. Die Taubheit breitet sich schleichend in ihm aus, stiehlt ihm alles Gefühl, alle Beweglichkeit, alles Leben.

Doch sein Blut spürt er noch. Oder zumindest meint er zu spü-ren, wie es aus der Wunde sprudelt. Könnte er den Kopf bewegen, so wäre es ihm vielleicht möglich, den Blick nach unten zu rich-ten und zuzusehen, wie es ungehindert rings um den kalten Stahl hervorströmt, seine Kleidung durchtränkt ...

Nein, nicht seine Kleidung, das ist nicht seine Kleidung.

... und unter ihm in der Erde versickert. Dieser Erde ist Blut nicht neu. Sie ist damit durchtränkt. Das Blut ist zwar vor 275 Jahren ver-gossen worden, doch es ist geblieben, hat sich mit den Wurzeln des Heidekrauts verbunden, hat sich zwischen den Felsbrocken und den Kieselsteinen und dem Sand da unten im Schlamm festgesetzt; sinkt vielleicht noch bis zum Mittelpunkt der Erde.

Ein feiner Dunst weht durch die Dunkelheit zu ihm, doch er spürt die eisige Liebkosung nicht. Er meint, in dem Wirbel Gestalten aus-machen zu können: nebelhaft, ohne Form oder Fleisch, aber trotz-dem gegenwärtig. Längst verstorbene Männer, die noch immer an den blutgesättigten Boden gebunden sind, den sie nicht mehr unter ihren Füßen fühlen. Er spürt, dass sie sich um ihn scharen wie Sargträger, ihn mustern, seine Kleidung mustern ...

Nein, nicht seine Kleidung ...

Sie sind so vertraut und zugleich so ungeheuer fremd. In gewisser Weise versteht er ihre Verwirrung, denn er ist wie sie gekleidet, aber keiner von ihnen. Sein Gewand wurde erst in jüngerer Zeit geschneidert, sorgfältig so gestaltet, dass es wie selbst genäht aussieht. Und doch weiß er, dass die schemenhaften Gestalten bereit sind, ihn in der Welt aus Nebel und Schatten willkommen zu heißen, die sie nun ihr Eigen nennen.

Er hört Klänge – glaubt sie zu hören.

Gedämpft. Schwach. Dumpf.

Das Klirren von Metall auf Metall. Das Stottern von Gewehrsalven.

Und Stöhnen. Wildes Wut- und Schmerzgeschrei. Brüllen, als Fleisch von Eisen zerfetzt wird.

Tränen.

Männer, die weinen, während sie sterben oder ihre Brüder sterben. Hochlandstimmen, die Klagelaute stöhnen, als das Leben ihrer Kameraden in der klammen Luft dahinschwindet. Zähe Männer, deren Leben hart war und die nur mehr schluchzen, weil all das sinnlos ist. Er will mit ihnen weinen, um sie weinen. Doch er hat keine Tränen mehr. Er hat keine Zeit mehr. Er hat nichts mehr.

Er ist kein guter Mensch gewesen. Er hat das früher nicht gewusst – es wäre ihm nie in den Sinn gekommen. Aber jetzt weiß er es, jetzt, als er auf der kalten Erde liegt und auf einen Tod wartet, gegen den er nichts ausrichten kann. Er hat ihn akzeptiert, hat seinen Frieden gemacht. Ebenso gut könnte er versuchen, jede einzelne Schneeflocke daran zu hindern, auf den Boden aufzutreffen. Aber nein, er ist kein guter Mensch gewesen. Er war nicht böse, wenn er auch viele böse Menschen gekannt hat, doch er hat sein Leben nicht gut gelebt. Er fragt sich, ob er das alles irgendwie verdient hat.

Das taube Gefühl hat ihm beinahe alles geraubt. Die Gestalten treten näher zu ihm hin, warten. Sie wissen, dass seine Zeit von Fleisch und Knochen ihrem Ende entgegengeht. Auch er muss ein Wesen aus Nebel und Erinnerung werden. Sie werden ihm dabei helfen, das weiß er. Sie sind Fremde, durch Zeit und Sterben von ihm getrennt, aber sie sind seine Brüder im Tod. Der Schlachtenlärm verebbt. Er schaut zu, wie die Schneeflocken anmutig vom dunklen Himmel herabschweben, sich auf seinem Gesicht niederlassen. Er sieht, wie eine leichte Brise sie erfasst und sanft herumwirbelt – Ballerinen in Zeitlupe, die sich zu einer Musik drehen, die niemand vernehmen kann. Endlich, es ist nicht aufzuhalten, lässt er zu, dass die Kälte ihn umfasst, bis er eins mit ihr wird.

Sein Blut ist still.

2

In Sachen Demonstrationen würde diese Menschenansammlung den Gelbwesten wohl keine Konkurrenz machen. Es war nur eine einzige Warnweste zu sehen, und ihr Träger hatte sich wahrscheinlich in den CNN-Nachrichten von der Pariser Protestbewegung inspirieren lassen. Vielleicht war er aber auch nur ein Straßenarbeiter, der stehen geblieben war, um zu sehen, worum es bei der ganzen Aufregung ging.

Die Teilnehmer drängten sich um die kleine Frau, die unter einem Schild stand, auf dem in allen Einzelheiten die Parkbeschränkungen vor dem roten Backsteingebäude aufgeführt waren. Zu viele für eine Gruppe, nicht genug für eine Menschenmasse, dachte Rebecca Connolly. Einige Demonstranten hatten sich an das halbe Dutzend blauer Poller gelehnt, das um eine Parkverbotszone angeordnet war, die zusätzlich durch gekreuzte gelbe Linien auf dem Asphalt gekennzeichnet war. Rebecca erblickte eine Handvoll selbst gebastelter Schilder, auf denen mit Filzstift die Gründe dafür verkündet wurden, dass man sich hier an diesem kühlen, bedeckten Märzmorgen versammelt hatte. Über Nacht war ein wenig Schnee gefallen, der aber auf den Stadtstraßen nicht liegen geblieben war. Jenseits der schmalen Einfahrt standen ein paar Leute, hauptsächlich Passanten, die dort verweilten, um herauszufinden, was eigentlich los war. Im Obergeschoss der Pension entdeckte Rebecca an einem Fenster einen Mann, der mit erhobener Kaffeetasse alles beobachtete. Die Ereignisse vor dem Hauptgebäude der Bezirksverwaltung waren eindeutig interessanter als *Die Immobilien-Jäger* im Fernsehen.

Rebecca beobachtete, wie Mo Burke die Menge für sich begeisterte, und konnte nicht umhin, beeindruckt zu sein. In einem anderen Leben, in einer anderen Welt hätte diese Frau Politikerin sein können, zumindest aber eine führende Rolle in ihrer Gemeinde spielen sollen. Ihre Zuhörer wussten, wer sie in Wirklichkeit war, schenkten ihr aber trotzdem Aufmerksamkeit, applaudierten ihr, nickten zustimmend. Vielleicht machten sie das nur, weil Mo und ihre Söhne sie eindringlich darum gebeten hatten. Denn wenn einen ein Burke eindringlich um etwas bittet, kommt man dieser Bitte am besten nach. Vielleicht lag es nur daran, dass Mo ihnen genau das sagte, was sie hören wollten, dass sie ihren Gedanken eine Stimme verlieh, oder daran, wie sie ihre Worte durch eine kraftvolle energische Vortragsweise unterstrich, die nur zum Teil dem Mikrofon und dem Megafon geschuldet war. Eigentlich brauchte Mo beides nicht – ihre Stimme war mächtig genug, um ihre Worte weit hinauszutragen. Sie war keine massige Frau, aber sie hatte eine große Präsenz. Starqualitäten. Starqualitäten, gepaart mit blond gebleichtem Haar und einem vom Rauch aufgerauten Glasgower Akzent. Viele Jahre in den Highlands hatten die scharfen Kanten nur wenig abschleifen können.

Chaz Wymark stand in der vordersten Reihe, fotografierte Mo während ihrer Rede. Sie hatte ihn bereits mit ein paar misstrauischen Blicken bedacht. Im Allgemeinen war Medieninteresse ihr nicht gerade willkommen, aber sie hatte aus irgendeinem Grund der Presse die Tür geöffnet, und nun musste sie damit leben. Rebecca hatte mit ihrem Mobiltelefon auch schon ein paar Schnappschüsse von der Menge für ihren Artikel im *Chronicle* gemacht. Ihr Zeitungsetat reichte nämlich nicht mehr dazu aus, freiberufliche Fotografen wie Chaz zu beschäftigen. Sie war kein Profi, aber die Redakteure mussten eben nehmen, was sie ihnen lieferte. Nicht dass sie sich darum noch viele Gedanken machten. Aber Rebecca hatte darauf geachtet, dass Mo stets mit im Bild war.

Mo Burke, eigentlich Maureen, von manchen auch Ma genannt, war eine Drogenhändlerin, wenn auch nur Gerüchten zufolge, denn in Wahrheit war sie noch nie wegen eines Drogendeliktes in einem Gerichtssaal gewesen, jedenfalls nicht auf der Anklagebank. Rebecca hatte ihre Hausaufgaben erledigt, ehe sie sich zur Berichterstattung über diese Demonstration aufgemacht hatte. Also wusste sie, dass es mit Tony, dem Ehemann dieser Frau, eine ganz andere Bewandtnis hatte. Er saß im Augenblick wegen eines Überfalls mit schwerer Körperverletzung im Gefängnis, nachdem er eine Begegnung der schmerzhaften Art mit einem Edinburgher Ganoven namens Sammy Lang gehabt hatte. Sammy Lang hatte versucht, sich auf den Drogenmarkt von Inverness zu drängen. Sammy trug den Beinamen The Slug, weil er wie eine Nacktschnecke überall eine Schleimspur hinterließ. Rebecca war außerdem zu Ohren gekommen, dass er eine Vorliebe für Sex mit Minderjährigen hatte.

Besonders in Anbetracht dieser sexuellen Vorlieben hatte Rebecca Zweifel daran, ob es wirklich Zufall war, dass Mo Burke sich entschieden hatte, dieses spezielle Anliegen so tatkräftig zu unterstützen. Im Stadtteil Inchferry kursierte das Gerücht von Plänen der Bezirksverwaltung, dort in einer leer stehenden Wohnung einen verurteilten Sexualstraftäter unterzubringen. Wie zu erwarten, weigerte man sich von offizieller Seite, diese Nachricht zu bestätigen oder zu leugnen. Ebenso erwartungsgemäß wurde diese Weigerung unverzüglich als Bestätigung des Gerüchts gewertet. Nun hatte Mo Burke es in die Hand genommen, die Demo vor dem Gebäudekomplex des Highland Council in der Glenurquhart Road in Inverness zu organisieren. Rebecca erkannte Mos zwei Söhne in der Menge, die sich unter ihrer Fahne versammelt hatte, vielmehr unter einem Schild, das hinter ihr stand und in Großbuchstaben verkündete: »WIR SIND KEINE MÜLLKIPPE«. Als Schlachtruf war das wesentlich akzeptabler als das sehr viel krudere Motto, das je-

mand auf einem anderen Plakat in die Höhe reckte: »KEINE PER-
WERSEN HIR«.

Einige von Mos Unterstützern hatten sich ein wenig von der
Menge abgesondert und lungerten in der Zufahrt zur Bezirksverwaltung herum, wurden aber sogleich von einem der drei diensthabenden Polizisten aufgefordert, sich wieder auf den Bürgersteig
zurückzuziehen. In Anbetracht des Rufes der Familie Burke war
Rebecca überrascht, dass so wenig Polizei hier war. Sie selbst hielt
sich in einiger Entfernung auf der dem Eingang gegenüberliegenden Seite auf und hatte sich an eine im Gras aufgestellte Infotafel
gelehnt, die das Logo der Bezirksverwaltung trug und verkündete,
dies sei das *Prìomh Oifis* – der Hauptsitz. Rebecca fragte sich, wie
viele der Demonstranten wohl Gälisch sprachen oder sich darum
scherten, dass hier beinahe jedes offizielle Schild zweisprachig war.
Nicht viele, vermutete sie.

»Die halten uns für blöd.« Mo sprach ins Mikrofon und fuchtel-
te mit dem Lautsprecher, den sie in der anderen Hand hielt, in die
ungefähre Richtung des Gebäudes. »Die glauben, wir haben keine
Ahnung, was die im Schilde führen. Aber wir wissen es. WIR WIS-
SEN DAS!«

Das quittierte die Menge mit weiterem Nicken und ein paar gemurmelten »Aye« und »Genau« und einem »Da hast du recht, Mo!«.
Mo schien mit dieser Reaktion zufrieden zu sein, drosch aber weiter auf ihrem Standpunkt herum.

»WIR SIND KEINE MÜLLHALDE«, brüllte sie, bis ein rückge-
koppeltes Protestkreischen aus dem Lautsprecher sie zwang, ihre
Lautstärke zu dämpfen. »Wir sind nur hier, um denen klarzuma-
chen, dass wir kein Mülleimer für alle Perversen aus den Highlands
sind. Wir lassen uns das nicht gefallen. Wir lassen nicht zu, dass
die auch nur einen von denen in unsere Straßen bringen. Hab ich
recht?«

Ihre Unterstützer reagierten mit »Auf keinen Fall« und »Verdammt recht hast du« und »Zeig's ihnen, Mo«, begleitet von einem Sortiment von Grunzen und weiterem Kopfnicken.

»Wir wählen doch die Leute da drin. Und wir wählen die nicht, damit sie sich mit ihrem Hintern um einen Konferenztisch hocken und alle möglichen Spesen einsacken. Die sind da, um unsere Interessen zu vertreten, um das zu tun, was wir wollen. Hab ich nicht recht?«

Weitere Zustimmung aus der Menge.

»Und was wollen wir?«

»Perverse raus!«, brüllte jemand. Rebecca glaubte, dass es Nolan Burke, Mos ältester Sohn, gewesen war. Sie entdeckte ihn inmitten der Protestierenden. Er sah gut aus, Marke »Ben Affleck in seinen besten Zeiten«: Sein schwarzes Haar war perfekt gepflegt und seine Haut sonnengebräunt, ob von einem kürzlichen Besuch an wärmeren Gestaden oder im Sonnenstudio, konnte sie nicht sagen. Sie hatte ihn schon früher hin und wieder gesehen, wenn auch nicht von Angesicht zu Angesicht. Er war regelmäßig im Amtsgericht anzutreffen, im Allgemeinen wegen kleinerer Vergehen – Einbruch, geringfügige Gewalttaten –, obwohl man munkelte, dass er auch vor schwereren Vergehen nicht zurückschreckte. Er und sein jüngerer Bruder Scott tauchten so oft vor Gericht auf, dass einer von Rebeccas Kollegen einen alten Witz aufgewärmt und leicht verändert hatte: »Was ist ein Burke-Junge im Anzug? Der Angeklagte.«

Heute trug Nolan allerdings keinen Anzug, sondern eine schwere Pilotenjacke aus Schaffell. Rebecca überlegte, wo er wohl sein Doppeldecker-Flugzeug geparkt hatte. Nolan ertappte sie dabei, wie sie ihn anstarrte. Sie wandte rasch die Augen ab und suchte nach dem vertrauten Blondschopf seines Bruders. Scott musste hier auch irgendwo sein, das wusste sie. Er war ein hoch aufgeschossener Bursche, ähnelte aber ansonsten seiner Mutter. Nolan kam eher nach seinem Vater.

Kurz darauf entdeckte Rebecca Scott, der am Rand der Menge entlangspazierte. Er hatte ein seltsames kleines Lächeln auf dem Gesicht, die Hände in den Taschen seiner leichten Tarnjacke vergraben – wieso hatten die Burke-Brüder bloß so ein Faible für Militärkleidung? Die Kälte machte ihm offenbar nicht zu schaffen. Schließlich war er Scott Burke, ein zäher Bursche. Er war ein wenig schmaler als sein älterer Bruder, aber er hatte jede Menge Muskeln. Seine Gesichtszüge wirkten schwächer, nicht ganz so attraktiv, und sein Lächeln war einfach nur fies.

Rebecca hatte das Gefühl, beobachtet zu werden, und obwohl sie sich größte Mühe gab, es nicht zu tun, huschte ihr Blick wieder zu Nolan. Ja, er schaute sie noch immer an. Er hatte die Augen leicht zusammengekniffen, als versuchte er, sie einzuordnen, obwohl er sie bestimmt schon im Gerichtssaal gesehen hatte. Als er merkte, dass ihr Blick wieder zu ihm zurückgewandert war, nickte er und lächelte. Es war kein beunruhigendes Lächeln wie bei seinem Bruder, aber er war immer noch Nolan Burke.

Sie wandte ihre Aufmerksamkeit wieder seiner Mutter zu, als Mo gerade in die Richtung ihres Sohns schaute. »Ja, genau. Perverse raus. Wir wollen, dass unsere Straßen sicher sind. Wir wollen, dass unsere Kinder sicher sind. Keine Perversen in unserer Siedlung. Perverse raus! Perverse raus! PERVERSE RAUS!«

Die Menge reagierte nicht gerade ekstatisch. Ein paar Unentwegte griffen den Sprechgesang auf und begannen wie Mo ihre Fäuste in die Luft zu recken. Scott Burke versetzte einem widerwilligen Jüngling einen Rippenstoß und gab ihm mit einem Nicken zu verstehen, er solle sich beteiligen. Der junge Mann kam der Aufforderung nach, was seiner Gesundheit zuträglicher war.

Der halbherzige Sprechgesang kam ins Stottern und verstummte ganz, als ein Taxi vorfuhr und die Leute sich umdrehten und auf den großen Mann schauten, der ausstieg. Sein braun gebranntes Gesicht wirkte jünger, als sein dichtes weißes Haar es vermuten ließ. Er trug einen dunkelblauen Nadelstreifenanzug, ein blaues Hemd mit einem hellgelben Schlips und farblich passendem Einstecktuch, das sorgfältig in der Brusttasche arrangiert war. Zwei weitere Männer traten auf der Straße zu ihm – große, untersetzte Männer mit dem starren Gesichtsausdruck von großen, untersetzten Männern, die allen, die weniger groß und untersetzt sind als sie und die Unverfrorenheit besitzen, sich ihrem Arbeitgeber zu nähern oder ihn gar zu belästigen, einigen Schaden zufügen könnten und das höchstwahrscheinlich auch schon des Öfteren getan hatten. Die beiden hätten kaum auffälliger sein können, wenn sie T-Shirts mit der Aufschrift »Wir sind seine Leibwächter, also lasst gefälligst die Finger von ihm« getragen hätten. Die Menschen bildeten eine Gasse für die drei Männer. Rebecca brauchte die geflüsterten Bemerkungen nicht zu hören, um zu wissen, wer der elegant gekleidete Mann war. Sie hatte ihn bereits im Fernsehen reden sehen, war sogar selbst bei der Pressekonferenz gewesen, bei der er verkündet hatte, dass er für das schottische Parlament kandidieren wollte.

Finbar Dalgliesh ... Sieh an, sieh an. Er war der Rechtsanwalt, der die ultra-rechte politische Bewegung *Spioraid nan Gàildheal* – Geist der Gälen – oder kurz *Spioraid* anführte. Diese Gruppierung war der festen Überzeugung, dass Schottland allein besser dastünde. Allerdings unterschied sich die Bewegung vom Mainstream der schottischen Nationalisten durch die Ansicht, dass Schottland noch besser dastünde, wenn hier nur weiße, eingeborene Schotten lebten. Keine Fremden, keine Schwulen, sogar Frauen waren suspekt. Die Bewegung war politisch so weit rechts, dass Attila der Hunnenkönig im Vergleich dazu wie Mutter Teresa aussah. Finbar Dalgliesh gab den Mann aus dem Volk – die komplette Nummer mit Bier und Kippen und leutseligen Reden –, war aber mindestens so schmierig wie die ölverpestete See rings um die Exxon Valdez. Und wenn er hier war, witterte er Wählerstimmen.

Mo war verstummt. Ebenso die Menschenmenge. Rebecca sah, dass sie Scott mit Blicken ohrfeigte. Es war offensichtlich, dass Dalglieshs Anwesenheit sie überrascht hatte, ganz im Gegensatz zu ihrem Sohn. Der zuckte nur mit den Schultern. Ob er damit seine Beteiligung an dieser Angelegenheit leugnete oder den Tadel abwehrte, konnte Rebecca nicht sagen.

Nun stand Dalgliesh neben Mo und winkte der Menge zu. Er legte ihr leicht eine Hand auf die Schulter und drehte sie ein wenig weg, um mit ihr ein paar leise Worte zu wechseln.

Rebecca stand einige Meter entfernt, aber es war deutlich zu sehen, wie Mos Wut beim Zuhören rasch anwuchs. Trotzdem nickte die Frau und trat einen Schritt zur Seite. Ihre Augen wanderten zu Scott zurück und funkelten eine Drohung in seine Richtung. Chaz richtete seine Linse auf Dalgliesh, der nun vortrat und sich an die Menge richtete; er ignorierte geflissentlich die Kamera, achtete aber sorgfältig darauf, ihr nur seine beste Seite zu zeigen. Seine beiden Beschützer stellten sich nah genug neben ihn, dass sie dazwischengehen konnten, falls jemand zu ungestüm wurde, hielten sich aber weit genug entfernt, um keine Aufmerksamkeit zu erregen.

Dalgliesh streckte die Arme aus, als wollte er die ganze Menge umarmen. Ein paar Leute schienen diese Liebe zu erwidern, während andere eher so aussahen, als würden sie lieber mit einem wildgewordenen Grizzlybären kuscheln.

»Meine Freunde«, sagte er nun. »Ich bin Finbar Dalgliesh.«

Rebecca verdrehte die Augen. Diese Nummer hatte sie bei ihm schon öfter gesehen. Jeder wusste, wer er war. Und er wusste, dass alle wussten, wer er war. Diese Andeutung, er könnte hier vielleicht nicht bekannt sein, müsse sich also mit Namen vorstellen, war nichts als Pose. Sobald irgendwo in Inverness ein Medienvertreter die Schutzkappe von der Kameralinse nahm, tauchte Dalgliesh früher oder später dort auf, fletschte die schönsten Zähne, die man mit Geld kaufen konnte, und schlachtete jedes Thema, völlig egal, was es war, zu seinen Gunsten aus.

Der »Braune im Anzug«, diesen Spitznamen hatten ihm die Presseleute gegeben, die ihn gleichzeitig missbilligten und kultivierten. Er war für die Presse ein gefundenes Fressen. Wo immer er hinging, gab es gute Zitate und Soundbites zu ernten. Und da war er nun und zog auf Mo Burkes Demo seine Dalgliesh-Nummer ab. Mo war offensichtlich unglücklich über diese Entwicklung – vielleicht würde sie der Felsen werden, an dem er zerschellte.

Trotzdem hatte Rebecca den Stift gezückt.

»Ich möchte Mrs Burke zunächst dafür danken, dass sie mir gestattet hat, ein paar Worte an euch zu richten.« Seine Stimme war laut und fest, aufgeraut von Jahrzehnten voller Zigaretten und teurem Whisky. Rebecca musste zugeben, dass es eine gute Stimme war. Kultiviert, ja, aber immer noch deutlich als schottisch erkennbar. »Ich lasse euch nicht lange in der Kälte rumstehen, versprochen.«

Hier und da war ein Lachen zu hören, und Dalgliesh lächelte seinem Publikum leutselig zu. Finbar war ihr Kumpel. Er war einer von den Jungs. Er rauchte. Er trank. Er sagte, was er dachte. Dass sein Anzug wahrscheinlich mehr gekostet hatte, als die meisten von ihnen im Monat verdienten, schien keinem seiner Unterstützer in den Sinn zu kommen.

Finbars Lächeln erstarb. Es war, als hätte jemand die Sonne ausgeknipst. »Ich bin dankbar für die Gelegenheit, heute mit euch über diese wirklich ernste Angelegenheit zu reden. Als man mich über die Pläne informiert hat, einen ...« Er legte eine Pause ein, um das richtige Wort zu finden, und ließ diese Bemühung deutlich auf seinem Gesicht durchscheinen. Natürlich wieder nur Pose. Er wusste haargenau, was er sagen würde. Wenn Finbar Dalgliesh mit etwas keinerlei Mühe hatte, dann damit, seine Meinung zum Ausdruck zu bringen. Er stieß einen dramatischen Seufzer aus. »Freunde, ich will ganz ehrlich sein. Lasst uns offen darüber reden, womit wir es hier zu tun haben. Wir reden hier von einem Perversling. Von einem sexuellen Raubtier. Und da drin ...« Er wandte sich mit einer eleganten Bewegung um und deutete auf das Verwaltungsgebäude wie ein Schauspieler auf der Bühne. »Da drin gibt es Leute, die wollen diesen bösartigen Menschen in eurer Mitte ansiedeln. Ihn zu eurem Nachbarn machen. Ihm ungehinderten Zugang zu euren Kindern geben.«

Vielstimmiges Murmeln ertönte aus der Menge. Selbst diejenigen, die den Mann nicht leiden konnten, waren in dieser Sache seiner Meinung.

»Nun, ich will euch eines sagen, liebe Freunde. Ich wohne zwar nicht in Inchferry, das stimmt, aber ich weiß, dass ihr alle wunderbare Menschen seid. Freundliche, warmherzige und liebevolle Leute. Und es tut mir in der Seele weh, dass eure Gemeinschaft zu einer ...« Er deutete auf das Banner hinter Mo Burke. »Ja, genau, zu einer Müllhalde für solche Monster wird. Im Gefängnis haben sie ein Wort für solche Leute. Tiere nennen sie die da. Und das sind sie. Tiere. Kranke, verderbte Wesen, die sich auf die Verletzlichen und die Wehrlosen stürzen, die ihre widerliche Lust an den jungen, den leicht zu beeindruckenden Menschen stillen.«

Er legte eine Pause ein, um seine dramatischen Worte wirken zu lassen. Er beäugte die Menge, wartete auf den richtigen Augenblick, um weiterzusprechen, schätzte die Temperatur ab. In der Politik, genau wie in der Comedy, ist Timing alles; das wusste Dalgliesh. Als er nach ein paar Sekunden weiterredete, entfesselte er die ganze Schallkraft seiner rauchgeschwärzten Stimme.

»Nun, ich sage NEIN!«

Jubel brach aus. Rebecca konnte nicht erkennen, ob Scott damit angefangen hatte, doch zweifellos gelang es Finbar, die Leute auf seine Seite zu ziehen. Er bestätigte ihnen ihre Vorurteile, erzählte ihnen, was sie hören wollten – und es funktionierte.

»NEIN, sage ich«, wiederholte er. »Er hat ein paar Jahre im Gefängnis gesessen, wahrscheinlich nicht einmal lange. Ich frage euch: Ist das eine Strafe?«

Es folgten ein paar halbherzige negative Antworten. Finbar war die Reaktion offenkundig nicht begeistert genug.

»Ich frage euch noch mal: Ist das eine Strafe?«

Diesmal waren die »Nein«-Rufe lauter. Sogar Mo Burke nickte hinter Dalgliesh zustimmend. Sie hatte ihn vielleicht nicht eingeladen, aber er unterstrich ihr Argument.

»Nein, das ist keine Strafe«, sagte Finbar, nun zufriedener mit der Reaktion der Menge. »Und dieser Perversling kommt jetzt aus dem Gefängnis und erwartet, dass das System ihn verhätschelt. Ist das richtig so? Soll es so sein?«

Die entrüsteten »Nein«-Schreie wurden stärker. Er hatte die Leute überzeugt.

»Wir müssen denen da eine Botschaft senden, und zwar gleich hier, gleich jetzt. Wir müssen es diesen Abgeordneten und Beamten und Sozialarbeitern sagen: Wir lassen uns das nicht gefallen. Wenn die glauben, dass dieser Mensch, dieser Päderast ...«

Oh, gutes Wort, dachte Rebecca. Es kann nie schaden, wenn man die Massen daran erinnert, dass man ein, zwei Bücher gelesen hat, und trotzdem noch den Mann aus dem Volk gibt. Das hier war Dalgliesh in Höchstform.

»Wenn die glauben, dass dieser Päderast eine zweite Chance verdient hat, warum nimmt ihn dann nicht einer von denen bei sich auf?«

Weiteres Nicken in der Menschenmenge, weitere gemurmelte Zustimmung mit »Aye« und »Stimmt«.

»Warum suchen die ihm nicht in ihrem Viertel, in ihrer Straße eine Wohnung?«

Jetzt fraßen sie ihm aus der Hand.

»Aber nein, das machen die nicht, oder? Die muten euch diesen Perversling zu. Genauso wie sie und ihre Befehlsgeber in Holyrood und Westminster euch alles andere zumuten. Die spüren den Schmerz nicht, den ihr spürt. Die verstehen nicht, unter welchem Druck ihr steht. Die haben keine Ahnung, wie das wahre Leben aussieht. Keiner von denen. Die sind in ihrer kleinen Blase gefangen und denken nur an ihren eigenen Vorteil. Die arbeiten nur zum Wohl der Partei und zu ihrem eigenen Nutzen. Nicht für das Gemeinwohl. Die tun rein gar nichts, was nur dem Wohl der Wähler dient. Die machen nur, was für sie und ihre Freunde gut ist.«

Er unterbrach sich, um das sacken zu lassen. »Nun, liebe Freunde, wir wollen denen eine klare Botschaft senden. Wir wollen sichergehen, dass sie diesmal wirklich eure Meinung anhören! Erhebt eure Stimme, laut und deutlich, und sagt es ihnen: keine Perversen hier. KEINE PERVERSEN HIER!«

Der Sprechgesang schwoll an, lauter als bei Mo, die dieselben Worte gewählt hatte. Mehr Fäuste wurden wie Ausrufezeichen in den grauen Himmel gereckt, und auch die selbst gebastelten Schilder wurden mit beträchtlich größerer Energie geschwenkt. Finbar Dalgliesh hatte gemacht, was er immer machte: Er hatte das Establishment angegriffen und die Menschenmenge zum Rasen gebracht. Die Polizisten, die Wache hielten, wirkten ein wenig beunruhigt.

Chaz Wymark kam auf Rebecca zugehumpelt, die Kamera um den Hals, die Tasche in der einen Hand, während die andere einen elegant aussehenden Stock aus dunklem, poliertem Holz hielt. Er brauchte den eigentlich nicht mehr – sie hatte ihn oft genug ohne das Ding herumhoppeln sehen, wenn er auf der Jagd nach den besten Bildern war. Sein Freund Alan pflegte zu sagen, dass er einfach nur gern damit posierte. »Er kommt sich dann wie ein Flaneur auf einem Boulevard vor«, sagte er. »Als lebte er im Paris der Jahrhundertwende. Ich überlege mir, ob ich ihm einen Zylinder kaufen soll.«

Rebecca starrte Chaz an und stellte sich vor, wie er mit einem Zylinder anstelle der schwarzen Wollmütze aussehen würde, die er sich über sein blondes Haar gezogen hatte. Er würde ihm durchaus stehen. Andererseits sah Chaz so blendend aus, dass ihm alles gut stand. Selbst das Hinken und der Spazierstock verliehen ihm eine geheimnisvolle Aura.

»Das ist ja plötzlich ganz schön aufregend geworden, was?« Er deutete mit dem Kopf in Richtung Mo und Finbar, die sich inzwischen zum Verwaltungsgebäude umgedreht hatten und nun gemeinsam den Schlachtruf anführten. »Was meinst du? Passiert hier noch was?«

Die Stimmung war hitzig, das stimmte, Dalglieshs Rede hatte die Leute aufgestachelt. Es sah jedoch eher so aus, als vollführten sie eine Art rituellen Tanz und es würde nichts Ernsteres daraus werden. Rebecca schüttelte den Kopf. »Nein, ich glaube, das ist nur heiße Luft.«

Chaz musterte die Menge, beurteilte sie seinerseits. »Ich glaube, da hast du recht. Nun, ich hoffe es jedenfalls. Ich würde nur höchst ungern was verpassen.«

»Musst du noch woandershin?«

»Das Büro hat gerade angerufen.« Chaz arbeitete freiberuflich für eine in Glasgow ansässige Nachrichtenagentur. Ein Vermögen verdiente er damit nicht gerade – in der modernen Medienwelt gab es kaum gut bezahlte Jobs –, aber es finanzierte ihm immerhin seine Gehstöcke. Und er konnte machen, was er liebte. »Wann ist deine Besprechung?«, fragte er.

»Halb zwölf«, antwortete sie, und ihr schwand der Mut bei dem Gedanken. Die Pfennigfuchser in London hatten wieder mal einen Neuen geschickt, der dafür sorgen sollte, dass an der nördlichen Grenze ihres Imperiums alles reibungslos lief. Und mit »reibungslos laufen« meinten die für gewöhnlich »Sparmaßnahmen finden«. Projektmanager nannte sich diese Person. Im Zeitungsgeschäft schien es keine Chefredakteure oder Redakteure mehr zu geben. Man hatte sie durch Projektmanager, Fachverantwortliche, Content Manager und Teamleiter ersetzt. Es war nur noch eine Frage der Zeit, bis Reporter zu Content Creators wurden. Großer Gott, dachte sie, Lord Rothermere und Lord Beaverbrook würden im Grab rotieren. Rechts herum, versteht sich.

Aus dem Funkeln in Chaz' Augen wurde ein strahlendes Lächeln: Sie wusste, dass er nun versuchen würde, sie vom rechten Weg abzubringen. »Hast du Lust auf eine kleine Spritztour nach Culloden?«

Chaz fuhr nicht mehr gern Auto. Nachts überhaupt nicht mehr. Auch nicht bei Regen. So weit reichte sein Mut noch nicht wieder. Seit dem Unfall auf Stoirm vermied er es, sich ans Steuer zu setzen, obwohl er es konnte, wenn es sein musste. Er sorgte einfach nur dafür, dass es nie sein musste.

»Zum Schlachtfeld?«, fragte sie. »Was ist da los? Noch eine Demo wegen der Wohnsiedlung? Bisschen spät, oder?«

Die vom Highland Council und der schottischen Regierung genehmigten Pläne für den Bau von Wohnhäusern mit Blick auf die historische Stätte hatten ungeheure Leidenschaften entfesselt. Rebecca konnte es den Gegnern dieser Pläne nicht übel nehmen, denn die ganze Sache schien doch sehr gedankenlos zu sein.

»Nein, man hat dort eine Leiche gefunden.«

Rebecca runzelte die Stirn. »Meinst du damit eine aus jüngerer Zeit? Keine von siebzehnhundert und irgendwas ...«

»Siebzehnhundertsechsundvierzig«, ergänzte Chaz. »Herrgott, ich bin nicht mal Schotte, und ich weiß mehr über eure Geschichte als du.«

»Ach, Geschichte ist ein Ding der Vergangenheit.« Rebecca verzog das Gesicht. »Also, diese Leiche – die glauben nicht, dass sie eines natürlichen Todes gestorben ist?«

»Genau«, bestätigte Chaz und verstärkte seinen Akzent, der trotz seiner englischen Abstammung durch und durch schottisch war. »Es hat einen *Morrrrd* gegeben.«

Rebecca zuckte zusammen. »Bitte rede nie wieder so.«

»Hast du Zeit, mit mir hinzufahren? Bis zu deiner Besprechung sollten wir wieder zurück sein. Da springt bestimmt auch für dich was raus.«

Culloden lag knappe sechs Meilen von Inverness entfernt, ein wenig abseits von einer Nebenstraße nach Nairn. Um diese Tageszeit kam man recht schnell dorthin. Rebecca schaute auf Mo und Dalgliesh und nagte nachdenklich an der Unterlippe. Sie wollte von einem oder gleich beiden ein Zitat bringen. Sie sollte eigentlich noch hierbleiben, um ein Interview mit Mo Burke zu führen, und nun könnte sie auch noch was von Dalgliesh erfahren. Und dann war da ihr Chefredakteur. Mit dem hatte sie noch immer Probleme, weil sie entgegen seiner ausdrücklichen Anweisung im Jahr zuvor auf die Insel Stoirm gefahren war. Klar, es waren ein paar Storys dabei herausgesprungen – sogar Exklusiv-Storys –, aber über das, was wirklich geschehen war, würde sie nie berichten können. Sie hatte Barry alles erzählt – na ja, beinahe alles –, doch er hielt sie noch an der kurzen Leine.

Rebecca warf noch einen Blick auf Mo, die weiterhin Schimpfkanonaden gegen die nicht in Erscheinung getretenen Volksvertreter losließ. Sie sah keineswegs so aus, als würde ihr in näherer Zukunft die Puste ausgehen, und schien sich inzwischen auch mit der Beteiligung des Spioraid-Anführers abgefunden zu haben. Es würde noch eine ganze Weile dauern, bis Rebecca sie erwischen könnte, vorausgesetzt Mo wollte überhaupt mit der Presse reden.

Rebecca seufzte. Ihr Atem stand als Wolke in der kalten Luft zwischen ihnen. »Scheiße, du weißt, dass ich nicht Nein sagen kann.«

Er lächelte wieder. »So was sieht man sonst nur auf Toilettenwände gekritzelt.«

Sie erwiderte mit gespielter Wut: »Ja, gleich neben deinem Namen!«

Als sie sich von der Demonstration entfernten, riskierte Rebecca noch einen Blick auf Nolan Burke, doch dessen Augen waren
wieder fest auf seine Mutter gerichtet.

3

Schon bei Sonnenschein war Culloden Moor für Rebecca ein trost-
loser Ort, doch an diesem kalten Montagmorgen, als Graupeln den
grauen Himmel wie Pockennarben übersäten und die Luft einem
eisigen, nassen Kuss glich, war es sogar noch unwirtlicher.

Das Schlachtfeld selbst war wenig spektakulär, kaum mehr als
ein zerfurchtes, mit Heidekraut bewachsenes Areal. Es war von
Pfaden durchschnitten, auf denen die Touristen über ein Terrain
spazieren konnten, das so anmutete, als sei die Erde noch von dem
vor über dreihundert Jahren vergossenen Blut getränkt. Die Stille
an diesem Ort hatte Rebecca schon immer fasziniert; sie spürte
sie auch heute, trotz all der Geschäftigkeit, die mit der Mordermittlung einherging. Sie hatte dieses Schlachtfeld als Kind zum ersten
Mal besucht. Das war an einem strahlenden Sommertag gewesen,
und damals war das Moor von Besuchern übersät gewesen, die auf
die Gedenksteine an der Avenue of the Clans starrten und zwischen den vor dem kobaltblauen Himmel flatternden blauen und
roten Fähnchen herumliefen. Ihr Vater hatte ihr von der Geschichte des Geländes erzählt, aber sie hatte nicht viel davon aufgenommen. Sie war acht Jahre alt gewesen, und Erzählungen von Rebellion und Thronfolge hatten sie kaum interessiert. Doch dann hatte
ihr Vater sie gebeten, stehen zu bleiben und zu lauschen, und das
hatte sie getan. Irgendwo in der Ferne hatten Vögel gesungen, und
eine leichte Brise hatte im hohen Gras und im Heidekraut ge-
stöhnt, als sehne sie sich nach einem längst verstorbenen Ge-
liebten. Aber sonst war da nichts gewesen. Die Stimmen der Touristen waren gedämpft gewesen. Sogar das Geschrei zweier klei-

nerer Kinder, die einander über die Weg jagten, war ihr seltsam unterdrückt vorgekommen. Ein Auto, das auf der Straße vorbeiglitt, hatte die lautlose Atmosphäre kaum gekräuselt.

Das geht mir immer wieder an die Nieren, hatte ihr Vater gesagt, *diese Stille.*

Jetzt erinnerte sie sich daran, wie er neben ihr gestanden und sich mit zusammengekniffenen Augen umgeschaut hatte, als könnte er die Nachwehen der Schlacht noch sehen: die Highlander, tot oder sterbend, die Sieger, die zwischen ihnen umhergingen und sie hinrichteten. Und das Blut, immer das Blut.

Vielleicht bilde ich mir das alles nur ein, hatte er gesagt, und ein Lachen war ihm in der Kehle hochgestiegen. *Vielleicht schlägt hier meine keltische Erziehung durch. Aber dieser Ort geht mir jedes Mal an die Nieren. Diese Stille. Hier und in Glencoe, das ist beide Male dasselbe. Es sind diese leisen Orte. Spürst du das, Becks?*

Sie hatte genickt, und das schien ihn zu freuen. Sie hatte es John Connolly immer recht machen wollen, zumindest damals noch. Das hatte sich natürlich geändert, als im Teenageralter die Hormone ihre Wirkung zeigten. Sie war nicht gerade wild gewesen, aber sie hatte ihren Eltern mehr Ärger als nötig gemacht. Jedenfalls hatten sie das alles überstanden, wie es Familien meistens tun.

Doch dann war er gestorben. Zu jung. Zu früh. Krebs, die Krankheit, über die man nur im Flüsterton spricht, als könnte die bloße Erwähnung unerwünschte Aufmerksamkeit auf den Sprechenden lenken. Hier würde sich diese Krankheit heimisch fühlen, an diesem Ort des Todes, wo alle Stimmen gesenkt und die Laute der Natur gedämpft sind.

Die leisen Orte, so hatte ihr Vater sie genannt. Rebecca hatte einmal gehört, dass jemand sie ganz anders beschrieb: Ein Kriminalschriftsteller, den sie interviewte, als er in Inverness Werbung für sein neuestes Buch machte.

Durchscheinende Orte.

Orte, an denen der Schleier zwischen dieser und der nächsten Welt fragil, beinahe durchsichtig ist, wo die Vergangenheit Schulter an Schulter mit der Gegenwart lebt. Durchscheinende Orte, an denen einige von uns mehr spüren, als man sehen, berühren oder schmecken kann. Auf Stoirm nennen sie diese Leute *fey*. Rebecca war sich nicht sicher, ob sie an derlei glaubte, doch bei jedem Besuch in Culloden oder Glencoe spürte sie tatsächlich einen Hauch von Jenseits, genau wie es ihr Vater erlebt hatte. Oder vielleicht bildete sie sich das nur ein, wie er auch angemerkt hatte. Vielleicht wollte sie, dass diese Orte sich wegen ihrer blutigen Geschichte und ihrer grausamen Tragödien anders anfühlten.

Die Polizei hatte den Eingang zum Schlachtfeld und die Hälfte der schmalen Straße abgesperrt. Dort winkte ein Polizist in Uniform den Verkehr abwechselnd in beide Richtungen durch. Rebecca brachte ihren Wagen so nah wie möglich an der Absperrung zum Stehen, sodass Chaz und sie am Straßenrand entlang zu der Stelle gehen konnten, wo zwei Polizeibeamte eine kleine Ansammlung von Gaffern zurückhielten, die fast alle ihre Telefone gezückt hatten und fröhlich Schnappschüsse machten. Die vorbeifahrenden Autos bremsten ein wenig ab, und einige der Insassen hatten die Gesichter zu der Stelle im Moor gewandt, wo man hinter bereits gelb blühenden Ginsterbüschen ein Zelt aufgeschlagen hatte. Helles Licht schimmerte durch den Stoff hindurch, und dunkle Schatten bewegten sich hin und her. Tatortspezialisten und Polizeibeamte gingen ein und aus, alle in Einwegoveralls gehüllt. Haare, Füße und Hände in Schutzkleidung, die nicht etwa die Elemente draußen, sondern mögliche Kontaminierung drinnen halten sollte. Hinter ihnen stieg das Moorland leicht an. Ein wenig weiter bergauf konnte Rebecca gerade eben den obersten Teil des Besucherzentrums erkennen. Am Straßenrand entdeckte sie ein, zwei Profifotografen und ein Fernsehteam der BBC. Dort sprach die hübsche, dunkelhaarige, winzig kleine Reporterin ihren Text in die Kamera.

Hinter ihr war durch eine Lücke in der Ginsterhecke gerade eben das Zelt auszumachen. Der Kameramann, ein beinahe glatzköpfiger alter Hase mit einem langen weißen Bart, bat die Journalistin, ein wenig nach rechts zu treten, damit er mehr von den Polizeiaktivitäten ins Bild bekam. Sie folgte seinen Anweisungen. Optische Eindrücke waren auf dem Bildschirm genauso wichtig wie die gesprochene Information.

Chaz hatte ein langes Objektiv herausgesucht und fotografierte eifrig eine Reihe von Polizeibeamten in wasserdichter Kleidung, die weit über das Moorland ausgeschwärmt waren, um im Heidekraut nach Spuren zu suchen. Sie bewegten sich langsam, zeichneten sich scharf vor dem matten Horizont ab. Der Boden zwischen ihnen war dank des nächtlichen Schneefalls eine Flickendecke aus Weiß und Braun. Mit gesenkten Augen und langen Stöcken in den Händen suchten sie das Gestrüpp ab. Rebecca wusste sofort, dass dieses Bild am Morgen auf vielen Titelseiten auftauchen würde.

»Das ist die Dingsda von der BBC«, sagte Chaz, während er den Auslöser drückte.

»Lola McLeod«, erwiderte Rebecca.

»Lola? Meinst du, das hat sie sich ausgedacht?«

Rebecca hatte keine Ahnung. »Sie war mal ein Showgirl im Copacabana.« Sie wartete darauf, dass er lachen würde, aber er warf ihr nur einen verwirrten Blick zu. »Sag bloß, du kennst den Song von Barry Manilow nicht.«

»Was? Bloß weil ich schwul bin, soll ich alle Songs von Barry Manilow kennen?«

»Nein.«

»Soll ich alle Show-Nummern auswendig mitsingen können, willst du das etwa andeuten?«

»Nein, ich ...«

»Und ich soll Judy Garland vergöttern, stimmt's?«

Sie begriff, dass er sie aufzog. »Mistkerl«, sagte sie, und er lachte.

Sie erkannte einen der diensthabenden Beamten, einen jungen Polizisten, den sie schon bei Gericht und an anderen Tatorten gesehen und als halbwegs ansprechbar in Erinnerung hatte. Er betrachtete das Nachrichtenteam mit einigem Interesse, anscheinend vom Zauber des Fernsehens fasziniert. Die Reporterin hatte sich versprochen und lachte über ihren Fehler. Rebecca hörte, wie sie sich entschuldigte. Der Kameramann nickte nur und erwiderte ihr, die Kamera laufe noch. Sie wurde schlagartig wieder ernst, als hätte man einen Schalter umgelegt.

»Ganz schön kalt hier«, sagte Rebecca und folgte dem Blick des Polizisten.

»Aye«, erwiderte er.

Sie lauschte mit einem Ohr auf die Worte der BBC-Reporterin. Noch keine Einzelheiten verlautbart. Polizei wortkarg. Leiche kurz vor neun gefunden, nachdem sich der Morgennebel gehoben hatte.

Rebecca fragte: »Ich vermute, Sie können mir nichts Näheres über diese Sache sagen?«

Seine Augen wanderten von Lola und ihrem südländischen Aussehen zu Rebecca. Sie merkte, dass er sie wiedererkannte. »Da vermuten Sie richtig.«

Sie nickte. Sie hatte nichts anderes erwartet, aber Gott liebt einen jeden, der sich ernsthaft bemüht, wie man so sagt. »Wissen Sie, ob eine Pressekonferenz geplant ist?«

»Keine Ahnung. Da müssen Sie die Presseabteilung fragen. Oder die Chefin.«

»Wer leitet den KED?«

KED. Sie hatte immer das Gefühl, in *Line of Duty* mitzuspielen, wenn sie solche Abkürzungen benutzte, aber Chef vom Kriminal- und Ermittlungsdienst war ja auch ein schlimmes Bandwurmwort.

»Detective Chief Inspector Valerie Roach«, antwortete der Beamte.

Der Name sagte Rebecca nichts. »Ist sie neu?«

Er neigte leicht den Kopf. »Von Perth raufgekommen. Weiß genau, was sie tut, sagt man, aber ich habe sie selbst noch nicht kennengelernt.«

Rebecca warf einen gründlichen Blick auf die Szene auf dem Moor. Heute würde sie nicht einmal in die Nähe des Fundorts kommen, und das wollte sie auch nicht. Ihr Vater hatte in seiner Berufslaufbahn in vielen Mordfällen ermittelt und ihr stets gesagt, dass die Presse Hilfe und Hindernis sein konnte. Er hatte einmal selbst einen jungen Reporter verhaftet, der sich für Woodward und Bernstein in einer Person hielt und es geschafft hatte, sich unbemerkt an einen Tatort zu schleichen.

Werde nie so wie der, hatte er zu ihr gesagt. *Schau, dass du an die Wahrheit herankommst, wenn du kannst, aber komm uns dabei nicht in die Quere.*

An die Wahrheit herankommen – wenn sie konnte. Sie hatte herausgefunden, wie schwierig das war. Die Wahrheit kann ein schlüpfriges Geschöpf mit vielen Gesichtern sein. Für einen Rechtsanwalt ist Wahrheit das, was er vor Gericht beweisen kann. Für einen Polizisten ist sie alles, was zu einer Verurteilung führt. Für die Journalistin ist sie, was immer die Story gut verkauft. Und noch ein paar weitere dazu, wenn es sein muss. Und für Politiker ist sie etwas, das man um jeden Preis vermeiden muss. Rebeccas Gedanken wanderten wieder zu Finbar Dalgliesh, wie er zu der Menschenmenge sprach.

Sie schaute auf die Uhr und merkte, dass ihr die Zeit davonlief, wenn sie noch rechtzeitig zu ihrer Besprechung in Inverness sein wollte. Sie hatte zwar ein wenig Atmosphäre eingefangen – das Zelt, die Geschäftigkeit vor Ort, die Kette von Suchenden im Moor –, aber ihr war klar, dass sie hier nicht viel mehr herausfinden würde. Also trat sie von dem Polizeibeamten weg. Nach einem Blick auf Chaz, der gerade die Straße überquerte, um einen anderen Blickwinkel zu bekommen, zog sie ihr Telefon heraus. Sie schaute die neuesten Meldungen durch und suchte nach einer Erwähnung der Leiche, die man in Culloden gefunden hatte. Doch noch beschäftigten sich die Hauptschlagzeilen mit New Dawn, einer höchst undurchsichtigen Vereinigung, gegen die MI5 vergleichsweise geschwätzig wirkte. Diese Gruppierung hatte verdächtige Päckchen an die Adressen der wichtigsten Politiker in Holyrood und Westminster geschickt. Im Augenblick wusste noch niemand, ob sie Bomben oder gefährliche Substanzen enthielten. Erneut musste Rebecca an Dalgliesh denken, denn man munkelte, dass New Dawn im Grunde der paramilitärische Zweig von Spioraid war. Dalgliesh brachte es fertig, diese Gerüchte zurückzuweisen, ohne die Aktivitäten dieser Gruppe zu verurteilen.

Bisher hatte nur die BBC über den Mord berichtet, was Rebecca nicht überraschte. Die anderen würden jedoch nicht mehr lange auf sich warten lassen, New Dawn hin oder her. Wenn Rebecca in dieser Sache am Ball bleiben wollte, brauchte sie Infos, die sie und nur sie allein hatte. Sie scrollte ihre Kontaktliste durch und fand die richtige Telefonnummer. Beim dritten Klingeln wurde der Anruf angenommen.

»Bill, ich möchte Sie um einen Gefallen bitten«, sagte sie.

Am anderen Ende war ein Grunzen zu vernehmen. »Überrascht mich nicht. Aber nicht einmal ein ›Hallo‹ oder ein ›Wie geht's?‹ Und ich dachte, *ich* wäre der knurrige Mistkerl.«

Sie lächelte. Bei ihrer ersten Begegnung hatte sie den ehemaligen Detective Sergeant Bill Sawyer nicht sonderlich gut leiden können. Sie hatte ihn nicht nur für einen Frauenfeind, sondern auch für einen korrupten Polizisten gehalten. Er hatte tatsächlich nicht besonders viel für Frauen übrig, für Männer allerdings auch nicht, behandelte also alle gleich schlecht. Rebecca hatte sich an sein Macho-Gehabe gewöhnt, nahm es sogar hin. Schließlich ist Gottes Garten groß. Auf Stoirm waren sie in entgegengesetzten Lagern gewesen, hatten sich seither aber schätzen gelernt. Es war

erstaunlich, wie sehr die Tatsache, dass ein paar sehr unangenehme Zeitgenossen sie beide mit Misstrauen beäugten, Rebecca und
Sawyer zusammengebracht hatte.

»Hallo, wie geht's?«, fragte sie nun und lächelte vor sich hin.

»Das Bein tut weh, danke der Nachfrage. Das verdammte Wetter bekommt ihm gar nicht.«

Bill Sawyer hatte sich das Bein gebrochen, nachdem jemand ihn
auf Stoirm von einem zu schnell fahrenden Auto abgeschüttelt hatte. Seither waren seine Bergwanderungen sehr eingeschränkt. Am
selben Tag hatte auch Chaz seinen Unfall gehabt. In dem kleinen
Inselkrankenhaus hatte für kurze Zeit ziemlicher Hochbetrieb ge-
herrscht.

»Sie wissen schon, dass das zum größten Teil eine Kopfsache
ist, oder?«

»Nein – ich weiß, dass es zum größten Teil mein Bein ist, Sie Klug-
scheißerin«, erwiderte er. »Und übrigens, so schmieren Sie mir
nicht gerade Brei ums Maul, von wegen Gefallen.«

»Aber Bill, ich dachte, über das Brei-ums-Maul-Schmieren wären wir längst hinaus, Sie und ich.«

Sie hörte, wie er kurz auflachte. »Ich glaube nicht, dass wir dieses Stadium je erreicht haben, Schätzchen. Was haben Sie auf dem
Herzen?«

»In Culloden ist eine Leiche gefunden worden.«

»Auf dem Schlachtfeld?«

»Nein, auf dem Kinderspielplatz. Natürlich auf dem Schlachtfeld.«

»Nun, da gibt's ja auch noch das Dorf. Und ein Luxushotel. Ganz
zu schweigen vom Moor selbst. Ich wollte nur, dass Sie präzise Angaben machen, mehr nicht. Ich dachte immer, es wäre die Aufgabe
von Journalisten, detailgenau zu berichten ...«

»Ja, ja. Ich brauche Infos dazu.«

»Und was soll ich Ihrer Meinung nach tun?«

Dieses Tänzchen hatten sie schon früher miteinander gemacht. Sie brauchte seine Hilfe, und er zierte sich. Sie sprach mit ruhiger Stimme weiter, hatte aber innerlich die Zähne zusammengebissen. Er konnte so verflixt irritierend sein.

»Vielleicht könnten Sie einmal schauen, was Ihre alten Kumpel Ihnen dazu zu sagen haben. Irgendwas, das die großen Zeitungen nicht wissen.«

Sie brauchte Exklusivinformationen – nur ein kleines Detail –, die sie online veröffentlichen konnte und die hoffentlich die Leute dazu bringen würden, am Ende der Woche den *Chronicle* zu kaufen. Früher hatten das Fernsehen, das Radio und die Tageszeitungen einen Vorteil gegenüber den Wochenblättern gehabt, weil sie unmittelbarer berichteten, doch das Internet hatte das alles ausgeglichen. Jetzt konnte sie eine Story vor den anderen lancieren, oder zumindest gleichzeitig. Sie brauchte nur eine einzigartige Meldung.

»Ist es Mord, Becca?«, fragte er.

»Das würde ich ja gern wissen. Bisher hat die Polizei nichts verlauten lassen, aber es ist ganz schön viel los hier. Die Chefin der Ermittlung ist eine gewisse DCI Roach. Sie ist neu in Inverness.«

Sawyer schwieg, versuchte den Namen einzuordnen. »Val Roach? Eine DCI aus Perth? Groß und schlank, kurze, dunkle Haare?«

Rebecca konnte weder Körperbau noch Frisur bestätigen, aber die anderen Angaben passten. »Sie kennen sie?«

»Nie gehört«, antwortete er lachend.

Hat einen Clown gefrühstückt, dachte Rebecca. »Sie meinen also, Sie könnten mir Infos beschaffen?«

»Aye, aber warum sollte ich das tun?«

Das war Teil ihres Tänzchens. »Wegen der guten alten Zeiten?«

»Unsere ›guten alten Zeiten‹ waren im vergangenen Herbst, Schätzchen. Das macht uns ja wohl kaum zu besten Freunden für alle Ewigkeit.«

»Bill, Sie wissen doch auch, dass Sie's tun werden.«

»Ach ja? Und was macht Sie da so sicher?«

»Dass Sie mich mögen. Dass die Storys, die ich über die Sache in Stoirm geschrieben habe, Ihrem Ruf genutzt haben ...«

Jahre zuvor war Sawyer, als er noch im Polizeidienst war, unter Verdacht geraten, er habe ein Geständnis gefälscht. Die Zweifel, die die Verteidigung an dem Schuldgeständnis äußerte, hatten dazu geführt, dass ein Mann in einem Mordverfahren aus Mangel an Beweisen freigesprochen wurde. Ein solches »Bastard-Urteil«, wie es häufig genannt wurde, war irgendwo im Schattenbereich zwischen schuldig und nicht schuldig angesiedelt. Manche meinen, dass die Geschworenen so dem Angeklagten mitteilen, dass sie ihn für den Täter halten, es aber nicht genügend Beweise dafür gebe. Andere verweisen darauf, ein solches Urteil sei ein Überbleibsel aus dem alten schottischen Rechtssystem, in dem man eine Anklage entweder für bewiesen oder für nicht bewiesen hielt und bei dem es nicht um die Unterscheidung zwischen schuldig und unschuldig ging. Rebeccas Story über die Geschehnisse auf Stoirm hatte angedeutet, dass der Mann doch für den Mord verantwortlich war. Sie hatte jedoch nicht die ganze Wahrheit über die Ereignisse des vergangenen Herbstes berichten können; das wussten sie beide, sie und Bill Sawyer. Ganz sicher waren Schuldige ungeschoren davongekommen. Manche Geheimnisse der Insel blieben eben ungelöst.

»Mein Ruf interessiert mich nicht die Bohne, das wissen Sie doch. Ich habe meine Rente und arbeite nebenher noch ein bisschen, also kann mir die Polizei gestohlen bleiben.«

Ihr war klar, dass das nur heiße Luft war. Das bisschen Arbeit nebenher war oft genug Ermittlertätigkeit – ab und zu verdiente er sich auch bei Elspeth ein paar Pfund –, und Rebecca wusste, dass ihre Storys Sawyer da geholfen hatten. »Aber Sie beschaffen mir trotzdem Infos, nicht wahr?«

Er seufzte. »Ich stelle ein paar Fragen, mehr kann ich nicht machen. Aber Sie kriegen von mir nichts, was die Ermittlung behindern könnte, klar?«

»Klar. Absolut.«

»Und Sie kriegen auch nichts, was nur aus einer einzigen Quelle stammen könnte. Ich habe nur noch einige wenige Kumpel bei der Polizei, und die will ich nicht in irgendeiner Weise kompromittieren. Klar?«

»Natürlich.«

Es trat eine Pause ein, in der er wohl seine Bedingungen überdachte. »Okay, gut. Überlassen Sie das mir. Aber dann schulden Sie mir einen Drink. Einen großen. Vielleicht sogar ein Essen.«

»Zweifellos. Ein Slush und ein Happy Meal sind bereits bestellt«, sagte sie und hörte ihn aufstöhnen. »Wofür halten Sie mich? Bin ich etwa *The Sun*?«

4

Während sie in Richtung Inverness fuhren, schickte Chaz bereits seine Fotos über den Laptop an die Bildagentur in Glasgow, ein wahres Wunder der Technik. Rebecca bemerkte seine regelmäßigen Blicke in den Seitenspiegel, wie flüchtig sie auch waren, kommentierte sie aber nicht. Er war sich nicht bewusst, dass er es tat, aber ihr war klar, dass ein Teil von ihm immer noch Ausschau nach einem Fahrzeug hielt, das er nie wiedersehen würde. Sie setzte ihn bei der Wohnung ab, die er zusammen mit Alan in der Nähe ihrer eigenen gemietet hatte, und fuhr dann so schnell, wie es die Geschwindigkeitsbegrenzung und der Verkehr erlaubten, zum Redaktionsbüro des *Chronicle*. Jahrzehntelang war das Hauptquartier der Zeitung ein zweistöckiges braunes Sandsteingebäude mit Blick auf den River Ness gewesen. Nach der Schließung der Druckerei wegen der Vergabe des Zeitungsdrucks an Außenstehende – womit die Drucker der Zeitung genauso in der Versenkung verschwanden wie vorher die Schriftsetzer und die Metteure und die Dinosaurier –, war man zu dem Schluss gekommen, diese Räumlichkeiten seien finanziell nicht mehr tragbar. Alle Reporter und Büromitarbeiter hatte man in ein Gewerbegebiet umgesiedelt. Ein Konkurrenzblatt hatte seine Geschäftsräume auch in der Nähe, aber das war heutzutage nicht mehr von Bedeutung, da kaum noch Leser – oder ›Endverbraucher‹, wie einer der zu Gast weilenden Superexperten sie nannte – den Weg in die Redaktion fanden. Rebecca hatte nie an der alten Adresse gearbeitet, wusste also nicht, wie geschäftig es damals dort zugegangen war, hatte nie die gespannte Atmosphäre erlebt, wenn die Pressen anliefen oder wenn man das erste gedruckte Exemplar in den Händen hielt. Elspeth hatte ihr einmal erzählt, dass früher ein stetiger Strom von Leuten zur Tür hereinkam, die über Storys reden oder Kleinanzeigen aufgeben wollten. Aber die Zahlenjongleure im Süden hatten entschieden, dass es nicht genügend Laufkundschaft gab, um die Betriebskosten für die damals bereits fast völlig verlassenen Geschäftsräume im Stadtzentrum zu rechtfertigen. Elspeth sagte, sie habe stets gegen den Umzug gekämpft, aber eigentlich immer gewusst, dass sie auf verlorenem Posten stand. Zumindest war der *Chronicle* noch in Inverness – bei der gleichen Umzugsaktion hatte man die Schwesterzeitungen aus Elgin und Grantown aus ihren Gemeinden gerissen und auch in den neuen Räumen angesiedelt.

Rebecca stieg die Treppen zu dem riesigen Großraumbüro hinauf. Zu ihrer Erleichterung hatte die Besprechung noch nicht angefangen. Es würde also in nächster Zukunft keinen Anpfiff von Barry geben. Die Reporterteams und die beiden »Content Manager« standen bereits am anderen Ende des Raums zusammen, wo Rebecca einen großen, eigens aufgestellten Flachbildfernseher ausmachen konnte. Da die Tür zu Barrys Büro geschlossen war, vermutete sie, dass er mit dem neuen Wunderheiler dort drinnen war. Hinter sich konnte sie hören, wie die Leute aus der Anzeigenabteilung die Treppe heraufkamen. Sie zog ihren Mantel aus, hängte ihn an den Garderobenständer hinter der Tür und ging zu den anderen Mitarbeitern.

»Was gibt's bisher?«, fragte sie Hugh Jamieson, den ältesten Reporter im Team. Er war groß und klapperdürr und arbeitete seit den Achtzigerjahren bei der Zeitung aus Grantown.

»Barry ist jetzt schon eine halbe Stunde mit dem Typen in seinem Büro«, antwortete er. »Es sickert bisher kein Blut unter der Tür durch, das wollen wir mal als gutes Zeichen werten.«

»Wir kriegen einen Projektmanager. Das ist nie ein gutes Zeichen.«

»Da hast du recht«, meinte Hugh.

Rebecca starrte auf den dunklen Fernsehschirm. »Schauen wir uns einen Film an?«

Hugh verzog die Lippen zu einem grimmigen dünnen Lächeln. »Ich vermute eher, es wird eine Botschaft von Big Brother. Und damit meine ich nicht den aus dem Container.«

»Wie ist er denn so, der Neue?«

Hugh zuckte mit den Achseln. »Hab ihn noch nicht gesehen. Ich war gerade hinter dem Haus, um eine zu rauchen, als er angekommen ist.« Wegen der Nichtraucherbestimmungen mussten die Mitarbeiter, die noch den Glimmstängeln verfallen waren, nach draußen gehen. »Als ich zurückkam, stand der Fernseher hier, und die Bürotür war zu.«

Just in diesem Moment ging die Bürotür auf, und Barry erschien, wie üblich in Jeanshemd und -hose, dicht gefolgt von einem jungen Mann mit frischem Gesicht, der einen schicken Anzug trug und einen Laptop unter dem Arm hatte. Seine Haut war zart gebräunt, was jedoch die Spuren einer jugendlichen Akne nicht übertönen konnte. Sein Haar war hervorragend geschnitten, und Rebecca war sicher, dass seine Fingernägel ebenso hervorragend maniküt sein würden, wenn sie denn einen genaueren Blick erhaschen könnte. All das ließ den jungen Mann sehr geschäftsmäßig erscheinen, trotzdem sah er wie fünfzehn aus.

»Großer Gott«, flüsterte Hugh. »Hat seine Mami ihm eine Entschuldigung geschrieben, dass er heute in der Schule fehlen darf?«

Barry warf ihnen allen einen Blick zu, nickte zu Rebecca hin, um ihr anzudeuten, wie erfreut er war, sie hier zu sehen, und setzte sich dann auf die Kante des am weitesten entfernten Tischs. Der Neue würde also die Besprechung leiten. Irgendwie hatte sie das Gefühl, dass es nichts Gutes verheißen konnte, wenn Barry – der Chefredakteur aller Zeitungen in Nordschottland – so beiseitegeschoben wurde.

Der junge Mann steckte ein mit dem Fernseher verbundenes Kabel in seinen Laptop, den er mit dem Bildschirm zu sich auf den nächsten Tisch stellte.

Er hat eine PowerPoint-Präsentation, begriff Rebecca. Gott steh uns bei.

Er schaute sich kurz um und sprach dann. Sein Akzent war aus London, mit gerade so viel East End darin, um zu zeigen, dass er einer von den Jungs war. »Hallo miteinander, und danke, dass Sie heute alle gekommen sind.«

Als hätten wir die Wahl gehabt, dachte Rebecca.

»Ich heiße Les Morgan, und das Stammhaus in London hat mich hergeschickt, damit ich Ihnen allen helfend unter die Arme greife. Sie glauben vielleicht, dass das nicht nötig ist, aber wie Sie alle nur zu gut wissen, haben wir mit den Auflagen schwer zu kämpfen. Die Zeitungsindustrie steht vor der größten Herausforderung aller Zeiten. Tatsächlich habe ich während meiner ganzen Zeit in den Medien noch nie dergleichen erlebt.«

Rebecca hörte Hugh leise schnauben.

»Die Verkaufszahlen sind gesunken, die Einkünfte sind gesunken, und wir müssen Methoden finden, um sie zumindest abzufedern, wenn nicht gar für eine Steigerung zu sorgen. Ihre Jobs, all unsere Jobs hängen davon ab. Wir müssen zusammenarbeiten, um sicherzustellen, dass diese großartigen alten Blätter noch viele Jahre den Menschen im Norden Schottlands und in den Highlands Nachrichten bringen, online und in der Printausgabe.«

Er legte eine Pause ein – seine Rede klang allmählich wie eine Pressemitteilung – und schaute zu Barry. Das Gesicht des Chefredakteurs war gelassen, aber er fuhr sich mit den Fingern durchs Haar, ein Zeichen dafür, dass er auf wackligem Boden stand. Das war auch kein gutes Omen. Rebecca bemerkte zum ersten Mal, dass Barry beim Frisör gewesen war. Am Vortag hatte er das Haar noch wie üblich vorne kurz und hinten lang getragen, doch nun war es insgesamt kürzer, wenn auch immer noch nicht modisch geschnitten. Er hatte Anstrengungen unternommen, um sich herauszuputzen. Irgendwas lag eindeutig in der Luft.

»Jetzt kommt's«, flüsterte Hugh, als Les Morgan tief Luft holte.

5

DCI Val Roach starrte auf die Leiche im Heidekraut und wünschte sich, sie hätte eine Tasse Kaffee in der Hand. Sie hatte es sich angewöhnt, jeden Morgen, ehe sie das Haus verließ, einen ordentlichen Kaffee zu kochen und in eine Thermosflasche abzufüllen, um ihn bei der Arbeit zu trinken. Mit der Plörre, die man ihrer Erfahrung nach auf Polizeirevieren angeboten bekam, wollte sie ihr System lieber nicht verpesten, schönen Dank auch. Sie lechzte nach einem Koffeinschub, aber auf gar keinen Fall konnte sie ihre Thermosflasche an einen Tatort mitbringen. Sie erinnerte sich daran, dass sie als Kind im Fernsehen Columbo an einem Tatort herumlatschen, seine Zigarren rauchen und überall Asche verstreuen gesehen hatte. Oder Eierschalen, wenn man ihn frühmorgens rausgerufen hatte. Aber das war Fiktion gewesen, dies hier war die Wirklichkeit. Die Naturwissenschaften hatten inzwischen die Mordermittlungen erobert. Ein pensionierter Kriminalbeamter hatte ihr einmal erzählt, dass man in den Sechzigerjahren bei einem berüchtigten Mordfall Rekrutengruppen zum Tatort gebracht hatte, um ihnen die Leiche an Ort und Stelle zu zeigen, und alle – Detectives, uniformierte Polizisten, sogar Polizeianwärter – waren mit ihren Riesenschuhen am Tatort herumgetrampelt, hatten Beweismittel kontaminiert und Stiefelabdrücke in Größe 45 und Gott weiß was sonst noch hinterlassen. Die DNA-Analyse hatte das alles geändert. Über Kontaktspuren – die bloße Vorstellung, dass jeder entweder etwas von sich an einem Ort hinterließ oder etwas von dort mitnahm – wusste man nun seit Jahrzehnten Bescheid. Doch erst nachdem die Leute begriffen hatten, dass die Genetik ihre Fingerabdrücke überall hinterließ, hatten die Nerds endgültig die Oberhand gewonnen. Die DNA einer Person kann anscheinend in einem Radius von 5 Metern herumfliegen, daher die Ganzkörperschutzanzüge: Damit ja kein zufälliges Härchen oder Hautschüppchen von den Ermittlern wegfliegt und alles durcheinanderbringt.

Sie brauchte jetzt wirklich dringend Koffein.

Ob sie vielleicht ein Koffeinproblem hatte? Steckte sie in den Fängen der Koffeinsucht? Sollte sie einen kalten Entzug riskieren? Oder – schlimmer noch – irgendeine grüne Flüssigkeit trinken, die wie das Kochwasser von Rosenkohl schmeckte?

Sie verbannte diesen Gedanken. Sie wusste, was ihr Unterbewusstsein da machte: Es kompensierte den Ort, an dem sie stand, und das, was sie da anschaute. Sie war nun seit zwanzig Jahren bei der Polizei und hatte den Tod in vielerlei Form zu Gesicht bekommen: friedlich, gewaltsam, jung, alt, vorzeitig, überfällig. Sie hatte Blut und Hirn und Körperflüssigkeiten und Kot gesehen, verschmiert, vergossen und verspritzt. Als Streifenpolizistin hatte sie einmal in einer Toilettenkabine die Leiche einer Drogensüchtigen gefunden, die beim Entleeren ihres Darms an einer Überdosis gestorben war und die Spritze noch im Arm stecken hatte. Ein andermal hatte sie einen Kopf aus einem Abwassergraben gefischt, nachdem ein Motorradfahrer in einen Lastwagen geschleudert war. Sie hatte mit Mühe einen Säugling aus den Armen einer Frau gelöst, die noch mit dem Kind redete, es noch wiegte, obwohl es schon über eine Woche tot war.

Diese Begebenheiten waren traurig. Sie waren schrecklich.

Aber das hier?

Das hier war beides, aber auch einfach schauerlich.

Jemand zog von außen den Reißverschluss des Schutzzeltes auf, und Detective Sergeant Paul Bremner duckte sich durch die Öffnung herein. Er war ähnlich wie sie in einen Einwegschutzanzug gehüllt, hatte eine Maske vor Mund und Nase und eine Schutzhaube auf dem Kopf, obgleich es unwahrscheinlich war, dass er Haare am Tatort hinterlassen würde. Er war nämlich kahl wie eine Kegelkugel, was ihm den Spitznamen Yul Bremner eingebracht hatte. Den hatten ihm die älteren Kollegen verpasst, die *Die glorreichen Sieben* noch kannten. Jetzt musste sie an diesen Film denken. Es war einer der Lieblingsfilme ihres Ehemanns. Vielmehr, er war es gewesen. Sie verspürte beim Gedanken an Joe wieder den vertrauten Stich in der Brust, verdrängte ihn aber. Konzentrier dich auf die anstehende Arbeit, Roach.

»Gibt's was Neues?«, fragte Bremner mit einem Blick auf die Leiche. Er hatte das Zelt vor einer Dreiviertelstunde verlassen, um bei der Koordinierung der Suchmannschaft zu helfen, die das Heidekraut durchkämmte.

»Die Bestätigung ist gerade gekommen«, antwortete Roach und hoffte, dass er das leichte Stocken ihrer Stimme nicht bemerkte. Verdammt. Joe ist jetzt schon ein Jahr nicht mehr hier. »Wie wir schon vermutet hatten – der Typ ist tot.«

Bremner nickte. »Aye, na gut. Keine Überraschung.«

Sie schwiegen einen Augenblick, während sie die Leiche zum x-ten Mal musterten, seit sie vor zwei Stunden hier eingetroffen waren.

Roach starrte auf die Waffe und fragte: »Sie haben wahrscheinlich auch noch nie was Ähnliches gesehen, vermute ich mal.«

»Teufel noch mal, nein. Sie?«

Sie schüttelte den Kopf. Das war einfach schauerlich.

»Meinen Sie, das Ding ist echt?«, sinnierte Bremner.

»Echt genug, würde ich sagen.«

»Nein, ich meine, ist das eine Antiquität oder eine Nachbildung?«

Roach beugte sich näher hin. »Sieht alt aus, aber was weiß ich schon, zum Teufel? Wir sind ja hier nicht bei *Bares für Rares*. In der Forensik haben sie vielleicht einen Metallurgen, der sich das mal anschauen kann.«

»Einen Metallurgen?«

»Ja, einen Experten für Metalle und ihre Legierungen.«

»Ich weiß, was ein Metallurge ist, Chefin. Aber ich hätte nicht gedacht, dass sie da einen auf Abruf haben.«

»Heute findet man Experten für beinahe alles. Das Internet ist eine tolle Sache.«

Messer, Pistolen, Hämmer, Baseballschläger, Kricketschläger, Wagenheber, sogar einmal ein Golfschläger – ein Neunereisen, wenn sie sich recht erinnerte. Das hatte sie schon alles als Mordwaffen gesehen. Aber das hier? In ihrer Erfahrung war das einmalig. Nicht viele Mörder trugen ein originalgroßes schottisches Zweihandschwert, ein Claymore, mit sich herum.

Doch die Waffe war nicht das einzige Schauerliche an diesem Fall.

Bremner kniete sich neben die Leiche, achtete noch immer sorgfältig darauf, nichts zu berühren, ehe die naturwissenschaftlichen Aasgeier sie nicht saubergenagt hatten. »Was ist mit den Klamotten? Meinen Sie, die sind aus der Zeit?«

»Keine Ahnung. Das müssen die Experten rausfinden.«

Der Tote trug einen traditionellen, mit einem Gürtel zusammengehaltenen Überwurf in einem Schottenkaro in gedämpften weichen Farben. Darunter hatte er ein grobes Hemd an. Auf dem Kopf saß eine Kappe mit einem Stechpalmenzweig an der Stirn. Für Roach sah es so aus, als hätte man die Leiche in einer Zeitmaschine von der Schlacht im Jahr 1746 hergebracht.

Bremner richtete sich auf. »In ein paar Wochen ist der Jahrestag der Schlacht.« Nach einer kleinen Pause fügte er, für den Fall, dass sie nicht wusste, wovon er redete, noch hinzu: »Culloden.«

»Meinen Sie, das ist wichtig?«

Er schnalzte mit der Zunge. »Da bin ich völlig überfragt. Ich meine, das alles ist für mich komplett neu. Herrgott. Es ist einfach nur so verdammt ...«

»Schauerlich?«, schlug sie vor.

»Und wie.« Er verstummte wieder, nagte an der Unterlippe. »Wussten Sie, dass gerade ein Film über die Schlacht gedreht wird? Im Glen Nevis oben.«

Daran hatte sie auch schon gedacht. Seit man Mel Gibson für *Braveheart* die Extensions ins Haar geflochten hatte, war nicht mehr so viel Aufregung über eine Hollywood-Produktion in der Luft gewesen. Die Filmgesellschaft hatte *Conquering Hero* an Drehorten überall in Schottland gefilmt und zudem noch für die Innenaufnahmen das Studio in der Nähe von Cumbernauld genutzt, das normalerweise für die Serie *Outlander* reserviert war. Im Film ging es nicht so sehr um die Schlacht als um Charles Edward Stuart und seinen Gegenspieler, den Herzog von Cumberland. Die Nachrichten hatten gemeldet, dass sich die ganze Sache zu einer ziemlichen Kontroverse entwickelt hatte, weil im Drehbuch die Highlander nicht gerade gut wegkamen. Zumindest behauptete das die Spioraid nan Gàidheal.

»Meinen Sie, all das hier«, Bremner deutete mit ausladender Geste auf die Leiche wie die Assistentin eines Zauberers vor der großen Enthüllung, »ist vielleicht vom Set gekommen?«

»Im gegenwärtigen Stadium weiß ich überhaupt nicht, was ich denken soll. Aber ein kleiner Plausch mit den Filmleuten steht sicher auf dem Zettel.«

Bremner nickte, und sie schauten zu, wie die Techniker knipsten, schnippelten, abstaubten und stocherten. Einer führte die Hände des Mannes vorsichtig in eine Plastiktüte ein, um die Überreste unter den Fingernägeln und an der Haut zu schützen. Ein anderer rollte ein großes Stück Plastikplane aus, um darin die Waffe einzuwickeln, die gerade vorsichtig entfernt wurde.

Roach blickte ins Gesicht des Toten: Die Haut war bleich, die Augen waren weit aufgerissen, als starrte er auf das Zelt, das ihn abdeckte. Er brauchte dringend eine Rasur, fiel ihr auf. Sein Haar, zumindest das, was sie unter der Kappe sehen konnte, war lang und strähnig. Sie versuchte, sein Alter zu raten. Ende dreißig vielleicht? Anfang vierzig? Der Tod hatte seine Gesichtszüge geglättet, und die fehlende Farbe half auch nicht gerade. Tote tanzen keinen Boogie, hatte ihr einmal jemand erklärt. Tote altern auch nicht.

In Gedanken stellte sie ihm Fragen:

Wer bist du?

Wie war dein Leben?

Warst du verheiratet? Verliebt? Hast du Kinder? Wartet zu Hause jemand auf dich, fragt sich, wo du bleibst, ruft auch jetzt noch verzweifelt jeden und jede an, die er oder sie kennt, und sucht nach dir?

Wie bist du hierhergekommen?

Was zum Teufel ist hier passiert?

Natürlich bekam sie keine Antworten. Tote reden auch nicht viel.

Sie seufzte. »Wie ich solche Rätsel hasse.«

6

Innen drin lebt das Kind noch. Die Jahre vergehen, die Geografie ändert sich, und doch lebt und atmet das Kind. Und erinnert sich.

Auch Erinnerungen sind lebendige, atmende Wesen. Sie haben ihren eigenen Willen. Sie können auf den tiefsten Grund gedrückt werden, sie können weggesperrt werden, aber sie finden immer einen Weg an die Oberfläche zurück und brechen aus. Der kleinste Anstoß reicht aus, um sie aufzuwecken. Ein Geruch. Wie das Licht aufs Wasser fällt. Wie jemand redet. Ein Fetzen Musik.

Etwas, irgendetwas, aus einer Vergangenheit, die besser in Vergessenheit bliebe. Die besser abgetan würde, als wäre sie nie geschehen. Die nur die Erinnerung eines anderen Menschen ist, die Geschichte eines anderen, der Schmerz eines anderen.

Doch dann kommt dieser Anstoß, nur für den Bruchteil einer Sekunde, mehr ist nicht nötig, und schon flutet alles zurück.

Denn die Vergangenheit ist gegenwärtig. Und die Gegenwart ist vergangen.

Das Haus.

Die Treppe.

Die Geräusche von unten.

Das Zimmer.

Immer das Zimmer. Und das Kind ist wieder dort.

Dieses winzige quadratische Zimmer mit den weißen Wänden und dem verschlissenen Teppich und dem Einzelbett und der Holzkommode und dem Fenster, durch das zwar Licht, aber sonst nichts von der Außenwelt hereindringt. Das Glas ist künstlich mattiert worden, mithilfe einer Klebefolie, um den Blick auf die Welt da draußen zu verhindern oder, wichtiger noch, den Blick auf die Hölle hier drinnen. Eine Ecke der Plastikfolie hat sich gelöst, und das Kind kann daran zupfen und hinausschauen, aber die Aussicht ist begrenzt: die Kante eines Dachs, die Äste eines Baumes, ein Fleckchen Himmel. Wenn die Abdeckung weiter abgezogen würde, hätte das Bestrafung zur Folge, und das Kind ist schon gestraft genug. Durch das milchige Glas sind nur verschwommene Flecken auszumachen und eine Andeutung von Bewegungen auf der Straße unten, von Menschen und Hunden und Autos, von gelebtem Leben. Das ist die Welt jenseits dieses Zimmers und dieser Treppe und dieses Hauses. Eine unscharf gezeichnete Welt der Schatten, der vagen Umrisse. Eine Welt, der nicht bewusst ist, was nur wenige Meter von ihr entfernt geschieht, die sich des Kindes nicht bewusst ist, das sich nach der Freiheit verzehrt.

Mehr ist nicht nötig. Nur eine Sekunde. Das bloße Aufflackern eines Gesichts unter vielen. Sicherlich älter, doch immer noch gleich. Ein zufällig mitgehörter Satz, eine noch wiedererkennbare Stimme. Und nach diesem einen Mal Sehen und Hören fällt alles zu Schutt und Asche zusammen. Ein sorgfältig konstruiertes Leben, eine Fiktion, die mit tätiger Hilfe der Gesellschaft aufrechterhalten wurde, bekommt erst Risse und zersplittert dann. Und wird enttarnt.

Das darf nicht passieren. Das Kind darf es nicht zulassen.

7

Elspeth McTaggart war eine gedrungene Frau. Anders konnte man sie wirklich nicht beschreiben. Rebecca hatte Fotos von ihrer ehemaligen Chefin aus jüngeren Jahren gesehen – damals hätte man sie vielleicht zierlich nennen können. Aber dank ihrer Lebensfreude war ihr Torso in die Breite gegangen, während ihre Körpergröße sehr klein geblieben war. Ihre Gesichtshaut war lederig und faltig, ihr rappelkurz geschnittenes Haar in einer seltsamen Rotschattierung gefärbt, die nirgendwo in der Natur vorkommt. Ihre Augen waren stets lebhaft, wach und jederzeit bereit, einer scharfen Frage oder einer schneidenden Anmerkung Nachdruck zu verleihen. Jetzt saß sie in ihrem kleinen Büro über einem Café auf der Union Street hinter ihrem Schreibtisch. Der Flickenteppich aus Straßen und Gassen, die Gegend, in der Elspeth ihr Hauptquartier aufgeschlagen hatte, wurde allgemein als Old Town bezeichnet. Rebecca hielt sich in diesem Teil von Inverness besonders gern auf. Sie hatte einen Parkplatz vor dem Bahnhof ergattert und ging nun zu der Nachrichtenagentur, die Elspeth gehörte und die diese als Ein-Frau-Betrieb führte. Obwohl es noch früh im Jahr war, konnte man bereits Touristen erspähen, die durch die schmalen Straßen und Gassen wanderten und interessiert in die Schaufenster guckten, alles von einem babylonischen Sprachgewirr und dem Klicken von Kameras begleitet. Inverness war das ganze Jahr hindurch Touristenstadt, und wenn es auch nicht so ausgedehnt war wie Glasgow oder Edinburgh, so war es doch eine Metropole. Und es wuchs schnell.

Elspeth hockte zusammengekrümmt hinter ihrem Schreibtisch wie Yoda, wenn man sich einen Yoda vorstellen kann, der drei Päckchen Zigaretten am Tag qualmt und Tee trinkt, als sei er ein Lebenselixier. Im Jahr zuvor war sie gestürzt und hatte sich an der Hüfte verletzt, sodass sie nun mit einem Gehstock unterwegs war. Du und Chaz, ihr solltet einen Verein gründen, dachte Rebecca, als sie den Stock rechts an Elspeths Schreibtisch lehnen sah. Zum Glück hatte Elspeth ein riesiges Netzwerk an Kontakten. Sie konnte daher die meiste Zeit im Büro sitzen bleiben und doch überall in den Highlands ihren Finger am Puls des Geschehens haben.

»Die versuchen also immer noch, das Rad neu zu erfinden, was?« Elspeths Stimme klang wie gestampfte Erde nach einer langen Dürreperiode – hart, brüchig, unnachgiebig. In ihrer Journalistenkarriere hatte sie sich mit Stadträten und Parlamentariern, hochrangingen Polizeibeamten und den niederträchtigsten Gaunern angelegt. Sie kannte weder Furcht vor irgendeiner Partei oder Interessengruppe, noch hatte sie je irgendeiner nach dem Mund geredet. Sie hatte sich bei der Zeitung gegen das eigene Management gestellt, während andere Chefredakteure vorsichtshalber gekuscht hatten.

In ihren späteren Jahren als Chefredakteurin des *Chronicle* war ihr Spitzname Navi gewesen, weil sie nur zu gern jedem deutlich sagte, wo es langging.

Rebecca hatte eine ihrer seltenen Mittagspausen dazu benutzt, Elspeth zu besuchen, um ihr zu berichten, was Les Morgan in seiner Volksrede vor der versammelten Belegschaft und später hinter verschlossenen Türen in Barrys Büro gesagt hatte. Die Aussagen waren kurz und knapp gewesen. Die Zeitungsbranche sei in der Krise. Es brauche drastische Maßnahmen. Veränderungen. Mehr auf digitale Inhalte setzen. Storys erst dort posten.

»Ja, ja, ja«, sagte Elsbeth und zündete sich eine neue Zigarette mit dem goldenen Feuerzeug an, das ihr Exmann ihr geschenkt hatte, dem fünf Hotels an mehreren Ecken der Highlands gehörten. Die beiden hatten sich nach zehnjähriger Ehe scheiden lassen, weil sie sehr unterschiedliche Bedürfnisse hatten. Oder wie Elspeth es ausdrückte: Er brauchte eine Frau, die zu Hause blieb, ihm Essen kochte und seine Boxershorts wusch. Sie jedoch brauchte ihre Karriere und eine Reihe von One-Night-Stands mit jüngeren Frauen. Erst nach ihrer Heirat war ihr klar geworden, was sie von ihrer Sexualität immer schon vage vermutet hatte. Für ihren Mann war es allerdings eine ziemliche Überraschung gewesen. Trotzdem waren die beiden nun zwanzig Jahre nach der Scheidung weiterhin gute, wenn auch nicht intime Freunde. Elspeth hatte ein paar Jahre lang nichts anbrennen lassen. In jüngerer Zeit war sie, wie sie es ausdrückte, in einem annähernd trauten Heim mit einer Frau namens Julie sesshaft geworden, die zehn Jahre jünger als sie war und in Drumnadrochit an der Küste von Loch Ness ein kleines Café mit Buchladen besaß. In den achtzehn Monaten, in denen Rebecca beim *Chronicle* für Elspeth gearbeitet hatte, hatte ihre ehemalige Chefin keinen einzigen Annäherungsversuch gemacht. Rebecca wusste nicht, ob sie darüber erleichtert oder beleidigt sein sollte.

Elspeth blies einen langen Rauchfaden in die Luft. Dies war zwar ein Arbeitsplatz, aber da sie als Einzige hier tätig war, konnte ihr das Gesetz gegen Rauchen am Arbeitsplatz den Buckel runterrutschen. Navi hatte gesprochen.

»Verdammt, die lernen einfach nie, oder?«

Rebecca schüttelte den Kopf. »Sie bündeln alle Abteilungen der Redaktion. Das heißt, dass wir alle immer gemeinsam an dem Titel arbeiten, der es gerade braucht. Und natürlich Einstellungsstopp, äh, Moratorium bei Neueinstellungen.«

»Hat er echt das Wort Moratorium benutzt?«

»Ja.«

Elspeth prustete. »Was für ein affiger kleiner Scheißer.«

Rebecca musste lächeln. »Es wird keine Freiberufler mehr geben, also auch keine Urlaubsvertretung. Was an Arbeit zusätzlich anfällt, übernehmen die restlichen Mitarbeiter. Jeder Reporter sollte mindestens fünfzig Storys pro Woche schreiben, meint er.«

»Großer Gott, das ist die reinste Fließbandarbeit«, sagte Elspeth.

»Er möchte auch mehr Kommentare in der Zeitung und online, damit sich die Leser mehr engagieren.«

»Klicks generieren. Dann besteht die Gefahr, dass sie alle wirklich ernsten Geschichten ignorieren, nur um online mehr Besucher anzuziehen.«

»Sport wird gestrichen. Er meint, damit könne man heute keine Zeitung mehr verkaufen.«

Eine Rauchkugel schwebte aus Elspeths Mund, während sie darüber nachdachte. Sie zuckte mit den Achseln. »Da hat er vielleicht recht. Früher war das anders, aber die kleineren Fußballklubs haben jetzt alle eigene Websites. Da können die Fans Berichte lesen und Videos anschauen. Und bei Inverness Cally haben sie sich vom Sirenengesang der überregionalen Zeitungen und des Fernsehens locken lassen.«

»Einen Content Manager haben sie uns auch gestrichen«, sagte Rebecca, und Elspeth rümpfte die Nase über diese Bezeichnung. Sie nannte diese Leute immer noch Redakteure, doch in der Branche änderte man die Berufsbezeichnungen gern einmal. Das war sehr hilfreich, wenn man Leute loswerden wollte. Man streicht einen Redakteursposten und schafft den eines Content Managers. Derselbe Job, ein anderer Titel, weniger Gehalt.

»Und was sagt Barry zu all dem?«, fragte Elspeth.

»Er kann nicht viel dazu sagen«, erwiderte Rebecca. »Er ist jetzt weg vom Fenster.«

Diese Bombe hatte er nach ihrem Treffen mit Les Morgan hochgehen lassen. Rebecca hatte gefragt, ob er gegen die Dinge ankämpfen würde, die jetzt da liefen, und er hatte nur den Kopf geschüttelt. Sie hatte ihm erwidert, das könne er doch nicht geschehen lassen. Er sei doch der Chefredakteur und müsse sich für seine Zeitungen, für seine Mitarbeiter einsetzen. Er müsse kämpfen. Er hatte geantwortet, da könne er nichts machen.

»Ich bin auch raus, Becks«, hatte er gesagt, und die Worte waren so bedeutungsschwer gewesen, dass er sie mühsam in die Welt hinauszwingen musste.

Sie hatte ihn nur in schockiertem Schweigen angestarrt. Sie hatte durchaus ihre Zusammenstöße mit Barry gehabt, aber in den meisten Fällen war das ihre Schuld gewesen. »Aber ...«, war alles gewesen, was sie herausgebracht hatte.

Er hatte zur Redaktionstür zurückgeschaut, war dann noch ein paar Stufen nach unten gestiegen, um sich weiter zu entfernen. »Sag niemand was davon, okay? Das wird schon noch früh genug verkündet.«

»Aber wer wird denn dann Chefredakteur?«

Seine Lippen hatten sich zu einer Linie verzogen, die ein Lächeln hätte sein können, wenn nicht alles so traurig gewesen wäre. »Die brauchen keinen Chefredakteur.«

»Die brauchen keinen ...« Rebecca konnte das Gehörte nicht recht begreifen. »Die ... wie bitte? Ich meine ...«

»Es wird einen Content Supervisor geben«, hatte Barry geantwortet.

In ihrem Büro in der Altstadt lachte Elspeth laut auf. »Content Supervisor? Ach du liebe Güte, da haben die Wahnsinnigen wirklich die Leitung der Anstalt übernommen. Hast du eine Ahnung, wer?«

Rebecca schüttelte den Kopf. »Anscheinend wird Les Morgan eine Weile das Ruder übernehmen. Sie nennen das die ›Übergangsphase‹.«

»Aye, Übergang von einem Schlamassel in den nächsten.«

»Und dann werden sie wohl jemanden ernennen.«

»Jemand aus der Belegschaft?«

»Das ist eher zweifelhaft. London wird einen von den eigenen Leuten auf dem Posten haben wollen. Jedenfalls ist niemand von uns erfahren genug außer Hugh, und ich kann mir nicht vorstellen, dass sie dem die Schlüssel zum Königreich übergeben wollen.«

»Stimmt. Hugh war nie einer, der sich von irgendwelchen Mist-ideen davon abhalten lässt, seine Meinung kundzutun.«

»Von wem er das wohl gelernt hat?«

Elspeth klemmte sich ihre Zigarette in den Mundwinkel und lins-te über ihren Schreibtisch. »Keine Ahnung, was du damit meinst, junge Dame. Ich war vom ersten bis zum letzten Tag eine loyale Mit-arbeiterin.«

»Warum haben sie dich dann rausgeschmissen?«

»Die haben mich nicht rausgeschmissen. Ich wurde gebeten zu gehen.«

Rebecca lachte.

Elspeth nahm die Zigarette aus dem Mund und legte sie auf ei-nem Aschenbecher ab, der schon zehn Kippen zuvor dringend hät-te geleert werden müssen. Sie beugte sich vor. »Und wie geht es dir jetzt mit all dem?«

Rebecca seufzte. Sie hatte die Neuigkeit noch nicht vollständig verarbeitet. Sie wusste, dass ihr Job nicht mehr so sein würde wie in den Zeiten, als Elspeth die Leitung hatte. Damals war es vor allem darum gegangen, mit der Story so nah wie möglich an die Wahrheit heranzukommen, ganz egal, wie viel Druck die oben mach-ten. Es würde nicht einmal so bleiben, wie es unter Barry gewesen war, als die Qualitätsstandards parallel zur Zahl der Mitarbeiter schrumpften. Es würde etwas völlig Neues werden, ihrer Meinung nach weit entfernt von gutem Journalismus. Textproduktion im Akkord und am Fließband, wobei ein viel breiteres Gebiet abge-deckt werden sollte als bisher. Damit würde wenig bis gar keine Zeit mehr bleiben, um das zu tun, was sie am besten konnte: von Angesicht zu Angesicht mit den Leuten zu reden. Sie hatte mit Barry die Vereinbarung getroffen, dass sie losziehen und genau das tun durfte, falls es ihr gelang, ihn von der Notwendigkeit zu überzeugen. Im Grunde seines Herzens war er ein altmodischer Journalist, also nicht allzu schwer zu überreden, obwohl er durchaus zu Gegenwehr fähig war. Das hatte oft zur Folge, dass sie zum Ausgleich viele Überstunden einlegen musste, aber das machte ihr nichts aus. Ihre Mutter lebte in Glasgow, und ihre einzigen wirklichen Freunde in Inverness waren Chaz und Alan, also war Mangel an Freizeit kein großes Thema. Früher einmal hatte es noch Simon gegeben, einen Anwalt aus Nairn, doch diese Beziehung war an den Klippen einer Fehlgeburt zerschellt. Davon wusste niemand etwas, nicht einmal Chaz oder Elspeth. Oder ihre Mutter. Es hatte aber schon vorher Probleme gegeben, zumindest von ihrer Seite. Simon hatte versucht, die Beziehung zu retten, doch als sie im vergangenen Herbst von Stoirm zurückgekommen war, hatte sie endgültig die Reißleine gezogen. Sie hatte ihn auf einen Drink eingeladen – wenn ihm das nicht klargemacht hatte, dass etwas nicht stimmte, würde gar nichts mehr helfen. Denn bisher hatte sie nie die Initiative ergriffen und ihn kontaktiert. Sie gingen in eine ruhige Lounge in einem Hotel am Ufer des River Ness und redeten lange – na ja, sie redete lange, er saß hauptsächlich da und hörte zu, stellte gelegentlich mit leiser, angespannter Stimme eine Frage. Sie teilte ihm mit, dass es für sie keine gemeinsame Zukunft gebe, dass es niemandes Schuld sei, dass es auch nicht wegen des Babys sei. Es sei einfach nichts mehr da. Nur knapp schlitterte sie an der Erklärung vorbei, es liege nicht an ihm, sondern an ihr, aber das schwang deutlich mit.

Er hatte lange sehr ruhig dagesessen, durch das große Fenster auf die Burg am Berg gegenüber gestarrt, während das Flutlicht sich schimmernd im fließenden Wasser spiegelte. Als er schließlich zu ihr blickte, sah sie den Schmerz und die Fragen in seinen Augen und spürte, wie es ihr das Herz brach. Sie wollte ihm nicht wehtun, das hatte sie nie gewollt, aber sie konnte auch nicht so weitermachen wie bisher.

Er stand auf und ging ohne ein weiteres Wort, und sie empfand eine Mischung aus Erleichterung und einer Spur Selbstverachtung.

Und wenn sie ehrlich war, auch Verlust. Dieses Gefühl kannte sie. Mit Verlust kannte sie sich aus. Das Baby. Ihr Vater.

Ihr Telefon, das vor ihr auf Elspeths Schreibtisch lag, vibrierte und riss sie aus ihren Gedanken. Als sie danach griff, wurde ihr klar, dass sie Elspeth noch keine Antwort auf ihre Frage gegeben hatte. »Ich weiß es nicht. Ehrlich nicht. Ich muss einfach abwarten.«

Elspeth setzte sich auf ihrem Stuhl zurück, streckte die rechte Hand unbewusst nach der Zigarette aus. »Mehr können wir alle nicht tun, Becks.«

Rebecca warf einen Blick auf das Display und sah, dass dort Bill Sawyers Nummer aufleuchtete. »Bill?«

»Hab mit meinem Kumpel drüben in Inshes geredet.« Das Hauptquartier der schottischen Polizei in Inverness war in einem östlichen Stadtbezirk angesiedelt, in einem Industrie- und Einzelhandelsgebiet in der Nähe des Craigmore Hospital. »Er sagt, die zieren sich gewaltig, sind äußerst zurückhaltend.«

»Wie immer also?«

»Mehr hat er nicht gesagt. Diese DCI Roach ist eine zähe Nummer, und alle haben eine Scheißangst, ihr womöglich ans Bein zu pinkeln. Tut mir leid, Schätzchen – sieht ganz so aus, als müsste ich mir dieses Happy Meal irgendwann später verdienen.«

Enttäuschend, aber keine große Überraschung. Sie wusste, dass die Polizei alles so weit wie möglich unter Verschluss halten wollte. *Spezielle Erkenntnisse.* Wie üblich ertönte die Stimme ihres Vaters in ihren Gedanken. *Wir können nicht alles öffentlich machen. Vieles müssen wir zurückhalten, wegen der Beweise, wegen der Ermittlungen, wegen juristischer Erwägungen. Und dann sind da noch die Kleinigkeiten, mit denen wir einen Verdächtigen ins Stolpern bringen können.* Sie erinnerte sich, dass er eine Pause eingelegt und ihr dann das Lächeln zugeworfen hatte, das stets eine freche Bemerkung ankündigte. *Und natürlich machen wir das manchmal einfach auch nur, um die Reporter zu ärgern.*

»Eins hat mein Kumpel allerdings gesagt«, unterbrach Sawyers Stimme die Erinnerungen, die in ihrem Kopf abliefen. Sie bemerkte, dass Elspeth ihren Gesichtsausdruck mit Interesse und Geduld beobachtete. Sie musste gespürt haben, dass es bei diesem Anruf um eine Story ging, wusste aber, dass Rebecca ihr alles erzählen würde. So war ihre Beziehung.

Rebecca fragte: »Was?«

»Dieser Mord? Er meinte, es ginge das Gerücht um, er sei irgendwie schauerlich.«

8

»Schauerlich? Inwiefern?«

Val Roach schob Superintendent Harry McIntyre ihr Tablet über den Schreibtisch zu und beobachtete, wie er mit dem Zeigefinger die Bilder durchwischte. Er war ein massiger Mann, weit über eins achtzig groß, und hauptsächlich füllten Muskeln seine adrette Uniform aus. In jüngeren Jahren war er Leichtathlet gewesen und hatte das Bedürfnis, seinen Körper in Bestform zu halten, nie verloren.

McIntyre wurde blass, als er die Fotos musterte. Trotz aller Versuche der Kriminalschriftsteller, der Welt das Gegenteil zu beweisen, waren Morde in den Highlands eher selten. Auch andere widerrechtliche Tötungen wurden folglich in gewisser Weise als ungewöhnlich angesehen. Dies hier war jedoch außerordentlich, wie McIntyre nun selbst sah.

Er hob die Augen nicht. »Nun«, sagte er. Sie wartete. »Nun«, wiederholte er.

»Ja, Sir«, erwiderte sie.

McIntyre lehnte sich auf seinem Stuhl zurück, die Augen noch starr auf den Bildschirm geheftet. »Ich habe schon viel gesehen, aber das ist …?«

»Einfach schauerlich?«, schlug sie vor, als er verstummte.

»Gelinde gesagt.«

Roach lächelte, aber in ihrer Miene spiegelte sich wenig Humor. Sie wusste, dass ihr Chef Mühe hatte, mit diesem Anblick klarzukommen; ihr war es auch so ergangen. Wie es ihr noch immer erging, wenn sie ehrlich war. Eine Leiche im traditionellen Highland-

Gewand – Überwurf, Hemd, Kappe mit Stechpalmenzweig – war eine Sache. Aber das antike Claymore-Schwert, mit dem man den Mann auf den Erdboden gespießt hatte und das auf den Fotos hoch aufragte wie ein Stehender Stein, war etwas ganz anderes.

Schließlich riss McIntyre den Blick vom Tablet los. »Keinerlei Hinweise auf die Identität des Opfers?«

»Nichts, Sir. Die Kleider sitzen nicht besonders gut, also glauben wir nicht, dass es seine eigenen waren.«

»Und die Waffe?«

»Ist in einem guten Zustand, nach allem, was ich sehen konnte. Verdammt schwer. Wer immer sie geschwungen hat, muss eine Menge Muskeln haben.«

»Also ein Mann?«

Typisch, dachte sie, er glaubt, nur seine Geschlechtsgenossen könnten Muskeln haben. »Nicht unbedingt, Sir.«

»Irgendwelche anderen Wunden oder Prellungen am Opfer?«

»Nicht, soweit ich sehen konnte, aber die Obduktion wird uns da nähere Informationen geben.«

Sein Blick fiel erneut auf die Fotos, und Abscheu verzog seine Lippen. Er war ein viel zu erfahrener Beamter, um beim Anblick von Blut und Tod Widerwillen zu empfinden. Nein, Roach wusste, dass er ein typischer Polizist war, der genau wie sie nichts für solche Rätsel übrig hatte. Offene Gewalttätigkeit war ihnen allemal lieber, die konnten sie verstehen – ein Mann bringt jemanden bei einem Streit um, eine Frau tötet den Ehemann, der sie misshandelt hat. Aber Dinge wie das hier, eine mit Vorbedacht ausgeführte Tat, gleichzeitig schauerlich und ungewöhnlich, so etwas war ihnen nicht willkommen. Das bedeutete nur hohe Kosten, jede Menge Schreibkram und Personalbedarf.

»Nichts Offensichtliches, mit anderen Worten«, sagte er, und eine Mischung aus Überdruss und Verärgerung ließ seine Stimme scharf klingen. »Was zum Teufel ist da passiert? Der hat nicht einfach auf der Heide gelegen und sich von jemandem dieses Ding in den Körper rammen lassen, das ist mal sicher.«

»Nein, Sir.«

»Keine anderen Anzeichen eines Kampfes am Fundort?«

»Wir suchen noch, aber bisher ist dort kein Blut entdeckt worden, außer dem, was unter dem Opfer und unmittelbar daneben war. Vielleicht ist er bereitwillig dort hingegangen und dann überfallen worden. Dafür gibt es aber keine offensichtlichen Indizien. Es ist auch möglich, dass man ihn irgendwie außer Gefecht gesetzt hat, vielleicht unter Drogen, und dass er dann dort hingebracht und so liegen gelassen wurde.« Sie schnipste mit dem Finger in Richtung Fotos. »Mein Tipp wäre, dass man ihn in irgendeinem Fahrzeug hergekarrt, über die Heide getragen oder gezerrt und hier hingelegt hat. Und dann erst kam die Sache mit dem Schwert.«

»Die Toxikologie wird uns berichten, ob er unter Drogen stand?«

»Ja, Sir.«

»Zugang zum Fundort?«

»Waren Sie schon mal in Culloden, Sir?«

»Ja, aber bringen Sie es mir noch mal in Erinnerung.«

»Es gibt eine Zufahrt zum Besucherzentrum. Dort befinden sich Bereiche, wo man anhalten kann und von der Straße aus nicht gesehen wird, besonders nachts. Das Schlachtfeld selbst ist nicht umzäunt, also wäre es kein Problem, eine Leiche von einem Auto aus an den Fundort zu transportieren.«

»Aber dafür gibt es keine greifbaren Indizien? Irgendwelche Spuren oder aufgewühlte Erde?«

»Jede Menge Reifenspuren, aber das hat nichts zu bedeuten, Culloden ist ein beliebter Touristenort. Bisher nichts im Heidekraut, keine Schleifspuren.«

McIntyre tippte rhythmisch mit dem Zeigefinger auf den Bildschirm, während er ein Bild musterte. Roach folgte seinem Blick und sah eine Nahaufnahme der Leiche mit dem Schwert im Vordergrund.

Die Augen des Mannes waren weit aufgerissen, starrten unablässig. Und würden so lange weiterstarren, wie diese Aufzeichnungen existierten.

»Die verdammten Medien werden sich wie die Aasgeier auf diesen Fall stürzen«, sagte McIntyre. »Ich kann es auf den Tod nicht leiden, wenn die überall rumwuseln.«

»Ich werde darauf achten müssen, der Öffentlichkeit so viele Einzelheiten wie möglich vorzuenthalten, Sir.«

Er knurrte. »Verdammte Reporter, die reinste Landplage. Wissen Sie, wenn das nicht völlig unmöglich wäre, würde ich mich dafür starkmachen, dass jeweils nur drei oder vier Leute über Morduntersuchungen Bescheid wissen. So könnten wir alles unter Verschluss halten, bis wir zur Veröffentlichung bereit sind.«

»Ich weiß, was Sie meinen, Sir, aber – wie Sie schon sagten – das ist völlig unmöglich.«

»Sie werden den Medien was geben müssen. Schon bei der Nachricht, dass man auf dem Gelände eines Nationaldenkmals eine Leiche gefunden hat, werden die sich ja kaum noch einkriegen. Und die Highland-Klamotten und das gottverdammte Schwert machen es nur noch schlimmer.«

»Die Kleidung und das Schwert sind zwei Punkte, die ich im Augenblick lieber noch für mich behalten möchte, Sir.«

Er seufzte. »Na, viel Glück damit, Val. Irgendein Idiot da draußen wird plaudern, wenn er eigentlich nachdenken sollte. Garantiert.«

Sie wusste genau, was er meinte. Eine Mordermittlung war eine gigantische Unternehmung, an der in den verschiedenen Stadien eine ungeheure Anzahl von Personen beteiligt war. Zusätzlich zu den Polizeibeamten waren da medizinische Experten, Forensiker, diverse Zivilisten und Rechtsanwälte am Werk. Und wenn erst einmal die Befragungen anfingen, würde sich das Netz noch weiter ausbreiten.

Der Presse gegenüberzutreten war ein Teil ihres Berufs, den Val Roach gar nicht mochte. Sie wusste zwar, dass die Medien in vielerlei Weise bei den Ermittlungen helfen konnten, aber in ebenso vielen, wenn nicht mehr Fällen konnten sie auch ein Hindernis darstellen. Vals Job war, einen Mörder zu fangen. Der Job der Medien war, eine Story zu ergattern und sich dabei gegenseitig zu übertrumpfen. Ständig verkündeten sie, die Öffentlichkeit habe das Recht, die Fakten zu erfahren, aber eigentlich sollte die Öffentlichkeit während einer Ermittlung lediglich das erfahren, was die Polizei ihr unbedingt mitteilen musste – oder wollte. Was Val betraf, konnten die Zeitungen nach einem Prozess und einer Verurteilung gern drucken, was sie wollten. Vorzugsweise akkurate Informationen, aber das konnte man nie garantieren.

9

Rebecca hatte es beinahe bis zurück in die Redaktion geschafft, als ihr Mo Burke wieder einfiel. Sie hatte noch kein Zitat von ihr. Sie könnte die Frau einfach anrufen, sobald sie wieder im Büro war, was die von der Geschäftsleitung bevorzugte Methode war. Doch Rebecca hielt die Story für wichtiger. Genauso wie sie es vorgezogen hatte, die Demo selbst mitzuerleben, wollte sie nun Mo Burkes Gesicht sehen, wenn sie ihr die Frage stellte, warum sie angesichts der mutmaßlichen kriminellen Aktivitäten ihrer eigenen Familie in aller Öffentlichkeit so lautstark Position bezogen hatte. Es würde schwierig sein, diese Frage zu stellen, aber das war ihr Job: schwierige Fragen zu stellen.

Sie hatte gerade das Autobahnkreuz von Raigmore erreicht, über dem der Verkehr auf der A9 vorbeiflitzte. Sie fuhr auf den Longman-Kreisverkehr zu. Wasser spritzte von der nassen Straße auf und überzog ihre Windschutzscheibe, und Lastwagen donnerten auf dem Weg zur Kessock-Brücke und in den Norden an ihr vorüber. Na ja, dachte sie, in jedes Leben fällt ab und zu mal ein bisschen Regen.

Die Gegend, in der die Burkes wohnten, nannte man Ferry – nicht zu verwechseln mit den benachbarten Bezirken South Kessock und Merkinch, die auch unter diesem Spitznamen bekannt waren. Diejenigen, die in Inchferry geboren waren und den größten Teil ihres Lebens dort verbracht hatten, betrachteten die angrenzenden Gegenden häufig mit Verachtung. »Das hier ist das *echte* Ferry, wissen Sie?« Diesen Satz hatte Rebecca dort mehr als nur einmal gehört. Wer nicht in Ferry geboren und aufgewachsen war, beäugte die dortigen Anwohner höchstwahrscheinlich mit Misstrauen, wenn nicht gar mit Verachtung. Wenn man zugab, aus Ferry zu sein, musste man entweder ein Gauner, ein Drogensüchtiger oder eine ledige Mutter sein. Oder alles gleichzeitig. Das Viertel galt als grässliches Loch, eine Brutstätte des Verbrechens, wo es unzählige Teenagerschwangerschaften gab und der Abschaum der Gesellschaft zu Hause war. So sah man das jedenfalls, wenn man regelmäßig feine Dinner Partys gab, Avocados verzehrte und im Fernsehen nur Filme mit Untertiteln ansah. In Wirklichkeit arbeiteten viele der Anwohner hart für ihren Lebensunterhalt, hielten ihre Familien fest zusammen, und die einzige Droge, die die Leute einigermaßen regelmäßig zu sich nahmen, befand sich in Teebeuteln. Allerdings gab es einige, die dem guten Ruf des Viertels sehr schadeten. Und unter denen waren die Burkes die bekanntesten.

Vor langer Zeit hatte es hier tatsächlich einmal eine Fähre gegeben, die Passagiere und Waren über den Beauly Firth beförderte. Doch dank der Kessock Bridge benötigte man diese und andere Fähren nun nicht mehr. Die Siedlung war nach dem zweiten Weltkrieg rasch entstanden, genau wie viele andere Sozialwohnungssiedlungen überall im Land. Sie wuchs sich zu einem Netz wirrer Straßen aus, die ohne erkennbaren Plan Bögen machten und kreuz und quer verliefen. Die Bebauung war eine Mischung aus Reihenhäusern und Mietshäusern, von denen manche vier oder fünf Stockwerke hatten. Die anderen Gebäude waren das, was man heutzutage Duplex nennen würde: Zur Wohnung im Erdgeschoss gelangte man über die Vordertür, zur Wohnung im ersten Stock über eine Tür an der Seite. In den Siebzigerjahren waren viele dieser Gebäude sehr heruntergekommen, was teils der Vernachlässigung durch die Bewohner und die Stadtverwaltung und teils der schlechten Bausubstanz geschuldet war. Doch in den Achtziger- und Neunzigerjahren, als eine Regierungskampagne den Mietern das Recht einräumte, ihre Wohnungen zu kaufen, und Zuschüsse wie Konfetti herniederregneten, wurden einige umgebaut. Man spritzte Dämmschichten in die Mauern ein, reparierte Dächer, besserte den Putz aus und ersetzte Fenster. Die Eintönigkeit der Nachkriegsjahre wich einer individuelleren Farbgebung, als man den allgegenwärtigen langweilig grauen Rauputz überstrich. Jetzt waren die Mauern in Weiß oder Cremefarben oder bei einem Haus, das sie im Vorbeifahren erblickte, in einem besonders widerlichen Rosaton gehalten. Zwar hatte man einige der Gärten gepflastert und zu Einfahrten umgewandelt, doch es parkten noch so viele Auto auf beiden Straßenseiten, dass Rebecca ihren Wagen wie durch eine Schikane manövrieren musste, weil in dem schmalen Streifen Straße gerade mal Platz für ein einzelnes Fahrzeug war. Zwei-, dreimal war sie gezwungen, anzuhalten, um jemanden vorbeizulassen, der aus der anderen Richtung gefahren kam.

Das Haus der Burkes war ein zweistöckiges Reihenendhaus, das man wohl erst kürzlich strahlend weiß gestrichen hatte. Rebecca fand ein Stück weiter einen Parkplatz und ging zu Fuß zurück. Dabei registrierte sie den teuren schwarzen Geländewagen, der auf der Straße parkte, und dann das Haus selbst mit seinen blitzenden Fensterscheiben in neu aussehenden Hart-PVC-Fenstern und der dazu passenden Tür. Ordentliche Betonsteine ohne Gras oder Unkraut in den Fugen führten vom Bürgersteig über eine kleine Rasenfläche, die aussah, als hätte man sie mit der Nagelschere manikürt. Ihre Überraschung darüber, wie adrett und sauber alles aussah, wich rasch einem schlechten Gewissen. Was hatte sie denn erwartet? Eine Art Räuberhöhle? Offensichtlich hatte sie genauso viele Vorurteile wie die gut situierten Schickimickis, über die sie sich vorhin in Gedanken lustig gemacht hatte.

Auf dem Weg zum Haus verspürte sie das vertraute Kribbeln und die Anspannung im Magen. Es war nie leicht, unangemeldet irgendwo aufzutauchen, aber sie hatte sich dafür gestählt.

Die weiße Tür mit zwei Mattglasscheiben schwang auf, ehe sie dort angekommen war, und Scott Burke trat ihr entgegen. Bei der Demo am Morgen hatte er eine billig aussehende militärische Tarnjacke übergeworfen, doch nun bemerkte sie, dass er darunter offensichtlich ziemlich teuer aussehende Klamotten getragen hatte. Für ihn kam nichts von Primark infrage. Ganz im Gegensatz zu Rebecca. Sein blondes Haar war schick geschnitten, sein Gesicht glatt rasiert, und jetzt, da sie nah genug war, konnte sie feststellen, dass er gut genug aussah, um Frontmann seiner eigenen Boyband zu sein. *Gangster wie wir* vielleicht oder *Rowdyland*. Aber da war noch dasselbe seltsame Lächeln wie bei der Demonstration. Als lauschte er gerade einem fiesen, perversen kleinen Witz, den niemand sonst hören konnte. Kurz fragte sie sich, ob er die Tür nur zufällig aufgemacht hatte oder ob er sie hatte kommen sehen. Dann entdeckte sie die schwarze Kugel an der Wand über der Tür, die aussah wie ein dämonisches Wespennest. Eine Sicherheitskamera. Die Fenster waren wahrscheinlich aus gehärtetem Glas. Vielleicht hatten sie sogar Laserstrahlen zur Abschreckung von Eindringlingen.

»Hi«, sagte sie und schenkte ihm ihr bestes Lächeln. »Ich suche Mrs Burke?«

Sie hatte keine Ahnung, warum sie das wie eine Frage ausgesprochen hatte, als wäre sie nicht sicher, ob Mrs Burke hier lebte. Wahrscheinlich hatten sich die vielen australischen Seifenopern in ihrer Teenagerzeit doch schädlich auf ihre Sprachmuster ausgewirkt. Sie beschloss, das ab jetzt abzustellen.

Scott lehnte mit verschränkten Armen am Türrahmen. »Ach ja?«

Er musterte sie von oben bis unten. Er ging dabei nicht gerade subtil vor. Es lag eine gewisse Abschätzung darin. Aber sie wusste nicht, was er bewertete: welchen Grad von Bedrohung sie darstellte, warum sie wohl hergekommen war oder ob sich ihm die Möglichkeit einer sexuellen Begegnung bieten würde. Rebecca hätte es mit ihrem Aussehen vielleicht nicht auf die Titelseiten von Zeitschriften geschafft, aber ein Kinderschreck war sie auch nicht. Sie hatte durchaus Erfahrung damit, dass Männer sie mit den Augen auszogen. Trotzdem war es nicht in Ordnung. Scotts Blick machte sie gleichermaßen wütend und besorgt, aber sie war wild entschlossen, sich dadurch nicht aus der Ruhe bringen zu lassen. Kurz zuckte ihr der Gedanke durch den Kopf, ob sie ganz bewusst auf seinen Schritt starren sollte, um mal zu sehen, wie ihm das behagte. Aber das verwarf sie rasch, weil er es wahrscheinlich als Aufforderung zum Tanz auffassen würde.

»Ich heiße Rebecca Connolly, vom *Chronicle*?«

Wieder dieser verdammte Frageton, als wäre sie sich nicht sicher, für welche Zeitung sie arbeitete.

»Ach ja?«, sagte er erneut, und eine Spur des Lächelns lag noch auf seinen Lippen. Sie wartete darauf, dass er weiterreden würde, aber er lungerte nur in der Tür herum und starrte sie mit gruseliger Belustigung an.

Rebecca klammerte sich an ihre Geduld wie an einen Regenschirm bei starkem Wind. »Ist sie zu Hause?«

Scott richtete sich langsam auf und rief über die Schulter: »Ma, bist du zu Hause?«

Die Antwort ertönte von irgendwo im Haus. »Du weißt doch, dass ich zu Hause bin, verdammt. Saublöde Frage. Wer ist da?«

»Ne Kleine vom *Chronicle* will mit dir reden.«

Mo Burke erschien. Sie trug eine formlose blaue Strickjacke, Jeans und Wollschlappen, die irgendwie nicht so recht zu dem passen wollten, was Rebecca über sie gehört hatte. Jetzt, da sie neben ihrem jüngeren Sohn stand, sah Rebecca, dass sich die Familienähnlichkeit nicht auf die Haarfarbe beschränkte. Allerdings blickte die Mutter voller Misstrauen auf sie, während der Sohn lächelte und lächelte und lächelte.

»Mrs Burke, hätten Sie vielleicht kurz Zeit, um mit mir über die Demonstration von heute Morgen zu sprechen?«

Mo verengte die Augen. »Ich hab Sie da gesehen, stimmt's?«

Das überraschte Rebecca nicht. Mo Burke war eine Frau, der nichts entging. Nur so konnte sie überleben. »Stimmt. Ich musste dann rasch weiter, aber ich hatte gehofft, von Ihnen noch ein paar Worte zu Ihrer Kampagne zu hören.«

Diesmal lächelte die Frau. »Zu meiner Kampagne?«

»Ja, nennen Sie das nicht so? Sie wollen nicht, dass die Stadtverwaltung hier einen ...«

»Das ist nicht meine Kampagne. Das ist die Kampagne von Ferry. Niemand hier will, dass Kinderschänder in der Nähe unserer Kleinen wohnen.«

»Das verstehe ich, aber Sie sind doch die Sprecherin, nicht wahr?«

»Nur weil keiner von den anderen Scheißern das Maul aufreißt. Die wollen, dass was unternommen wird, aber niemand sonst macht auch nur einen Finger krumm. Da musste ich einschreiten. Ich und meine Jungs.«

Sie streckte die Hand aus und berührte Scott am Arm, der das als Aufforderung nahm, sich wieder zu Wort zu melden. Er nickte Rebecca zu. »Aye, die anderen hier haben drüber gejammert und geheult, klar, aber als es dann drauf ankam, hatten sie zu viel Schiss, um was zu tun. Also haben eben wir was gemacht. Wir haben die Demo heute Morgen organisiert, die Petition, die Einsprüche bei den Stadträten und alles.«

»Wie haben Sie das geschafft?«

Er grinste. »Wir haben mit den Leuten in der Gegend ein kleines Wörtchen geredet, wenn Sie wissen, was ich meine?«

Rebecca konnte sich ziemlich gut vorstellen, wie bedrohlich einige dieser kleinen Wörtchen gewesen waren. Aber vielleicht war das auch gar nicht nötig gewesen. Vielleicht beurteilte sie die Familie Burke schon wieder nach ihrem Ruf. Vielleicht machte man sich hier wirklich Sorgen, und die Burkes hatten ihren Nachbarn gar keinen Druck machen müssen. Vielleicht wollten all diese Nachbarn nur, dass jemand voranging, dem sie folgen konnten.

»Und Finbar Dalgliesh? Wie ist der dazugekommen?«

Mos Augen verfinsterten sich, und der rasche Blick, mit dem sie Scott anfunkelte, schien die Atmosphäre zwischen Mutter und Sohn noch aufzuheizen. Vorhin bei der Demonstration hatte Rebecca Mos Wut beobachtet, als Finbar die Sache an sich gerissen hatte, und sie hatte denselben Blick in Scotts Richtung bemerkt. Eindeutig war er derjenige gewesen, der den Anführer von Spioraid mit ins Boot geholt hatte.

Als Mo redete, waren ihre Worte beiläufig, ohne jede Bitterkeit. Sie würde nicht über Dalgliesh sprechen. »Ich bin nicht gerade scharf auf Leute wie Sie, wissen Sie?«

»Leute wie mich?«

»Die Presse. Die Medien ...« Sie sprach es wie Medjen aus. »Ihr seid in den letzten Jahren nicht gerade schonend mit meiner Familie umgegangen. Mit meinem Mann. Meinen Söhnen. Ihr seid wie lästige Fliegen, summt ständig um uns und um unsere Geschäfte rum. Warum zum Teufel sollte ich mit euch reden?«

»Ich bin nicht wegen Ihres Mannes hier, Mrs Burke. Oder wegen Ihrer Söhne. Oder wegen Ihrer, äh, Geschäfte. Ich bin nicht einmal hier, um über Finbar Dalgliesh zu reden, der kann sehr gut für sich selbst sprechen.« Rebecca stellte erfreut fest, dass ein kleines Licht in Mos Augen aufflackerte. Sie fand sich wohl oder übel damit ab, dass Dalgliesh sich reindrängte, aber das hieß nicht, dass es ihr gefallen musste. »Ich bin hier, um mit Ihnen über ein Thema zu reden, auf das Sie ein Schlaglicht geworfen haben«, fuhr Rebecca fort. »Sie haben Briefe geschrieben, Sie haben die Petition auf den Weg gebracht, Sie haben die Demonstration organisiert. Aber wenn Sie die volle Aufmerksamkeit der Behörden gewinnen wollen, brauchen Sie uns, Mrs Burke. Wir können Ihre Kampagne einem breiteren Publikum vorstellen. Wir können die Aufmerksamkeit von ganz Inverness, von den Highlands – vielleicht von ganz Schottland darauf lenken.«

»Aye. Damit ihr uns aburteilen und über uns spotten könnt vielleicht? So wie ihr die Namen meiner Jungs über die Titelseiten zerrt, wenn sie vor Gericht stehen?«

Rebecca ging auf volles Risiko, weil sie glaubte, dass Mo Burke aufrichtige Worte zu schätzen wusste: »Dann sollten vielleicht Ihre Jungs darauf achten, dass sie nicht ganz so oft angeklagt werden, Mrs Burke. Wir machen nur unsere Arbeit – der Gerechtigkeit muss nicht nur Genüge getan werden, es muss auch darüber berichtet werden. Und das macht die Lokalzeitung. Genauso verfahren wir mit Ihrer Kampagne. Wir beurteilen nicht, wir berichten lediglich. Sie wollen doch, dass das, was Sie bisher getan haben, etwas zu bedeuten hat? Dann lassen Sie mich darüber berichten. Lassen Sie nicht zu, dass Finbar Dalgliesh und seine Spioraid die Arbeit für sich beanspruchen, die Sie bisher geleistet haben. Erzählen Sie mir davon, und ich werde fair und korrekt darüber schreiben.«

Scott grinste höhnisch. Er war offensichtlich nicht erfreut darüber, wie sie Dalgliesh abgetan hatte. »Wisst ihr Leute überhaupt, was fair und korrekt ist?«

Sie hielt seinem Blick stand. »Wir könnten den Ausschlag dafür geben, ob Ihre Nachricht ignoriert oder gehört wird, Mr Burke. Oder ob sie zu etwas völlig anderem verzerrt wird.«

Mo Burke musterte sie eine Minute lang. Ihr Gesicht war ausdruckslos, aber ihre Augen waren stahlhart. Rebecca konnte nicht ausmachen, ob sie ihr Ziel verfehlt oder einen Volltreffer gelandet hatte. Endlich schien der Blick der Frau sanfter zu werden, und sie holte tief Luft. »*Mister* Burke«, sagte sie. »Das gefällt mir. Das ist echt höflich. Respektvoll. Sie wären überrascht, wie viele Leute meinen, sie könnten meinen Jungen mit dem Vornamen anreden, ohne ihn auch nur zu fragen.« Sie knuffte ihren Sohn mit dem Handrücken in die Rippen und wandte sich an ihn. »Bring das Mädel ins Wohnzimmer, Scott. Lass sie nicht hier auf der Türschwelle stehen wie eine verdammte Milchflasche.«

Scotts kleines Lächeln tauchte wieder auf, er machte einen Schritt zur Seite und winkte Rebecca mit einer übertriebenen Geste ins Haus. »Sie haben sie gehört, treten Sie ein in unseren Salon.«

Rebecca schob sich an ihm vorbei.

Dabei hörte sie ihn leise sagen: »Lästige Fliege. Summ, summ, summ ...«

10

Rebecca war schon von dem makellosen Äußeren des Hauses überrascht gewesen, aber die Inneneinrichtung verblüffte sie nun vollends. Wieder einmal war ihr nicht so recht klar, was sie eigentlich erwartet hatte. Vielleicht Drogenutensilien, die überall herumlagen. Genug Mobiltelefone für eine neue Zweigstelle von o2. Zwielichtige Gestalten, die Baseballkappen trugen und mit Bling behängt waren. Vielleicht auch einen großen Hund. Stattdessen wurde sie in ein geräumiges Wohnzimmer geführt, dessen Fenster auf die Straße und einen adretten Garten hinausgingen. Das Zimmer war hell und luftig, die Wände in zarten Pastelltönen gehalten. Eine Sitzgarnitur aus weichem Leder, die so riesig war, dass man sie hätte untervermieten können, dominierte den Raum. Es gab auch noch einen Liegesessel aus einem ähnlichen Leder, einen quadratischen Couchtisch aus massivem Holz und einen hohen Kamin mit dunkler Holzumrahmung. Darüber war ein großer Flachbildfernseher angebracht, auf dem im Augenblick CNN lief. Rebecca sah, dass gerade der Präsident der USA eine Rede hielt und, wie Alan einmal angemerkt hatte, die rechte Hand bewegte, als wäre er ein Alleinunterhalter auf einem Kindergeburtstag, der nur seine Handpuppe vergessen hatte.

Es gab tatsächlich einen Hund, aber es war weder eine Dogge noch ein Rottweiler. Er war ein West Highland Terrier, dessen Fell so weiß war, dass es regelrecht glänzte. Er wuselte von seinem Körbchen bei der Heizung unter dem Fenster auf Rebecca zu, kaum dass sie das Zimmer betreten hatte. Sein Stummelschwänzchen wedelte wie die winkende Queen in Bestform. Der Hund schnüffelte um Rebeccas Füße herum und erhob sich dann auf die Hinterbeine, um ihre Hand anzutupsen.

»Midge«, sagte Mo. »Ab ins Bettchen.«

Die Worte waren bestimmt, aber freundlich, und der kleine Hund trottete gehorsam in sein Körbchen zurück, immer noch mit dem Schwanz wedelnd. Er machte ein paar Runden auf dem Kissen und legte sich hin, hatte den Kopf aber noch erhoben und behielt Rebecca genau im Auge, falls doch noch eine Streicheleinheit zu kriegen war.

Mo warf ihm einen dramatischen Blick zu. »Dem geht's nur um Aufmerksamkeit, dem kleinen Kerlchen. Typisch Mann.«

»Er ist niedlich«, sagte Rebecca.

»Aye, er ist ein guter Junge. Manchmal das einzige männliche Wesen, auf das ich mich hier verlassen kann.«

Rebecca sah aus dem Augenwinkel, dass Scott das Gesicht verzog, als wäre er es gewöhnt, von seiner Mutter derlei zu Ohren zu bekommen. In Mos Stimme hatte allerdings große Wärme gelegen.

»Legen Sie doch Ihren Mantel ab, Hen, und setzen Sie sich«, sagte Mo. »Möchten Sie was trinken? Tee, Kaffee? Scotty, setz mal das Wasser auf.«

Während Rebecca sich aus dem Mantel schälte, war ihr erster Instinkt, das Getränk abzulehnen. Andererseits war ihr die Gelegenheit willkommen, mit Mo Burke allein zu sprechen. Es gefiel ihr gar nicht, wie Scott sie ständig anglotzte, als schätzte er ab, wie viel sie wohl kosten würde und ob er genug Geld in der Tasche hätte.

»Tee wäre wunderbar«, antwortete sie, als sie in den Tiefen des Sofas versank. Das Aufstehen würde nicht sonderlich würdevoll verlaufen, so viel war klar.

Ohne ein Wort ging Scott zu einer Tür am anderen Ende des Zimmers, die wohl in die Küche führte. Falls es ihm etwas ausmachte, dass er wie ein Butler behandelt wurde, ließ er es sich nicht anmerken. Er war es wahrscheinlich gewöhnt, und Mo kam Rebecca nicht wie eine Frau vor, zu der man Nein sagte.

»Und nimm die guten Tassen«, rief Mo ihrem Sohn hinterher, ehe er durch die Tür verschwand. »Nicht diese elenden Henkelbecher. Die sind widerlich.«

Sie lauschte einen Augenblick darauf, wie ihr Sohn Schranktüren öffnete, bis sie sich davon überzeugt hatte, dass ihre Anweisungen befolgt wurden. Erst dann lehnte sie sich auf dem Liegesessel zurück. Sie betätigte nicht den Hebel, um die Fußstütze hochzufahren – hier ging's ums Geschäft, und sie musste offensichtlich wach und aufmerksam bleiben. Sie beobachtete Rebecca genau, als diese ihren Notizblock und einen Digitalrecorder auspackte.

»Keine Tonaufzeichnung«, sagte Mo. Ihre Stimme war ausdruckslos und machte Rebecca unmissverständlich klar, dass es hier keinen Verhandlungsspielraum gab. »Ihr Leute könnt das so schneiden, dass wir alles sagen, was ihr wollt.«

Rebecca protestierte nicht und steckte den Recorder wieder in die Manteltasche. Wie so oft kamen ihr Worte ihres Vaters in den Kopf: *Niemand leidet mehr unter Verfolgungswahn als ein Gauner,* hatte er immer gesagt, *außer vielleicht ein Polizist.*

»Sie haben aber nichts dagegen, dass ich mir Notizen mache?«, fragte Rebecca.

»Aye, solange Sie das, was ich sage, genau wiedergeben.«

Rebecca verdrängte den Impuls, ihr zu erwidern, dass der Recorder genau das sichergestellt hätte. Aber Mo Burke war so lange am Leben geblieben, weil sie willensstark und sorgfältig bis zur Besessenheit war.

Die denken anders als wir, Becks. Die Stimme ihres verstorbenen Vaters ertönte weiterhin in ihren Gedanken. *Misstrauen ist für die Dealer und die Szene Teil des Lebens. So leben sie. So bleiben sie am Leben. Wir nennen es Verfolgungswahn. Sie nennen es Selbsterhaltung.*

Rebecca hörte Schritte auf der Treppe, und vom Flur her trat

Nolan Burke ein. Er trug ein Exemplar des *Guardian* in der Hand. Ein Tag voller Überraschungen, dachte Rebecca. Ausgerechnet der *Guardian*. Wenn sie geglaubt hätte, dass die Burke-Jungs überhaupt lesen konnten, hätte sie ein Boulevardblatt erwartet. Aber den *Guardian*? Wer hätte gedacht, dass Nolan Burke ein Liberaler war? Sie überlegte, ob er vielleicht auch grünen Tee trank und vegane Nuggets verspeiste.

Dann ertappte sie sich erneut. Ließ sie sich vielleicht wieder einmal ein klein wenig von ihren Vorurteilen beeinflussen? Genau wie die Leute, die Ferry für eine Brutstätte von Verbrechen und Sünde hielten.

Rebecca sah, wie Nolan seiner Mutter einen fragenden Blick zuwarf.

»Das ist das Mädchen vom *Chronicle*«, erklärte Mo. »Sie will mit mir über heute Morgen reden.«

Nolan schwieg und ließ sich auf dem Sessel nieder, hielt die Zeitung auf dem Schoß. Sein Blick war nicht ganz so beunruhigend wie der seines Bruders, und er hatte auch nicht Scotts unangenehmes kleines Lächeln auf dem Gesicht. Doch als Rebecca sich erneut Mo zuwandte, spürte sie, dass seine Augen noch auf ihr ruhten, genau wie heute Morgen vor dem Gebäude der Bezirksregierung.

Mo konzentrierte ihre Aufmerksamkeit wieder auf Rebecca. »Also, wie heißen Sie noch mal?«

»Rebecca Connolly.«

Mo nickte einmal. »Also, Rebecca Connolly, was wollen Sie wissen?«

Rebecca schlug ihren Notizblock auf, hielt den Stift in der Hand und sagte: »Was hat Sie dazu gebracht, diese Kampagne zu starten, Mrs Burke?«

Der Hauch eines Lächelns. »Das wollen Sie wissen? Herrgott, Hen, das sollte doch wohl verdammt offensichtlich sein, oder? Wir können nicht zulassen, dass verurteilte Pädos in unseren Straßen leben, schlicht und einfach. Hier gibt's Kinder, und wenn man einen von den Typen hierherbrächte, wäre das so, als würde man dem Fuchs den Schlüssel zum Hühnerstall geben. Verstehen Sie, was ich meine?«

»Aber hat nicht ein Sprecher der Bezirksregierung erklärt, dass es keine Pläne gibt …«

»Die lügen doch, wenn sie nur den Mund aufmachen, diese Leute.« Mo verzog verächtlich das Gesicht. »Ich weiß, dass die vorhaben, einen Perversling hier in der Siedlung unterzubringen. Das steht fest.«

»Wie können Sie da so sicher sein?«

Mo legte eine Pause ein, neigte den Kopf ein wenig. »Glauben Sie mir, Rebecca Connolly, ich weiß es. Ihr Reporter seid nicht die Einzigen, die ihre Quellen haben. Ich habe auch meine Leute. Mehr sage ich dazu nicht.«

Rebecca wollte unbedingt mehr darüber erfahren. Quellen in der Bezirksverwaltung? Das bedeutete, dass irgendjemand plauderte. Sie konnte sich nur zu gut vorstellen, dass Mo einen Informanten im System hatte, vielleicht sogar mehr als einen. Nicht nur ihr ausgeprägter Verfolgungswahn, sondern auch ihr gut ausgebautes Netzwerk half Familien wie den Burkes, am Leben zu bleiben. Doch Rebecca hatte genug über Mo Burke gelernt, um zu wissen, dass sie ihr auf keinen Fall sagen würde, wer ihre Quelle war.

Rebecca schaute auf ihre Notizen. »Sie haben also eine Petition gestartet, Sie haben die Bezirksräte in ihren Sprechstunden konfrontiert, und Sie haben die Demo heute Morgen organisiert. Haben Sie eigentlich damit gerechnet, dass Finbar Dalgliesh teilnehmen würde?«

Wieder diese aufblitzende Verärgerung. Wenn Scott anwesend wäre, hätte seine Mutter ihn zweifellos erneut wütend angefunkelt. »Nein, das war eine Überraschung.«

»Eine willkommene?«

Mo überdachte ihre Antwort und sagte dann: »Er hat uns geholfen, die Botschaft rüberzubringen. Dafür bin ich dankbar.«

»Und ist er ab jetzt Teil Ihrer Kampagne?«

»Er hat versprochen, unsere Sorgen im Bezirksrat und bei der schottischen Regierung zur Sprache zu bringen.«

»Meinen Sie, er kann Ihnen da helfen?«

»Er kommt an Orte, wo wir nicht hinkönnen, redet mit Leuten, die für Menschen wie uns tabu sind.«

»Sie sind also froh, dass er und Spioraid dazugekommen sind?«

»Wenn wir so verhindern können, dass ein perverses Schwein in unsere Straßen zieht, dann bin ich froh.«

»Wie ist es zu seiner Beteiligung gekommen?«

Rebecca erwartete nicht, dass Mo ihren Sohn zur Schnecke machen würde, stellte die Frage aber trotzdem.

»Wir sind ja nicht gerade unauffällig vorgegangen, Hen«, erwiderte Mo nach kaum einem Zögern. »Er hatte einfach davon gehört und wollte uns seine Unterstützung zeigen, mehr nicht.«

Rebecca notierte diese Worte und fragte: »Und was kommt als Nächstes?«

»Wir machen weiter, das kommt als Nächstes. Wir lassen nicht locker. Wenn die versuchen, auch nur einen einzigen Perversling hier anzusiedeln, und wir denen das durchgehen lassen, dann bringen die noch mehr von denen her. Das wäre der Anfang vom Ende, nicht? Und das lassen wir nicht zu.«

»Schließen Sie aus, dass es noch weitere Demos gibt? Vielleicht auch zusammen mit Aktivisten von Spioraid?«

Wieder dieses aufflackernde Lächeln. »Ich schließe gar nichts aus, Rebecca Connolly.«

»Und wenn die Bezirksverwaltung es trotzdem macht?«

Scott trug gerade ein Tablett mit zarten Blümchentassen und einem Paket Schokoladenkeksen ins Zimmer. »Dann hindern wir sie dran«, sagte er und stellte das Tablett auf den Couchtisch.

Mos Blick wanderte über das Tablett. »Und du hättest die Kekse nicht auf einen Teller legen können?« Sie schaute Rebecca an und verdrehte die Augen. »Männer.«

Rebecca konnte ihr Grinsen nicht verbergen. Mütter sind überall gleich. Ob es ihre Mutter in Milngavie war oder Mo Burke hier in Inverness: Für die Familie mochte es ausreichen, wenn man die Kekspackung hinlegte, aber einem Besucher mussten sie auf dem Teller angeboten werden.

Aber sie meinte, auch eine leichte Schärfe in Mos Stimme wahrgenommen zu haben, und der Blick, den sie ihrem Sohn zuwarf, bestätigte dies. Scott hatte sich unaufgefordert eingemischt, als er ihre Frage beantwortet hatte. Rebecca jedoch musste die Sache weiterverfolgen. Das war schließlich ihr Job.

»Wie wollen Sie sie daran hindern?«

Scott gab seiner Mutter mit einem Blick zu verstehen, dass er nicht ihr Sklave war. Rebecca hatte deutlich gespürt, dass Mo echte Zuneigung für ihren Jüngsten hegte, aber ihr Sohn war ein Sturkopf. Mo hatte vielleicht das Sagen, aber Scott konnte immer noch dazwischenfunken. »Die müssen eben lernen, dass wir uns das nicht gefallen lassen, mehr nicht. Die versuchen, hier einen Pädo reinzubringen, und wir stoppen das, schlicht und ergreifend.«

»Gewalt schließen Sie aus?«

Es trat Stille ein. Rebecca kannte die Antwort bereits. Der Ruf der Familie Burke sprach für sich.

Scott antwortete trotzdem. »Wir machen, was immer nötig ist.«

Was immer nötig ist. In jeder anderen Familie konnte das einfach nur Beharrlichkeit bedeuten, aber bei den Burkes war es etwas anderes. Man munkelte, dass sie ohnehin schon wieder mitten in einem Revierkampf steckten, diesmal mit einer Bande aus Glasgow. Zu Schusswechseln war es bisher noch nicht gekommen, aber Unannehmlichkeiten hatte es bereits gegeben. Einen von den Burke-Leuten – kein unmittelbares Familienmitglied – hatte man krankenhausreif zusammengeschlagen an einer Straße in der Nähe von Nairn aufgefunden. In der Folge hatte ein Besucher aus Glasgow herausfinden müssen, dass sich Schlagbohrer in den Händen eines hochmotivierten Benutzers durchaus zweckentfremden lassen. Kniescheiben waren da besonders schmerzanfällig. Es kursierten Gerüchte, dass der DIY-Enthusiast niemand anderer als Scott Burke gewesen war, der im Augenblick Tee einschenkte wie ein ehrwürdiger Butler im Dienst der Familie. Ob er persönlich die Bohrmaschine geführt hatte und ob er das auf Anordnung seiner Mutter getan hatte, blieb der Vermutung überlassen. Die Familie hatte jedenfalls demonstriert, dass sie willens und mehr als fähig war, alles Nötige zu tun, um ihre Interessen zu schützen. Wenn Scott jetzt sagte, man sei bereit, alles Nötige zu tun, um jeglichen Versuch zu unterbinden, hier in der Gegend einen verurteilten Pädophilen anzusiedeln, würde er sich dann auch wieder in Richtung Werkzeugschuppen aufmachen?

Rebecca verspürte ein aufgeregtes Kribbeln, wie immer, wenn sie das Gefühl hatte, einer echten Story auf der Spur zu sein, statt nur Routinegeschichten für die Wochenzeitung zu recherchieren. Die Beteiligung der Burkes war eine Sache, aber Spioraid machte es zu einer politischen Angelegenheit. Wenn man noch die mutmaßliche Verbindung zu New Dawn hinzunahm, lief es auf Terrorismus hinaus.

Sie nahm die Teetasse von Scott entgegen und wartete, bis er auch seiner Mutter eine gegeben hatte. Er schenkte weder sich noch seinem Bruder ein, sondern ging zum Kamin und lehnte sich an das Sims. Rebecca trank einen Schluck Tee und überlegte, was ihr nächster Schritt war.

»Mrs Burke«, sagte sie schließlich, »warum machen Sie das alles?«

Mo schien über diese Frage aufrichtig verdutzt zu sein. »Ich habe Ihnen doch schon gesagt ...«

»Nein, das meine ich nicht. Warum Sie? Warum Ihre Familie?«
Rebecca deutete mit der freien Hand zunächst auf Scott, der beim
Kamin weiterhin die Grinsekatze spielte, und dann ungefähr in Richtung Nolan. Der betrachtete sie noch immer mit kühlem Blick. Rebecca holte tief Luft. »Im Grunde frage ich Sie Folgendes: Sie wissen, was die Leute über Sie und Ihre Familie denken. Darüber, was
Sie tun.«

»Was wir tun?«

Rebecca zögerte, dachte dann aber: Scheiß drauf – jetzt habe ich
diese Kiste schon aufgemacht, dann wollen wir mal sehen, was rauskommt. »Mrs Burke, wir wollen doch nicht so verschämt tun. Ich
kenne den Ruf Ihrer Familie. Sie kennen den Ruf Ihrer Familie.«
Sie wartete eine Reaktion ab, aber es kam keine. »Warum machen
Sie das hier dann? Warum wagen Sie sich so aus der Deckung? Sie
müssen doch wissen, dass das Aufmerksamkeit erregen wird.«

Mo atmete schnaufend ein, beugte sich vor und stellte ihre Untertasse nah an den Rand des Couchtischs. Sie lehnte sich wieder
zurück, zog ein Bein unter das andere und starrte Rebecca lange
an, ohne mit der Wimper zu zucken. Rebecca fürchtete, ihr Blatt
überreizt zu haben. Sie hatte darauf spekuliert, dass Mo aufrichtige Worte zu schätzen wüsste, doch vielleicht war sie zu weit gegangen, als sie den Ruf der Familie angesprochen hatte.

Endlich redete Mo. »Wissen Sie, warum mein Mann im Gefängnis sitzt?«

Rebecca nickte.

»Wissen Sie, warum er eine solche Abneigung gegen diesen Kerl,
diesen Sammy Lang, hat?«

Rebecca räusperte sich. Na ja, dachte sie, jetzt kann ich die offene Kiste genauso gut noch ein bisschen schütteln. »Ich habe mir
sagen lassen, dass er Ihnen bei Ihren, äh, Geschäften in die Quere
gekommen ist.«

»Das stimmt. Aber das war nicht der Grund. Jedenfalls nicht der einzige Grund. Mein Mann hat es wegen dem getan, was dieser Kerl ist: ein Schwein, ein Kinderschänder.« Sie legte eine Pause ein, und Rebecca meinte zu sehen, wie sich etwas in Mos Augen schlich. Etwas Unerwünschtes. Etwas Schmerzhaftes. Eine Erinnerung. »Er hat es für mich getan, verstehen Sie?«

Rebecca verstand. Für Mo Burke war diese Kampagne ein persönlicher Kreuzzug.

11

Barry hatte wohl gesehen, wie sie vor dem Büro des *Chronicle* vorfuhr, denn als sie zur Tür hereinkam, wartete er bereits am Empfang auf sie. Er warf ihr einen Blick zu, den sie nur allzu gut kannte. Wieder einmal hatte sie eine Grenze überschritten. Sie hatte das inzwischen schon so oft gemacht, dass sie sich fragte, ob es eine Gewerkschaft dafür gab, in die sie eintreten könnte.

»Wo warst du?«

»Ich habe Mo Burke besucht. Ich brauchte ein Zitat für die Story.«

Seine Verärgerung war deutlich sichtbar. »War das nötig?«

Sie hätte ihm keinen Blick zuzuwerfen brauchen. Sie hatte das auch nicht vorgehabt. Trotzdem warf sie ihm einen Blick zu, der ihm mitteilte, sie hätten das alles schon x-mal durchgesprochen. Barry hatte sich inzwischen mit ihrer Sturheit abgefunden und wusste genau, dass sie zum Ausgleich Überstunden machen würde. Es musste also etwas anderes seinen Ärger hervorgerufen haben. Sie hatte eine Vermutung, was das sein könnte.

»Les sucht dich schon die ganze Zeit und hat sich gefragt, wo du bist.«

»Ich war für eine Story unterwegs, Barry. Ich habe meine Arbeit gemacht. Zumindest das, was meine Arbeit sein sollte.«

Barry blies die Wangen auf und schüttelte den Kopf. »Ich habe dir zu viel durchgehen lassen, Becks. Wenn ich weg bin, kommst du mit dem Scheiß nicht mehr ungeschoren davon. Das musst du unbedingt begreifen.«

»Barry, die fahren diese Zeitungen an die Wand, und das weißt du. Schau dir doch die Auflagenzahlen an. Die sind so tief gesunken, dass man sie als Anker für Kreuzfahrtschiffe verwenden könnte.«

Er seufzte. »Die Zukunft ist digital, das weißt du.«

»Ja, sobald einer von den Erbsenzählern rausgekriegt hat, wie man damit echtes Geld verdienen kann.«

»Die Zeiten sind einfach schwer, Becks.«

»Weißt du was? Ich mache das hier erst ein paar Jahre, aber eines habe ich inzwischen gelernt: Für Zeitungsbesitzer sind die Zeiten immer schwer. Selbst wenn sie das Geld nur so scheffeln und ihre Gewinnmargen höher sind als die der Supermärkte, Herrgott noch mal.«

»Großer Gott, Becks!« Jetzt rastete Barry aus, und obwohl er weiter mit leiser Stimme sprach, konnte sie hören, wie ihm der Ärger im Hals steckte. »Du bist nicht mal zwei Minuten in dem Job und meinst, du hast die Weisheit mit Löffeln gefressen? Hast du nicht. Du machst hier auf selbstgefällig und verurteilst jeden, der deine hohen Standards nicht erfüllt. Die Erbsenzähler, die du so verachtest? Die halten dich in Brot und Arbeit. Die müssen dafür sorgen, dass du Geld hast, um deine Miete zu bezahlen und Kleider zu kaufen und es für was zum Teufel auch immer auszugeben. Also treffen diese Leute schwierige Entscheidungen. Irgendjemand muss das tun. Ob die das immer richtig hinkriegen? Nein, aber das tut niemand. Hat noch nie jemand geschafft. Ob manchmal Leute an der Macht sind, die wirklich keine Ahnung haben, wovon sie reden? Ja, aber das ist in jeder anderen Branche genauso. Aber jetzt hör gut zu. Nichts hat sich geändert, nicht wirklich. Die glorreichen Tage der Presse, denen du anscheinend so nachtrauerst, hat es nie gegeben. In dieser wunderbaren alten Welt waren zu viele Leute hier angestellt, und sie waren überbezahlt und unterbeschäftigt.«

»Na, und jetzt ist das Pendel jedenfalls gewaltig in die andere Richtung ausgeschlagen, was?«

Er machte den Mund auf, wollte wohl noch etwas sagen, schloss ihn dann aber wieder. Barry brachte es nicht über sich, noch weiter mit ihr zu streiten, und sie bereute ihren scharfen Ton sofort. Der Mann hatte seinen Job verloren, und sie gab hier die kleine Miss Maverick. Er hatte recht, sie war ein kompletter Neuling, und manche Dinge verstand sie einfach noch nicht ganz. Und vielleicht war das Leben in den glorreichen alten Zeiten auch nicht so glorreich gewesen, wie sie es sich vorstellte. Aber sie wollte nur ihre Arbeit anständig machen. Fair und unparteiisch berichten. Die Betroffenen trösten und die allzu Bequemen betroffen machen. Die Mächtigen zur Rechenschaft ziehen. Die Demokratie aufrechterhalten. All das.

»Ich will dir mal was sagen, Becks.« Barrys Stimme klang müde, als er weiterredete. »Mach genau so weiter, wie du es bisher immer gemacht hast. Du weißt alles am besten. Und alle anderen irren sich. Gib Les keine Chance, die Dinge ans Laufen zu bringen. Warte nicht ab, ob er nicht am Ende doch weiß, was er tut. Mach du nur weiter wie immer, scharf, bissig und spöttisch, ohne auch nur einmal eine gangbare Lösung beizutragen. Ich bin hier bald weg. Am Ende der Woche verschwinde ich. Jetzt hat dich ein anderer als Problem am Hals.«

Er machte kehrt, drückte die Glastür auf und verschwand im grauen Nachmittagslicht. Noch nie hatte Rebecca gesehen, dass Barry bei Tag das Büro verließ. Sie arbeiteten erst ein paar Jahre zusammen, aber als er jetzt einfach so fortging, schien ihr das Ende einer Ära gekommen.

Ihr Telefon klingelte, als sie die Treppe zur Redaktion hinaufstieg. Sie blieb auf dem Treppenabsatz stehen, schaute auf das Display, sah einen vertrauten Namen und verspürte einen Stich, der ihr inzwischen allzu bekannt war. Als sie über den Bildschirm wischte, um den Anruf anzunehmen, wusste sie, was dieser Stich bedeutete: Gewissensbisse.

»Simon«, sagte sie.

Die vertraute Stimme klang knapp und geschäftsmäßig. Das verschlimmerte ihre Gewissensbisse noch. Sie hatte ihm wehgetan, sehr sogar. Die Wunde war noch nicht verheilt. »Ich habe mir sagen lassen, dass du mit Mandanten von mir geredet hast?«

Sie war noch ein wenig verwirrt von ihrer Begegnung mit Barry, sodass sie einen Augenblick brauchte, um zu begreifen, von wem Simon sprach. »Du meinst die Burkes?«

»Ja, Mrs Burke und ihre Söhne. Ich vertrete die gesamte Familie.«

Mit Tony Burkes Verteidigung hatte Simon noch nichts zu tun gehabt, also hatte er die Burkes wohl unlängst als Mandanten übernommen. »Das wusste ich nicht.«

»Nun, jetzt weißt du es. Gerade hat mich Mrs Burke angerufen, um mir mitzuteilen, dass ihr Sohn unter Umständen etwas, äh, indiskret gewesen ist.«

Indiskret. Was für ein Anwaltswort. In Gedanken ging sie rasch das Gespräch noch einmal durch und kam zu Scotts Anmerkung, dass die Familie alles Nötige tun würde, um die Ansiedlung eines verurteilten Sexualstraftäters zu verhindern.

»Ich möchte betonen, dass er damit auf keinen Fall andeuten wollte, dass es zu irgendeiner Form der Gewalttätigkeit kommen würde«, sagte er.

Sie lehnte sich an das Treppengeländer und lachte. Er sprach mit ihr, als stünde er vor Gericht. »Simon, wir reden hier von Scott Burke. Natürlich hat er angedeutet, dass es zu irgendeiner Form von Gewaltanwendung kommen würde.«

»Wir wissen nichts dergleichen. Bisher ist die Kampagne friedlich gewesen, und es gibt keinen Grund zur Annahme, dass sich das ändern sollte.«

»Wie du meinst, Simon. Aber wenn Scott Burke sagt, dass er alles tun würde, was nötig ist, dann komme ich doch ein wenig ins Grübeln.«

Sie hörte, dass Simon am anderen Ende der Leitung tief Luft holte. Er dachte einen Augenblick nach. »Druckst du, was er gesagt hat?«

»Ich habe mich noch nicht entschieden.«

»Das könnte alles Mögliche bedeuten.«

»Genau das will ich ja damit sagen.«

Er versuchte es mit einem anderen Ansatz. »Das war ein vertrauliches Gespräch.«

»Nein, das war es nicht.«

»Kannst du das beweisen?«

Jetzt war sie an der Reihe, eine Denkpause einzulegen. Beweisen konnte sie gar nichts. Sie war mit den Burkes allein gewesen, und Mo hatte die Tonaufzeichnung abgelehnt. »Was wollen sie denn dagegen tun? Leugnen, dass sie es gesagt haben? Klar, das funktioniert bestimmt prima, es wird bestimmt jeder Scott Burke Glauben schenken. Schließlich ist er ein solcher Ausbund an Tugend.«

»Es wurde noch etwas anderes gesagt«, hob Simon an. »Und zwar von Mrs Burke. Es wäre ihr lieber, wenn du das nicht drucken würdest.«

»Über ihre Misshandlung, meinst du? Nun, das war eher eine Andeutung als eine Aussage.«

»Was es auch immer war, sie vertritt den Standpunkt, dass es eine Privatangelegenheit ist, und möchte nicht, dass es auf den Zeitungsseiten breitgetreten wird.«

Rebecca hatte sich bereits entschieden, diese Information nicht zu veröffentlichen, doch irgendetwas an Simons Tonfall, an der Kälte in seiner Stimme, irritierte sie, obwohl sie tief im Inneren wusste, dass sie nichts anderes verdient hatte. »Was ist ihr zugestoßen, Simon?«

»Ich werde hier nicht ins Detail gehen. Es ist lange her, aber gewöhnlich verfolgt es die Betroffenen ein Leben lang. Es ist ihre Angelegenheit, Becks. Es ist ihr Leben.«

»Es wirkt sich aber auf ihre jetzigen Handlungen aus, Simon. Das zählt als Motiv.«

Jetzt lachte er kurz. »Du schaust dir zu viele amerikanische Anwaltsserien an. In jedem Fall ist der *Chronicle* kein Gerichtshof. Das ist eine Privatsache, Becks. Ich bitte dich, das aus deinem Artikel rauszulassen.«

»Bittest du mich als Anwalt oder als Freund?«

»Was wäre dir lieber?«

»Du kennst die Antwort, Simon.«

Er antwortete erst nach kurzem Schweigen. Seine Stimme klang jetzt sanft. »Du weißt, dass ich die Antwort eben nicht kenne.«

Das begriff sie. »Wir können Freunde sein, Simon.«

»Da bin ich mir nicht so sicher, Becks. So ist das Leben nicht. Also nennen wir es einfach einen Gefallen, um der alten Zeiten willen. Du musst nichts von all dem erwähnen, was in der Vergangenheit geschehen sein könnte oder auch nicht. Es hat keine Auswirkung auf deine Story.«

Erneut verspürte Rebecca Gewissensbisse. Sie hörte noch immer den Schmerz in seiner Stimme heraus. Sie hatte ihm wirklich wehgetan. »Okay«, sagte sie. »Ich erwähne es nicht.«

»Und Mr Burkes Aussage?«

»Auch das werde ich nicht ansprechen. Ich werde lediglich berichten, dass die Burkes nicht die Absicht haben, die Sache auf sich beruhen zu lassen.«

»Danke.«

»Aber ich mache das als Freundin, Simon. Es ist kein Gefallen. Ich mach's als Freundin. Du wirst für mich immer ein ganz besonderer Freund bleiben.«

Sie meinte zu hören, wie er nach Luft rang, doch das hätte auch eine Störung in der Leitung sein können.

»Dafür ist es zu spät, Becks.«

Und dann war er weg.

12

»Wer zum Teufel sind all die Leute?«

Alan und Chaz waren bei Rebecca. Sie hatten Currys für sich mitgebracht und Hühnchen mit Pommes frites für Rebecca – sie hatte nie Geschmack an scharf gewürztem Essen gefunden. Mit einem halben Auge schaute sie eine Fernsehsendung, in der angebliche Superstars irgendwas machten, für das Rebecca sich nicht interessierte. Alan liebte diese sogenannten Reality-Shows, obwohl ihm klar war, dass sie mit der Wirklichkeit nicht sonderlich viel zu tun hatten. Er starrte gebannt auf den Bildschirm, während Rebecca ihnen von den Veränderungen bei der Zeitung erzählte.

Jetzt linste auch Chaz auf den Bildschirm. Er beschwerte sich immer, dass Rebeccas Fernseher zu klein sei und er darauf kaum etwas erkennen könne. Sie konterte stets, ihre Wohnung sei für etwas Größeres einfach zu klein, und äußerte die Vermutung, er brauche wohl ein Brille. Danach war er gewöhnlich in seiner Eitelkeit so verletzt, dass er das Thema fallen ließ.

»Ich glaube, die da war in irgendeiner Reality-Show«, sagte Chaz und deutete mit dem Kopf auf eine Blondine, die so sehr nach Plastik aussah, dass sich Rebecca nicht gewundert hätte, wenn sich auf ihrem Hinterteil ein eingeprägtes Recycling-Symbol befunden hätte. Nun schaltete das Bild auf einen bemerkenswert attraktiven Mann in den Dreißigern, dessen Lächeln wie ein Blitzlicht aufstrahlte. »Und der war Model, glaube ich. Oder vielleicht auch in einer Reality-Show.«

Alan knurrte, eindeutig vom Promistatus der Teilnehmer wenig überzeugt. Chaz grinste Rebecca an. »Also, was meinst du, was wird passieren?«

»Ich glaube, der Model-Reality-Show-Typ könnte mich kriegen, wenn er es geschickt anstellt«, sagte Alan.

Chaz seufzte. »Mit dir habe ich nicht geredet.«

Alan hielt die Augen weiter auf den Bildschirm gerichtet. »Ich weiß. Ich wollte dich nur wissen lassen, dass er mir den Kopf verdrehen könnte, wenn er hier hereinspaziert käme.«

Chaz linste kurz auf den Fernseher. Er zog eine Augenbraue in die Höhe und legte den Kopf schief. »Ja, okay. Aber dann musst du mit mir um ihn kämpfen.«

Alan schnaubte. »Ein ungleicher Kampf, mein Großer.« Er zeigte mit dem Finger auf den Stock, der an Chaz' Bein lehnte. »Du bist körperlich schwer benachteiligt.«

Chaz' Mundwinkel spannten sich ein wenig an, und er schaute leicht verdrossen. Alan mimte Besorgnis. »O je, Schätzchen. Habe ich deine Gefühle verletzt? Brauchen wir eine Therapie?«

Ein theatralischer Seufzer von Chaz. »Wie Oscar Wilde bereits sagte …« Er reckte den Mittelfinger seiner Linken hoch.

Alan prustete vor Lachen. »Immer wortgewandt, dieser Oscar Wilde.«

Rebecca musste über die Frotzelei lächeln. Es war ihre Spezialität, diese Zweiershow. Chaz und Alan, das fantastische Duo. Trotz des Geplänkels wusste sie, dass die beiden in tiefer Zuneigung verbunden waren, und sie hoffte, dass sich das nie ändern würde.

Dann kam ihr Simon in den Kopf. Zu Beginn ihrer Beziehung hatte sie gedacht, er könnte etwas ganz Besonderes sein. Sie hatte sich geirrt. Das lag nicht an ihm – er war ein anständiger, liebevoller Mann –, doch selbst bevor sie herausfand, dass sie schwanger war, hatte sie zu zweifeln begonnen, ob sie eine gemeinsame Zukunft hatten. Dann hatte sie das Baby verloren. Sie gab ihm keine Schuld daran – die Fehlgeburt war auf einen Chromosomendefekt zurückzuführen gewesen –, aber alle Gefühle, die sie davor noch für ihn zu haben glaubte, waren damals auch abgestorben.

»Was passiert jetzt bei der Zeitung?« Chaz betonte die letzten Worte zu Alans Information besonders stark.

Rebecca dachte kurz nach. »Na ja, nichts bleibt wie früher, das ist mal sicher. Barry war zumindest im tiefsten Herzen ein alter Zeitungsschreiber. Aber der Neue? Bei dem bin ich mir nicht so sicher. Manchmal sagt er das Richtige, aber ich glaube nicht, dass er es auch meint. Es kommt mir vor, als versuchte er mir was anzudrehen, wie ein Handelsvertreter.« Sie nippte an ihrem Weinglas. »Ich weiß nicht recht, vielleicht wird sich alles beruhigen und gut funktionieren. Vielleicht hat Barry recht. Vielleicht bin ich nur eine zickige Tussi, die meint, sie wüsste alles besser.«

»Oder vielleicht hast du recht«, sagte Alan. Sie wusste, dass er zugehört hatte, während er den Bildschirm im Auge behielt. Er behauptete, das sei sein Supertalent – die Fähigkeit, völlig uninteressiert zu wirken, während er in Wirklichkeit alles mitbekam. Es war die wichtigste Fertigkeit jedes erstklassigen Klatschmauls, und er hatte sie bereits in jungen Jahren zur Vollendung gebracht. Da er in einem Haus voller Brüder aufgewachsen war, hatte er sich ihnen gegenüber einen Vorteil verschaffen müssen und irgendwann herausgefunden, dass der geschickte Einsatz seiner Lauschangriffe ihm Wissen verschaffte. Und dass Wissen tatsächlich Macht war. Seine Brüder waren auf das Streben nach Männlichkeit versessen. Sie spielten Rugby – Fußball war ihrer Meinung nach ein Sport für Mädchen –, sie jagten und fischten und waren hinter den Frauen her. Wenn Alan ihre Geheimnisse belauschte, verschaffte ihm das einen gewissen Schutz. Und, wie er selbst zugegeben hatte: »Es hat mich auch zu einem widerlichen kleinen Scheißkerl gemacht.«

»Ich glaube, es ist egal, ob ich recht habe oder nicht«, sagte Rebecca. »Die Veränderungen kommen in jedem Fall.«

»Gegen den Fortschritt kannst du nicht ankämpfen«, meinte Chaz.

Alan wandte den Blick vom Fernseher und warf seinem Liebsten ein Lächeln zu. Wie üblich nahm Rebecca die Zuneigung in seinen Augen wahr. »Weise Worte von einem so jungen Menschen. Das solltest du auf ein T-Shirt drucken lassen.«

Chaz zeigte ihm erneut den Stinkefinger. »Druck das hier auf dein T-Shirt.«

Alan stieß einen theatralischen Seufzer aus. »Deswegen liebe ich dich – für deinen sprühenden Witz, die reinste Inspiration.«

Chaz lachte und schaute wieder zu Rebecca. »Also, hast du was Neues von dem Mord gehört?«

Alan gab den Versuch auf, Desinteresse vorzutäuschen. Plötzlich war er ganz Ohr. »Mord? Welcher Mord? Von Mord hast du mir noch gar nichts erzählt.«

Chaz deutete mit dem Kopf auf seinen Partner. »Es ist so, als lebte man Miss Marple zusammen. Man sollte meinen, nach der Sache auf Stoirm hätte er die Nase voll davon. Aber nein.«

Stoirm. Die grimmigen Winde, die gegen die Insel peitschten, wehten noch immer Erinnerungen zu ihnen herüber. Chaz und Alan wären dort beinahe ums Leben gekommen. Andere hatte ein schlimmeres Schicksal ereilt.

Alan tat die Worte mit einer Handbewegung ab. »Ja, ja, ja – ich habe schaurige Gelüste. Ich brauche dringend Hilfe, bla, bla, bla. Und jetzt erzählt mir mehr davon.«

»Heute Morgen wurde eine Leiche gefunden«, erklärte Rebecca. »In Culloden.«

»Auf dem Schlachtfeld?«

»Wieso fragen das alle?« Chaz verdrehte die Augen.

»Ich dachte, du hättest schon davon gehört«, sagte Rebecca.

»Kein Wörtchen. Ich habe meinen Tag im exklusiven Ambiente akademischer Gefilde verbracht, wo, wie ihr wisst, die Luft vom Streben nach Wissen und Weisheit derart gesättigt ist, dass sie als Puffer gegen die alltäglichen Schrecken des echten Lebens wirkt.«

»Du arbeitest in einem Büro«, wandte Chaz ein.

»Ja, aber die Luft weht von den Fluren herein.« Alan wedelte ihn weg wie eine lästige Fliege. »Also, was wissen wir?«

»Das war's schon«, antwortete Rebecca. »Vor der morgigen Pressekonferenz rückt die Polizei keine Einzelheiten raus. Aber ich habe mit Bill Sawyer geredet.« Rebecca sah, dass Alan angewidert das Gesicht verzog. Er und Bill Sawyer kamen nicht gut miteinander aus. Rebecca vermutete, dass der ehemalige Polizist eine Spur schwulenfeindlich war, und das kam bei Alan nicht gut an, weshalb er solche Leute gern zum Vergnügen piesackte. »Er meinte, es wäre was Schauerliches an dem Fall.«

»Schauerlich? Wieso?«

»Mehr nicht, einfach nur schauerlich.«

Alan dachte nach. »Also, da ist eine Leiche auf Culloden Moor. Und der Fall ist irgendwie schauerlich. Warst du da? Auf dem Moor?«

Rebecca nickte.

»Hat man die Leiche in der Nähe der Straße gefunden?«

»Nein, sie lag ein ganzes Stück weit auf dem Schlachtfeld.«

»Ein ganzes Stück weit auf dem Schlachtfeld.« Alan sinnierte über die Einzelheiten. »Also nicht einfach nur am Straßenrand abgeladen.«

Chaz grinste. »Verstehst du, was ich meine? Miss Marple.«

Alan ignorierte ihn. »Wieso sollte jemand eine Leiche auf einem historischen Schlachtfeld abladen? Und wieso ist das so schauerlich?«

»Morgen finde ich mehr heraus«, antwortete Rebecca. »Und wer sagt denn, dass die Leiche abgeladen wurde? Der Mörder und das Opfer könnten auch einen Spaziergang auf dem Moor gemacht haben, als es passiert ist.«

Das nahm Alan ihr nicht ab. »Wer läuft denn mitten in der Nacht über ein altes Schlachtfeld?«

»Wie kommst du darauf, dass es nachts geschehen ist?«, fragte Chaz.

»Weil man bei Tag das Corpus Delicti gesehen hätte.« Alan schaute zu Rebecca und verdrehte die Augen. »Zu seinem Glück sieht er wenigstens gut aus.«

»Ach ja. Also, du Hirni, Corpus Delicti, damit ist nicht der Körper des Toten gemeint. Das bedeutet übersetzt ›Körper des Verbrechens‹, bezeichnet also Beweismaterial oder Tatwaffe.«

Kurz war Alan sprachlos vor Verwunderung. »Du hast doch nicht etwa schon wieder gelesen? Ich habe dich davor gewarnt.«

Rebecca lachte. »Wie auch immer, morgen finde ich bestimmt mehr heraus.«

»Du solltest mal mit Anna Fowler reden«, sagte Alan.

»Wer ist Anna Fowler?«

»Professor Anna Fowler, von der Uni. Sie gehört zur Geschichtsabteilung. Sie weiß alles, was es über Culloden zu wissen gibt. Sie ist die wissenschaftliche Beraterin bei dem Film, den sie gerade in Glen Nevis drehen.«

»Was kann sie mir deiner Meinung nach denn über einen Mord erzählen?«

Alan schaute sie an wie ein Kleinkind, das es einfach nicht kapiert. »Weil die Geschichte so klingt, als wäre das nicht einfach nur ein Ort, wo man sich einer Leiche entledigt. Ich kann mir nicht vorstellen, dass jemand ohne triftigen Grund eine Leiche auf das Schlachtfeld trägt und Gefahr läuft, dabei beobachtet zu werden.«

»Gestern Nacht war es ziemlich diesig«, meinte Chaz.

»Ja, aber trotzdem musste man ein Fahrzeug am Straßenrand abstellen oder zumindest in der Nähe parken. Das könnte Aufmerksamkeit erregen. Nein, da hat jemand richtig viel riskiert, als er das Resultat seiner Bemühungen an einer bekannten historischen Stätte abgeladen hat. Ich würde mal sagen, das ist aus einem bestimmten Grund geschehen.« Er legte eine Pause ein und starrte sie an. Alan liebte das Drama. »Jemand wollte damit etwas sagen.«

13

In seinem Traum wurde Chaz von den Winden hin- und hergerüttelt. Sie zerrten ihn von einer Seite zur anderen, elementare Geschöpfe, die auf ihn einhackten, als suchten sie eine Möglichkeit, ihn zu durchbohren. Sie kreischten rings um ihn, eine Kakofonie, die in die Nacht hinausjaulte.

Die Banshee.

Klageweiber, die den Tod ankündigten. Chaz war zwar in England geboren, aber er kannte sich mit dem gälischen Volksglauben aus. Und in seinen Träumen waren die Banshee in jener Nacht da gewesen. Auf Stoirm. Waren auf den Winden geritten, die sich gegen den Land Rover warfen, den er gefahren hatte, jeder Windstoß eine Klaue, die sich in die Karosserie krallte.

Er hörte sie noch, als er schon längst aufgewacht war. Neben ihm schnarchte Alan, zwar ganz leise, aber er schnarchte. Chaz setzte sich auf, sorgfältig darauf bedacht, ihn nicht aufzuwecken, während das Kreischen noch in der Dunkelheit ihres Schlafzimmers wogte. Er hätte gern die Nachttischlampe angeknipst, wusste aber, dass dies seinen Partner stören würde, also ließ er das Kreischen weiter um sich wirbeln und wogen.

Er hatte gedacht, über den Unfall hinweg zu sein. Er hatte gedacht, das alles hinter sich gelassen zu haben. Aber eindeutig stimmte das nicht. Es war noch alles da, noch in seinem Kopf, wartete nur darauf, erneut durchlebt zu werden. Die Winde. Die gewundene Straße. Die Scheinwerfer, die im Rückspiegel aufflammten. Das Kreischen des Motors, als er von der Straße gedrängt wurde und auf die Felsen am Strand prallte, während Alans Schreie sich damit mischten und schließlich darin untergingen.

Und das Gelächter der jungen Männer in dem anderen Wagen, das mit dem Kreischen anstieg und abflaute, um ihn herumwirbelte, als das Geräusch von Metall, das an den unnachgiebigen Stein gequetscht wurde, sich mit scharfem Schmerz vereinte, als sich etwas tief in seinen Körper bohrte.

Nein, er hatte nichts hinter sich gelassen. Er fuhr immer noch nicht gern Auto, besonders nicht nachts, und ganz gewiss nicht bei Regen. Alan verstand das. Wenn Chaz bei solchen Witterungsbedingungen zu einem Job musste, kam Alan stets mit. Er war nicht der geborene Fahrer, aber er tat es. Für Chaz.

Diesen Traum hatte Chaz allerdings schon monatelang nicht mehr gehabt. Während die Banshee weiterhin in den dunklen Ecken stöhnten, fragte er sich, warum er zurückgekommen war.

Rebecca war noch in der Zwischenwelt zwischen Schlafen und Wachen, als sie im Bett hochschreckte, die Nachttischlampe anknipste und sich im Zimmer umsah. Die Umgebung kam ihr fremd vor. Sie kannte diesen Raum, aber dann wiederum auch nicht. Schließlich kämpfte sich die Erkenntnis durch ihren Traumzustand, und sie begriff, dass sie sich in ihrem eigenen Schlafzimmer befand. Das da waren ihre Vorhänge, die sie vor das Fenster gezogen hatte. Das da waren ihr Kleiderschrank, ihre Kommode, ihr Stuhl mit Teddy Edward, der von den Stofftieren ihrer Kindheit umringt war. Ihre Kleider, die sie achtlos auf den Boden geworfen hatte.

Aber hier war kein Kind.

Das hatte sie aus dem Schlaf gezerrt: das Geräusch eines weinenden Kindes. Aber jetzt, als das elektrische Licht die Dunkelheit vertrieb, wusste sie, dass da kein Kind gewesen war. Kein lebendiges.

Das Kind war eine ganze Weile nicht mehr bei ihr gewesen. Es hatte eine Zeit gegeben, in der es ein regelmäßiger Besucher war. Manchmal wachte sie auf, und ihr Vater saß bei ihr, und das tröstete sie. Aber nicht heute Nacht. Heute beruhigte keine Vision von John Connolly ihre Gedanken, heute waren da nur ihr eigener Atem und die Möbel und die Erinnerungen an ihre Kindheit, die sie vom Stuhl her anstarrten. An eine glückliche Kindheit. An eine liebevolle. An etwas, das der Säugling aus ihren Träumen, der nur in den dunklen Winkeln ihrer Gedanken lebte, niemals haben würde.

Sie stand auf und zog Teddy Edward vorsichtig aus der Mitte seiner Freunde. Er war alt, viel älter als Rebecca. Schließlich war er schon das Lieblingsspielzeug ihrer Mutter gewesen, ehe sie ihn ihr weitergegeben hatte. An einigen Stellen war sein Fell abgewetzt, und ein Auge war vor Jahren verloren gegangen. Ihre Mutter hatte ihm eine schwarze Augenklappe genäht. Die und das einzelne Schlappohr verliehen ihm ein leicht schurkenhaftes Aussehen.

Sie knipste das Licht aus, kroch unter die Bettdecke und lag mit offenen Augen da. Teddy Edward ruhte in ihrer Armbeuge. Das Licht, das von der Straße her durch die Vorhänge sickerte, tauchte die Zimmerdecke in einen weichen Schein. Sie würde das nächtliche Schreien nicht noch einmal hören. Jedenfalls nicht in dieser Nacht. Sie fragte sich, ob es je ganz verstummen würde, ob das Kind je seinen Frieden finden würde.

Sie rollte sich auf die Seite, hielt Teddy Edward eng an den Körper gekuschelt und versuchte, sich an die Zeit zu erinnern, als sie noch nicht erfahren hatte, dass Leben Verlust bedeutet.

14

Die Vergangenheit ist gegenwärtig. Und die Gegenwart ist vergangen. Was geschehen ist, lebt weiter.

Schritte.

Das Kind hört die Schritte noch immer. Wie Herzschläge. Langsam. Stetig. Unaufhaltsam. Lauter werdend, wenn sie sich der Zimmertür nähern, wo sie innehalten. Immer dieses Innehalten, als debattierte er mit sich, ob er hereinkommen solle, ob er tun solle, wofür er die Treppe hinaufgekommen ist. Aber das Innehalten hört immer auf, und das Schloss klickt, und die Tür schwingt auf, und da ist er, eingerahmt vom Licht aus dem Korridor draußen.

Atmet.

Das Kind erinnert sich an sein Atmen. Rasselnd nach dem Aufstieg zum Zimmer. Schließlich ist er kein gesunder Mann. Er steht da, und das Keuchen aus seinem Hals dringt durch den kleinen Raum wie das Streicheln einer schwieligen Hand. Immer derselbe Ablauf, wie ein Ritual. Die Pause draußen, ehe die Tür aufgeschlossen wird, eine ähnliche Pause, ehe er das Zimmer betritt. Das Kind fragt sich, ob es ein Zögern ist. Das Kind fragt sich, ob es das Gewissen ist. Das Kind grübelt jetzt über diese Dinge, tut sie aber ab. Sie sind nur weitere Teile der Folter, eine andere Methode, um dem Kind Schmerz zuzufügen. Ein weiterer Machtbeweis. Er hat alles, teilen diese Pausen dem Kind mit. Er kann da stehen und schauen oder hereinkommen und berühren. Er hat die Wahl. Was das Kind will, fließt in diese Überlegungen nicht ein.

Entscheidungen.

Manchmal lauert er dort, bewohnt eine seltsame Zwischenwelt, weder im Zimmer noch draußen, und sein rauer Atem ist das einzige Geräusch.

Manchmal macht er einen Schritt zurück und schließt die Tür wieder ab, und das Kind lauscht auf seine sich entfernenden Schritte. Auch eine Machtdemonstration. Er kann tun, was er will, und nichts auf der Welt kann ihn davon abhalten.

Tränen.

Ganz gleich, was er macht, die Tränen kommen. Tränen der Erleichterung, wenn er weggeht, Tränen des Schmerzes, wenn er nicht geht. Letztere sind häufiger. Wenn er ins Zimmer kommt und die Tür hinter sich schließt und zum Bett herüberkommt. Tränen der Qual, Tränen der Wut, Tränen der Scham, die dem Kind währenddessen und danach entrissen werden.

Seit der Nacht, in der er gestorben ist, hat das Kind keine einzige Träne mehr vergossen.

15

Das Zimmer war recht groß, wirkte wegen der vielen Leute, die sich darin drängten, aber wesentlich kleiner. Den Tisch am hinteren Ende hatte man mit zwei Stühlen und zwei Mikrofonen ausgestattet, doch die Ehrengäste glänzten noch durch Abwesenheit. Die Stuhlreihen gegenüber dem Tisch waren mit den Vertretern der Presse Ihrer Majestät besetzt. Rebecca erkannte Lola McLeod, die BBC-Reporterin vom Vortag, und Stan, ihren Kameramann, doch es war auch ein sehr gepflegter Mann von STV anwesend, sowie ein Team von Channel 4, plus ein Haufen Reporter und Fotografen von Tageszeitungen und konkurrierenden Wochenblättern, und Leute vom Radio und verschiedenen Agenturen. Elspeth war auch da und winkte Rebecca mit ihrem Bleistift zu, als sie hereinkam.

Die Nachricht von dem Mord hatte die Runde gemacht, dank der BBC und dank Rebeccas Story, und sie hatte eine Menge Aufsehen erregt. Der postalisch zugestellte Terrorismus von New Dawn hatte sich als Rohrkrepierer entpuppt – das Pulver, von dem man befürchtet hatte, es könnte Anthrax sein, hatte sich als harmlos herausgestellt –, doch ein nächtlicher Brandanschlag auf eine Moschee in der Nähe von Glasgow hatte gezeigt, dass die Gruppe durchaus in der Lage war, echten Schaden anzurichten. Ein Mann hatte schwere Verbrennungen erlitten, andere waren verletzt. New Dawn hatte schon zuvor ähnliche Taten begangen, auch im Norden des Landes. Rebecca fand, dass es an der Zeit sei, dass die Behörden diese Leute endlich ernst nahmen.

Ein Leichenfund auf einem historischen Schlachtfeld war außerdem hochkarätig genug, dass Rebecca nicht zu kämpfen hatte, um aus der Redaktion fortzukommen. Les hatte Barry nicht einmal einen Blick zugeworfen, um seine Meinung abzuschätzen, ehe er sie anwies, über die Pressekonferenz der Police Scotland im Hauptquartier in Inshes zu berichten. Die Tatsache, dass etwas an dem Fall ungewöhnlich zu sein schien, hatte sein Interesse geweckt, also steckte unter dem Designer-Anzug und der Kriecherei vor dem Management vielleicht doch irgendwo ein echter Reporter. Es sah ganz so aus, als wäre ihm der Spruch »Blut schreibt Schlagzeilen« nicht ganz fremd.

Das Murmeln verebbte, als am anderen Ende des Raums eine Tür aufging und Terry Hayes, die große, blonde Chefin der Presseabteilung von Police Scotland in Inverness, Superintendent Harry McIntyre, eine eindrucksvolle Gestalt in blauer Uniform, hineingeleitete. Gleich hinter den beiden folgte eine weitere große, schlanke Gestalt, eine Frau mit dunklem Teint und kurz geschnittenem schwarzem Haar. Rebecca vermutete, dass das wohl DCI Val Roach sein musste. Die Frau trug ein schickes blaues Kostüm mit einer adretten weißen Bluse und wirkte so, als wäre sie sehr viel lieber woanders. Rebeccas Vater hatte Pressekonferenzen auch immer gehasst. *Kein arbeitender Polizist mag sie, selbst wenn sie manchmal ihren Nutzen haben*, hatte er ihr einmal verraten. *Wer sie genießt, der verfolgt mit der Polizeiarbeit nur das Ziel, seine Karriere zu fördern, und nicht, üble Burschen einzusperren.*

Roachs Gesicht hatte etwas Elfenhaftes. Es erinnerte Rebecca irgendwie an Audrey Hepburn – wieder einmal zahlte sich die Vorliebe ihrer Mutter für alte Filme aus. In Roachs Augen spiegelte sich allerdings eine Mischung aus Traurigkeit und Zähigkeit, die vielleicht da herrührte, dass sie jahrelang Dinge hatte mitansehen müssen, die Leute nicht allzu oft sehen sollten. Rebecca kannte diesen Blick von ihrem Vater. Er war ein freundlicher Mann gewesen, ein fairer Mann, doch als Polizist hatte er mit vielen Dingen zu tun gehabt, mit denen es vernünftige Menschen eigentlich nie zu tun bekommen sollten. Er hatte ihr nie davon erzählt, aber sie hatte das Gefühl, dass dieser Blick vielleicht sogar aus der Zeit vor seiner Polizeikarriere stammte. Aus der Zeit auf Stoirm. Während ihres Aufenthalts auf der Insel hatte sie im vergangenen Jahr herausgefunden, warum John Connolly als Teenager von dort geflohen und nie zurückgekehrt war. Diese Enthüllung hatte ihr einen schweren Schlag versetzt. All das war viele Jahrzehnte her, hallte jedoch noch immer wider. Auf der Insel Stoirm starb die Vergangenheit nie. Sie lag immer noch in der Luft und ruhte in den Steinen. Und in den geheimen verborgenen Winkeln ihrer Gedanken wusste sie, dass das Baby, das in tiefster Nacht weinte, nicht nur ein Echo ihrer eigenen Vergangenheit war. Es war eine Finsternis, die sie mit ihrem verstorbenen Vater teilte, eine Familienschande, die sie wie ein Schatten verfolgte.

Rebecca zwang sich, ihre Aufmerksamkeit den beiden Polizeibeamten zu widmen, die eben Platz nahmen. Superintendent McIntyre saß kerzengerade auf seinem Stuhl und starrte über die Köpfe der versammelten Presse hinweg, während DCI Roach sich vorgebeugt hatte, die Arme vor sich auf den Tisch stützte und einen Thermobecher mit beiden Händen umfing. Ihre scharfen, kühl und sachlich blickenden Augen wanderten über die Gesichter im Raum, als suchte sie jemanden. Rebecca war jedoch klar, dass sie alle Anwesenden genau musterte und abspeicherte. DCI Roach war ein schlaues Köpfchen, wie Rebeccas Mutter sagen würde.

Terry Hayes blieb stehen und räusperte sich. »Meine Damen und Herren!«, sagte sie zur versammelten Menge. »Vielen Dank, dass Sie alle heute gekommen sind. Wie Sie wissen, hat es in Culloden einen tragischen Vorfall gegeben. Superintendent McIntyre, der Divisionschef, und Detective Chief Inspector Valerie Roach, die Leiterin der Ermittlungen, werden Sie jetzt darüber informieren.«

Sie zog sich zurück. Kameras klickten, als Superintendent McIntyre sich zum Mikrofon beugte.

»Meine Damen und Herren, wir wollen uns so kurz wie möglich fassen. Sie werden sicher verstehen, dass Zeit bei den Ermittlungen von entscheidender Bedeutung ist. Gestern Morgen wurde um etwa 7:45 Uhr auf dem Moorland die Leiche einer bisher nicht identifizierten männlichen weißen Person auf dem Schlachtfeld von Culloden, einem Teil der Gedenkstätte des National Trust, entdeckt. Wir nehmen an, dass es sich um Mord handelt. Im Augenblick beschränken sich die Ermittlungen auf die unmittelbare Umgebung, aber wir möchten jeden, der zwischen 21 Uhr am Sonntagabend und 7:45 Uhr am folgenden Tag über die B9006 gefahren ist und möglicherweise etwas gesehen hat – Lichter auf dem Moor, ein geparktes Fahrzeug, ein Auto, das langsam fuhr oder von der Einfahrt zum Besucherzentrum abgebogen ist –, bitten, sich mit uns in Verbindung zu setzen.«

Eine Pause trat ein. Eine junge Frau mit dunklem Haar und grünen Strähnchen, die in der vordersten Reihe saß, verstand das als Einladung, Fragen zu stellen. Rebecca war ihr schon früher begegnet und wusste, dass sie frisch von der Universität kam und für eine kostenlose Zeitung arbeitete, die gerade neu aufgetaucht war. Es war ein besseres Anzeigenblättchen und würde wahrscheinlich genauso schnell wieder verschwinden, wie es aus dem Boden geschossen war, aber die junge Frau war eifrig darauf bedacht, sich einen Namen zu machen. »Wissen Sie, wie das Opfer heißt?«

Etwas wie Belustigung flackerte in McIntyres Augen auf, während er diese dumme Frage wirken ließ.

»Vielleicht sollten Sie mal den Ausdruck ›nicht identifiziert‹ googeln, Schätzchen«, sagte Elspeth.

Die junge Reporterin schaute angemessen beschämt drein, als Gelächter im Raum erschallte. Roach stimmte nicht mit ein. »Im Augenblick stellen wir Ermittlungen über die Identität des Opfers an«, meldete sie sich zum ersten Mal zu Wort.

Die erste Frage war zwar wirklich lächerlich gewesen, doch Elspeth nahm sie als Zeichen, dass damit die Tür für weitere Erkundigungen geöffnet war. »Was war die Todesursache?«, fragte sie.

Roach blickte zu McIntyre, der ihr mit einer Handbewegung das Wort überließ.

Roach beugte sich erneut zu ihrem Mikrofon. »Tod durch Erstechen.«

»Mit einem Messer also?«

Roach legte eine Pause ein und musterte Rebeccas ehemalige Chefin. Rebecca meinte, in dieser Pause etwas zu spüren, beinahe als frage sich die Polizistin, ob Elspeth mehr wusste. Das ließ Rebecca vermuten, dass Elspeth tatsächlich mehr wusste. Sie hatte ein ganzes Heer von Kontakten, und die Leute vertrauten ihr.

»Es war eine Waffe mit einer scharfen Klinge«, erwiderte Roach vorsichtig.

»Also kein Messer?«

Superintendent McIntyre beugte sich erneut vor. »Wir würden lieber keine Einzelheiten über die verwendete Mordwaffe bekannt geben, Elspeth. Sie wissen doch, wie das ist.«

Elspeth akzeptierte das mit einem Nicken. Sie wusste in der Tat, wie das war, genau wie Rebecca dank ihres Vaters. Aber sie vermutete, dass noch etwas hinter Elspeths Frage und dem ausweichenden Flackern in Roachs Augen steckte. Irgendwas war mit der Tatwaffe. War das der ungewöhnliche, der schauerliche Aspekt? Hatte einer von Elspeths unzähligen Kontakten ihr einen Tipp gegeben?

Aber Elspeth war noch nicht fertig. »Was war mit seiner Kleidung?«

Roachs Gesicht blieb neutral, doch ihre Augen durchbohrten die Frau, die ihr gegenübersaß, mit Blicken. Es war still im Raum, anscheinend spürten alle, dass etwas in der Luft lag. Seine Kleidung, überlegte Rebecca. Was sollte mit seiner Kleidung sein? Und warum hatte die bloße Erwähnung McIntyre das Gesicht verziehen lassen, als hätte sich gerade sein Schließmuskel verkrampft?

Roach hatte immer noch nicht geantwortet, als ihr Chef das Schweigen brach. »Ja, Elspeth, er war bekleidet ...«

Erneut lief Gelächter durch die Sitzreihen. Die Luft war wieder rein. Rebecca sah, dass ein paar Reporter einander Blicke zuwarfen und ein, zwei Köpfe sich zu Elspeth umwandten. Die Alte hat anscheinend den Verstand verloren, sagten diese Blicke, aber Elspeth hatte nichts verloren. Sie wusste etwas.

Elspeth war nicht zufrieden. »Also haben Sie uns nichts Besonderes über die Kleidung mitzuteilen, die der Mann trug, als er aufgefunden wurde?«

McIntyres Gesicht blieb angespannt. Zuerst die Andeutung über die Tatwaffe, und nun das. Rebecca war bereit, ihren gesamten Kontostand von £210,47 darauf zu verwetten, dass er gerade grübelte, wer zum Teufel da geplaudert hatte.

Roach musste in den sauren Apfel beißen. Sie schaute kurz zu ihrem Vorgesetzten, dann wieder zu Elspeth. »Wie gesagt, die Ermittlungen laufen, und wir können im Augenblick keine weiteren Einzelheiten herausgeben.«

»Und an der Kleidung war nichts, womit man das Opfer identifizieren könnte?«

Eine Pause. »Nein.«

»Keine Schildchen, keine Label, nichts in den Taschen?«

Wieder eine Pause und ein langer Blick von beiden Polizisten. »Nichts, das uns weiterhelfen könnte.«

Elspeth nickte, als sei sie endlich zufrieden, und schrieb die Antwort in ihr Notizbuch. Rebecca musste fast lächeln. Was immer Elspeth wusste, man hatte es ihr gerade irgendwie bestätigt.

Rebecca beschloss, dass es an der Zeit war, sich bemerkbar zu machen. Sie erinnerte sich an das Gespräch mit Alan vom Vorabend und fragte: »Wurde das Opfer am Fundort ermordet?«

Roachs prüfender Blick wanderte von Elspeth zu Rebecca. »Wir vermuten, dass er an dieser Stelle ermordet wurde.«

Lola McLeod meldete sich: »Wie weit sind Sie mit der Identifizierung?«

»Wie gesagt, die Ermittlungen laufen. Aber die Medien können uns dabei helfen.«

Das verstand Terry Hayes als ihr Stichwort. »Ein Bild vom Gesicht des Opfers wird direkt an die Redaktionen geschickt, sobald wir es vorliegen haben. Es wird auch auf der Webseite und der Facebookseite von Police Scotland veröffentlicht werden. Wir wären dankbar, wenn es so weit wie möglich verbreitet werden könnte, sowohl über die traditionellen wie auch über die sozialen Medien. Falls Sie Probleme mit dem Zugriff haben, kontaktieren Sie bitte mein Büro. Wir müssen diesen Mann unbedingt identifizieren, wenn auch nur, um seine Angehörigen so bald wie möglich informieren zu können.«

Es trat eine kurze Pause ein, ehe Roach meinte, sie müsse noch etwas hinzufügen. »Ich möchte betonen, dass es sich hier nicht nur um eine Story handelt. Dieser Mann war ein lebendiger Mensch. Er hatte ein Privatleben und wahrscheinlich eine Familie, Freunde, Beziehungen. All das hat man ihm genommen. Unsere Aufgabe ist es nun, den zu finden, der das getan hat. Und Ihre Aufgabe ist es, uns dabei zu helfen, so gut Sie können, und sich nicht mit irgendwelchen wilden Vermutungen zu befassen, die zukünftige Verurteilungen gefährden könnten.« Ihre Augen waren über die versammelte Pressemeute gewandert und ruhten nun kurz auf Elspeth. »Bitte vergessen Sie das nicht. Vielen Dank.«

Roach nahm ihren Thermobecher und stand auf, doch McIntyre blieb noch eine Sekunde sitzen und musterte Elspeth. Terry Hayes blieb hinter ihm stehen, bis auch er sich erhob und sie beide hinter Roach aus dem Zimmer gingen. Rebecca bahnte sich einen Weg durch die Menge der Reporter, die sich nach draußen drängelten, um Elspeth zu erreichen, die sie jedoch, ehe sie ein Wort sagen konnte, mit erhobenem Zeigefinger zum Schweigen brachte.

»Nicht hier«, sagte Elspeth und forderte Rebecca mit einer Handbewegung auf, mit ihr außer Hörweite neugieriger Ohren zu gehen. Eine der vielen Ängste eines Reporters ist, dass ihm kurz vor der Ziellinie jemand zuvorkommt. Elspeth wollte nicht, dass jemand ihr Gespräch belauschte. Die Kollegen mochten sie als schrullige alte Schachtel abtun, die ihre besten Zeiten hinter sich hatte, aber Rebecca wusste es besser. McIntyre auch. Rebecca vermutete, dass sein letzter, abschätzender Blick genau das zum Ausdruck bringen sollte. Elspeth hatte etwas herausgefunden.

Elspeth schaute sich auf dem Flur vor dem Besprechungszimmer um. Sie wollte sicher sein, dass keine Lauscher in der Nähe waren. Keiner der Reporter, Fotografen oder Kameraleute, die den Raum verließen, schenkte den beiden Frauen auch nur die geringste Beachtung. Als zwei Polizisten in Uniform die Medienvertreter zum Aufzug am anderen Ende des Korridors trieben, warf Lola McLeod Rebecca und Elspeth einen raschen Blick zu. Sie fragte sich wohl, warum die beiden noch zurückblieben. Doch Elspeth ignorierte sie, während sie sich mit den Händen auf ihrem Gehstock abstützte.

»Was hast du über diese Sache rausgekriegt?«, fragte sie Rebecca.

»Nur, dass sie irgendwie ungewöhnlich ist.«

Elspeth nickte zur Bestätigung. »Wenn das, was mir zu Ohren gekommen ist, stimmt, dann ist sie echt ungewöhnlich. Man könnte auch verdammt seltsam sagen.«

Elspeth wusste etwas, so viel war klar. »Was hast du gehört?«

Nach einem weiteren verstohlenen Blick auf den Polizisten, der sie nun ostentativ anstarrte, trat Elspeth näher heran. »Nicht hier. Draußen.«

Und weg war sie. Ihr Stock klapperte über die Fußbodenfliesen, als sie zum Aufzug ging, wo ein ungeduldig wirkender Constable bereits auf sie wartete. Rebecca wollte ihr gerade folgen, als Terry Hayes aus dem Besprechungszimmer trat und auf ihren High Heels an ihr vorbeistöckelte, schnurstracks auf Elspeth zu. Rebecca beschleunigte ihre Schritte. Hayes sagte ein paar Worte zu dem uniformierten Polizisten, der daraufhin nickte und fortging. Rebecca erreichte die beiden gerade rechtzeitig, um zu hören, wie die Pressechefin Elspeth fragte, was sie damit beabsichtigt habe.

Elspeths Gesicht war ein Bild der Unschuld. »Was ich womit beabsichtigt habe, Terry?«

Hayes warf Rebecca einen warnenden Blick zu, doch Elspeth sagte: »Geht in Ordnung, Rebecca und ich arbeiten zusammen. Sie weiß alles, was ich weiß.«

Rebecca wusste rein gar nichts, hoffte jedoch, dass ihre Miene das nicht verriet.

Hayes schien zufriedengestellt und wandte sich erneut Elspeth zu. »Und was weißt du?«

»Eine Menge, Terry.« Elspeth genoss die Situation sichtlich. »Wenn du also nicht willst, dass ich mit dir die Einzelheiten von *Grand Theft Auto* durchgehe oder die soziopolitischen Aspekte der letzten Tage des Römischen Reiches diskutiere, solltest du vielleicht deine Frage ein wenig präziser formulieren. Und beeil dich, ich habe seit beinahe einer Stunde keine mehr geraucht, und mein Körper schreit nach Nikotin.«

Ein Lächeln spielte um Hayes' Mundwinkel. »Elspeth, mach keinen Scheiß. Deine Fragen da drin waren ziemlich pointiert. Ich kenne dich seit Jahren. Ich weiß, wenn du was weißt.«

Elspeth gestand ihr das zu und ließ die Spielchen sein. »Ich weiß von der Kleidung.«

»Was ist mit der Kleidung?«

»Ich weiß, dass sie geradewegs aus *Outlander* stammt.«

Das musste Rebecca erst einmal verdauen. Sie versuchte, nicht überrascht zu blinzeln. *Outlander*? War der Tote wie ein Highlander gekleidet?

Hayes ließ sich auch etwas Zeit. »Und die Tatwaffe?«

»Was soll mit der Tatwaffe sein?«

»Elspeth ...« Verzweiflung hatte sich in Hayes' Stimme geschlichen. »Jetzt mach mal halblang, okay? Ich versuche nur, meine Arbeit zu machen.«

»Ich auch.«

»Das lässt sich doch durchaus miteinander vereinbaren.«

»O Terry – wir wissen doch beide, dass das manchmal einfach nicht stimmt. Deine Aufgabe ist, den Informationsfluss zu steuern. Meine ist es, Informationen auszugraben und in die Welt zu setzen.«

»Das ist aber nicht immer im Interesse der Gerechtigkeit, Elspeth, und das weißt du auch.«

»Klar. Aber die Polizei arbeitet auch nicht immer im Interesse der Gerechtigkeit.«

»In diesem Fall schon. Wir dürfen die Informationen über die Kleidung noch nicht herausgeben. Ebenso wenig das, was du über die Tatwaffe weißt. Hilf mir also, und vielleicht kann ich dir im Gegenzug helfen. Was weißt du über die Tatwaffe?«

Elspeth seufzte. »Ich habe erfahren, dass es ein Claymore war.«

Hayes' dünn zusammengepresste Lippen verrieten Rebecca, dass das stimmte. Man hatte in Culloden einen Mann in Highland-Tracht mit einem Claymore getötet. Sawyer hatte recht gehabt – das war schauerlich. Und eine Wahnsinnsstory.

»Wer hat dir das gesagt?«, fragte Hayes.

Elspeth lächelte. »Du müsstest doch wissen, dass man solche Fragen nicht stellt, Terry. Du hast diese Art von Gespräch oft genug aus meiner Warte geführt.«

Hayes hob leicht den Kopf. Rebecca hatte gewöhnlich mit Pressesprechern zu tun, die in der Hackordnung viel weiter unten waren, also bisher nur beschränkten Kontakt zu Terry Hayes gehabt. Sie wusste aber, dass die Frau eine Erfolgskarriere bei der Boulevardpresse aufgegeben hatte, weil es dem Staat gelungen war, sie für die Presseabteilung von Police Scotland anzuwerben.

»Ich muss dich bitten, darüber nicht zu berichten«, sagte Hayes jetzt.

»Bitten kannst du mich.«

»Wir werden nichts bestätigen.«

»Das hast du mit diesem Satz gerade getan.«

Hayes seufzte. »Wenn du darüber berichtest, bekommst du nie wieder was von meiner Abteilung.«

Elspeth lachte. »Terry, jetzt droh mir nicht. Wenn du an meiner Stelle wärst, ehe sie dich auf die finstere Seite der PR gelockt haben, würde das bei dir funktionieren?«

»Ich hätte die weiteren Folgen erwogen ...«

»Ach, dummes Zeug! Du hast damals so manchen miesen Trick abgezogen und keinen Moment gezögert. Und du hast es gut gemacht, hättest mir noch ein, zwei Sachen beibringen können. Aber jetzt, wo du die Pressearbeit für deine Firma machst, glaubst du allen Ernstes, dass deine Scheiße nicht stinkt.«

Hayes' Kiefer verkrampfte sich. »Wir ändern uns alle, Elspeth. Die Welt hat sich geändert. Unsere Welt hat sich geändert, das müsstest doch sogar du bemerkt haben. Das hier ist jetzt mein Job, und ganz gleich, was du vielleicht denkst, ich mache ihn gut. Du sagst, man hätte mich auf die finstere Seite gelockt, und es hat Zeiten gegeben, wo ich dir zugestimmt hätte. Aber jetzt bin ich hier und versuche, mein Bestes zu geben, ganz genau wie die Leute, die herauszufinden versuchen, wer diese Tat begangen hat. Was wir jetzt wirklich nicht gebrauchen können, ist, dass du was berichtest, was im Augenblick echt nicht öffentlich gemacht werden darf. Ich bitte dich als Kollegin – Herrgott noch mal, als Freundin –, das nicht zu bringen.«

Elspeth starrte zu der Frau hinauf. Rebecca konnte nicht ausmachen, ob sie über diesen Gefühlsausbruch verärgert war. Dann trat Belustigung in ihre Augen. »Mit der Bemerkung über die dunkle Seite habe ich dich echt auf die Palme gebracht, was, Terry?«

Unwillkürlich musste auch Hayes lächeln. »Ein bisschen.«

Elspeth schaute zu Boden. »Du willst wirklich nicht, dass wir das bringen?«

»Wirklich nicht. Noch nicht.«

»Aber irgendwann wird es rausgegeben, ja?«

»Irgendwann vielleicht schon.«

»Ich würde sagen, ganz bestimmt.«

Hayes gestand es ihr mit einem Achselzucken zu.

Elspeth spitzte die Lippen, während sie ihre Position erwog. »Wenn jemand anders dich danach fragt, lässt du es mich wissen?«

»Ja. Absolut.«

»Und wenn ihr es dann freigebt, kriegen wir darüber Bescheid? Vorher?«

»Natürlich.«

Elspeth schaute ihre alte Freundin an. »Du weißt, dass wir trotzdem weitergraben, ja? Die Geschichte schreit nur so nach einem Buchvertrag, Podcasts und Fernsehdokus.«

»Ich würde nichts anderes von dir erwarten. Aber wenn du was herausfindest, hoffe ich, dass du es DCI Roach wissen lässt.«

»Was zum Beispiel?«

»Elspeth, ich kenne dich, ich weiß, dass dein Adressbuch dicker ist als *Krieg und Frieden*. Und viele von den Kontakten schulden dir noch einen Gefallen. Wenn außer den Ermittlern jemand eine Chance hat, etwas herauszufinden, dann du.«

»Terry, ich arbeite nicht für Police Scotland.«

»Und im Gegenzug«, führte Hayes ungerührt ihren vorherigen Satz fort, als wäre nichts geschehen, »schau ich, was ich machen kann, um euch beiden eine Art Sonderstatus zu geben. Streng vertraulich, versteht sich. Wir dürfen nicht den Anschein erwecken, manchen Leuten Vorzugsbehandlung zu gewähren.«

Während Elspeth darüber nachdachte, tippte sie leise mit ihrem Stock auf den Boden. »Okay, Terry. Abgemacht. Ich behalte das noch eine Weile für mich. Aber sag mir mindestens vierundzwanzig Stunden vorher Bescheid, ehe das alles veröffentlicht wird. Und lass mich auch wissen, wenn einer von den anderen Pressetypen drauf kommen sollte. Obwohl die meisten von denen nicht mal ihre Tastatur finden könnten, wenn sie nicht in einer Pressemitteilung darüber informiert würden, wo sie sich befindet.«

»Das hab ich dir doch zugesagt. Danke, Elspeth. Damit wirst du dir hier Freunde machen.«

Elspeth schnitt eine Grimasse. »Aye, da überkommt mich gleich so ein warmes, wohliges Gefühl.«

Hayes lachte, nickte Rebecca kurz zu und verschwand in einer Wolke aus Parfüm, das wahrscheinlich so teuer war, dass schon das bloße Einatmen ein gewaltiges Loch in Rebeccas Kontobestände reißen würde. Sie setzte eben an, um Elspeth eine Frage zu stellen, doch die schüttelte nur den Kopf, um sie am Reden zu hindern, und deutete mit dem Stock in Richtung Aufzug. Sie betraten ihn, ohne ein Wort zu wechseln.

Elspeth sagte auch nichts, als sie durch das Eingangsfoyer des Polizeihauptquartiers schritten und das Gebäude durch die große Glastür verließen. Sie schwieg noch immer, als sie die Straße zum großen Parkplatz überquerten. Elspeths ramponierten alten Volvo erspähte Rebecca gleich. Sie selbst war gezwungen gewesen, weiter weg zu parken, vor einer Bingo-Halle, weil es sonst keinen einzigen freien Platz mehr gegeben hatte. Zumindest mussten sie in dieselbe Richtung. Rebecca schaute auf die aus Glas und Backstein gestaltete Fassade des Gebäudes zurück, auf das blaue Emblem von Police Scotland, das neben der Glastür eingelassen war. Sie schätzte, dass sie nun weit genug vom Gebäude entfernt waren, und fragte: »Warum ich?«

Elspeth blieb beim Kofferraum ihres Autos stehen, angelte ihre Zigaretten aus einer Manteltasche und zündete sich eine an. Sie nahm einen tiefen Zug und stieß dann nach einer kurzen Pause den Rauch aus dem Mundwinkel aus, um ihn nicht Rebecca direkt ins Gesicht zu blasen. »Warum du was?«

»Warum ziehst du mich in dieser Sache hinzu?«, fragte Rebecca. »Du könntest das doch selbst machen. Hast es schon früher gemacht.«

Elspeth starrte einen Augenblick auf die Eingangstür des Polizeireviers, bevor sie wieder an ihrer Zigarette zog. »Wie Napoleon schon sagte, nachdem er in Russland eingefallen war: zu dem Zeitpunkt habe ich es für eine gute Idee gehalten. Mein Bauchgefühl sagt mir, dass das eine Riesenstory wird. Als ich zu Terry gesagt habe, dass das nur so nach einem Buchvertrag schreit, habe ich das auch so gemeint, aber ich kann das allein nicht schaffen.« Sie wedelte mit ihrem Stock zwischen sich und Rebecca hin und her. »Ich brauche jemanden, der mir die Lauferei abnimmt, dem ich vertrauen kann. Und ich kenne dich, Rebecca. Du bist wie ich. Du willst zwar die Story, aber du hast nicht all deine Menschlichkeit verloren, jedenfalls bisher nicht. Und du bist gut. Ich habe das sofort gemerkt, als ich dich eingestellt habe. Vielmehr habe ich es gespürt. Das, was du da letztes Jahr in Stoirm abgezogen hast, hat mir bewiesen, dass du nicht aufgibst, ehe du alles rausgefunden hast, was nur rauszufinden ist. Und dass du davon nicht alles gedruckt hast, zeigt mir, dass du noch menschliche Regungen hast.«

»Woher weißt du, dass ich nicht alles gedruckt habe?«

Elspeth nahm die Zigarette zwischen die Zähne. »Das wusste ich nicht, bis jetzt.«

»Was ist der nächste Schritt?«

Elspeth wühlte in ihrer Handtasche nach dem Autoschlüssel. »Wir finden raus, woher die Kleidung und das Schwert gekommen sind.«

»Wie stellen wir das an?«

Elspeth nahm die Zigarette aus den Zähnen. »Das ist dein erster Job. Zeit, dass du was tust für dein Geld.«

Elspeth schob sich zur Fahrertür und schloss sie auf. Rebecca überlegte. Dann fiel ihr etwas ein. »Hat Napoleon in Russland nicht gewaltig eins auf den Hut bekommen?«

Eine Rauchwolke stieg in die kühle Frühlingsluft hinauf und leuchtete im wässrigen Sonnenlicht auf. »Erinnere mich bloß nicht dran ...«

16

Rebecca nippte gerade an ihrem Kaffee und knabberte an einem Egg McMuffin, als Bill Sawyer zur Tür hereinkam. Er war auf die Minute pünktlich, wie üblich. Sie hatte befürchtet, zu spät zu kommen, war aber sogar ein paar Minuten früher eingetroffen, sodass sie Essen für sie beide bestellt hatte. Sawyer humpelte, hatte einen Gehstock aber abgelehnt. Das erinnerte Rebecca wieder an Chaz. Der jüngere Mann brachte es fertig, seine zögerlichen Schritte geheimnisvoll wirken zu lassen. Bill hingegen kultivierte das Image eines ansonsten fitten, älteren Herren mit einem leicht schmerzenden Bein. Dann dachte sie an Elspeth. Was zum Teufel sollten auf einmal all die hinkenden Leute in ihrem Leben – war das vielleicht eine Metapher, die sie nicht begriff?

Sawyer ließ sich ihr gegenüber auf einen Stuhl fallen und sagte: »Sie wissen ja wirklich, wie man einen Kerl richtig schick ausführt.« Er deutete auf die braune Papiertüte mitten auf dem Tisch. »Mein Essen, nehme ich an?«

Sie nickte, und er machte die Tüte auf und linste hinein. Er mochte McMuffins überhaupt nicht und hatte sie gebeten, ihm einen Cheeseburger zu bestellen. Das schien für elf Uhr morgens eine etwas ungewöhnliche Wahl zu sein, aber das ging sie nichts an. Bill schaute sie über die offene Tüte hinweg an. »Keine saure Gurke, hoffe ich mal.«

Rebecca hatte vergessen, darum zu bitten. »Die können Sie doch runterpellen.«

Er verzog angewidert das Gesicht. »Dann hab ich überall Senf und Soße an den Fingern.«

»Seien Sie ein Mann!«

Mit großem Getue klappte er seinen Burger auf, nahm mit spitzen Fingern die grünen Scheiben heraus und ließ sie in die Tüte fallen. »Ich kapier nicht, was an den Dingern so toll sein soll.« Er biss in seinen Burger, kaute, schluckte und wedelte mit dem Brötchen herum. »Also, warum die Wahnsinnsbelohnung? Ich habe Ihnen doch gar keine Infos gegeben. Was wollen Sie, Becks?«

»Darf ein Mädchen nicht mal einen guten Freund zu einem kleinen Frühstück einladen, ohne Hintergedanken zu haben?«

»Ja, ein Mädchen kann das. Sie dagegen nicht. Was wollen Sie?«

Er kannte sie zu gut. Sie senkte die Stimme. »Ich möchte Sie ein paar Dinge über die Familie Burke fragen.«

»Ah, feine, aufrechte Stützen unserer Gemeinde. Woher kommt Ihr Interesse?«

Sie erzählte ihm von der Kampagne, die die Burkes anführten, und fragte dann: »Hatten Sie während Ihrer Zeit bei der Polizei je mit denen zu tun?«

»Erst mit Tony. Der ist hier geboren und war schon als Teenager ein Rabauke. Ich hab ihn selber ein paarmal verhaftet. Mo ist aus Glasgow, aber das wissen Sie sicher, stimmt's? Er hat sie kennengelernt, als er dort unten war und ein paar Sachen für die Familie McClymont erledigt hat. Für Big Joe und seinen Jungen. Das war damals, als die noch Kumpel waren.« Er nahm einen weiteren Bissen. »Jetzt wohl nicht mehr so.«

»Was ist mit Mo?«

Er kaute nachdenklich. »Ihr Vater war, nach allem, was ich so gehört habe, ein grundanständiger Kerl. Aber er hat sich aus der Ehe verabschiedet, als Mo ungefähr zehn war, ist mit einer anderen Frau zusammengezogen und hat nie Interesse an der Kleinen gezeigt. Ihre Mum war ein bisschen schwierig, ein ziemlicher Feger, wenn Sie wissen, was ich meine, mit einer langen Kette von Liebhabern. Mo ist aber überhaupt nicht wie sie. Ihr liegt nur an einem

Mann was. Seit sie mit Tony zusammen ist, hat es nie einen anderen gegeben. Ja, die Liebe ist eine Himmelsmacht.«

Rebecca war versucht, ihn zu fragen, ob er je Andeutungen gehört hatte, dass Mo sexuell misshandelt worden war, aber woher sollte er das wissen? Falls es so war, wäre es zu einer Zeit gewesen, als Mo ein junges Mädchen in Glasgow war. Abgesehen davon wäre es Rebecca wie ein Vertrauensbruch erschienen, wenn sie es erwähnt hätte. Sie war sich nicht sicher, um wessen Vertrauen es ihr ging, Mos oder Simons. Sie seufzte innerlich. Das Leben war kompliziert.

»Was ist mit den Söhnen?«, fragte sie.

»Nolan und Scott? Die hatten von Anfang an keine Chance, bei den Eltern.«

»Sogar Mo? Ich dachte, die käme aus einer anständigen Familie.«

»Ich habe gesagt, dass ihr Dad ein grundanständiger Kerl war, aber ihre Mum war eine männerverrückte Tussi, der mehr an einer flotten Nummer als an ihrem kleinen Mädchen lag. Und selbst wenn Mo anständig war, sie hat ja Tony geheiratet. Und schon sind wir bei dem guten alten Spruch: Wer mit Hunden zu Bett geht, steht mit Flöhen auf.«

»Also waren die Jungs schon von Kindesbeinen an problematisch.«

»Nicht als sie klein waren. In der Schule gab es keine Probleme. Zu Hause sicherlich auch nicht, das hätte Mo nicht durchgehen lassen. Ich muss zugeben, dass wir nie wegen häuslicher Gewalt zu den Burkes gerufen wurden. Bei manchen von diesen Typen, da wirst du rausgerufen, weil die sich betrunken haben oder high sind oder schlicht mies gelaunt, und dann fangen sie an, aufeinander einzuprügeln, aber die Burkes nicht. Die mögen ja miese Schurken sein, aber es scheint ihnen etwas aneinander zu liegen.«

Während Bill sprach, hörte Rebecca wieder die Stimme ihres

Vaters: *Ganoven sind auch Menschen, Becks. Sie lieben ihre Eltern, ihre Kinder, ihre Haustiere. Sie sind Menschen ... Aber sie sind anders als du und ich.*

»Doch früher oder später musste auch bei den Jungs die Art der Familie durchschlagen. Das sind die Gene. Das Ganze schien nach ihrer Rückkehr aus Glasgow loszugehen.«

»Warum waren sie in Glasgow?«, fragte sie.

»Tony saß wegen Körperverletzung im Kittchen, kaum zu glauben, wo er doch so eine Zen-Seele ist. Mo hatte man wegen Hehlerei verknackt. DVD-Player, wenn ich mich recht erinnere, aus einem Lagerhaus in Edinburgh gestohlen. Jedenfalls hat man die Jungs getrennt bei verschiedenen Verwandten von Mo untergebracht, eine davon war Mos Mutter. Zu der ist Scott gekommen. Sie konnte Nolan nicht auch noch aufnehmen, oder sie wollte es nicht, also hat man ihn einer Tante aufgehalst. Die Jungs waren so an die achtzehn Monate weg. Kurz nach ihrer Rückkehr ins traute Familienheim sind sie dann auf die schiefe Bahn geraten. Na ja, jedenfalls Scott.«

»Was ist passiert?«

»Das erste Mal hatte ich mit ihm zu tun, als er beschuldigt wurde, die Katze eines Nachbarn gequält zu haben. Ich will nicht ins Detail gehen, aber schön war es nicht. Es ließ sich jedoch nicht beweisen.«

»Hat er es getan?«

»Natürlich. Der ist ein richtiger kleiner Scheißkerl. Ich bin ihm danach noch einige Male begegnet. Seinem Bruder auch.«

»Was können Sie mir von Nolan erzählen?«

Sawyer legte die Überreste seines Burgers auf das Pergamentpapier und wischte sich mit einer Serviette den Mund ab. »Die beiden sind blutsverwandt, aber das ist es dann auch schon, soweit ich es beurteilen kann«, sagte Sawyer. »Nolan ist ein Jahr älter. Er ist eher der dunkle Typ, Scott ist blond, und das scheint auch ihre

Persönlichkeiten gut zu beschreiben. Nolan ist ruhig, nachdenklich. Scott redselig, lächelt ständig. Aber hinter diesem Lächeln verbirgt sich eine finstere Seele. Er ist unberechenbar, dieser Scott. Nolan hat auch eine gewalttätige Ader, aber er geht fokussierter vor. Setzt Gewalt strategisch ein, wenn Sie so wollen. Als Mittel zum Zweck. Scott dagegen? Der ist ein übler Scheißkerl, und es ist ihm egal, wer das weiß. Für ihn ist Gewalt Selbstzweck. Dafür lebt er. Das gibt ihm einen Kick.«

17

Bücher standen in den Regalen an den Wänden, Bücher waren auf dem Fußboden gestapelt, Bücher lagen auf dem breiten Fensterbrett hinter dem Schreibtisch, der ebenfalls von Büchern übersät war. Sie türmten sich an allen Ecken und um den Apple-Monitor, der trotzdem triumphierend über sie aufragte, ein Sinnbild für die angebliche Vorherrschaft der neuen Technologie über das alte Wissen. Rebecca wagte die Vermutung, dass Anna Fowler Bücher mochte. Das war keine Überraschung, schließlich war sie die Leiterin der Geschichtsabteilung an der University of the West Highlands.

Falls Rebecca sich überhaupt eine Vorstellung davon gemacht hatte, wie eine Historikerin aussah, so wäre es nicht die Frau gewesen, die jetzt vor ihr saß: groß, athletisch gebaut, das blonde Haar zu einem kurzen Bob geschnitten, hinter die Ohren gestrichen. Sie hatte kein Make-up aufgelegt, und Rebecca vermutete, dass ihre Züge streng wirken könnten, hätte sie nicht dieses Lächeln auf den Lippen. Sie trug ein graues Kostüm mit einer roten Bluse, ein lauter Farbklecks in einem Raum, in dem ansonsten Brauntöne und Staub ein Zwiegespräch führten. Hinter ihr war ein altmodischer Garderobenständer, an dem Mäntel, Jacken und Regenzeug hingen. Rebecca wusste, dass es klug war, stets auf alles vorbereitet zu sein, was das schottische Wetter anzubieten hatte, doch dieser wilde Haufen von Kleidungsstücken schien ihr doch zu viel des Guten.

Rebecca hatte Alan gebeten, das Gespräch gegen ein Uhr zu arrangieren. So hatte sie genügend Zeit gehabt, um in die Redaktion zurückzukehren und die Story über die Pressekonferenz und ein paar weitere Dinge runterzuschreiben. Sie war vielleicht nicht die beste Reporterin aller Zeiten, doch schnell schreiben konnte sie, was heutzutage in der Branche wichtiger denn je war. Sie machte selten einmal eine Mittagspause – die Norm waren ein Sandwich und ein Becher Suppe aus dem Supermarkt am anderen Ende des Einkaufszentrums, am Schreibtisch verzehrt. Doch es hätte auch niemand Einwände dagegen vorbringen können, wenn sie sich einmal entschied, eine Pause einzulegen, und dafür eine Weile die Redaktion verließ. Zum Glück war der Campus der Universität nur zehn Autominuten von der Redaktion entfernt. Er lag zwischen dem Stadion von Inverness Caledonian Thistle und den Brückentürmen der Kessock Bridge, die über die grauen Gewässer des Moray Firth zur Black Isle führte.

Barry hatte neben einer anderen Reporterin gesessen, sich zurückgelehnt, die Beine gekreuzt und mit einer Hand auf ihren Monitor gedeutet, während er mit ihr die Story besprach. Als Rebecca von ihrem Schreibtisch aufstand und ihren Mantel vom Haken nahm, hatte er ihr nur einen knappen Blick zugeworfen, aber nichts gesagt, nicht einmal seinen Satz unterbrochen. Mit einem beinahe unmerklichen Nicken und einer leichten Anspannung der Mundwinkel hatte er seine Aufmerksamkeit erneut Yvonne zugewandt.

Barry kennt mich zu gut, hatte Rebecca gedacht.

Anna Fowler hatte ein angenehmes Wesen, ein warmes Lächeln und eine unkomplizierte Art zu reden. Beides kam bei ihren Studierenden gut an, vermutete Rebecca. Sie hatte sie begrüßt und ihr Kaffee aus einer Filtermaschine angeboten, die in der hinteren Ecke des Zimmers stand. Rebecca hatte sie hinter den beiden Bücherstapeln, die rechts und links davon aufragten, kaum ausmachen können. Während Anna Fowler Kaffee einschenkte, sagte Rebecca: »Ich nehme mal an, Sie lesen gern.«

Anna schaute zunächst verdutzt zu ihr zurück, doch dann flitzten ihre Augen von einem Buchstapel zum nächsten. »Ja, aber die gehören leider nicht alle mir. Ich bewahre sie für einen Kollegen auf, dessen Büro gerade frisch gestrichen wird. Er ist Mathematiker, und das ist so gar nicht mein Fachgebiet. Ich brauche schon einen Taschenrechner, um meine Finger zu zählen.«

Rebecca lachte, und sie vermutete, dass sie sich mit dieser Frau anfreunden könnte. Abgesehen von Chaz, Alan und vielleicht sogar Bill Sawyer hatte sie seit ihrem Umzug nach Inverness nicht viele neue Freunde gewonnen. Und wo sie jetzt darüber nachdachte, war keine Frau darunter. Klar, da gab es natürlich Elspeth, aber war sie eine Freundin? Im Großen und Ganzen ja, fand Rebecca, aber mit Elspeth würde sie wohl kaum einen Zug durch die Gemeinde machen wollen, selbst wenn Rebecca der Sinn danach gestanden wäre. Bei der Arbeit plauderte sie zwar mit ihren Kolleginnen, verbrachte aber nicht ihre Freizeit mit ihnen. Ihr Privatleben war kein bisschen aufregend, weil sie ihren Job ja unbedingt anständig machen wollte. Gelegentlich ging sie mit den Jungs was trinken, manchmal ins Kino, aber meistens war sie in ihrer Wohnung anzufinden, wo sie die Arbeit nachholte, die sie während des Tages hätte machen sollen, oder alte Filme anschaute. Danke, Mum. Sie war eigentlich nicht von Natur aus Einzelgängerin; in ihrer Jugend hatte sie gute Freunde gehabt, mit denen sie immer noch in Verbindung stand. Aber die waren alle in Glasgow. Nein, die gegenwärtige Situation hatte sie irgendwie unwissentlich gewählt.

Natürlich hatte es Simon gegeben. Sie hatte ihm am Telefon gesagt, dass sie ihn als Freund betrachte, aber vielleicht hatte er recht, und es war nicht möglich. Es war so viel Wasser den Bach heruntergeflossen, dass es sämtliche Brücken gleich mit weggerissen hatte.

Anna brachte ihr den Kaffee in einem Henkelbecher mit der Aufschrift »Wo du gerade gedacht hast, dass Geschichte ein Ding der Vergangenheit ist«, bevor sie ihren eigenen Kaffee zum Schreibtisch trug und sich wieder hinsetzte. Sie schob ein paar Bücher zur Seite, nippte an ihrem Kaffee und sagte: »Alan hat mir gesagt, Sie wollen etwas über Culloden wissen?«

Rebecca hatte gerade einen Schluck Kaffee im Mund, nickte also beim Schlucken. »Ja, das stimmt.« Sie stellte ihren Becher auf dem freigeräumten Fleckchen Schreibtisch ab und beugte sich zu ihrer Handtasche herunter. »Hätten Sie etwas dagegen, wenn ich das aufnehme?«

»Keineswegs«, antwortete Anna. »Solange Sie versprechen, das Gesagte nicht vor Gericht gegen mich zu verwenden.«

Rebecca angelte ihren Rekorder heraus, schaltete ihn ein und stellte ihn auf den Schreibtisch neben den Becher. »Ich nehme an, Sie haben schon von der Leiche im Moor gehört?«

Annas Augen, die gut gelaunt gefunkelt hatten, überschatteten sich. »Ja, sehr traurig.«

»Das stimmt. Ich brauche jetzt ein bisschen Hintergrundmaterial zur Schlacht.«

Interesse flammte zwischen den Schatten auf. »Meinen Sie, die Schlacht hat etwas mit dem Mord zu tun?«

Rebecca zögerte. Sie durfte nichts von der Kleidung erwähnen, die der Tote getragen hatte, obwohl all ihre Instinkte ihr sagten, dass sie dieser Frau vertrauen konnte. »Nun, wir wissen es nicht. Ich dachte nur, ein wenig Hintergrundinformation zu den historischen Aspekten könnte nicht schaden. Es ist ein ungewöhnlicher Ort, um sich einer Leiche zu entledigen, finden Sie nicht?«

Anna setzte sich auf dem Stuhl zurück, nippte an ihrem Kaffee und dachte darüber nach. »Vielleicht.« Ihre Stimme klang vorsichtig. »Vielleicht auch nicht. Es ist offenes Gelände, ohne Gebäude, von wo aus man es einsehen könnte. Außerdem ist es unwahrscheinlich, dass sich dort nach Einbruch der Dunkelheit noch jemand aufhält, und auf der Straße ist nicht gerade viel los, besonders in dieser Jahreszeit. Wenn der Mörder keinen besonderen Grund dafür hatte, diesen Ort auszuwählen, könnte es genauso gut Zufall sein.«

Rebecca hatte ein kleines Lachen in der Stimme, als sie sagte: »Sie haben schon darüber nachgedacht, stimmt's?«

Anna lächelte. »Natürlich. Culloden ist für mich von besonderem Interesse. Wenn dort etwas passiert, horche ich auf. Also, was brauchen Sie von mir?«

»Nun, ehrlich gesagt brauche ich eine Art Zusammenfassung der Schlacht im Taschenformat. Nichts zu Detailliertes, vielleicht eher was für die Spalte ›Wussten Sie schon?‹, damit wir unserer Leserschaft ein bisschen historischen Kontext bieten können.«

Anna stellte ihren Becher ab. »Wie viel wissen Sie?«

Rebecca wusste sehr wenig. »Betrachten Sie mich als komplette Ignorantin.«

»Ah, das bin ich gewohnt.«. Anna starrte zur Decke. Im Laufe des Gesprächs begriff Rebecca, dass sie das immer machte, wenn sie ihre Gedanken sammelte. »Nun gut. Dann wollen wir mal sehen. Die Schlacht von Culloden, oder genauer gesagt von Drummossie Moor, wurde am sechzehnten April 1746 geschlagen und war die letzte offene Schlacht des Jakobitenaufstands von 1745. Die meisten Historiker werden Ihnen sagen, dass es die letzte Schlacht auf britischem Boden war, doch es gab 1820 bei Bonnymuir noch einen Zusammenstoß von radikalen Kräften und Regierungstruppen. Es war keine große Schlacht, denke ich, ist aber trotzdem der Erwähnung wert. Aber zurück zu Culloden. Das war eine blutige Angelegenheit. Die Schlacht dauerte kaum eine Stunde, und am Ende waren anderthalbtausend Clanangehörige tot, jedoch nur hundert Regierungssoldaten. Prince Charles Stuart ...«

»Bonnie Prince Charlie, ja?«

Anna schnitt eine Grimasse. »Wenn Sie unbedingt wollen. Er floh vom Schlachtfeld. Einige Stimmen sagen, dass seine falsche Einschätzung der Lage der Grund für dieses Gemetzel an den Highland-Truppen war. Die Sache, die sie nicht einmal ein Jahr zuvor so selbstbewusst begonnen hatten, als seine Flagge in Glenfinnan gehisst wurde und einige Clans sich darunter versammelten, wurde auf diesem Moorland blutig zerschlagen.«

»Er wollte den Thron für die Stuarts zurückerobern, nicht wahr?«

»Ja, für seinen Vater. Kennen Sie die Geschichte?«

Rebecca war verlegen. Sie hatte dem Fach Geschichte in der Schule nicht sonderlich viel Aufmerksamkeit gewidmet und wusste, wie viele Schotten, so gut wie gar nichts über die Vergangenheit ihres eigenen Landes. Ihr Vater hatte ihr ein paar Dinge beigebracht, besonders über die Clearances, als die Landbesitzer ihre Pächter verjagten, um Platz für Schafe zu machen, die viel profitabler waren. Und ihr eigener Besuch auf dem Schlachtfeld vor all den Jahren hatte auch ein paar Wissenskörnchen in ihrem Gedächtnis hinterlassen.

Anna registrierte ihre beschämte Miene und verstand. »Kurz gesagt: Jakob der zweite – der siebte seines Namens in Schottland – musste 1688 den britischen Thron aufgeben, und Wilhelm von Oranien übernahm ihn, um mit seiner Frau Maria, Jakobs Tochter, zu herrschen. Einfach gesprochen: Jakob war römisch-katholisch, doch seine Tochter und ihr Ehemann waren Protestanten. Das war mehr nach dem Geschmack der damaligen Regierung, ganz zu schweigen von vielen Menschen im Volk. Politik und Religion waren damals so ziemlich synonym. Jakob starb im Exil, doch sein Sohn, ebenfalls ein Jakob, weil man nicht viel Fantasie hatte und die Traditionen wahren musste, wurde von seinen Unterstützern als ›König jenseits des Wassers‹ gefeiert. Diese Unterstützer, die sich Jakobiten nannten, erlahmten niemals in ihren Bemühungen, den ihrer Meinung nach rechtmäßigen König wieder auf den Thron zu bringen. Und so gab es im achtzehnten Jahrhundert eine Reihe von Aufständen – 1715, 1718 und dann 1745.«

»Danach aber keinen mehr?«

»Nein. Ich glaube, Culloden und die Nachwehen der Niederlage waren so brutal, dass niemand mehr so recht Geschmack an Rebellion fand, wenn ich es so formulieren darf. Doch woran man sich meiner Meinung nach immer erinnern sollte, ist, dass die Stuarts eigentlich nie wirklich ein Interesse an Schottland hatten. Nicht seit Maria.«

»Maria Stuart? Mary Queen of Scots?«

»Ja. Sie kam hierher und hatte Ambitionen auf den englischen Thron, der ihrer Meinung nach von Rechts wegen ihr zustand. Meiner Ansicht nach wollte sie Schottland lediglich als Sprungbrett für diese Ambition benutzen. Ich glaube, dass auch den Stuartmonarchen, die auf sie folgten, nur sehr wenig an Schottland gelegen war, es sei denn sie brauchten etwas. Charles Edward Stuart war genauso. Er brauchte eine Armee, die Franzosen wollten ihm keine geben, also hob er eine in Schottland aus. Doch sein Hauptziel war, den Allerwertesten seines Herrn Vaters in London wieder auf den Thron zu bringen. Schottland war auch für ihn nur ein Mittel zum Zweck. Keine populäre Sichtweise, aber meine eigene.«

Rebecca fragte: »Ist das nicht die Sichtweise, die der neue Film vertritt? Dass Bonnie Prince ... Verzeihung, Charles Edward Stuart die Schotten nur ausgenutzt hat?«

»Genau, und deswegen haben sie mich als historische Beraterin herangezogen. Ich gehöre auch einem Verein an, der Schlachten der Clans nachstellt, was die Filmleute für die Inszenierung der Schlacht sehr nützlich fanden.«

»Das hat sich als sehr kontrovers herausgestellt, nicht wahr? Die Einstellung der Filmproduzenten zu Charles, meine ich, nicht, dass Sie die historische Beraterin sind.« Rebecca lächelte.

»Nun, meine Beteiligung ist auch nicht gerade populär. Spioraid nan Gàidheal sind ebenfalls keine begeisterten Fans von mir, muss ich sagen. Das beruht allerdings auf Gegenseitigkeit.«

»Denen gefällt also nicht, wie der Film Charles Edward Stuart darstellt, als ... was?«

»Ehrlich gesagt, als einen betrunkenen, verzogenen Bengel, der wahrscheinlich nicht die romantische Gestalt wäre, für die er heute gehalten wird, wenn er nicht Mut und Waghalsigkeit unter Beweis gestellt hätte, als er nach dem Gemetzel hier auf dem Moor aus Schottland floh. Der Film zeigt auch, dass seine Erfahrungen hier durchaus eine Wirkung auf ihn hatten, dass er doch Gefühle für seine schottische Armee hegte. Doch was wesentlich wichtiger ist: Diese politische Bewegung nimmt Anstoß daran, dass das Drehbuch die menschlichere Seite des Herzogs von Cumberland zeigt.«

Rebecca kramte eines der Wissenskörnchen aus ihrer Erinnerung hervor. »Der befehligte die Regierungstruppen, nicht wahr? Und er hat befohlen, die Verwundeten abzuschlachten.«

»Das hat er, und er hat auch die ziemlich brutalen Vergeltungsmaßnahmen angeführt, die darauf folgten. Man wollte das Clansystem zerstören, um sicherzugehen, dass sich die Clans nie wieder erheben konnten. Diese Maßnahmen zusammen mit den anschließenden Clearances haben dazu geführt, dass die traditionelle Lebensart der Highlands auf immer verschwunden ist. Es war ein brutales Zeitalter, gewiss, und Cumberland hatte viel Blut an den Händen, doch die Drehbuchschreiber wollten ihn nicht nur als Monster darstellen. Er war ein Mensch wie wir. Er war schrecklicher Untaten fähig – wie die meisten von uns –, aber wir sind trotzdem noch Menschen. Genau wie Charles alles andere als vollkommen war, sollte Cumberland als alles andere als ein Monster gezeigt werden. Er ist der Conquering Hero, der siegreiche Held aus dem Filmtitel, und man hat mir gesagt, dass für die Filmmusik auch ein Stück von Händel verwendet werden soll.«

Rebecca war kein Klassikfan, aber vage erinnerte sie sich an eine Geschichte über Händel und sein Oratorium, mit dem die Niederlage der Jakobiten in Culloden gefeiert wurde. Vielleicht war es das, wovon Anna Fowler sprach.

»Aber das ist nicht das Einzige, was Spioraid nicht gefällt«, fuhr Anna fort, ehe Rebecca die Gelegenheit zu einer Frage hatte. »Es gefällt ihnen nicht, dass Charles von einem englischen Schauspieler dargestellt wird – obwohl Charles selbst zur Hälfte polnischer

Herkunft und auf dem Kontinent geboren war. Doch, was wichtiger ist, sie haben etwas dagegen, dass man die Rolle von einem von Charles Stuarts Ratgebern mit einem schwarzen Schauspieler besetzt hat.«

»War der Berater im wirklichen Leben schwarz?«

»Nein. Aber es geht um Diversität, nicht? Es ist nicht unüblich – in einem Film über Maria Stuart hat vor ein paar Jahren ein schwarzer Schauspieler den englischen Botschafter gespielt. Das kann Spioraid nicht leiden, weshalb sie öffentlich und – so glaube ich – auch verdeckt gegen die Filmproduktion zu Felde gezogen sind. Diese Leute, das ist nur ein Haufen Scheinheiliger im Schottenrock. Sie ziehen sich zwar noch keine Leintücher über den Kopf und verbrennen bisher keine Kreuze, übrigens eine alte Clantradition, die sich wieder andere Schwachköpfe widerrechtlich angeeignet haben, doch das bedeutet nicht, dass sie keine rassistischen Arschlöcher sind.«

»Was meinen Sie mit ›verdeckt‹?«

Anna schwieg einen Augenblick. Dann setzte sie sich auf, umfing ihren Becher mit beiden Händen und starrte in den Kaffee. »Das muss jetzt unter uns bleiben, denn ich darf eigentlich nicht darüber reden. Die Produktionsfirma gibt sich ungeheure Mühe, damit diese Dinge nicht an die Öffentlichkeit gelangen.«

Rebecca beugte sich zum Schreibtisch hin und schaltete den Rekorder mit dem Daumen aus. »Dann behandle ich es als vertraulich.«

Damit schien Anna zufrieden zu sein. »Gut. Es hat – äh – Vorfälle am Set und auf dem Produktionsgelände gegeben. Einbrüche. Vandalismus. Unerklärliche Brände – nichts Größeres, doch ein Feuer ist ein Feuer. Und der Schauspieler, den ich erwähnt habe, der Schwarze? Der braucht rund um die Uhr Personenschutz.«

»Man hat ihn bedroht?«

»Ja. Es gibt starke Anhaltspunkte dafür, dass Spioraid dafür verantwortlich ist. Oder ihre Schlägertypen von New Dawn. Mich hat man auch bedroht.«

»Wie?«

»Seltsame Anrufe mitten in der Nacht. Gott weiß, wie sie meine Nummer rausgekriegt haben. Zwei Briefe. Im Gegensatz zu denen an die Politiker neulich enthielten sie kein geheimnisvolles Pulver. Ich habe trotzdem unsere Poststelle hier alarmiert.«

»Haben Sie es der Polizei gemeldet?«

»Ja, die weiß davon. Aber was können die schon machen? Die Produktion hat jetzt ein sehr effektives Sicherheitsteam, Donahue Security. Doch selbst das hat den jüngsten Vorfall nicht verhindern können.«

»Und das war?«

Anna legte erneut eine Pause ein, und Rebecca merkte, dass es ihr leidtat, diesen Weg eingeschlagen zu haben. »Ich soll eigentlich nichts davon wissen. Und vor allem nicht darüber reden. Nicht einmal die Polizei weiß davon, weil der Chef die Publicity nicht riskieren will. Er ist auch derjenige, der darauf beharrt, dass nichts über den Vandalismus nach außen dringen darf, weil er Spioraid eben die Publicity verweigern will, die sie brauchen wie die Luft zum Atmen.«

»Ich verspreche Ihnen, dass nichts von all dem gedruckt wird, es sei denn, es sickert irgendwann einmal durch, und wir müssen darüber berichten.«

Anna zögerte trotzdem noch. Dann seufzte sie. »Nun gut, diese Dinge sickern früher oder später sowieso durch. Es hat vor ein paar Tagen wieder einen nächtlichen Einbruch auf dem Produktionsgelände gegeben. Das liegt etwas vom Set entfernt. Sie haben ein Dorf für die Szenen nach der Schlacht aufgebaut und auch ein Gelände zwischen den Bergen gefunden, auf dem sie die Schlacht nachstellen können. Denn es geht natürlich nicht, dass Schauspieler und Statisten und Filmteams auf dem echten Schlachtfeld rumtrampeln. Auf diesem Gelände in den Bergen liegen die Produktionsbüros und auch ein großes Lagerhaus, in dem Hunderte von Kostümen aufbewahrt werden.«

Rebecca spürte, wie die Aufregung in ihr aufflackerte. Sie wusste, was jetzt kommen würde. »Jemand hat eine Hochlandtracht gestohlen, stimmt's?«

Annas Augen verengten sich. »Ja. Woher wissen Sie das?«

Rebecca bereute, dass sie mit der Frage herausgeplatzt war. Innerlich verfluchte sie sich. Elspeth hätte keinen solchen Anfängerfehler gemacht. »Tut mir leid. Das darf ich Ihnen nicht sagen.«

Die Historikerin musterte sie über den Schreibtisch hinweg. »Das hat doch nichts mit dem Mord zu tun, oder?«

Scheiße, Scheiße, Scheiße. »Es tut mir wirklich leid, aber ich darf nichts sagen. Und ich würde es sehr zu schätzen wissen, wenn Sie nicht erwähnen ...«

Anna tat den bloßen Gedanken mit einer Handbewegung ab. »Ja, ja, ich sage kein Sterbenswörtchen.«

Rebecca war erleichtert, obwohl sie sich innerlich noch für ihre Blödheit tadelte. »Wurde dieser Diebstahl der Polizei gemeldet?«

»Nein, ich glaube nicht. John Donahue, der Mann, dem Donahue Security gehört, ist ein totaler Geheimhaltungsfanatiker. Es würde ja auch kein gutes Licht auf ihn und sein Unternehmen werfen, nicht? Erhöhte Sicherheitsmaßnahmen, und trotzdem kann ein Trupp rechter Spinner noch einbrechen und Kostüme stehlen? Vielleicht sollten wir es doch melden, nach unserem heutigen Gespräch.«

»Aber Sie glauben nicht, dass er es tut?«

»Ich bezweifle es. Ich kann das auch nicht machen. Ich habe eine Vertraulichkeitsvereinbarung mit der Filmgesellschaft unterzeichnet, darf also nicht über Dinge plaudern, die ich am Set sehe oder höre. Wenn ich gegen diese Vereinbarung verstoße, würde das nicht nur mich, sondern auch die Universität schlecht dastehen lassen.«

»Und trotzdem haben Sie mit mir über die Probleme geredet.«

»Das habe ich in der Tat.« Ihre Augen musterten Rebecca prüfend. »Journalisten schützen doch noch immer ihre Quellen, oder?«

Rebecca hatte verstanden. Anna konnte die Sache nicht selbst melden, sie aber sehr wohl. Das Thema Vertraulichkeit und Schutz von journalistischen Quellen war eine komplexe Angelegenheit, doch Rebecca glaubte nicht, dass die Polizei darauf drängen würde, dass sie Namen nannte.

Dann fiel ihr noch etwas anderes ein. »Sie haben ›Kostüme‹ gesagt. Es wurde also mehr als eines gestohlen?«

Anna holte tief Luft. Rebecca wartete.

»In derselben Nacht wurde noch ein anderes Kostüm entwendet«, sagte Anna. »Die Uniform eines Regierungssoldaten.«

18

An seinen Geruch erinnert sich das Kind am besten. Der Geruch ist nicht übermächtig, nur wahrnehmbar, wenn er in der Nähe ist. An den Tagen, wenn er nicht einfach nur wieder die Treppe hinuntergeht.

Es ist kein Körpergeruch, es ist ein Moschusduft, der vielleicht nur ihm eigen ist. Eine Mischung aus Schweiß und Essen und Zigarettenrauch. Und aus Bitterkeit und Wut und all den Enttäuschungen seines Lebens. Und dann schließt er die Tür wieder ab und kehrt in das Familienleben unten zurück, nimmt seine Begierde und seinen Moschusduft mit.

Manchmal hört ihn das Kind, wie er mit der Frau streitet. Das Kind sieht sie selten, kann sich jetzt kaum noch an den Namen der Frau des Mannes erinnern, denkt an sie nur als sie. Das Kind hasst den Mann, aber sie verachtet es.

Weil sie es weiß.

Die Frau weiß, was im Stockwerk über ihr vorgeht, und sie unternimmt nichts. Wenn ihr Mann sie verlässt, um nach oben zu gehen, wird da irgendwas gesagt? Sie muss wissen, was er oben tun wird, und sie unternimmt nichts.

Nichts.

Frauen sind nicht so, das hat das Kind immer geglaubt. Frauen sind einfühlsam und liebevoll und fürsorglich.

Diese Frau nicht. Sie nicht.

Sie ist so schlimm wie ihr Mann. Vielleicht schlimmer, weil sie nichts unternimmt.

Und dann ist da noch der Sohn. Das Kind sieht ihn ab und zu, wie er an der Tür vorbeikommt, wenn der Vater dort lauert. Ein dünner Junge mit blassem Gesicht, die Augen gehetzt und von Schmerz überschattet.

Wenn sie miteinander reden, beim Frühstück, bei den Mahlzeiten, wird nichts von Belang gesprochen. Das Kind fragt sich, ob der Junge vielleicht auch leidet, ob der Vater manchmal seine Aufmerksamkeit auch auf ihn lenkt. Oder ist der Blick in diesen dunklen Augen etwas anderes? Sind es Schuldgefühle? Verspürt der Sohn eine Reue, die der Vater nie gefühlt hat?

Doch der Vater fühlt etwas, das weiß das Kind, obwohl er es selbst nicht weiß. Am Tag nach jedem Besuch bringt er ein neues Spielzeug. Oder ein Buch. Oder ein Video, das das Kind auf dem kleinen Fernseher in der Ecke anschauen kann. An diesen Tagen ist er ein anderer Mann. Er streicht dem Kind übers Haar und lächelt. Nichts wird über die anderen Besuche gesagt, die weniger angenehmen, die mit Schmerzen und Tränen. Manchmal schaut er die Videos zusammen mit dem Kind an, sie sitzen zusammen auf dem kleinen Einzelbett, das Kind in seine Armbeuge geschmiegt, den Kopf an seine Schulter gelehnt, atmet den warmen Moschusduft ein und fragt sich, warum nicht jeder Tag so sein kann.

Aber was immer der Mann an solchen Tagen fühlt, es ist nicht mächtig genug, um ihn davon abzuhalten, dass er wiederkommt.

Die Schritte auf der Treppe.

Das Innehalten.

Das Aufschließen der Tür.

Das Zögern.

Das Atmen.

Der Geruch von ihm, als er sich nähert.

Es gibt eine Menge Schuldgefühle in diesem Haus. Der Vater. Vielleicht der Sohn. Und sie? Verspürt sie Schuldgefühle? Schleichen vielleicht deswegen leise Schluchzer in der Nacht über den Korridor, um wie Geheimnisse in den Ecken zu lauern? Sind diese Tränen alles, was noch von dem übrig ist, was einmal ihr Mitgefühl war?

Das Kind denkt über diese Dinge nach, allein in diesem Zimmer, als Gesellschaft nur die Spielsachen und den kleinen Fernseher und den Klang des Regens, der gegen die matten Scheiben prasselt.

19

Die an die Sichtblende geklippte Freisprechvorrichtung war nicht gerade ein Spitzenmodell – für zehn Pfund in der Tankstelle gekauft, da konnte man nicht mehr verlangen –, doch für Rebeccas Bedürfnisse reichte sie aus. Sie musste die Anrufe zwar noch per Hand annehmen, mit dieser kniffligen Wischtechnik über das Display, und auch beenden – eine viel einfachere Sache mit einem Tippen auf einen roten Button. Aber zumindest musste sie das Telefon beim Sprechen nicht in der Hand halten. Sie kannte die Bestimmungen über den Gebrauch von Mobiltelefonen beim Fahren, aber eigentlich war es nicht schlimmer als ein Gespräch mit einem Beifahrer. Zumindest rechtfertigte sie es so vor sich selbst.

»Also, meinst du, diese Fowler hat dir mit einer bestimmten Absicht von den Kostümen erzählt? Ich meine, wusste sie, dass sie dir da was verrät?« Elspeths Stimme ertönte mit einigem Knacken aus dem billigen Lautsprecher. Leichter Regen tröpfelte auf die Windschutzscheibe, und die Scheibenwischer quietschten über das Glas. Rebecca fuhr auf der A9 zur Redaktion zurück, in dem vollen Bewusstsein, dass sie die ihr zustehende Stunde Mittagspause um zehn Minuten überzogen hatte. Barry hätte dergleichen nicht übermäßig gestört, es sei denn, es wäre ihr zur Gewohnheit geworden. Aber der Projektmanager war bisher eine unbekannte Größe. Er wollte vielleicht seine Muskeln spielen lassen.

»Nun, ich habe sie nicht unter Drogen gesetzt, und das Waterboarding habe ich mir auch verkniffen, Elspeth.«

»Du weißt, was ich meine. Hat sie es dir aus einem ganz bestimmten Grund erzählt?«

»Ja, ich glaube, sie möchte, dass ich es der Polizei melde. Sie will ihre Vertraulichkeitsvereinbarung mit der Filmfirma nicht brechen, indem sie sich direkt an die Bullen wendet.«

»Die hat sie bereits gebrochen, als sie es dir erzählt hat.«

»Ja, aber da gibt's Abstufungen, nehme ich an. Wenn man selbst zur Polizei geht, ist es offiziell. Wenn sie es mir erzählt und weiß, dass ich meine Quellen nicht preisgebe, wird die Polizei informiert und sie hat doch nur indirekt damit zu tun. Also, was meinst du?«

Es war still am anderen Ende der Leitung, zumindest so still, wie es der billige Lautsprecher erlaubte. Der Schauer war vorbei, und die Scheibenwischer stöhnten ein wenig auf dem feuchten Glas. Rebecca schaltete sie aus. »Ich denke, wir geben das weiter«, sagte Elspeth. »Ich hab denen versprochen, dass wir es tun würden, und so zeigen wir, dass man uns vertrauen kann. Die Sache mit der Kleidung können wir ohnehin noch nicht bringen.«

»Soll ich die Polizei kontaktieren, oder machst du es?«

»Tu das besser nicht. Lass uns deine Quelle noch durch eine weitere Ebene abschirmen. Ich mach das. Ich rufe Roach direkt an.«

Im tiefsten Herzen wusste Rebecca, dass Elspeth befürchtete, sie könne unter Polizeidruck einknicken und die Quelle verraten, aber sie war erleichtert, dass ihr das Telefonat mit DCI Roach erspart blieb. Die Polizistin wirkte gewitzt und zäh, und Rebecca war sich selbst nicht sicher, ob sie ihr standhalten würde. Sie hoffte, dass sie nie auf diese Probe gestellt werden würde.

Rebecca fragte: »Meinst du, wir sollten selbst bei der Filmfirma nachhaken?«

»Einen Anruf könnte es wert sein, nur um sie auf Zack zu halten. Aber lass uns das für später aufheben. Erst soll die Polizei ihre Ermittlungen machen. So schützen wir deine Quelle noch zusätzlich, denn wenn die Bullen sofort in Aktion treten, glaubt die Produktionsfirma wahrscheinlich, dass die Information bei ihnen selbst vor Ort durchgesickert ist. Lass uns deine Professor Fowler in unserem Team behalten. Es kann nie schaden, eine Expertin in der Mannschaft zu haben. Und ich habe in dieser Angelegenheit so ein unbestimmtes Gefühl. Mir scheint, dass die Vergangenheit da eine wichtige Rolle spielt.«

20

Val Roach kannte John Donahue nicht persönlich, wusste allerdings sehr wohl um seinen Ruf. Der ehemalige Chef der Glasgower Kriminalpolizei war für seine Übellaunigkeit berüchtigt. Man sagte, er besäße die Fähigkeit, erwachsene Männer zum Weinen zu bringen. Und das waren Männer, die sich den hartgesottenen Gaunern und Schlägertypen dieser Stadt entgegengestellt hatten, mit kaum mehr als einem Schlagstock und ein paar ausgesuchten Schimpfwörtern bewaffnet. Von Rechts wegen hätten eigentlich ein paar Detective Constables zum Filmgelände herausfahren sollen, doch Edward Moore, den jungen Beamten, den man dazu abgestellt hatte, Donahue zu kontaktieren, hatte dieser brüsk abgefertigt. Er sei zu beschäftigt, hatte Donahue DC Moore mitgeteilt. Es sei ihm nicht klar, was ein über siebzig Meilen entfernter Mord mit ihm zu tun haben sollte. Und dann hatte er Moore zur Bekräftigung noch einmal wissen lassen, dass er zu beschäftigt sei, und das Gespräch beendet.

Sobald die Information über die gestohlenen Kostüme eingetroffen war, hatte Val Roach den Mann selbst angerufen, doch er nahm auch dieses Gespräch nicht an. Sie hatte es dreimal versucht, doch es war niemand an den Apparat gegangen. Also rief sie Yul Bremner zu, sie mache jetzt einen kleinen Ausflug, er solle die Stellung halten, und erklärte dem jungen Edward, er solle sie hinfahren.

Ehrlich gesagt war sie dankbar, dass Donahue so kratzbürstig und unkooperativ reagiert hatte, denn sie hockte nicht gern im Revier fest. Sie wusste zwar, dass sie solche Routineaufgaben eigentlich anderen Teammitgliedern überlassen sollte, aber sie hasste den Papierkrieg, saß höchst ungern an ihrem Schreibtisch und konnte den bürokratischen Kleinkram, der mit jeder Ermittlung verbunden war, nicht ausstehen. Sie beherrschte das alles natürlich, sogar besser als die meisten anderen, aber wirklich Spaß machte es ihr nur, draußen vor Ort mit den Leuten zu reden. Und Donahue hatte ihr den idealen Vorwand geliefert, selbst wenn die Fahrt durch den Great Glen von Inverness nach Fort William den ganzen Nachmittag beanspruchen würde. Wenn sich jedoch der Tipp von dieser McTaggart als wahr herausstellen sollte, wenn sich bestätigen sollte, dass die Kleidung des Toten wirklich vom Filmset stammte, wäre das schon ein kleiner Durchbruch. Schließlich hatten sie sonst verdammt wenig. Roach war schon durch den Kopf gegangen, dass die Klamotten von dort stammen könnten, doch da man keinen Diebstahl gemeldet hatte, schien das unwahrscheinlich. Jetzt allerdings war ein Besuch von einer ranghohen Kriminalbeamtin genau das Richtige.

Zumindest rechtfertigte Roach das so vor sich selbst. Ihr Chef würde es vielleicht anders sehen. Doch das würde sie auf sich zukommen lassen.

Es war schließlich noch ein ziemlich schöner Tag geworden, zumindest für März. Es regnete nicht mehr, in Schottland immer ein Segen, und die Sonne gab sich alle Mühe, die schiefergraue Wolkendecke zu durchbrechen. Edward Moore war kein redseliger Typ. Das wusste sie zu schätzen, denn so konnte sie den Fall noch einmal überdenken, während sie auf der gewundenen Straße am nordwestlichen Ufer von Loch Ness entlangfuhren. Zeit zum Nachdenken, genau das, was sie brauchte. Und es gab viel zu überdenken. Ein bisher nicht identifizierter Mann, dessen Autopsie ergeben hatte, dass er mit Heroin vollgepumpt war, obwohl es keine weiteren Anzeichen für Drogenkonsum gab. Ein Hochland-Kostüm. Und ein Schwert, das in ihm steckte, als wartete es auf König Artus.

Rätsel, Rätsel ... zu viele Rätsel.

Einen Tag nach Beginn der Ermittlungen hatten sie immer noch keine Ahnung, wer der Tote war. Es war zu früh für einen DNA-Treffer – falls seine Informationen überhaupt in der Datenbank waren. Und seine Fingerabdrücke schienen auch nicht in der Kartei registriert zu sein.

DS Bremner hatte an der Pressekonferenz zum Autopsiebericht teilgenommen, was für sie eine Erleichterung war, denn auch die penible Untersuchung kleinster blutiger Einzelheiten bei einer Mordermittlung war nicht ihr Fall. Nicht, dass sie kein Blut sehen konnte – daran hatte sie sich inzwischen gewöhnt –, aber das war alles so klinisch. Der makellos saubere Raum selbst; die glänzenden medizinischen Instrumente; der Geruch des Desinfektionsmittels; die ruhige, bedächtige Stimme des Pathologen, der zerlegte, entfernte, wog, maß und Verletzungen, Blutergüsse, Fleischwunden und Organe genau beschrieb. Es war alles so unpersönlich. Sie wusste, dass derlei Abstand notwendig war, sie wusste, dass sie objektiv bleiben musste, wenn sie ihre Arbeit gut machen wollte, doch die Obduktionsräume waren einfach zu viel für sie.

Während sie ihre Gedanken schweifen ließ, fiel ihr auf, dass es neben all der Schreibtischarbeit, dem Papierkram, dem Kontakt zur Presse und der Beobachtung der Obduktionen eigentlich nicht mehr viel Polizeiarbeit gab, die ihr noch Spaß machte. Ein höherer Dienstrang brachte zwar Privilegien mit sich, hatte jedoch auch Nachteile.

Sie schaute aus dem Seitenfenster auf Loch Ness, das an ihnen vorüberhuschte. Der schwache Sonnenschein streifte das tiefe Wasser und blinzelte ihr zwischen den Bäumen und Büschen zu wie ein verschämter Liebhaber. Vor Jahren hatte sie mit Joe, der bald darauf ihr Ehemann werden sollte, am Ufer des Sees in der Nähe von Urquhart Castle gezeltet. Es war ein kleines Zweipersonenzelt gewesen, und bei Regen sickerte Wasser durch. Und es hatte natürlich geregnet. Aber sie waren jung und glücklich gewesen und hatten gelacht, als es durch die Leinwand tropfte. Sie lächelte. Sie lächelte immer, wenn sie sich an diese Jahre mit ihrem Mann erinnerte. Zumindest, wenn sie an diese Version von ihm dachte.

Als sie im vorigen Jahr plötzlich allein dagestanden hatte, hatte sie überlegt, ihren Job aufzugeben, so unzufrieden war sie dort. Sie war sogar so weit gekommen, die Kündigung zu tippen, war aber dann davor zurückgeschreckt, sie tatsächlich einzureichen. Es war ihr plötzlich klar geworden, dass sie ohne ihren Job Probleme haben würde, etwas mit ihrer Zeit anzufangen.

Die Wahrheit war, von allen negativen Dingen abgesehen, dass sie gern Polizistin war. Sie wollte die Bösen zur Strecke bringen. Sie wollte den Opfern und ihren Familien zumindest einen gewissen Abschluss verschaffen. Sie wollte Leuten helfen können.

Doch sie brauchte Veränderung. Anstatt alles aufzugeben, hatte sie um eine Versetzung gebeten. Das Haus in Perth barg zu viele Erinnerungen. Zu viele Zimmer wurden vom Flüstern der Vergangenheit und vom Echo dessen heimgesucht, was einmal gewesen war. Sie verkaufte es nicht. Es war Joes Zuhause gewesen, seines und ihres. Sie konnte sich nicht davon trennen. Also vermietete sie es an eine anständige Familie, weil ihr der Gedanke gefiel, dass Kinderlachen von den Wänden widerhallen würde. Sie hatten nie Kinder gehabt, und das Haus brauchte welche. Es brauchte Lachen. Es brauchte Leben. In den Monaten vor ihrem Umzug hatte es von beidem, Gott weiß, herzlich wenig gegeben.

Doch daran durfte sie jetzt nicht denken. Es war eine düstere, schreckliche Zeit in ihrem Leben gewesen, doch das alles lag nun in der Vergangenheit. Und da sollte es auch bleiben.

DC Moore fuhr schnell, aber kompetent und hatte sie in weniger als zwei Stunden ans Ziel gebracht. Man hatte ein provisorisches Tor an der kleinen einspurigen Straße errichtet, die zu dem Gelände führte, das die Filmgesellschaft sich für ihr Hauptquartier ausgesucht hatte. Val hatte in BBC Scotland einen längeren Nachrichtenbeitrag über die »Invasion aus Hollywood« gesehen und wusste, dass der größte Teil der Aufnahmen im Tal gemacht wurde. Culloden selbst war, von seiner Geschichte abgesehen, ein wenig bemerkenswertes Moorland, und der Regisseur wollte beim Nachstellen der Schlachtszenen mehr Highland-Atmosphäre vermitteln, wofür er Berge brauchte. Sicher, vom echten Schlachtfeld aus konnte man an einem klaren Tag über den Moray Firth hinweg die Berggipfel von Easter Ross sehen, doch er wollte den Kinogängern ein »echtes« Highland-Feeling bieten. Das war einer der Kritikpunkte an der Filmproduktion: dass dieses »echte« Highland-Feeling rein gar nichts mit den tatsächlichen Erfahrungen der Kämpfenden von 1746 zu tun hatte. Aber hey, Mel Gibson hatte bei der Schlacht von Stirling Bridge auch auf die Brücke verzichtet.

Roach hatte einen alten Freund in Glasgow angerufen, um etwas über den Gründer von Donahue Security herauszufinden. John Donahue hatte seine Sicherheitsfirma nach seiner Pensionierung aus dem Polizeidienst aufgebaut, und sie war rasch zur ersten Adresse für die Unterhaltungsindustrie geworden. Wenn man Wächter, Rausschmeißer oder Personenschutz für Stars brauchte, hatte Donahue das richtige Team.

Roach und Cooper zeigten dem Sicherheitsmann ihre Dienstausweise. Der Mann, der das Firmenlogo, einen Schild und gekreuzte Schwerter, auf den Schulterklappen und an der linken Brust seiner dunkelgrauen Uniformjacke trug, trat einen Schritt zur Seite und sprach ein paar leise Worte in sein Funkgerät, ehe er sich wieder zum Fahrerfenster hereinlehnte und zu DC Moore sagte: »Tut mir leid, Mr Donahue ist im Moment beschäftigt und kann Sie nicht empfangen. Er sagt, wenn Sie einen Termin ausmachen könnten, würde er ...«

Roach sagte nichts, als sie aus dem Auto stieg, zum Tor ging und die Hand an den Riegel legte. Der Wachmann kam sofort zu ihr hingerannt.

»Ma'am, Sie können da nicht rein, das ist für die Öffentlichkeit gesperrt.«

Sie musterte ihn von Kopf bis Fuß. »Ehemaliger Polizist?«

»Nein, Armee.«

»Dann wissen Sie ja wohl, was eine Befehlskette ist?«

»Jawohl, Ma'am, und deswegen kann ich nicht ...«

»Lassen Sie mich Ihnen mal was erklären.« Sie hielt ihre Stimme ruhig und neutral. »Sie haben meinen Dienstausweis gesehen. Der hebt im Moment alles Übrige auf.«

»Mr Donahue ...«

»Mr Donahue ist Zivilist, und ich leite eine wichtige Mordermittlung, die Sie im Augenblick behindern. Wir machen jetzt entweder dieses Tor auf oder wir fahren einfach so durch.« Sie deutete mit dem Finger zurück auf den Wagen. »Das ist ein Polizeiauto mit vollem Versicherungsschutz, mir macht das also nichts aus. Was soll's sein?«

Sie hatte ihren Tonfall nicht verschärft – sie hätte genauso gut eine Pizza bestellen können –, doch ihre Worte hatten Gewicht. Der Wachmann war kurz unentschieden, überlegte, ob sie bluffte. Doch dann streckte er die Hand aus, zog den Riegel zurück und ließ das Tor aufschwingen.

»Kluge Entscheidung. Sie werden es noch weit bringen.«

Roach ging zum Auto zurück, wo Moore breit grinste. Als er mit dem Wagen langsam durch das offene Tor fuhr, sagte er: »Das haben Sie genossen, nicht wahr, Ma'am?«

Sie konnte ihr Lächeln nicht verbergen. »O ja«, antwortete sie. »Aber das war nur der Anfang. Der Hauptkampf kommt erst noch.«

Die schmale Straße schlängelte sich zwischen Kiefern hindurch zu einem offenen Gelände, das von Bergen umgeben war. Man hatte hier eine ziemlich große Anlage aufgebaut, obwohl die Gebäude Fertighäuser waren und man die Wohnwagen jederzeit fortschleppen konnte. Ein Zaun umgab das gesamte Areal, und Roach sah weitere Wachmänner in Uniform. Sie wurden von kräftigen Hunden begleitet und gingen in militärischer Manier Streife über das Gelände.

»Großer Gott«, sagte Moore, als sie sich dem nächsten Tor näherten. »Da fehlen nur noch ein paar Wachtürme, und wir haben das verdammte Stalag 13 aus *Ein Käfig voller Helden*.«

Das Tor zum eigentlichen Gelände war wesentlich stabiler, und es wäre eine leere Drohung gewesen, es zur Not mit dem Polizeiauto durchbrechen zu wollen. Roach hegte keinen Zweifel daran, dass der erste Wachmann per Funk ihre Ankunft angekündigt hatte, sobald sie das Tor durchquert hatten. Sie hoffte, dass Donahue über ihre Impertinenz so wütend geworden war, dass er erscheinen würde, um sie höchstpersönlich abzufertigen. Ihr Gewissen zwickte sie ein wenig, weil sie den Wachmann in diese Lage gebracht hatte, aber daran ließ sich nichts ändern.

Ein großer Mann mit dem Körperbau eines WWE-Ringers, den man in einen dunkelblauen Anzug, komplett mit weißem Hemdkragen und Schlips, gequetscht hatte, wartete am Tor auf sie. Er hielt sein Funkgerät vor sich wie einen Golfschläger und war drauf und dran, wütend durchzuschwingen. Roach spielte selbst gern ein, zwei Runden, wenn sie konnte, und wusste, dass man das niemals machen sollte. Man glaubt vielleicht, dass es einem einen Vorteil verschafft, aber in Wirklichkeit spielt es dem Gegner in die Hand. Der Mann beobachtete sie mit kaum verhohlener Wut. Er wartete nicht einmal ab, bis sie zum Stehen gekommen waren, ehe er mit großen Schritten zur Beifahrerseite stapfte und sie böse anfunkelte.

»Was sollen denn das für Spielchen sein?« Er hatte eine raue Stimme, war offensichtlich das Befehlen und die gehorsame Befolgung dieser Befehle gewohnt. Sein Haar war eisengrau, sein breites Gesicht wie gefrorener Stahl. Er war ohnehin kein attraktiver Mann, doch sein Temperament und seine Selbstgefälligkeit machten ihn schlicht hässlich.

»Ich bin Chief Detective Inspector Valerie Roach«, sagte sie, und ihre Stimme war so sanft, wie seine rau gewesen war. »Das ist Detective Constable Edward Moore. Sie sind John Donahue, nehme ich an?«

»Ja, und ich habe Sie gefragt, was das für Spielchen sein sollen.«

»Ich führe Ermittlungen durch, Mr Donahue, und Sie können uns dabei behilflich sein.«

»Ja, das hat mir Ihr Bursche vorhin schon erklärt, aber ich habe dazu im Moment keine Zeit.«

»Ich schlage vor, Sie nehmen sich die Zeit.«

Er trat einen Schritt zurück, und eine Art Lächeln spielte um seine Lippen. Er wirkte damit keineswegs besser gelaunt. »Ach ja? Wirklich?«

Sie grinste breit zurück. »Ja«, antwortete sie. »Wirklich. Ich führe die Ermittlungen in einem Mordfall. Wir können gleich hier reden, oder Sie können mit uns einen kleinen Ausflug nach Inverness machen. In jedem Fall, Mr Donahue, werden Sie mit uns reden.«

Er schien sich innerlich aufzurichten. Sie wusste, was er sagen würde, ehe er auch nur den Mund aufmachte: »Hören Sie mal, meine Liebe, wissen Sie, wer ich bin?«

Sie hätte beinahe gelacht. Wer er war oder einmal gewesen sein mochte, das war ihr ziemlich egal. Leute wie Donahue waren alle gleich. Er war ein Mann, der in seiner Berufslaufbahn ständig Befehle gegeben und erwartet hatte, dass sie befolgt wurden. Doch nun war er Zivilist. Ob es ihm gefiel oder nicht, jetzt erteilte sie die Befehle. »Ja, das weiß ich, Sir. Aber Sie werden trotzdem mit mir reden, so oder so.«

Er zog ein Mobiltelefon heraus. Es sah teuer aus. Ihres war von Tesco. »Wer ist Ihr Vorgesetzter?«

»Superintendent Harry McIntyre«, antwortete sie. »Er lässt Sie übrigens grüßen.«

Donahues Finger schwebte über dem Display, drohte, die Nummer zu tippen. In seiner Branche hatte man wohl eine Kurzwahl für die Polizei vor Ort, vermutete Roach. »Er weiß also, dass Sie hier sind?«

Tatsächlich wusste Superintendent McIntyre keineswegs, dass sie hier war, und wenn er es herausfände, wäre er alles andere als erfreut. Doch sie hatte jetzt einmal mit dem Bluff angefangen, da musste sie die Sache auch durchziehen, genau wie vorhin am Tor. Inzwischen waren sie vom Golf zum Poker übergegangen, und sie erhöhte den Einsatz: »Natürlich.« Sie deutete mit dem Kopf auf das Handy. »Nur zu, rufen Sie ihn an, wenn Sie wollen.«

Einen Augenblick lang glaubte sie, sie hätte ihn übertölpelt. Doch er ließ es drauf ankommen, tippte mit dem Zeigefinger auf das Display und hielt sich das Telefon ans Ohr. Er beobachtete sie ganz genau, während er auf eine Antwort wartete, hoffte wahrscheinlich, einen Hauch Besorgnis in ihrer Miene zu erspähen. Dann sagte er: »Stellen Sie mich zu Superintendent McIntyre durch.« Sein Blick wankte nicht, als er hinzufügte: »Hier spricht DCS Donahue. Er kennt mich.« Sie wusste, dass er jetzt auf ein Eingeständnis ihrer Lüge wartete, aber sie wollte ihm, verdammt noch mal, diese Genugtuung nicht geben. Sie lächelte ihn nett an, nach außen hin ruhig, aber im innersten Herzen wünschte sie, sie hätte ihre Karten nicht derart überreizt. Jeglicher Vorteil, den seine Wut ihr verschafft hatte, würde verpuffen, sobald er ihren Boss erreichte. Dann hätte er gewonnen. Doch Leute wie er trieben sie einfach zur Weißglut.

Donahue schaltete auf Lautsprecher und hielt das Telefon zwischen sich und Roach, sodass sie beide Seiten des Gesprächs hören konnte.

»John Donahue!« McIntyres Stimme war laut und deutlich zu hören. Das war wirklich ein gutes Handy. »Na, das ist mal ein Name aus der Vergangenheit.«

»Harry«, sagte Donahue. »Lang ist's her, Kumpel.« Jetzt klang seine Stimme anders. Er sprach mit einem Mann, einem, dessen Status dem seinen entsprach. Allesamt beste Freunde. Waffenbrüder. »Hör zu, ich komme gleich zur Sache. Hier ist einiges los. Ich hab eine von deinen Leuten hier. Roach, eine DCI?«

Am anderen Ende der Leitung trat eine Pause ein. Roach hielt ihre Miene ungerührt, doch innerlich fluchte sie: Scheiße, Scheiße, Scheiße.

Dann sagte McIntyre: »Ja, das stimmt. Sie leitet eine Morduntersuchung, und du könntest uns dabei helfen, wenn du so nett wärst.«

Sie musste sich sehr bemühen, ihre Erleichterung nicht deutlich zu zeigen. Sie kostete den Schock, der sich auf Donahues Miene ausbreitete, voll aus. In Gedanken strich sie die gewonnenen Jetons ein.

»Harry, ich, ich ...« Donahue stotterte. Roach würde ihre Pension darauf verwetten, dass das bei ihm nicht oft vorkam. »Schau mal, Kumpel. Ich stecke wirklich bis über beide Ohren in der Arbeit. Hat das nicht Zeit?«

»John, ach, komm schon. Du weißt doch, wie es geht. Erste vierundzwanzig Stunden und so? DCI Roach hat ein paar Fragen, und die musst du ihr wirklich beantworten. Okay?« McIntyre hielt inne, ehe er noch hinzufügte: »Kumpel?« Die leichte Betonung des letzten Wortes ließ Roach vermuten, dass diese Männer alles andere als Kumpel waren. Was erklären würde, warum ihr Boss sich schützend vor sie gestellt hatte. »Lass mich mal kurz mit meiner DCI reden«, sagte McIntyre. Ein sichtlich verärgerter Donahue reichte ihr das Telefon.

Roach versicherte sich, dass sie den Lautsprecher ausgeschaltet hatte, ehe sie das Telefon ans Ohr hielt. »Sir.«

»DCI Roach, Sie haben ein Riesenglück, dass ich Bremner begegnet bin, der mir von Ihrer fröhlichen Landpartie erzählt hat.«

Roach wusste, dass Donahue sie genau beobachtete, lächelte also und sagte: »Wohl kaum, Sir.«

»Erste Ermittlungen, das ist nicht Ihre Aufgabe, DCI Roach, und das wissen Sie verdammt genau. Ihr Platz ist hier in der Einsatzzentrale. Sie haben die Sache zu leiten, nicht über Land zu reisen.«

»Jawohl, Sir.«

»Wenn Sie hiergeblieben wären, wüssten Sie, dass wir Probleme bekommen haben. Diese BBC-Reporterin Lola Irgendwas hat irgendwie Wind von der Kleidung bekommen.«

Scheiße, dachte Roach, das war schnell gegangen. Sie hatte gewusst, dass es früher oder später so kommen würde, aber gehofft, diese Informationen noch ein wenig länger unter Verschluss halten zu können.

»Die Spielchen sind vorbei«, fuhr McIntyre fort. »Es ist nur noch eine Frage der Zeit, bis jemand die Verbindung zu den Filmleuten sieht. Wir mussten Elspeth McTaggart informieren, damit sie es ihren Kunden weitergeben kann. Und da diese kleine Connolly ebenfalls beteiligt ist, wird auch das Lokalblatt darüber berichten. Sie wissen ja, wie gern ich die Macht hätte, einen Medien-Blackout für alle inoffiziellen Infos zu verhängen, aber wir leben nun mal in einer unvollkommenen Welt. Warnen Sie Donahue besser, dass er sich auf eine Invasion der Medienleute gefasst machen soll. Schließen Sie das mit ihm so schnell wie möglich ab und kommen hierher zurück.«

»Jawohl, Sir.«

Es trat eine Pause ein, in der sie nur ihren Chef atmen hörte. »Und Sie sorgen besser dafür, dass dieser Ausflug was bringt.«

»Jawohl, Sir.«

Das Gespräch wurde beendet, und Roach stand mit dem stummen Telefon am Ohr da. Sie fühlte sich einen Moment seltsam dämlich und reichte dann Donahue das Handy zurück. Sie sorgen besser dafür, dass dieser Ausflug was bringt, hatte McIntyre gesagt. Jetzt war es an der Zeit, bei dieser Befragung die Führung zu übernehmen.

»Also, Mr Donahue.«

»Sie können mich mit Sir anreden«, blaffte er.

Sie ignorierte ihn. »Wollen Sie mir von den fehlenden Kleidungsstücken erzählen?«

Sein schockiertes Gesicht verriet ihr, dass ihre Informationen stimmten.

21

Es gab keinen Grund, warum Rebecca den schwarzen Mercedes auf dem Parkplatz hätte bemerken sollen. In verschiedenen Büros ringsum waren diverse andere Unternehmen angesiedelt; schließlich war es ein Gewerbegebiet. Der Mercedes hätte irgendjemand gehören können. Außerdem war es ein langer Tag gewesen, und sie war müde. Les hatte tatsächlich eine Bemerkung darüber fallen lassen, dass sie zu spät aus der Mittagspause zurückgekommen war, einen passiv-aggressiven Kommentar aus dem Mundwinkel, den sie eigentlich mit einem Griff nach dem nächsten schweren Gegenstand hätte quittieren wollen. Doch stattdessen murmelte sie eine leise Entschuldigung und begab sich schnurstracks zu ihrem Schreibtisch. Sie sah, dass Barry ihr quer durch die Redaktion einen »Ich-hab-dich-gewarnt«-Blick zuwarf, also setzte sie sich sofort hin und schrieb rasch ein paar Texte herunter, um ihr Tagessoll zu erfüllen. Das hieß, sie formulierte ein paar Pressemitteilungen um und tätigte ein paar Anrufe, um zumindest das Gefühl zu haben, sich wirklich in der Welt des Journalismus zu befinden. Doch im Herzen wusste sie, dass sie sich wie ein Feigling benahm. Sie sollte sich nicht so unterkriegen lassen, nicht hier hereinschleichen wie ein schuldbewusstes Schulmädchen.

Die beiden Texte über den Mord trugen einiges zu ihrem Story-Konto bei. Als erstes tauchte das Bild des Opfers in ihrem Posteingang auf. Sie öffnete die Datei, um das Gesicht anzusehen, das durch Computeranimation beinahe lebendig wirkte. Das Foto zeigte einen Mann in den Dreißigern mit langem blondem Haar, einem sehr stoppeligen Kinn und einem Ohrstecker im linken Ohr.

Die braunen Augen waren geöffnet. Alle Computertricks der Welt konnten diesen Toten nicht wieder zum Leben erwecken. In der Beschreibung wurde mitgeteilt, dass er eins achtzig groß war, etwa 75 Kilo wog, von schlanker Statur und eine Blinddarmnarbe hatte. Und das war's. Alles, was über diesen Mann bekannt war, zu einem Bild und ein paar Zeilen eingedampft. Kalt, effizient, emotionslos. Es machte sie traurig, und sie erinnerte sich an die Worte ihres Vaters vor vielen Jahren, als sie ihm Fragen zu Mordermittlungen gestellt hatte. Er hatte eine Weile nachgedacht, und als er schließlich sprach, war seine Stimme leise gewesen, mit einem schwachen Echo des Tonfalls aus seiner Kinderzeit auf der Insel.

Mord ist immer traurig, ganz egal, wer das Opfer ist. Denn er bedeutet oft das Ende von mehr als nur einem Leben. Eine Ehefrau nimmt ein Brotmesser zur Hand und ersticht ihren Mann. Sie muss mit einer Gefängnisstrafe rechnen. Die Kinder müssen ohne ihre Eltern leben. Eine Schlägerei auf der Straße nimmt eine tragische Wendung. Ein Mann liegt tot da, der Mann, der ihn erschlagen hat, hat ihn seiner Zukunft beraubt, aber auch sein eigenes Leben für immer verändert. Und das seiner Familie. Und seiner Freunde. Mord zieht weite Kreise und spült nicht nur über alle hinweg, die unmittelbar beteiligt waren, sondern auch über all jene, die irgendwie mit dem Opfer oder dem Mörder in Verbindung stehen. So eine Tat verletzt mehr als nur eine Person.

Sie hatte ihre Story kaum fertig geschrieben, als Elspeth anrief und ihr mitteilte, die Info über das Highland-Kostüm sei durchgesickert. Terry Hayes hatte Wort gehalten und die Nachricht verzögert, um Elspeth vorher Bescheid zu sagen, doch trotzdem spuckte ihre alte Chefin Feuer.

»Dass wir das zurückgehalten haben, war unsere Trumpfkarte«, sagte sie am Telefon, als sie eine Nachricht von Terry Hayes übermittelte. »Es hat uns bei der Polizei jede Menge Vertrauen erkauft.«

»Wer sonst hat die Info, weißt du das?«, fragte Rebecca.

»Aye, diese hirnlose Tussi von der BBC. Obwohl ich mir ums Verrecken nicht vorstellen kann, dass sie dafür die Augen lange genug vom Spiegel abwenden kann.«

Rebecca unterdrückte ein Lachen. Sie wusste, dass Lola McLeod eine clevere Frau war und ihren Job außerordentlich gut machte. Sie war der Star des Regionalfernsehens, und es war nur eine Frage der Zeit, bis sie jemand vom Sender abwarb und in die Zentrale in Salford beförderte. Früher oder später würde sie in Washington landen oder sogar als Moderatorin im Frühstücksfernsehen mit ihrem Kollegen witzige Bemerkungen austauschen. Die Fähigkeiten, das Aussehen und die Persönlichkeit hatte sie dazu. Für Elspeth zählten jedoch nur die Printmedien als Journalismus. Ihrer Meinung nach war Fernsehen nichts anderes als Showgeschäft mit Soundbites.

»Jetzt sind wir also bei der Polizei wieder ganz am Anfang. Da hatten wir einen Fuß in der Tür, jetzt nicht mehr.«

Rebecca klemmte sich das Telefon zwischen Ohr und Schulter und tippte gleichzeitig. Sie wollte die Nachricht sofort online stellen, besonders da die BBC sie schon hatte. Während Elspeth redete, überprüfte sie das Online-Portal des Fernsehsenders auf aktuelle Nachrichten, doch dort tauchte sie noch nicht auf. Es gab also noch ein kleines Zeitfenster, in dem sie als erste darüber berichten konnte, sogar noch vor Elspeths Kunden. Das kam nicht oft vor. Das sprach sie nicht aus. Die Worte »Wunde« und »Salz« kamen ihr in den Sinn. »Also, was machen wir jetzt?«

»Jetzt reißen wir uns ein Bein aus, um unseren Vorsprung vor der Meute zu halten.«

Rebecca machte sich keine Illusionen darüber, wer mit diesem »wir« gemeint war. Nur gut, dass sie kein Privatleben hatte, denn bis diese Story abgeschlossen war, würde sie wenig Zeit für sich haben.

Als sie die Redaktion verließ, fühlte sie sich, als hätte sie ein paar Runden gegen Tyson Fury geboxt. Sie tröstete sich mit der Vorstellung von einem langen heißen Bad, einem Glas Wein und einem Film vor dem Schlafengehen. Irgendwas Nettes, Sanftes für Mädels, ohne Blut und Tod, bei dem alle glücklich waren bis an ihr Lebensende. Kein bisschen wie im wirklichen Leben. Im wirklichen Leben gab es verflixt wenige Happy Ends.

Was sie jetzt gar nicht brauchen konnte, war Nolan Burke, der aus einem Mercedes ausstieg und auf sie zuhielt.

Ihr erster Gedanke bestand aus einer Reihung von Flüchen. Ihre zweite Überlegung war, ob er die Absicht hatte, Druck auszuüben, damit sie nichts aus dem Interview veröffentlichte. Sie stellte sich neben ihr Auto, den Schlüssel fest im Griff. Möglicherweise könnte sie ihn als Waffe einsetzen, überlegte sie. Doch dann sah sie die Blumen in seiner Hand.

Nolan Burke.

Mit Blumen, ausgerechnet.

»Mr Burke«, sagte sie und gab sich alle Mühe, die Verärgerung nicht in ihrer Stimme mitschwingen zu lassen, allerdings vergeblich. Dazu war sie zu müde, verdammt. Blumen! Was zum Teufel …?

Sein kleines Lächeln war ganz anders als das seines Bruders. Es spiegelte echte Belustigung. »Ja. Ich habe schon von dieser Sache mit dem ›Mr‹ gehört. Ich bin Nolan, Herrgott noch mal. Meine Ma ist nicht hier, die können Sie damit nicht beeindrucken.«

»Was machen Sie hier?« Ihr Tonfall war schneidend scharf wie ein Messer.

Er reckte die Blumen ein Stück in ihre Richtung, als schämte er sich aus irgendeinem Grund dafür. »Ich wollte Sie sehen.« Er versuchte, keck zu wirken, doch seine Stimme bebte ein wenig und verriet Rebecca, dass er ins Schwimmen geraten war. Das winzige Lächeln war beinahe jungenhaft.

Sie schaute zu den Redaktionsfenstern hinauf. Schaute jemand zu? Brauchte sie hier Zeugen? Lieber Gott, Nolan Burke sagt, er sei gekommen, um sie zu sehen, und hat Blumen dabei. Fast rechnete sie damit, dass er gleich noch eine herzförmige Pralinenschachtel hervorzaubern würde.

»Wieso?«, fragte sie.

Er zögerte. »Die hier sind für Sie«, sagte er und streckte ihr die Blumen vollends hin.

Sie nahm sie beinahe gegen ihren Willen an. Es waren schöne Blumen. Sie wusste nicht, was für welche es waren, auf dem Gebiet war sie ein hoffnungsloser Fall, aber sie waren wunderschön, und der Strauß war bezaubernd. Sie fragte sich, wo er die wohl gestohlen hatte.

»Ich hab sie gekauft«, sagte er, als hätte er ihre Gedanken erraten. »Keine Sorge, die sind nicht geklaut oder so.«

»Das habe ich auch nicht gedacht«, flunkerte sie. Überzeugend, ihrer Meinung nach.

Er nahm ihr das nicht ab. »Aye, da möchte ich drauf wetten.« Etwas von dem Nolan Burke, von dem sie gehört und den sie sogar vor Gericht gesehen hatte, schlich sich nun in seine Stimme. Zäh, selbstsicher, rotzfrech.

»Was wollen Sie, Mr Burke?«

Er schaute sich um, aber es hielt sich niemand in der Nähe auf. Er seufzte. »Ein Typ bringt Ihnen Blumen, was, zum Teufel, glauben Sie, will der von Ihnen? Und ich heiße übrigens Nolan.«

War das seine Art, sie auf einen Drink einzuladen? Na ja, es war besser, als einen Ziegelstein über den Schädel gezogen zu kriegen und in eine dunkle Gasse gezerrt zu werden. »Ich glaube, das ist keine gute Idee, Mr Burke.«

»Nolan.«

»Lassen Sie uns bei Mr Burke bleiben, okay?«

»Wieso? Wir könnten Freunde werden.«

Sie hatte vorhin noch gedacht, sie brauche neue Freunde, aber das hier hatte ihr dabei nicht unbedingt vorgeschwebt. »Wieso ich, Mr Burke?«

Er grinste. »Wieso Sie? Können Sie das nicht selbst rauskriegen?«

Sie ließ die Augen über den Strauß in ihrer Hand wandern. Er war wunderschön. Sie hatte erst einmal im Leben Blumen geschenkt bekommen. Natürlich von Simon. Der immer das Richtige tat. Sie schob die Blumen wieder in Richtung Nolan. »Wie gesagt, keine so gute Idee. Bitte nehmen Sie die hier wieder zurück.«

Er trat zur Seite und machte eine abwehrende Handbewegung. »Nee, was zum Teufel soll ich denn damit anfangen? Und wieso ist das keine gute Idee?«

Die Erschöpfung übermannte sie, und sie ließ den Arm mit den Blumen sinken. Sie hatte keine Kraft mehr für so was, wirklich nicht. »Es ist einfach keine, okay?«

Sie drückte auf ihren Autoschlüssel, um die Tür zu entriegeln, und hoffte, dass er den Hinweis verstehen würde.

»Es ist, weil ich ein Burke bin, stimmt's?«

Sie öffnete die Fahrertür. »Nein, es ist ...«

»Ich weiß. Wir sind alle Gauner. Eine üble Familie, wie sie im Buche steht. Dad ist im Knast, Mum ist eine harte Nuss, mein Bruder ist ein kompletter Irrer. Wir verschieben Drogen und wir werden in Schlägereien verwickelt, und wir tun allen weh, die sich uns in den Weg stellen.«

Okay, dachte sie, wenn du es unbedingt so haben willst. »Und Sie machen nichts davon, ja?«

Er schaute sich rasch auf dem Parkplatz um, überprüfte, ob sie noch immer niemand belauschen konnte, trat dann näher zu ihr hin und sprach mit leiser Stimme, wobei er so viel Anstand hatte, noch genug Platz zwischen sich und Rebecca zu lassen. Er begriff also, wo die Grenzen waren. »Aye. Wir machen das alles. Hat keinen Zweck, das zu leugnen. Wir machen all das und mehr. Das ist unser Leben, und wir sind darin richtig gut, wissen Sie? Aber wir sind mehr, ich bin mehr als nur jemand, der Heroin vertickt und seine Gegner in ihre Schranken verweist, wenn Sie wissen, was ich meine? Ich bin einfach auch noch ein Kerl, unter all dem.«

»Ein Kerl, der Heroin vertickt und seinen Lebensunterhalt damit verdient, dass er anderen wehtut.«

Und der den *Guardian* liest, dachte sie. Und Blumen mitbringt. Was kommt wohl sonst noch alles? Gedichte?

Er machte den Mund auf, hatte bereits eine kesse Antwort auf den Lippen, überlegte es sich aber noch einmal. »Vielleicht ein Kerl, der sich ändern könnte.«

Rebecca meinte, in diesem einzigen schlichten Satz Aufrichtigkeit zu hören. Sie starrte ihn an, versuchte irgendwelche Anzeichen von Verlogenheit in seinem Gesicht zu entdecken, hoffte sogar, welche zu finden, aber sie entdeckte nur nackte Ehrlichkeit. Großer Gott, er will wirklich da raus. Er sucht einen Ausweg. Aber dieser Ausweg führte ganz sicher nicht über sie. Sie wandte sich wieder zu ihrem Auto. »Kommen Sie wieder, wenn Sie sich geändert haben, Mr Burke. Guten Abend.« Sie beugte sich weit in den Wagen, legte die Blumen vorsichtig auf den Beifahrersitz und richtete sich wieder auf. »Und danke für die Blumen.«

Er nickte nur. »Gut«, sagte er und wandte sich ab, als sie auf dem Fahrersitz Platz nahm. Sie wollte gerade die Tür schließen, als er stehen blieb und sich umdrehte. »Dann kann ich Sie vielleicht mit dem hier umstimmen. Ich habe Neuigkeiten für Sie. Sie mögen doch Neuigkeiten, nicht?«

Sie blickte an der offenen Tür vorbei auf ihn, die Hand noch innen am Griff. »Was für Neuigkeiten, Mr Burke?«

Sein Lächeln kam zurück. Und sein Selbstbewusstsein. Jetzt hatte er wieder festeren Boden unter den Füßen. »Das kostet.«

»Ich zahle nicht für Storys.«

»Kein Geld. Einen Drink. Sie und ich. Jetzt.«

»Sie pressen mir jetzt eine Verabredung ab?«

»Keine Verabredung. Einen Drink und ein bisschen Reden. Ich

hab was, das Sie vielleicht interessiert, mehr nicht. Ihr Leute liebt doch eure Kontakte, oder? Ich könnte einer sein. Und ein verdammt guter. Das wissen Sie auch.«

Was sie wirklich ärgerte, was sie echt irritierte, war, dass er recht hatte. Nolan Burke wäre ein fantastischer Kontakt, wenn sie da auch sehr vorsichtig vorgehen musste. Die Storys, die er ihr zuspielen könnte, wären wirklich was Besonderes, aber sie müsste stets auf der Hut davor sein, dass sie nicht ausgenutzt wurde.

»Also, was meinen Sie?«, fragte er, doch sie merkte, dass er die Antwort bereits kannte.

»Einen Drink, Mr Burke«, sagte sie. »Nur einen Drink, und Sie erzählen mir, was Sie mir erzählen wollen, okay?«

Sein Lächeln wurde breiter. »Kein Problem. Und ich heiße Nolan.«

22

Das Barney's war so weit vom trendigen Hipsterland entfernt, wie es nur ging.

Sie hatten lange nach einem Parkplatz gesucht, und als Nolan endlich den Mercedes abgestellt hatte, hatten sie noch ein gutes Stück zu Fuß durch die verschlungenen und engen Gassen der Old Town zurückzulegen. Schließlich führte Nolan Burke sie in ein Gässchen, das eine Abkürzung zur High Street war, und da war er, der Eingang zum Barney's. Eine schmale Tür, darüber ein verwittertes, ausgebleichtes Schild, das verkündete, dies sei ein »Free House«, hoch in der Mauer ein Fenster mit Mattglas, das so undurchsichtig war, dass man es genauso gut hätte zumauern können.

Rebecca war an der wenig einnehmenden Fassade der Bar viele Male vorbeigekommen, hatte aber nie einen Grund gehabt, einen Fuß über die Schwelle zu setzen. Es war eins von den Lokalen, in die man nur geht, wenn man Stammgast ist. Zufällige Besucher, Leute auf der Suche nach einem trendigen Gin oder einem Designerbier, würden wohl das triste Äußere wenig einladend finden. Ansonsten wären sie spätestens nach einem Blick in das düstere Innere der Bar sofort zum nächsten Wetherspoons gesprintet. Diese Bar hatte etwas Deprimierendes, als gäbe es für sie und ihre Kunden sonst keinen Platz auf der Welt. Hier wurden sterbende Träume auf harten Holzstühlen an verschrammten Tischen betrauert, geplatzte Zukunftshoffnungen auf dem Grund eines Whiskyglases begraben. Trotzdem war Rebecca irgendwie froh, dass es noch einfache Kneipen wie das Barney's gab. Andererseits fragte sie sich, was zum Teufel sie hier machte. Für sie war dies ein fremdes Land. Das hier war nichts für sie. War sie deswegen so nervös?

Dabei war es keineswegs die übelste Spelunke der Stadt, stellte sie fest. Auf den ersten Blick wirkte nichts auch nur entfernt bedrohlich. Drei junge Männer in der legeren Jugenduniform von Hoody, Jeans und Sportschuhen saßen an der Bar, die Augen starr auf den Fernseher über dem Getränkeregal gerichtet, wo irgendein Fußballspiel lief. An einem Tisch neben der Tür in der Ecke unter dem schmalen Fenster saß ein Paar mittleren Alters. Der einzige andere Gast war ein Mann in der hintersten Ecke, der die gesamte Bar im Blick hatte, eine Zeitung und einen Henkelbecher vor sich auf dem Tisch. Seinen schwarzen Mantel hatte er neben sich über einen Stuhl gehängt. Ein braunweißer Hund lag zu seinen Füßen auf der Seite, schaute mit wachen Augen im Raum umher. Der Mann nahm seine Lesebrille ab, um Rebecca und Nolan genau zu mustern, als sie eintraten, setzte sie dann wieder auf und fuhr mit seiner Lektüre fort.

Nolan geleitete Rebecca zu einem Tisch unter einem langen Spiegel, in dem die gesamte Bar reflektiert wurde, und fragte sie nach ihrem Getränkewunsch. Ihr erster Impuls war, um etwas Alkoholfreies zu bitten – sie betrachtete das hier als Arbeitstreffen –, doch dann überlegte sie es sich anders und bat stattdessen um ein Glas Weißwein. Sie hätte lieber Gin gehabt, denn ihre wachsende Anspannung schrie geradezu danach, doch sie befürchtete, dass in einer Kneipe wie dieser eher die gepanschte Variante verkauft wurde, und sie wollte sich kein Loch in die Magenwand ätzen lassen. Jedenfalls würde ein Drink ihr helfen, sich wieder zu beruhigen. Schließlich wurde sie nicht jeden Tag von einem stadtbekannten Drogenhändler zu einem Drink eingeladen. Oder mit Blumen beschenkt.

Nolan nickte und ging zur Bar. Eine kleine Kopfbewegung reichte, und schon kam der Barmann. Nolan stützte beide Unterarme auf dem Tresen ab, während er die Drinks bestellte. Als er sprach, schaute einer der jungen Männer in seine Richtung. Nolan schien das nicht zu bemerken. Er wirkte in dieser schäbigen kleinen Bar ganz entspannt. Sie fragte sich, ob er wohl öfter herkam. Sie fragte sich, ob er andere Frauen herbrachte. Sie fragte sich, warum sie sich das fragte.

Aus den Schmetterlingen in ihrem Bauch waren inzwischen ausgewachsene Vögel geworden.

Um sich abzulenken, musterte sie die anderen Gäste. Das Paar bei der Tür schien nicht miteinander zu sprechen. Die Frau saß an der einen Tischecke, der Mann ihr schräg links gegenüber. Genau wie die jungen Männer hatte er die Augen auf den Fußball im Fernsehen gerichtet. Die Frau starrte geradeaus, als studierte sie ein Kunstwerk, das ihr besonders gut gefiel, und nicht eine verputzte Wand von unbestimmter Farbe. Beide hatten Mäntel an, als wären sie gerade gekommen oder im Aufbruch, doch das Bierglas des Mannes war halb voll. Sie mussten zusammengehören – es standen noch drei leere Tische in dem engen Raum –, und doch schaute keiner zum anderen oder redete gar. Verheiratet, entschied Rebecca, wahrscheinlich schon seit Jahren. Passierte das, wenn man lange mit jemandem zusammen war? Erreichte man einen Punkt, an dem man alles gesagt hatte und nur noch in einer anonymen kleinen Bar zusammenhockte, aneinandergefesselt, aber völlig separat, und die Jahre saßen dazwischen wie tote Kinder? Sie dachte an ihre Eltern. Die waren nicht so gewesen. Oder hatte sie ein selektives Gedächtnis, in dem die Sommer ihrer Kindheit stets voller Sonnenschein waren? Hatte es auch in der Beziehung ihrer Eltern dunkle Momente gegeben? Sie glaubte es nicht. Sie erinnerte sich an die vielen offenen Gespräche in ihrer Familie, über alles und jedes. Und an jede Menge Lachen.

Nolan ging mit den Drinks zum Tisch zurück, und Rebecca sah, dass der junge Mann, der ihn angestarrt hatte, sich mit seinem Barhocker umdrehte. Als sein musternder Blick auf sie fiel, hatte sie das Gefühl, als zöge er sie mit den Augen aus. Nolan schien das Starren des Mannes nicht zu bemerken, als er ihren Weißwein vor sie hinstellte – ein großes Glas, nahm sie zur Kenntnis – und sich setzte. Sein eigenes Glas enthielt irgendwas Alkoholfreies, registrierte sie. Natürlich, er würde noch fahren – und es gab jede Menge Polizisten, die nur zu gern Nolan Burke wegen Alkohol am Steuer hinter Schloss und Riegel bringen würden. Versuchte er vielleicht auch, damit bei ihr Eindruck zu schinden? Als sie einen Schluck Wein nahm, dämmerte ihr plötzlich, dass sie ja auch noch Auto fahren musste. Scheiße. Na gut. Deswegen hatte Gott die Taxis erfunden. Ihr Auto war draußen vor der Redaktion über Nacht sicher verwahrt. Sie nahm noch einen Schluck.

»Warum hier?«, wollte sie wissen. Er antwortete mit einem fragenden Blick. »Warum sind Sie mit mir hierhergekommen?«

Er schaute sich um, als sähe er das Lokal zum ersten Mal. »Nicht gerade eine exquisite Lokalität, was?«

Exquisit. Kein Wunder, dass er den *Guardian* las.

»Es ist ruhig hier, darum«, sagte er. »Nie viel los, jedenfalls jetzt nicht. Es war früher ein wirklich beliebter Pub, aber die Dinge ändern sich.«

»Kommen Sie öfter hierher?«

»Ab und zu lasse ich mich mal sehen.« Er schaute sich um. »Könnte mal wieder einen Anstrich vertragen, denke ich. Darum muss ich mich kümmern.«

Rebecca nippte an ihrem Wein, während er redete. Sie hatte nach ihrem langen Tag die Einladung zwar nur ungern angenommen, doch nun schmeckte ihr der Wein überraschend gut. Allerdings war sie entschlossen, es bei einem Glas zu belassen. »Sie müssen sich darum kümmern, Mr Burke?«

»Nolan.« Er lächelte.

Sie ignorierte ihn einmal mehr. »Gehört Ihnen diese Bar?«

»Der Familie. Über, äh, Mittelsmänner. Ich denke, so würde man die nennen.«

Sie nahm einen weiteren Schluck und hoffte, dass er ihre Nervosität ertränken würde. Das hier war ein Arbeitstreffen, es ging um eine Story, weiter nichts. Doch sie konnte nicht verhindern, dass die Familie Burke sie immer mehr interessierte. Natürlich hatten sie Geschäftsinteressen an verschiedenen Unternehmen. Wenn sie Drogen verkauften, mussten sie irgendwie das Geld waschen. Und dazu waren »Mittelsmänner« nötig – Personen und Firmenmäntel, um die Beteiligung der Burkes zu verschleiern. Sie hätte zu gern noch weitere Fragen zu solchen Vereinbarungen gestellt, hatte aber das Gefühl, er würde sich dazu nicht näher auslassen. Dann sah sie, dass der junge Mann an der Bar sie beide noch immer musterte.

»Sie haben da bei jemand Aufmerksamkeit erregt«, sagte sie.

Nolan schien das nicht zu überraschen. Seine Augen huschten kurz zum Spiegel hinauf. Er hatte diesen Tisch nicht zufällig ausgewählt, schien es. »Ignorieren Sie ihn«, sagte er und widmete seine Aufmerksamkeit wieder ihr.

»Aber gern«, erwiderte sie und beschloss, zum Geschäftlichen zu kommen. Dieses Lokal war zwar durchaus faszinierend, doch allzu viel Zeit wollte sie hier nicht verbringen. Eine deprimierende Atmosphäre kann ansteckend wirken. Und sie war für derlei nur zu empfänglich. »Also – was ist die Neuigkeit? Was haben Sie mir zu berichten?«

Er lächelte. »Sie kommen gleich zur Sache, oder?«

»Ich habe es Ihnen doch gesagt, Mr Burke ...«

»Nolan.«

»Einen Drink.« Sie deutete auf ihr Glas und sah, dass es beinahe halb leer war. Großer Gott, wie zum Teufel ist das denn passiert? War der Tag so schlimm gewesen? Warum bin ich so verdammt nervös? Die Atmosphäre ging ihr allmählich an die Nieren. Sie fühlte sich fehl am Platz, klar, und der Typ an der Bar beobachtete sie, aber warum die Schmetterling im Bauch? Sie sah, dass Nolan auf ihr Glas schaute. Doch falls er irgendeine Meinung dazu hatte, wie schnell ihr Wein verschwunden war, ließ er es sich nicht anmerken. Dreist durchziehen, Rebecca, wen schert es, was der denkt? »Ihnen läuft die Zeit davon.«

Er drehte den Kopf ein wenig nach links zu dem Mann mit Hund, als wollte er abschätzen, ob er mithören konnte. Doch der Typ schien in seine Zeitung vertieft zu sein. Rebecca bemerkte graue Fäden in seinem dunklen Haar. Sie erkannte die Seiten des *Chronicle*, und das machte sie ein kleines bisschen stolz. Es freute sie, wenn Leute echte Zeitungen lasen, besonders ihre eigene. Heutzutage war das nicht mehr die Regel.

Sie erwartete, dass Nolan sich nun vorbeugen und flüstern würde, doch stattdessen lehnte er sich zurück und sprach in normaler Lautstärke. »Wir haben heute Nachmittag Bescheid bekommen. Morgen Abend bringen sie diesen Perversling nach Ferry.«

»Woher wissen Sie das?«

Sein Blick teilte ihr mit, dass diese Frage unbeantwortet bleiben würde. »Wir wissen es, das ist alles. Morgen Abend bringt das Sozialamt das Schwein zu uns.«

Seine Quellen, schon wieder. Das Netzwerk der Burkes konnte es mit dem von Elspeth aufnehmen. Während Rebecca das verarbeitete, sah sie, dass sich der junge Mann auf dem Barhocker nach hinten lehnte und etwas zu seinen Freunden sagte. Was immer es war, es reichte, um sie vom Fußballspiel abzulenken, denn auch sie blickten nun in ihre Richtung, steckten die Köpfe zusammen und tuschelten verschwörerisch. Allmählich hatte Rebecca bei der Sache ein mulmiges Gefühl. Das beruhigte ihre Nerven auch nicht gerade.

»Wir wissen auch, wer der Mann ist«, fuhr Nolan fort, diesmal leicht zu ihr gebeugt.

Ihre Aufmerksamkeit war sofort wieder auf ihn gerichtet, die jungen Männer waren nicht mehr wichtig. »Sie kennen seinen Namen?«

»Wir kennen seinen Namen.«

»Wie heißt er?«

»Warum müssen Sie das wissen?«

»Wenn ich weiß, wie er heißt, könnte das schon ausreichen, um die Bezirksverwaltung von dem Versuch abzubringen, ihn in Ferry anzusiedeln.«

Nolan legte eine Hand auf die Tischplatte und lehnte sich zurück, während er darüber nachdachte. »Ich möchte nicht, dass die Behörden das stoppen. Ich will, dass sie es versuchen. Dann stoppen wir nämlich sie.«

»Mr Burke ...«

»Nolan.«

Kommt überhaupt nicht infrage, dachte sie, das hier ist rein geschäftlich. »Mr Burke, Ihre Familie hat die Emotionen in dieser Sache hochgekocht. Sie wissen, was passiert, wenn die Bezirksverwaltung versucht, den Mann nach Ferry zu bringen.«

»Ja.«

»Und das wollen Sie?«

Er überlegte. »Man muss eine Botschaft aussenden.«

»Da spricht Ihre Mutter.«

»Da spricht meine Familie. Und da sprechen all die anständigen Leute in Ferry.«

Sie hätte beinahe laut losgelacht, weil hier ausgerechnet Nolan Burke von »anständigen Leuten« redete, doch dann sah sie, dass der junge Mann, der sie so interessant fand, von seinem Barhocker glitt und auf sie zukam. Nolan redete weiter. »Kommen Sie morgen Abend nach Ferry, kommen Sie zu unserem Haus, und bringen Sie einen Fotografen mit. Sie werden sehen. Sie bekommen Ihre Story, das garantiere ich Ihnen. Exklusiv. So was mögt ihr Leute doch, oder?«

Exklusivstorys mochte sie, auch wenn das Wort heute überstrapaziert wurde. Doch eins mochte sie gar nicht: die starre Körperhaltung des jungen Mannes, der sich ihnen nun näherte. Er wirkte, als machte er sich für irgendetwas bereit. Genauso wenig mochte sie seinen grimmigen, entschlossenen Gesichtsausdruck. Sie schaute an ihm vorüber auf seine Freunde, die an der Bar geblieben waren, aber ihren Kumpel grinsend beobachteten. Was jetzt gleich passieren würde, war besser als Fußball.

»Mr Burke ...«, hob sie an.

»Ich weiß«, erwiderte er. »Keine Sorge.«

Der junge Mann blieb etwas mehr als einen halben Meter von ihnen entfernt stehen, die Beine breit aufgestellt, eines ein wenig nach hinten versetzt, als sei er kampfbereit, die Arme steif an der Seite, die Fäuste geballt. Nolan änderte seine Haltung nicht einmal, als der Mann sprach.

»Du bist doch dieser Nolan Burke, stimmt's?«

Nolan drehte sich nicht um, doch Rebecca sah, dass seine Augen auf den Spiegel gerichtet waren. Der junge Mann starrte ihm auf den Rücken, als wollte er ihn durch seine Gedanken dazu zwingen, ihm ins Gesicht zu schauen. Rebecca sah sich in der Bar um. Die beiden Kumpel des Mannes hatten sich noch immer nicht gerührt; der Barmann stand an den Tresen gelehnt da, drehte ihnen mehr oder weniger den Rücken zu und verfolgte das Fußballspiel. Und das Paar mittleren Alters schien überhaupt nicht mitzubekommen, was hier lief. Nur der Mann zu ihrer Rechten hatte es bemerkt. Er hatte bedächtig die Brille abgesetzt, um sie zu beobachten. Auch sein Hund war aufmerksam geworden, hatte den Kopf erhoben, die Ohren aufgestellt.

»Ich rede mit dir«, sagte der junge Mann. »Hörst mich wohl nicht, was?«

Nolan drehte sich noch immer nicht um. »Hör mal, Kumpel. Ich bin nur hier, um in aller Ruhe was zu trinken, okay?«

»Ist die da deine Tussi?«

Nolans Augen huschten zu Rebecca, und sie sah ein Lächeln in seinem Blick, das es nicht bis ganz auf seine Lippen schaffte. »Sie ist eine gute Freundin.«

»Also nicht deine Tussi, was? Dann könnte ich ja ein paar Runden mit ihr drehen, oder?«

Rebecca wusste, dass es eigentlich nicht um sie ging, dass der Typ sie nur benutzte, um Nolan zu ärgern. Aber es gefiel ihr gar nicht, dass man über sie redete, als wäre sie ein Auto. Sie warf dem jungen Mann einen Blick zu, der ihm hoffentlich klar machte, dass seine Chancen bei ihr ungefähr so gut standen wie die dieses Pubs, Nachtlokal des Jahres zu werden. »Er hat es Ihnen gerade gesagt. Ich bin eine gute Freundin von ihm. Warum gehen Sie nicht einfach zur Bar und zu Ihren Kumpels zurück?«

Er hob eine Hand, als hätte sie ihn körperlich angegriffen. »Nix für ungut, Schätzchen. Hab nur gedacht, weißt du, wenn Nolan nicht dein Freund ist, wenn ihr nur Kumpel seid, wie er gesagt hat, könnten wir zwei vielleicht was unternehmen, weißt du? Bisschen tanzen gehen vielleicht.«

Nolan hatte allmählich genug von dieser Unterhaltung. Kraftvoll schob er seinen Stuhl nach hinten, sodass die Beine mit einem lauten Knall über den Boden schrammten. Er war mit solcher Geschwindigkeit auf den Beinen und stand dem jungen Mann gegenüber, dass der bei seinem raschen Schritt zurück beinahe über die eigenen Füße gestolpert wäre.

»Schau mal, Kumpel, du hast ein Problem mit mir, korrekt?«

Jetzt, Auge in Auge mit Nolan, war der junge Mann nicht mehr ganz so selbstsicher. Er raffte jedoch seinen Mut zusammen. »Aye, vielleicht hab ich das. Vielleicht haben du und ich ein Problem.«

Nolan trat einen Schritt näher. Der Mann wich zurück. Rebecca hatte das Gefühl, dass er das wahrscheinlich nicht einmal gemerkt hatte. »Vielleicht?«, fragte Nolan. »Sicher bist du also nicht?«

Der Typ schaute über die Schulter zu seinen Kumpels, die keinerlei Anstalten machten, ihn zu unterstützen. Inzwischen hatte der Barmann die Kunst, nichts zu bemerken, zur Perfektion gebracht. Der junge Mann schaute wieder zu Nolan, und sein Adamsapfel hüpfte wie wild auf und ab. Rebecca spürte, dass er langsam seinen Wagemut bereute, dass die Sache vielleicht nicht ganz wie geplant verlief, wenn er sie überhaupt geplant hatte, was unwahrscheinlich war. Er hatte Nolan erkannt und beschlossen, dass er taff genug oder betrunken genug oder blöd genug war, um ihn ein bisschen zu ärgern. Doch nun, da er tatsächlich damit angefangen hatte, schien die Idee nicht mehr ganz so gut zu sein.

Eine leichte Bewegung veranlasste Rebecca, zu dem Mann mit Hund zu schauen. Er hatte seinen Stuhl vorsichtig zurückgeschoben und zog die Füße unter dem Tisch vor. Sie hatte das Gefühl, dass er bereit war, einzugreifen, wenn es sein musste.

»Kumpel, ich will nur in aller Ruhe mit einer Freundin was trinken. Wir haben Dinge zu bereden, okay? Du solltest das hier besser lassen, wirklich.« Rebecca bemerkte, dass Nolans Akzent sich verändert hatte. Als er sich mit ihr unterhalten hatte, hatte er gepflegtes Englisch gesprochen, mit einem kultivierten schottischen Akzent, hatte jedem Buchstaben, der ausgesprochen werden musste, die nötige Aufmerksamkeit gewidmet. Doch nun im Gespräch mit dem jungen Mann war seine Sprache derber geworden. Er ließ Buchstaben weg, seine Stimme schien tiefer aus der Kehle zu kommen. Sein schottischer Tonfall war wesentlich stärker geworden. Er machte einen weiteren Schritt nach vorn. Der junge Mann wich seinerseits einen Schritt zurück. »Also, das ist jetzt die perfekte Gelegenheit für dich, okay? Du gehst zu deinen Freunden zurück, ihr schaut das Spiel, und ihr trinkt ein Bier auf meine Kosten. Aber die Hauptsache, und jetzt musst du mir ganz genau zuhören.« Er beugte sich näher zu dem jungen Mann. »Wirklich ganz genau, Mann.« Nolans Gesicht war nur noch wenige Zentimeter von dem des jungen Mannes entfernt. Wenn etwas passieren würde, dann jetzt. Nolan behielt jedoch immer noch den ruhigen Gesprächston bei. »Die Hauptsache ist, dass du dich verpisst, und zwar jetzt sofort.«

Es war still, während der junge Mann noch überlegte, ob er sein Testosteron mal richtig zum Einsatz bringen oder dem offensichtlichen Wunsch nachgeben sollte, aus dieser Situation zu entkommen, in die ihn genau dieses Testosteron gebracht hatte. Rebecca sah die Verwirrung, die sich auf seinem Gesicht spiegelte, die sein Kinn und die Lippen zum Beben brachte, als er versuchte, Nolans unverwandtem Blick standzuhalten. Er bemühte sich redlich, seine trotzige Haltung beizubehalten, doch etwas anderes war nun in seine Muskeln gesickert. Angst.

Schließlich brach er den Bann und wandte den Blick ab, machte dabei einen ganzen Schritt zurück, denn sein Wunsch, sich aus der Gefahrenzone zu entfernen, war wohl dringender als alles andere. Er hatte sichtlich eine Erwiderung in Erwägung gezogen, doch wohl begriffen, dass er den Zeitpunkt dafür verpasst hatte, und schlurfte wieder zu seinem Barhocker zurück.

Nolan schaute ihm hinterher.

»Ich glaube, wir gehen besser«, sagte Rebecca.

Zunächst antwortete er nicht – er starrte den jungen Mann noch unverwandt an –, doch dann nickte er und drehte sich zu ihr. »Zuerst besorge ich ihm seinen Drink. Wollen Sie draußen warten?«

Sie trank ihren Wein aus – sie hätte einen zweiten brauchen können, doch jetzt war nicht die richtige Zeit, und dies ganz sicher nicht der richtige Ort – und ging. Das Paar mittleren Alters hatte sich noch immer nicht gerührt. Vielleicht waren sie ausgestopft und nur dort hingesetzt worden, damit es so aussah, als wäre im Pub was los. Vielleicht waren sie gar nicht wirklich da, sondern nur ein visuelles Echo ehemaliger Gäste. Großer Gott, dieser Wein ist mir weit mehr in den Kopf gestiegen, als ich gedacht hätte, überlegte sie auf dem Weg nach draußen.

Die Luft auf der Gasse strich ihr mit sanften kühlen Händen über das erhitzte Gesicht. Rebecca überlegte, ob sie gleich zum Bahnhof gehen und sich dort ein Taxi nehmen sollte. Das wäre die schlaue Variante: ein Taxi nehmen, Nolan Burke hier zurücklassen. Doch irgendetwas hielt sie davon ab. Sie wusste nicht, was es war. Also lehnte sie sich neben der Tür an die Mauer und ließ sich von den Geräuschen der Nacht Gesellschaft leisten. Schritte auf der High Street. Musik aus einem Pub in der entgegengesetzten Richtung. Der Stundenschlag der High Kirk. Acht Uhr. Sie hatte seit Mittag nichts gegessen. Kein Wunder, dass ihr das Glas Wein so zugesetzt hatte.

Hinter ihr ging die Tür auf, und der Mann vom Ecktisch kam heraus, den Hund ohne Leine neben sich. Er blieb kurz stehen, um sich den Mantel anzuziehen, was ihr die Gelegenheit gab, ihn von der Seite zu betrachten. Er war mittelgroß und allem Anschein nach Mitte bis Ende fünfzig. Sein Haar musste einmal tiefschwarz gewesen sein, doch die grauen Glanzlichter standen ihm. Er hatte Falten um die Augen, aber seine Gesichtshaut war noch straff. Man konnte sehen, dass er wohl einmal ein attraktiver Mann gewesen war. Als er seinen dunklen Mantel zuknöpfte, drehte er ihr das Gesicht zu.

Sie wandte sich rasch ab. Es war ihr peinlich, dass er sie dabei erwischt hatte, wie sie ihn anstarrte.

»Sie arbeiten für die Zeitung, stimmt's?« Er hatte einen Glasgower Akzent, nicht ausgeprägt, doch der Tonfall war noch hörbar.

Sie schaute wieder zu ihm. Die Sache dreist durchziehen, Mädchen. Blaue Augen, bemerkte sie. Sehr blaue Augen. Und denen entging nur wenig. Das Gefühl hatte sie bereits in der Bar gehabt. Seine angespannte Haltung hatte ihr verraten, dass er sich eingeschaltet hätte, falls die Situation eskaliert wäre. Und das hätte jemandem sehr leidgetan. »Das stimmt. Woher wissen Sie das?«

»Hab Ihr Foto gesehen.«

Er hatte den *Chronicle* gelesen, wahrscheinlich die neueste Ausgabe. In einem der Artikel war sie auf einem Foto abgebildet, wie sie einer Wohltätigkeitsorganisation einen Scheck der Zeitung überreichte. Das hätte eigentlich Barry machen sollen, doch der war für seine Kamerascheu bekannt und hatte darauf bestanden, dass man die Gesichter der Reporter besser kennen sollte als seines. Schließlich arbeiteten sie an vorderster Front, während er wenig mehr als ein Anlagenbediener sei, hatte er gesagt.

Sie öffnete den Mund zu einem stummen »Ah« und wandte sich wieder ab. Das Geräusch des Verkehrs, der über den regennassen Asphalt zischte, drang an ihre Ohren. Die feuchte Luft hatte ihre fiebrige Haut abgekühlt, und sie zog den Mantel enger um sich, um sich davor zu schützen. Der Mann hat sich nicht von der Stelle bewegt, und sie spürte, dass er sie noch ansah. Sie zwang sich, nicht zu ihm zu schauen. Sein Verhalten und sein musternder Blick hatten nichts Bedrohliches; vielmehr schien es ihr, als raffte er seinen Mut zusammen, um noch etwas zu sagen.

»Der ist nichts für Sie«, erklärte er schließlich.

Sie blickte ihn an. »Wie bitte?«

Er deutete mit einer Kopfbewegung zur Bar. »Ihr Freund da drin. Der ist nichts für Sie.«

»Er ist kein Freund, eigentlich nicht.« Sie wusste nicht, warum sie sich diesem Mann erklärte, doch die Aufrichtigkeit in seinen blauen Augen hatte sie entwaffnet.

Er stellte den Mantelkragen auf. »Dann belassen Sie es dabei. Typen wie der bringen nichts außer Leid.«

Sie hätte ihm erwidern sollen, das ginge ihn gar nichts an, sie hätte ihm erwidern sollen, sie hätte kein Interesse dieser Art an Nolan Burke. Stattdessen fragte sie: »Warum sagen Sie das?«

Sein Gesicht war ausdruckslos, als er sie anschaute, doch nun schlich sich etwas anderes in seinen Blick. Es war, als durchlebte er eine Erinnerung. Eine schmerzliche. »Weil ich das alles schon früher gesehen habe.«

Und dann war er weg, an ihr vorübergegangen, den Hund bei Fuß, und sein Mantel klatschte ihm um die Beine, während er in den Tiefen der Old Town verschwand. Er schaute sich nicht um, und Rebecca sah ihm hinterher, wie er um die Ecke bog.

Nolan war inzwischen aus dem Pub gekommen und stand neben ihr. »Tut mir leid wegen eben«, sagte er und deutete mit einer Kopfbewegung zur Tür.

»Kommt das oft vor?«

Er antwortete mit einem traurigen kleinen Lächeln. »Berufsrisiko. Es gibt immer jemanden, der was anfängt, was er eigentlich gar nicht anfangen will. Deswegen mag Ma es nicht, wenn wir allein ausgehen. Man weiß nie, wem man da begegnet. Manchmal ist es jemand, der wirklich etwas anfangen will.«

Also wusste Mo Burke nicht, dass ihr Sohn sich mit ihr traf. Das beruhigte Rebeccas Nerven nicht gerade. Sie starrte noch immer auf die Straßenecke. »Der Mann, der an dem Tisch saß, der mit dem Hund. Haben Sie den schon mal gesehen?«

Nolan versuchte, ihn einzuordnen. »Nein, ich glaube nicht. Vielleicht. Ich weiß es nicht. Wieso?«

»Bin nur neugierig.«

Sie standen einen Augenblick schweigend da. Er zögerte, schien etwas mit sich zu debattieren. Wieder einmal sah sie eine andere Person als die, die sie vor Gericht gesehen hatte. Er blinzelte ein paarmal, und sein Mund straffte sich, als versuchte er, etwas zurückzuhalten, schaffte es aber nicht. Er war schon der Zweite innerhalb von zehn Minuten, der hier an derselben Stelle stand und seinen Mut zusammenraffte, um ihr etwas zu sagen.

»Walter Lancaster«, sagte er schließlich.

»Wer?«

»Der Name, den Sie haben wollten. Walter Lancaster. Den finden Sie in Ihrem Archiv oder im Internet. Er ist in Aberdeen verurteilt worden, sitzt jetzt in Inverness ein.«

Der Pädophile. Der Mann, den sie in Ferry unterbringen wollen. »Warum erzählen Sie mir das?«

Er atmete tief ein und starrte in den Nachthimmel. »Ich weiß es wirklich nicht«, sagte er schließlich.

23

Rebecca schaltete das Licht nicht an, als sie nach Hause kam, sondern blieb ein paar Sekunden im Wohnzimmer stehen und genoss die Dunkelheit und die Stille. Dann trat sie ans Fenster und schaute auf die Straße. Dort regte sich nichts. Keine merkwürdigen Autos in den Parkbuchten. Ihr Magen war noch in Aufruhr, sie wusste nicht warum – die Aufmerksamkeiten eines Kriminellen mit einem Hang zur Gewalttätigkeit hatten sie wohl ein bisschen nervös gemacht. Deswegen hatte sie sich auf dem Heimweg im Taxi auch ständig umgedreht, weil sie fürchtete, im Verkehr hinter sich einen Blick auf einen schwarzen Mercedes zu erhaschen.

Das Problem war, dass er ihr sympathisch war. Er sah gut aus, da gab es keinen Zweifel, und wenn die Dinge anders gelegen wären, hätte sie sich gern mit ihm verabredet. Sie hätte vielleicht sogar den ersten Schritt getan, genau wie bei Simon. Ihn hatte sie vor Gericht gesehen, aus nächster Nähe, als sie mit ihm über eine Story reden musste. Und ihr hatte gefallen, was sie da sah. Er war ein netter Typ. Sie hatte ihn gefragt, ob er mit ihr ausgehen wolle.

Warte nicht, bis ein Mann den ersten Schritt macht, denn da kannst du ewig und drei Tage warten. Wenn du ihn magst, frag ihn. Wir leben im einundzwanzigsten Jahrhundert. Kein Grund für altmodische Ideen. Das waren die Worte ihrer Mutter.

Es stellte sich heraus, dass auch ihre Mum ihren Vater zuerst angesprochen hatte, was in den Neunzigerjahren ziemlich ungewöhnlich war, trotz des aufkommenden Feminismus. Also hatte Rebecca sich ein Beispiel an ihr genommen und eines Tages Simon gefragt. Gewiss, sie hatte zwei Wochen gebraucht, um den Mut dazu aufzubringen, aber sie hatte es getan. Simon hatte dieser Annäherungsversuch anscheinend nicht aus der Fassung gebracht, und er hatte Ja gesagt. Der Rest war, wie man so sagt, Geschichte. Und sie war nicht gut ausgegangen.

Sie knipste die Lampe an, fuhr ihren Laptop hoch, warf ein Fertiggericht in die Mikrowelle und schenkte sich den lang ersehnten Gin ein. Der Wein, den sie im Barney's so schnell getrunken hatte, tobte ihr bereits durch die Adern. Sie nahm vorsichtshalber nur kleine Schlucke, während sie darauf wartete, dass ein Ping die fertige Lasagne ankündigte.

Wieder im Wohnzimmer, legte sie ein paar Kissen auf den Boden, lehnte sich mit dem Rücken an das Zweiersofa und balancierte ihren Laptop auf dem Schoß. Sie saß gern so auf dem Fußboden. Es erinnerte sie an zu Hause, wo sie immer im Wohnzimmer gesessen oder gelegen und Fernsehen geschaut hatte, während ihre Mutter an dem kleinen Schreibtisch arbeitete, der vor dem Fenster zum Garten ihres Hauses in Milngavie stand. Ihr Vater brachte selten Arbeit mit nach Hause, doch ihre Mutter war Lehrerin und hatte immer Korrekturen oder Schreibkram zu erledigen. Rebeccas Vater macht sich oft darüber lustig, was seine Tochter im Fernsehen anschaute. *Glee* war eine ihrer Lieblingsserien. Er spottete gern darüber, wie darin die Probleme amerikanischer Teenager dargestellt wurden, die dann plötzlich in Gesang ausbrachen. Allerdings hegte Rebecca den Verdacht, dass ihm das insgeheim richtig gut gefiel. Gelegentlich schaute sie auch MTV, und er witzelte freundlich über ihre Lieblingsmusik, besonders Robbie Williams. Das ärgerte sie natürlich, bis sie begriff, dass er genau das beabsichtigt hatte.

Sie vermisste ihren Vater. Sie vermisste es, mit ihm über ihren Tag zu reden. Sie vermisste, wie er sich über sie amüsierte, wenn sie sich zu mädchenhaft benahm. Manchmal hörte sie in Gedanken sein Lachen, wenn sie sich dabei ertappte, wie sie sich bei der Arbeit einen divenhaften Wutanfall gönnte. Sie hatte dieses Lachen ein paarmal gehört, wenn sie mit Barry redete und drauf und dran war, auf das höchste Schlachtross zu springen, das sie finden konnte, um für ihre gute Sache, den Qualitätsjournalismus, ins Feld zu ziehen. Oft reichte es schon, die Stimme ihres Vaters zu hören, der ihr sagte, sie solle sich beruhigen, um sie vom hohen Ross wieder auf den Erdboden zurückzubringen.

Manchmal, wenn sie gestresst war, wachte sie auf, und er saß in den Schatten des Zimmers. Das jagte ihr keine Angst ein. Es tröstete sie. Er war fort, aber immer noch da, in ihren Gedanken.

Kein Mensch stirbt, solange die Erinnerungen an ihn noch weiterleben, hatte er immer gesagt. Er würde mit ihr weiterleben. Denn sie würde ihn nie vergessen. Genauso wenig wie das, was er ihr beigebracht hatte.

Sie starrte einen Augenblick auf den Computerbildschirm, zwinkerte eine Träne fort und nahm sich vor, später noch ihre Mutter anzurufen. Sie blickte auf die Uhr. Halb zehn. Noch nicht zu spät. Sie würde anrufen, sobald sie diese Fakten gecheckt hatte.

Sie nippte an ihrem Gin, schaufelte sich eine Gabel voll Rindfleisch und Käse in den Mund und rief Google auf. Sie gab »Walter Lancaster Sexualstraftäter« ein. Eine Auswahlliste erschien, allesamt Nachrichtenseiten. Sie klickte auf *The Herald*. Die Zeitung hatte sie schließlich abonniert, da sollte sie sie auch nutzen.

Walter Lancaster war vierzig, als man ihn wegen unsittlichem Verhalten verurteilt hatte. Er war in Aberdeen erwischt worden, wie er sich am Tor einer Grundschule entblößte. Zu seiner Verteidigung brachte er vor, er habe sich lediglich neben den Mülleimern erleichtert. Dem wurde wenig Gewicht beigemessen, obwohl ihm ein ärztliches Attest eine Entzündung der Harnwege bescheinigte. Was nicht half, waren die auf seinem PC verborgenen Dateien, die vor Gericht als »Material obszöner Natur mit der Darstellung von Kindern« bezeichnet wurden. Das überzeugte die Geschworenen davon, dass er nicht nur ein Mann mit einer Blasenentzündung war, den man überrascht hatte, sondern dass er es tatsächlich auf die Kinder abgesehen hatte. Es wurde eine entsprechende Strafe verhängt, und sein Name wurde in die Datenbank für Sexualstraftäter eingetragen.

Rebecca schaute sich das beigefügte Foto genau an. Es war wohl in einem ungünstigen Moment draußen vor dem Gerichtssaal kurz vor der Urteilsverkündigung aufgenommen worden, auf jeden Fall war es kein schönes Bild. Das Wort, das ihr in den Sinn kam, war fleischig. Alles an diesem Mann schien schlabberig zu sein. Sein Körper war formlos, sein Gesicht füllig, aber die Haut schlaff, und seine Augen saßen tief im Schädel, als wollten sie beobachten, ohne selbst gesehen zu werden. Sogar seine von wenigen ergrauenden Strähnen umrahmte Glatze schien seltsam schlaff zu sein. Hätte man ihn nicht in ein Gefängnis gesteckt, das beinahe nur mit Seinesgleichen bevölkert war, so wäre seine Zeit hinter Gittern wohl sehr unangenehm geworden.

Er hatte zwar seine Straftat in Aberdeen begangen, stammte aber ursprünglich aus Inverness. Eine Rückkehr in seine Wohnung in Aberdeen war unmöglich, zum einen, weil sie während seiner Gefängniszeit anderweitig vermietet worden war, zum anderen, weil das für ihn nicht sicher gewesen wäre. Seine Handlungen hatten ihn ans Licht der Öffentlichkeit gebracht – einer Öffentlichkeit, die ihn als einen kranken Scheißkerl betrachtete, dem man nicht erlauben sollte, auch nur in die Nähe von anständigen Leuten zu kommen. Trotzdem hatten die Behörden ihm gegenüber eine Fürsorgepflicht. Wenn also Nolans Informationen korrekt waren, schien es so, als sei eine Rückkehr in seine Heimatstadt angesagt.

Ein Klingeln ihres Computers teilte ihr mit, dass sie auf Skype angerufen wurde. Sie akzeptierte, und Chaz und Alan starrten ihr ins Gesicht.

»Wo warst du denn, liebste Freundin?« Alan hatte einen amerikanischen Akzent angenommen. Einen schlechten amerikanischen Akzent.

Kurz erwog sie, den beiden nicht zu erzählen, dass sie mit Nolan unterwegs gewesen war, denn ihr war klar, dass Alan viel Aufhebens darum machen würde. Aber sie musste es einfach jemandem erzählen. Chaz hörte zu, ohne mit der Wimper zu zucken, aber wie vorauszusehen, war Alan von der Geschichte entzückt.

»Rebecca und Nolan sitzen da am Fluss,« skandierte er, während er vor dem Bildschirm tanzte.

»Alan, reiß dich zusammen«, warnte Chaz ihn.

»Und geben sich 'nen dicken ...«

»Alan, bitte«, flehte Rebecca.

Alan tauchte wieder im Bild auf. »Ach, Herrgott noch mal, wieso bist du so mürrisch? Du hast einen Verehrer. Dich hat doch auch früher schon mal ein Mann ausgeführt.«

»Ja, aber keiner, der meine Knie mit einer Schlagbohrmaschine bearbeiten könnte.«

Alan tat diesen Einspruch ab. »Das war Scott, nicht Nolan.«

Chaz warf ihm einen überraschten Blick zu. »Woher weißt du das denn?«

»Die Leute reden, ich höre zu. Ehrlich, Schätzchen, manchmal glaube ich, dass du mich überhaupt nicht kennst.«

Rebecca sah, wie Chaz zu Alan schaute und aufs Höchste beleidigt den Kopf schüttelte. »Also, was soll ich jetzt machen?«, fragte sie.

»Was kannst du machen?« Chaz schaute wieder zum Bildschirm. »Einfach nichts. Du hast dich von ihm auf einen Drink einladen lassen und ihm deutlich zu verstehen gegeben, dass es rein geschäftlich war. Hoffentlich hat er den Wink mit dem Zaunpfahl verstanden.«

Da war sich Rebecca nicht so sicher. »Hoffentlich.« Dann kam ihr ein anderer Gedanke. »Ach, zum Teufel ...«

Chaz beugte sich mit sorgenvoll gerunzelter Stirn näher zum Bildschirm. »Was?«

»All das Gerede darüber, dass er mich eingeladen hat. Ich komme mir vor, als wäre ich in *Made in Chelsea* ...«

Alans prustendes Lachen war genau das, was sie jetzt brauchte.

24

Die Schreibtischlampe schuf eine kleine Lichtinsel in der Dunkelheit von John Donahues Büro, doch er konnte das Foto auf seinem Handy auch so sehen. Es leuchtete so intensiv, dass das Gesicht beinahe wieder lebendig geworden zu sein schien. Aber das war es nicht, nicht wirklich. Nichts hätte das vermocht.

Draußen auf dem Gelände war alles still, außer dem gelegentlichen Rascheln des Grases, wenn ein Wachmann vorbeiging. Donahues Container stand ein wenig abseits von der Hauptgruppe der provisorischen Gebäude. Es war nicht viel, aber ihm gefiel der Gedanke, eine Privatsphäre zu haben, selbst wenn es in der Praxis damit nicht weit her war. Ein Glas Whisky stand unberührt auf dem Schreibtisch. Donahues Augenmerk galt dem Bild auf dem Display. Mit einem Finger fuhr er die Wange und das blonde Haar nach, das der jungen Frau ins Gesicht fiel, als könnte er es ihr hinters Ohr streichen, wie er es immer gemacht hatte.

Bevor ...

Sie war damals so wunderschön gewesen. So wunderschön und so voller Hoffnung. Und Lebensfreude.

Bevor ...

Er schluckte und unterdrückte die Tränen, von denen er geglaubt hatte, sie seien längst versiegt. Jetzt wusste er, dass sie immer da sein würden, auf ihre Rückkehr warteten. Viele Wunden heilen, manche jedoch nicht. Manche bleiben für immer offen, ganz gleich, was man tut. Die Zeit heilt nicht alles; vielmehr macht sie die Dinge noch schlimmer. Erinnerungen kratzen am Schorf, bis die Wunde wieder aufklafft. Und Blut fließt wie Wasser.

Wie Tränen.

Er wischte sich mit einer Hand die Wange trocken, streckte sie nach dem Whiskyglas aus. Die Finger schlossen sich um das Glas, hoben es aber nicht an. Er starrte immer noch auf das Foto, ein auf alle Ewigkeit eingefrorenes Gesicht. Ein Gesicht, das nicht aus Fleisch und Blut bestand, sondern aus so und so vielen Pixeln, so und so viel Rot, Grün und Blau, so und so vielen Brocken digitaler Information, so und so vielen Metadaten. Und doch bedeutete ihm das Foto viel mehr. Denn Fotos waren alles, was ihm noch geblieben war.

Und die Erinnerungen natürlich.

Und seine Wut.

25

Als Nolan nach Hause kam, warteten seine Mutter und Scott im Wohnzimmer auf ihn. Ein Laptop stand aufgeklappt auf dem Couchtisch. Scott lümmelte sich auf dem Sofa, und sein übliches kleines Lächeln irritierte Nolan ungeheuer. Alles an seinem Bruder irritierte Nolan dieser Tage. Oder vielleicht war er auch von sich selbst irritiert.

»Wo warst du?«, wollte seine Mutter wissen.

Ein willkommenes Wuseln bei seinen Füßen verriet Nolan, dass Midge seine Aufmerksamkeit verlangte. Er beugte sich zu ihm hinunter und streichelte ihm die Ohren. Das liebte der kleine Hund. Midge war das einzige Geschöpf in diesem Haus, das ihm das Leben erträglich machte.

»Fort«, sagte er, unwillig, näher darauf einzugehen. »Wieso?«

»Und wo?«

Er richtete sich auf, und Midge, der spürte, dass es keine Streicheleinheiten mehr geben würde, trottete zu seinem Körbchen zurück. »Ich bin bei Barney's vorbeigegangen.«

Die Bar hatte ursprünglich einem Freund der Familie namens Barney Maguire gehört. Er war ein knurriger alter Knochen gewesen, aber Nolan war immer gut mit ihm ausgekommen. Als er sich zur Ruhe setzte, hatte Nolan sich dafür eingesetzt, dass die Familie sich in das Lokal einkaufte. Mo war stets für eine Chance zu haben, einen Gewinn zu machen oder ein bisschen Geld zu waschen, also hatten sie die Bar übernommen. Offiziell war Barneys Tochter die Eigentümerin, und auf sie war auch die Schanklizenz ausgestellt. Aber in Wirklichkeit hatte die Familie Burke das Sagen.

Nolan war zu dem Schluss gekommen, dass die Wahrheit die klügste Option wäre. Nur vielleicht nicht die ganze Wahrheit. Der Barmann würde nicht verraten, mit wem er dort war, da war er sich sicher. Er war ein alter Freund und wusste, was gespielt wurde. Nolan hatte sich umgesehen, als sie das Lokal betraten, und es war sonst niemand dort gewesen, der seiner Mutter möglicherweise stecken könnte, dass er mit Rebecca dort gewesen war. Na ja, zumindest war er sich halbwegs sicher. Der junge Mann und seine Kumpels waren ihm völlig fremd, genauso wie das ältere Paar. Der andere Typ, der in der Ecke mit dem Hund, war ihm ein Rätsel, und jetzt erinnerte er sich daran, dass Rebecca ihn nach dem Mann gefragt hatte. Warum wohl, überlegte er.

»Hab ich dir nicht gesagt, dass du nicht allein ausgehen sollst?«, fragte Mo. »Nicht solange die Leute von McClymont noch hier rumschnüffeln.«

»Die haben sich erst mal zurückgezogen«, erwiderte er und tat ihre Besorgnis mit einer Handbewegung ab.

»Der kleine Joe McClymont zieht sich niemals zurück. Das hat er von seinem Vater gelernt. Die lecken nur ihre Wunden.«

Scott kicherte. »Kann man sich das eigene Knie lecken?«

Mo funkelte ihn wütend an. »Fang mir bloß nicht damit an, Scotty. Da bist du weit übers Ziel rausgeschossen. Eine Bohrmaschine, verdammt noch mal? Du bist nicht Scarface. Kapiert? Wenn du noch mal so was machst, geh ich dir mit dem Schwingschleifer an den Hintern, dann wollen wir mal sehen, wie dir meine Heimwerkerkünste gefallen.«

Scotts Lächeln wankte keinen Zentimeter. »In Scarface war es aber eine Kettensäge.«

»Keine Widerrede! Sonst setzt's Ohrfeigen, dafür bist du noch nicht zu groß. Kapiert?«

Scott sagte nichts weiter. Er wusste es besser. Aber Nolan kannte seinen Bruder. Er würde ähnliche Aktionen starten, und das machte ihm Sorgen. Eines Tages würde er sich in ernsthafte Schwierigkeiten bringen, und damit indirekt auch die Familie. Und trotz ihrer ernsten Ermahnungen würde ihre Mutter sich auf die Seite seines jüngeren Bruders schlagen und es ihm durchgehen lassen, das wusste Nolan. Klar, sie würde ihm eine gehörige Standpauke halten, aber mehr auch nicht. Und wenn dieser Tag gekommen war, würde Nolan vor der Wahl stehen. Sie hatten zwar dasselbe Blut in den Adern, aber nicht dieselbe Weltsicht.

»Nun, ich bin sicher und wohlbehalten wieder hier zu Hause, wo ist das Problem?«, fragte Nolan.

Mo deutete mit dem Kopf auf den Laptop. »Hast du die neuesten Nachrichten gesehen?«

»Nein, ich hatte den ganzen Tag zu tun. Was ist los?«

Er ging um den Couchtisch herum, hob den Laptop auf und legte ihn sich auf den linken Unterarm, während er mit der Rechten auf dem Touchpad scrollte. Der Bildschirm wurde aktiviert und zeigte Rebeccas Story über den Mann, den man in Culloden gefunden hatte. Er zuckte kurz zusammen, als er ihren Namen in der Autorenzeile sah, dann überflog er schnell die Story.

Beim Lesen fragte er: »Okay, und was ist damit?«

»Schau dir mal das Foto an«, sagte Mo.

Nolan blickte rasch zu seinem Bruder, der unverändert lächelte, und scrollte weiter nach unten, bis er das Computerbild gefunden hatte. Er sah das lange Haar, das hagere, stoppelige Kinn, den Ohrstecker. Es war ein gutes Bild.

»Das ist doch …«

»Aye«, sagte Mo mit ausdrucksloser Stimme.

26

Das Kind hat ein Geschick dafür entwickelt, seine Erinnerungen zu verbergen, obwohl sie stets gegenwärtig sind, wie ein Schatten an einem trüben Tag. Das Kind wusste, dass sie niemals gehen würden, denn sie gehörten zur Substanz des Lebens. Sie zu verlieren, das wäre, als verlöre es einen Teil seiner selbst.

Es verlöre sich selbst.

Sich selbst.

Das Kind betrachtete sich als geschlechtslos, lange bevor der Begriff geschlechtsneutral geprägt wurde. Das hatte er dem Kind angetan, in diesem kleinen Zimmer mit all seiner gemütlichen Bequemlichkeit und seinen Schrecken. Das hatten sie dem Kind angetan. Er. Sie. Der Sohn. Die beiden hatten sich vielleicht nicht an dem beteiligt, was geschehen war, aber sie hatten auch nichts unternommen, um es aufzuhalten. Genau wie das Kind seine Erinnerungen nicht aufhalten konnte, die seinen Verstand aussaugten wie Vampire.

Bei Tag verstecken sie sich, als fürchteten sie die Sonne. Doch nachts erstehen sie auf, um sich so klar zu manifestieren, dass sie im Dunklen schimmern, mit Zungen flüstern, die vor Galle und Finsternis triefen. Und das Kind kann ihre Geschöpfe benennen, denn es ist mit ihnen innig vertraut.

Schmerz.

Scham.

Wut.

Selbst das Töten vermochte es nicht, sie zur ewigen Ruhe zu betten. Sie schlummerten nur. Auch Blutvergießen treibt sie nicht aus, das war dem Kind völlig klar. Nicht beim ersten Mal. Nicht dieses Mal. Trotzdem, der

Plan war geschmiedet und ausgeführt worden. Wie beim ersten Mal war dem Sterbenden zum Zeitpunkt des Todes eine Erkenntnis gedämmert. Das Kind sah es in seinen Augen. Das ist die Gerechtigkeit, sagten diese Augen. Sünden mussten gebüßt werden. Der Tod war unvermeidlich.

Das Kind hatte beobachtet, wie der Tod über den Mann kroch, während sein Blut aus ihm heraus und in den Boden strömte. Zuerst hatte er sich gewehrt, doch dann hatte er begriffen, dass das notwendig war, dass er das verdient hatte, und die Furcht, die seine Augen erfüllt hatte, verebbte und wich etwas anderem.

Frieden.

Doch auch sein Tod hatte die Spukgestalten nicht zufriedenstellen können, die das Kind aus den Schatten heraus quälten. Denn ein neues Gespenst hatte sich dazugesellt, und auch das hatte einen Namen. Das Kind wusste, dass es dieses neue Etwas nur durch weiteres Blutvergießen zufriedenstellen konnte.

Denn der neue Verfolger hieß Angst.

27

Die Kathedrale sah immer so aus, als hätte jemand die Spitzen der beiden Türme abgesägt, fand Rebecca. Sie glichen Bauklötzen mit einem flachen Abschluss und wirkten unvollendet. Was sie ja auch waren. Rebecca aber hatte herausgefunden, dass das Geld ausgegangen war, bevor man verzierte Spitzen daraufsetzen konnte. Das rote Sandsteingebäude erhob sich vor dem Buckel des Tomnahurich, des Eibenhügels. Rebecca hatte allerdings keine Ahnung, ob diese Kruste aus grünen und beinahe grünen Bäumen auf dem Hügel auch tatsächlich aus Eiben bestand. Das Wasser des River Ness war grau und sanft gewellt von der Brise, die flussaufwärts wehte, und die grasigen Ufer waren zart mit hellgelben Osterglocken getupft.

Eine Möwe hockte auf dem Geländer oberhalb des steilen Abhangs, der zur Straße hinunterführte, und beäugte Rebeccas Baguette wie ein Wegelagerer. Rebecca warf ihr einen Blick zu, der sie vor dem Versuch jeglicher strafbaren Handlung warnen sollte. Die Möwe begriff den Wink und flog fort.

Eine amerikanische Stimme ertönte, und Rebecca wandte den Kopf zur Bronzestatue von Flora MacDonald, die man vor dem roten Sandsteinschloss errichtet hatte. Ein Mann mit einer roten Baseballkappe fotografierte seine Frau neben dem Sockel und forderte sie auf: »Ein bisschen weiter nach links, Honey.« Flora hatte Charles Edward Stuart geholfen, auf die Insel Skye, »over the sea to Skye«, zu fliehen, wie es im Volkslied heißt. Das Denkmal zeigte Flora mit einem Hund an der Seite; ihr Arm war erhoben, als wolle sie ihre Augen gegen die Sonne abschirmen. Als Alan sie das erste Mal gesehen hatte, hatte er gewitzelt, sie wolle wohl überprüfen, dass ihr Deo nicht versagt hatte. Rebecca erinnerte die Statue daran, dass Geschichte für die Highlands einfach alles war, nicht nur wenn es um Kultur und Identität ging, sondern auch in finanzieller Hinsicht. Die Geschichte lebte in den alten Gebäuden und Denkmälern fort, sie klang aus der Heide und den Bergen und den Wäldern hervor. Das waren Lieder von Heldentum und Verlust, die tapfere Taten feierten und alte Wunden beklagten. Geschichte und Mythen verschmolzen, zur Förderung der Wirtschaft. Denn in den Highlands lebt die Vergangenheit in der Gegenwart fort, und die Gegenwart schuldet der Vergangenheit Loyalität. Rebecca war zwar in Glasgow geboren, doch in ihr floss dank ihres Vaters auch das Blut der Hebriden, und sie spürte, wie die Klagegesänge der Vergangenheit in ihr widerhallten. Doch für viele Inselbewohner war sie trotzdem noch eine Außenstehende.

Sie blickt flussabwärts, wo sich das Tal des Great Glen öffnete. Obwohl in Inverness noch eine bleiche Sonne vom hellblauen, mit bauschigen weißen Wolken getupften Himmel schien, schlich sich bereits dunstiges Regenwetter heran und beraubte die Berge ihrer Farbe und Struktur. Rebecca überlegte, ob der Regen wohl bald die Stadt erreichen und ihr die friedliche Mittagspause verderben würde. Sie hoffte es nicht.

Das war mit das Beste an den Tagen, an denen sie mit den Berichten über die Gerichtsverfahren im Schloss an der Reihe war. Wenn es nach schönem Wetter aussah, kaufte sie sich ein Baguette mit Hühnchen und Mayonnaise und eine Flasche Wasser und setzte sich auf eine der Bänke mit Blick auf den Fluss. Es war ihr bewusst, dass diese Angewohnheit beinahe schon ein Ritual geworden war, aber sie genoss es jedes Mal aufs Neue. Das sollte sich jedoch bald ändern. Während sie noch hier saß, wurde bereits ein neues Justizgebäude errichtet – man hatte es für das Vorjahr versprochen, doch es war noch immer nicht fertig. Das denkmalgeschützte Schloss würde dann zur Touristenattraktion werden. Die Besuche hier würden ihr fehlen, die Routine würde ihr fehlen.

Die Sitzungen am Morgen waren wie erwartet verlaufen: eine Mischung aus Raubüberfällen, Vandalismus, häuslichen Zerwürfnissen, die aus dem Ruder gelaufen waren. Rebecca saß auf der Pressegalerie, hörte sich diese Liste der Schandtaten an und studierte die Leute. Junge Gesichter, alte Gesichter, Gesichter, die über ihre Jahre hinaus gealtert schienen, andere, die nie erwachsen würden, und ein paar, die nicht mehr viele Geburtstage vor sich hatten. Privates wurde in ausdruckslosen, monotonen Anwaltsreden an die Öffentlichkeit gezerrt; Verbrechen und kleinere Vergehen, absichtliche und unbeabsichtigte, wurden offengelegt, weil deutlich sichtbar Gerechtigkeit hergestellt werden musste. Opfer und Täter atmeten wieder dieselbe Luft, wobei die ersteren das Gericht zufrieden oder empört verließen, je nach Perspektive. Die letzteren, oft junge Männer, die leger gekleidet waren oder in schlecht sitzenden Anzügen steckten, falls sie versuchten, sich bei den Geschworenen anzubiedern, manche noch mit kaum einem Flaum auf den glatten Wangen, doch mit trotzig funkelnden Augen, nahmen ihre Urteile gelassen hin oder stellten Wutausbrüche zur Schau. Es ging alles sehr geschäftsmäßig zu, und gegen die knappe Effizienz des Systems wirkten derlei dramatische Auftritte fast banal. Die Justizangestellten sorgten dafür, dass das Fließband der Gerechtigkeit reibungslos weiterlief, und nur gelegentlich unterbrachen die Gefühlsausbrüche eines Angeklagten oder ein besonders galliger Richter die Routine.

Rebeccas Steno war zum Glück hervorragend, und es fiel ihr leicht, den Verfahren zu folgen. Sie würde später noch Einsicht in die Gerichtsdokumente nehmen, um die genauen Einzelheiten zu den diversen Angeklagten zu überprüfen. All diese traurigen, ja, erbärmlichen kleinen Geschichten von menschlichen Schwächen und Vergehen waren natürlich für die Lokalpresse ein gefundenes

Fressen, wenn auch keine nach einer Schlagzeile auf der ersten Seite schrie. Diese Schlagzeile hatte sie dank Nolan Burke unter Umständen bereits in der Tasche.

In der halben Stunde, bevor sie heute Morgen zum Gericht aufgebrochen war, hatte Rebecca bei der Pressestelle der Bezirksverwaltung angerufen und sich erkundigt, ob man wirklich Walter Lancaster im Bezirk Inchferry ansiedeln wollte. Die Reaktion war so eisig gewesen wie das Neujahrsschwimmen im Moray Firth.

»Wir geben keine Kommentare zu Einzelfällen ab.«

Ein Dementi, das keines war. Und ein praktisches Ausweichmanöver für Behörden, Polizei und Gesundheitsdienste landauf, landab. So leicht ließ sich Rebecca jedoch nicht abspeisen.

Sie wies darauf hin, dass es hier um die öffentliche Sicherheit gehe.

»Wir geben keine Kommentare zu Einzelfällen ab.«

Sie meinte, man müsse sich doch darüber im Klaren sein, dass es hitzigen und aktiven Widerstand gegen jede Andeutung geben würde, ein verurteilter Sexualstraftäter könne in dem Bezirk untergebracht werden.

»Wir geben keine Kommentare zu Einzelfällen ab.«

»Und was ist, wenn ich Ihnen sage, dass die Organisatoren des Protests bereits Wind von den Plänen der Bezirksregierung bekommen haben und sogar den Namen des Straftäters kennen?«

»Wir geben ...«

Und so weiter und so fort.

Es war nicht viel, aber es reichte für eine Story, die sie ins System eintippen konnte, ehe sie zum Gericht aufbrach. Sie würde die Sache öffentlich machen, das war die Hauptsache.

Als sie ihren Schreibtisch verließ, sah Barry aus der Tür zum Büro des Chefredakteurs und winkte sie mit einem gekrümmten Finger zu sich. Sie wurde ins Allerheiligste befohlen. Das war nie gut. Sie versuchte, sich zu erinnern, was sie in letzter Zeit falsch gemacht hatte. Doch ihr fiel nichts ein, weswegen man sie in dieses Zimmer zitieren sollte, dem die Frauen in der Redaktion seit Les' Auftauchen Anfang der Woche rasch den Beinamen »The Boys' Club« gegeben hatten. Das fand sie nicht fair. Hatte man das Zimmer, als Elspeth Chefredakteurin war, etwa »The Ladies' Room« genannt? Doch dann kam ihr der Gedanke, dass die Männer in der Redaktion das wahrscheinlich getan hatten.

Barry hatte in einer Ecke Platz genommen. Les saß am Schreibtisch des Chefredakteurs, starrte auf den Computermonitor, der an der rechten Trennwand stand, und hatte die rechte Hand über die Maus gekrümmt wie eine Katze über ihre Beute. Er hatte wirklich keine Zeit verloren und sich bereits häuslich eingerichtet. Rebecca fragte sich, ob sie sich je daran gewöhnen würde, ihn da sitzen zu sehen. Sie hatte Monate gebraucht, um sich daran zu gewöhnen, dass nun Barry anstatt Elspeth auf diesem Stuhl saß.

»Was ist?« Sie richtete die Frage absichtlich an Barry. Sie hätte anführen können, dass er sie schließlich hergerufen hatte, aber sie wusste, dass sie einfach ein Dickschädel war, wie ihre Mutter gern sagte, wenn Rebecca sich einmal wieder besonders störrisch zeigte. Barry deutete mit dem Kopf auf Les, der von seinem Monitor hochsah und sie anschaute. Er warf ihr einen Blick zu, der ihr zweifellos klarmachen sollte, wer jetzt hier der Chef war.

»Also, Sie haben den Namen dieses Pädophilen herausgefunden«, sagte er.

»Ja, ich habe einen Text dazu geschrieben, die Story finden Sie ...«

»Ja, habe ich hier.« Er deutete mit dem Kinn auf den Bildschirm. »Noch ein paar kleine Änderungen, und dann geht es gleich online.«

»Was für kleine Änderungen?«

Sein jugendliches Gesicht verzog sich zu einem Ausdruck, der wohl beruhigend sein sollte, aber herablassend rüberkam. »Nichts Großes, keine Sorge.«

»Ich mache mir keine Sorgen. Ich wüsste nur gern, was geändert wird.«

»Ich werde mir eine Rechtsmeinung einholen, ehe ich den Namen dieses Kerls nenne – Lanchaster, so heißt er doch?«

»Lancaster.«

»Ach ja, Lancaster.«

Herrgott noch mal, er hatte die Story vor sich auf dem Bildschirm, konnte er nicht lesen? »Ich glaube, da sind wir nicht in Gefahr«, sagte sie. »Er ist ein verurteilter Straftäter, das steht alles in öffentlich zugänglichen Akten. Wir können seinen Ruf nicht schädigen, wenn wir ihn benennen. Und ich habe deutlich zum Ausdruck gebracht, dass es sich um eine unbestätigte Information handelt.«

»Klar, aber es schadet nicht, wenn jemand mit einer juristischen Ausbildung sich das mal ansieht. Jedenfalls ...« Er spielte mit der Maus herum, klickte mit dem Finger. »Diese Sache heute Abend in ...« Er schaute auf den Bildschirm. »In Inchferry.«

»In Ferry, ja.«

»Ja. Wie verlässlich ist Ihre Information, dass es Widerstand geben wird?«

»Die Stimmung ist ziemlich aufgeheizt«, antwortete sie. »Also würde ich sagen, ziemlich verlässlich. Wenn Sie erfahren hätten, dass die Behörden einen Pädophilen in Ihrem Stadtviertel ansiedeln wollen, würden Sie sich nicht auch Sorgen machen?«

Er antwortete nicht, während er die Maus ein bisschen weiter schob und in ihrer Story nach unten scrollte. »Die Bezirksverwaltung wollte nicht bestätigen, dass sie diesen Typen, diesen Lanchester ...«

»Lancaster«, korrigierte sie ihn erneut. Wie schwer war es denn, sich diesen Namen zu merken?

Die Korrektur schien ihn in keiner Weise zu irritieren. Er wirkte zerstreut. »Ja, das wollten sie nicht bestätigen, richtig?«

»Sie geben keine Kommentare zu Einzelfällen ab.«

Er grunzte. »Ein Dementi, das keines ist.«

Genau das hatte sie auch gedacht. Also hatte er *Die Unbestechlichen* gesehen. Ob er sie damit wohl beeindrucken wollte? Das würde nicht funktionieren. Ihr Universitätsdozent hatte ihnen alle möglichen Filme vorgeführt, die mit Zeitungen zu tun hatten. Wenn Les jetzt noch eine Stelle aus *Reporter des Satans* zitieren würde, wäre sie allerdings doch milde verwundert. Nicht, dass sie das Zitat erkennen würde. Sie hatte die Filme lediglich angeschaut, nicht auswendig gelernt. Ein Dementi, das keines ist, das war die einzige Phrase, die sie behalten hatte.

»So ähnlich«, sagte sie.

»Ihre Quelle ist nicht offiziell?«

Nolans Gesicht blitzte vor ihrem inneren Auge auf. Sie sah, wie er am Vorabend seinen Stuhl zurückgeschoben hatte und zu dem jungen Mann herumgewirbelt war. Und sie hörte wieder die Stimme des Fremden vor dem Pub.

Der ist nichts für Sie.

»Wohl kaum«, antwortete sie.

»Es könnte also alles Blödsinn sein?«

Das hatte sie auch überlegt. Es könnte sein, dass Nolan Burke gelogen hatte, als er von den Plänen erzählte, Lancaster in Ferry anzusiedeln. Er könnte ihr einen falschen Namen genannt haben. Er könnte sie angelogen haben. Er könnte versucht haben, sie zu beeindrucken. Aber er schien ihr nicht der Typ dafür zu sein. Scott, ja, sicherlich. Der würde alles sagen, nur um eine Wirkung zu erzielen, um zu schockieren, zu beeindrucken, Angst einzujagen. Aber sein älterer Bruder war anders. Seine Worte hatten sich ihr eingebrannt.

Vielleicht ein Kerl, der sich ändern könnte?

Dergleichen würde Scott niemals denken, geschweige denn sagen. Er mochte das Leben, das er führte, so viel war klar. Die beiden stammten von derselben Mutter, aber das war es dann auch schon.

»Ich glaube nicht«, erklärte sie Les. »Ich glaube, dass die Behörden ihn heute Abend dort hinbringen. Ich würde sagen, die Chancen stehen gut, dass es dieser Lancaster ist. Wenn nicht, hätten sie es schlicht geleugnet, denke ich. Aber wenn sie es tun, dann gibt es Schwierigkeiten.«

Les schaute genauer auf den Bildschirm. »Diese Familie Burke, die machen nichts als Ärger, was?«

Nun antwortete Barry. »Wenn in Inverness irgendeine krumme Tour läuft – ach was, im Westen der Highlands –, dann ist immer irgendwie auch ein Burke verstrickt.«

Les schaute zu Rebecca zurück. »Was denken Sie?«

»Ich glaube, dass die Chancen gut stehen, dass es Unruhen geben wird, ja.«

»Weil die Burkes beteiligt sind?«

»Weil meiner Meinung nach die Stimmung aufgeheizt ist, und selbst wenn die Sache mit dem Pädophilen Quatsch ist, müssen nur ein paar Fremde in einem Auto dort durchfahren, und dann ist die Hölle los.«

Les spitzte die Lippen, während er darüber nachdachte. Rebecca überlegte, was jetzt kommen würde. Hier ging es nicht nur um ihre Story. Les scharrte erneut mit der Maus über den Schreibtisch. »Weiß die Polizei Bescheid?«, fragte er.

»Ja.«

»Was haben die gesagt?«

»Dasselbe wie die Bezirksverwaltung.«

Les schwieg. Säße Barry an diesem Schreibtisch, wäre das der Zeitpunkt, an dem er gewöhnlich seinen dolchförmigen Brieföffner zur Hand nahm und herumwirbelte. Doch Barry hatte sich mit dem Ellbogen auf einem hohen, schmalen Tisch abgestützt, auf dem eine Zimmerpflanze stand, und sein Kopf ruhte auf seiner Hand. Er beobachtete sie beide mit einer Miene, die Rebecca nur als gelangweilt beschreiben konnte. Er war hier fertig. Er trat nur noch langsam auf der Stelle. Saß seine Zeit ab.

»Ich habe mit dem Management im Süden gesprochen«, sagte Les schließlich, und Rebecca überkam das inzwischen vertraute Gefühl, dass man ihr gerade wieder etwas wegnahm. Das Management im Süden. Soweit sie wusste, hatte keiner von denen je eine Zeitung herausgebracht. Das waren Buchhalter und Vertriebler. Die dachten nur in Seitenproduktion und Personalzahlen. Sie verstanden nicht, dass es nötig war, einer Story auf der Spur zu bleiben und sie als erster rauszubringen. Les fuhr fort: »Ich habe eine Risikobewertung vorgenommen.«

Rebecca merkte, wie in ihr ein Seufzer aufstieg. Risikobewertung. Was hätte es für das Unternehmen zu bedeuten, wenn etwas schiefging? Sie preschte vor. »Sie wollen nicht, dass ich da hingehe, stimmt's?«

»Das Management hält das für keine gute Idee.«

Sie warf Barry einen bedeutungsvollen Blick zu, wollte ihn zwingen, sich hier einzumischen, doch er regte sich nicht. Er beobachtete noch immer, weiterhin uninteressiert. Hätte er hinter dem Schreibtisch gesessen, so hätte er dasselbe gesagt, das wusste sie. Doch ihn hätte sie vielleicht überreden können. Les war durch und durch treuer Gefolgsmann des Unternehmens. Wenn man ihn in der Mitte durchsägte, würde man sicherlich das eingeätzte Label »NewsMediaPLC« finden.

»Sie halten die Situation für gefährlich, in Anbetracht der aufgewühlten Emotionen in diesem Stadtbezirk«, sagte er.

»Also verpassen wir die Story?«

»Wir bekommen die Story, ob Sie vor Ort sind oder nicht.«

»Nein, wir bekommen eine Version der Story, eine offizielle Version. Das ist nicht dasselbe, wie etwas aus erster Hand selbst zu sehen.«

»Sie könnten mit Ihren Kontakten in der Gegend reden.«

»Das ist nicht dasselbe.«

»Sie dürfen da nicht hin, Rebecca. Es ist zu gefährlich.«

Er sicherte sich ab. Sie als Person war ihm gleichgültig, es ging ihm nur um die Reaktionen, falls etwas passierte. Allen Gefolgsleuten des Unternehmens war nur an sich selbst gelegen. Okay, dachte sie, wenn das Unternehmen nicht wollte, dass sie über die Story schrieb, dann würde es jemand anders tun. Elspeth wäre in der Lage, alles direkt weiterzuleiten, was sie in die Finger bekam, da war sie sich sicher.

»Ich gehe nach Büroschluss hin«, sagte sie. »In meiner Freizeit.«

Les warf Barry einen sprechenden Blick zu, und Rebecca wurde klar, dass er gewusst hatte, dass sie genau so reagieren würde. Scheiße, sie war gar nicht gern so leicht zu durchschauen. Besonders nicht von Typen wie dem da.

»Ich kann Sie nicht aufhalten«, sagte er. »Ich kann Sie lediglich darauf hinweisen, dass Sie nicht das Unternehmen vertreten, wenn Sie dort hingehen.«

Passt mir gut, dachte sie.

»Ich muss Sie jedoch daran erinnern, dass Ihr Arbeitsvertrag Ihnen untersagt, für irgendeine andere Nachrichtenorganisation tätig zu werden.«

Und damit war anscheinend das Gespräch abrupt zu Ende. Es war, als hätte Les noch mehr sagen können, wisse aber, dass das nicht nötig war. Barry hatte ihm sicherlich erzählt, dass sie mit Elspeth befreundet war, deren Agentur einer Reihe größerer Blätter Artikel lieferte. Denen konnte sie einen Augenzeugenbericht mit Leichtigkeit verkaufen. Les und Barry wussten wahrscheinlich auch, dass Rebecca bereits mit ihr zusammenarbeitete – in der Mordsache. So groß war Inverness nicht, und irgendjemand würde es schon weitererzählt haben. Man hatte sie vielleicht nach der Pressekonferenz miteinander gesehen. Vielleicht hatte man sie sogar beobachtet, wie sie mit Terry Hayes sprachen. Solange für das Unternehmen dabei Vorteile heraussprangen, war das alles in Ordnung. Doch sobald sie versuchte, Elspeth oder sonst jemandem einen

Tipp dazu zu geben, was heute Abend in Ferry passieren würde, kamen sie ihr mit dem Arbeitsvertrag. Sie wollten sie nicht dorthin schicken, weil ihre Risikoermittlung ergeben hatte, dass es zu gefährlich sei. Aber sie wollten auch nicht, dass sie ihre Story anderweitig unterbrachte, selbst wenn sie es in ihrer Freizeit machte. Damit hatte das Management sie komplett gelinkt, da waren anschließend auch keine Streicheleinheiten nötig.

Jetzt saß sie vor dem Gericht in der beinahe frühlingshaft warmen Sonne. Ihre Gedanken wanderten wieder zu dem Drink mit Nolan Burke am Vorabend, und sie verspürte erneut das Flattern im Bauch. Was sollte das denn? Er hatte sie bei der Demonstration gesehen, hatte aber während ihres Interviews mit Mo Burke in deren Zuhause nichts gesagt, obwohl sie die ganze Zeit über seinen Blick auf sich gespürt hatte. Sein Bruder hatte sie ebenfalls angestarrt, war aber nicht mit Blumen vor ihrer Tür aufgetaucht. Großer Gott, der bloße Gedanke, dass auch Scott Burke ihr seine Aufmerksamkeit schenken könnte, war ihr völlig zuwider. Ihr seine Aufmerksamkeit schenken? Wo kam der Satz denn her? Alan hatte einiges zu verantworten.

Sie wurde sich einer hoch aufgeschossenen Gestalt bewusst, die neben ihr stand. Als sie aufschaute, warf ihr Anna Fowler dasselbe breite Lächeln zu, das sie schon aus ihrem Büro in der Uni kannte. »So was, dass wir uns hier treffen!«, sagte die Historikerin, als sie sich setzte.

Rebecca war überrascht, erwiderte aber das Lächeln. Ehrlich gesagt war sie erleichtert, die Dozentin zu sehen. Die Gedanken an Les, Barry und Nolan machten sie ganz wirr im Kopf. Ein Gespräch mit einer vernünftigen Frau war genau das, was sie jetzt brauchte.

»Ich arbeite – und was ist Ihre Entschuldigung?«

»Ich wollte Sie treffen. Alan hat mir gesagt, Sie hätten heute Morgen über die Gerichtsverhandlungen zu berichten und dass Sie bei schönem Wetter gewöhnlich hier die Mittagspause verbringen und was essen. Er hat es Ihren Denkort genannt.«

Rebecca lachte bellend. »Na ja. Ich denke hier eigentlich nicht viel. Es ist eher ein Ort, an dem ich ein bisschen Dampf ablasse.«

Anna blinzelte zum Fluss hinunter. »Tolle Aussicht. Wir brauchen alle solche Orte, zum Denken oder zum Dampfablassen. Um den Druck, der sich den Tag über aufgebaut hat, in die Atmosphäre zu entlassen, wo er hoffentlich nicht die Ozonschicht zerstört.«

»Haben Sie auch einen Denkort?«

Sie nickte. »Clachnaharry. Kennen Sie die Gegend?«

Rebecca kannte den Ort. Es war ein Fischerdorf, das inzwischen Teil der westlichen Vorstädte von Inverness war, ein paar schmale Straßen und Häuserzeilen an der Stelle, wo der Kaledonische Kanal begann oder endete, je nachdem, wohin man fuhr. Eine Seeschleuse bildete das Tor zum Meeresarm des Beauly Firth.

»Ich habe da mal einen Stau verursacht – an dem steilen kleinen Anstieg, der aus dem Dorf hinaus und auf die Hauptstraße führt. Das ist doch diese Ampel«, erinnerte sich Rebecca. »Ich hab da mal den Motor abgewürgt, während ich versuchte, an der Steigung anzufahren und links abzubiegen, und auf einmal steckte ich in einer Art Niemandsland fest, wo die Sensoren mich nicht mehr erwischt haben, sodass wir alle lange, sehr lange vor einer roten Ampel standen.«

Annas Lächeln war ansteckend, und selbst als Rebecca erneut die Mischung aus Wut und Verlegenheit von damals durchlebte, musste sie lachen. »Der Mann hinter mir hat ständig auf die Hupe gedrückt, und das hat alles für mich nur noch schlimmer gemacht. Als dann die Ampel endlich grün wurde, bin ich ein Stück weitergefahren, hab allerdings den Motor bei der verdammten Steigung gleich wieder abgewürgt.«

»Die ist nicht leicht zu nehmen, wenn man sie nicht richtig erwischt. Das ist uns allen schon passiert«, sagte Anna. »Aber man gewöhnt sich dran. Da gehe ich hin, wenn ich versuche, meine Gedanken zu sortieren. Ich setze mich auf eine Bank am Treidelpfad und verliere mich in der friedlichen Ruhe.« Sie deutete mit einer ausladenden Bewegung auf die Umgebung. »Das hier ist auch ein offener Blick, aber dort hat man noch mehr das Gefühl von Weite, wissen Sie? Das Wasser, der Himmel, der Blick auf die Brücke und zur Black Isle hinüber. Für mich ist das, nachdem ich im Büro oder im Hörsaal oder auch nur in der Stadt festgesessen bin, einfach die Freiheit.«

Sie schaute in die Ebene hinunter, hatte den Kopf leicht zur Seite geneigt, als lauschte sie dem Wasser des Meeresarms, das ans Ufer plätscherte, und spürte den Wind, der von der Nordsee hereingeweht kam.

Rebecca war sich bewusst, dass die Gerichtssitzungen schon bald weitergehen würden, und fragte leise: »Was kann ich also für Sie tun, Professor Fowler?«

»Anna, bitte. Anscheinend ist die Polizei auf dem Filmgelände zu Besuch gewesen und hat mit John Donahue über die vermissten Kostüme gesprochen.«

»Aber er verdächtigt Sie nicht?«

»Nein, nein. Er hat nicht mit mir geredet, aber in einer solchen Gemeinschaft spricht sich alles schnell rum. Das ist wie in einer Fabrik oder einem Büro – oder einer Universität, eigentlich. Gerüchte sind da wie eine Währung. John war anscheinend stinkwütend. Gar nicht glücklich.«

Rebecca hörte aus der Stimme der Historikerin so etwas wie Freude heraus. Es war deutlich, dass sie nicht sonderlich viel vom Sicherheitschef der Filmgesellschaft hielt. Das war aber wohl nicht ausreichend als Grund dafür, dass sie von der Universität zum Castle Wynd gekommen war. »Deswegen sind Sie aber nicht hier, oder?«

Anna antwortete nicht. Sie starrte ins Tal hinunter. »Ich fürchte, es wird bald regnen.«

Rebecca drängte sie nicht – sie wusste, dass die Historikerin ihr mit Büchern übersätes Büro nicht verlassen hatte, um mit ihr über das Wetter zu plaudern. Sie war drauf und dran, ihre Vertraulichkeitsvereinbarung mit der Filmgesellschaft ein weiteres Mal zu brechen, und das war ein großer Schritt. Rebecca ließ ihr den Raum, um zur Sache zu kommen. Sie folgte ihrem Blick und sah den Vorhang aus Dunst und Nebel, der sich über immer größere Teile des Landes legte. Der Himmel zog sich zu, die Wolken wurden dichter und schluckten das letzte bisschen helles Blau. Es war abgekühlt, und Rebecca spürte – oder meinte zu spüren –, wie etwas Kaltes, Feuchtes ihre Wange leicht streifte. Sie hoffte, dass Anna zur Sache kommen würde, ehe die Regenfront sie erwischte.

Sie hörte ein leises Seufzen und drehte sich zu Anna Fowler hin, die immer noch auf den Fluss hinunterstarrte. Ihre Stimme war ein wenig angespannt, als sie zu reden begann. »Ich habe das Foto des Mordopfers auf Ihrer Website gesehen.«

Es trat erneut Schweigen ein, und Rebecca hatte das Gefühl, sie müsse die Stille ausfüllen. »Okay.«

Anna schluckte. »Und ich habe den Mann schon einmal gesehen, zumindest glaube ich das.«

»Wo? Nicht in der Universität ...«

Anna blickte Rebecca nun direkt an, und das Selbstbewusstsein kehrte in ihre Stimme zurück. Sie hatte damit angefangen, jetzt würde sie es auch zu Ende bringen. Sie tat das Richtige. »Nein – am Set oder in der Nähe. Ich habe ihn ein paarmal in Fort William gesehen. In Pubs, auf der Straße, so was. Ich glaube, er hat bei der Filmproduktion gearbeitet, bei irgendwas mitgebaut. Die Filmfirma hat für manche Erdarbeiten und für den Aufbau des Geländes Leute vom Ort angeheuert.«

»Kennen Sie seinen Namen?«

»Nein, ich habe nie mit ihm geredet. Aber John Donahue kennt ihn, da bin ich mir sicher.«

»Wie können Sie das wissen?«

Anna holte tief Luft. »Das fällt mir nicht leicht, Rebecca. Sie wissen schon, von Rechts wegen sollte ich gar nicht mit Ihnen reden, mit der Presse ...«

»Natürlich.«

»Ich meine, ein Film ist ein Film, eine Vereinbarung ist eine Vereinbarung, aber hier ist jemand ums Leben gekommen, nicht wahr?«

»Stimmt.«

Anna nickte, war zufrieden, aber eher mit ihrer eigenen Entscheidung als mit Rebeccas Zusicherung. »Ich habe gesehen, wie er mit John Donahue gestritten hat. Es ging recht hitzig zu. Donahue hat den Mann vorn am Hemd gepackt und zu Boden geworfen.«

»Worüber haben sie sich gestritten?«

»Ich weiß es nicht. Ich war ziemlich weit weg und konnte es nicht hören. Aber ich bin mir sicher, dass ich eins gehört habe.«

»Und was war das?«

»John Donahue hat gesagt, wenn dieser Mann je zurückkäme, würde er ihn umbringen.«

28

Donahues Stimme klang gereizt wie immer, doch zumindest nahm er DCI Roachs Anruf entgegen. Das war doch schon mal was. »Bitte fassen Sie sich kurz, DCI Roach. Ich habe ...«

»Aye, sehr viel zu tun«, sagte sie, und ihr Tonfall war geduldig, aber mit genug Ironie versetzt, um selbst das aufgeblasenste Arschloch wieder auf den Boden der Tatsachen zu holen. »Ich habe allerdings noch ein paar Fragen, wenn Sie nichts dagegen haben.« Der Nachsatz »Und auch wenn Sie was dagegen haben« blieb unausgesprochen.

»Ich habe Ihnen bereits alles gesagt, was ich weiß. Irgendein Schweinehund, wahrscheinlich einer von diesen New-Dawn-Idioten, hat die Kostüme geklaut. Keine Ahnung, wie eins davon bei Ihrem Mordopfer gelandet ist.«

»Über das Opfer würde ich gern mit Ihnen reden, Mr Donahue.«

»Detective Superintendent Donahue.«

»Sie sind im Ruhestand.«

»Als Zeichen des Respekts steht mir mein Titel weiterhin zu.«

Mein Gott, was für ein unausstehlicher Scheißkerl, dachte sie. Sie war versucht, ihm mitzuteilen, dass Respekt verdient sein wollte und man ihn nicht auf dem Silbertablett serviert bekam, nur weil man einen Titel hatte oder genug Leuten lange genug die Hand geschüttelt hatte, um die Karriereleiter hinaufzusteigen. Sie zügelte ihre instinktive Reaktion. Ganz so leicht würde sie ihn trotzdem nicht vom Haken lassen.

»Ich erweise Ihnen Respekt, indem ich mich direkt mit Ihnen in Verbindung setze und keinen Detective Constable bei Ihnen anrufen lasse«, sagte sie. »Wenn es Ihnen aber lieber ist, kann ich Ihnen auch einen Wagen schicken, der Sie abholt, und wir unterhalten uns hier in Inverness.«

»Diesen Bluff haben Sie einmal zu oft verwendet, Schätzchen.«

»Das ist kein Bluff, Herr ehemaliger Detective Superintendent. Und ich bin DCI Roach und nicht Ihr Schätzchen. Ich bin niemandes Schätzchen.« Sie dachte an Joe. Ein flüchtiger Gedanke, eigentlich nur eine Erinnerung an sein Gesicht. Herrgott, wann hörte dieser Mist endlich auf?

»Das kann ich nur zu gut verstehen«, sagte Donahue, und sie bereute, ihm diesen Elfmeter selbst auf den Punkt gelegt zu haben. »Also, dann machen Sie am besten mal voran. Was wollen Sie dieses Mal?«

»Ich habe Informationen erhalten, bei denen Sie uns vielleicht weiterhelfen können.«

Gerade erst hatte sie das Gespräch mit Rebecca Connolly beendet. Die Journalistin hatte ihr mitgeteilt, jemand hätte gesehen, dass der Tote sich mit Donahue stritt. Connolly hatte sich geweigert, ihre Quelle zu nennen. Roach hatte in Erwägung gezogen, der jungen Frau zu drohen, sich aber dagegen entschieden, jedenfalls im Augenblick. Bis jetzt hatten sie und ihre Freundin Elspeth Wort gehalten. Falls sich dieser Hinweis als ebenso verlässlich herausstellte wie der erste, könnte sich diese inoffizielle Partnerschaft auch in Zukunft als nützlich erweisen. In jedem Fall hatte sie überhaupt nichts für Donahue übrig. Für seine Selbstgefälligkeit, sein Beharren auf männlichen Privilegien. Er war einer von der alten Garde, sie gehörte zur neuen. Sie wartete nur auf die Gelegenheit, ihm das Maul zu stopfen.

»Also dann machen Sie schon, Schä..., ich meine DCI Roach«, blaffte Donahue. »Ich habe nicht den ganzen Tag Zeit.«

»Das hat niemand von uns, Herr ehemaliger Detective Superintendent.« Sie hörte, wie er nach Luft schnappte. Allmählich brachte sie ihn auf die Palme. Das sollte sie vielleicht lieber sein lassen, aber es war ihr egal. »Haben Sie das Bild des Mordopfers gesehen?«

Eine kleine Pause folgte auf ihre Frage. Sie wusste, dass er jetzt lügen würde.

»Ich hatte noch keine Zeit dazu. Ich habe ...«

»Sehr viel zu tun, das haben wir bereits zur Kenntnis genommen. Ich frage, weil man uns zugetragen hat, dass Sie den Mann kannten.«

Es wurde still in der Leitung. Nur einen Augenblick. Einen Atemzug lang. »Wer hat Ihnen das gesagt?«

»Das geht Sie nichts an, zumindest jetzt noch nicht. Man scheint beobachtet zu haben, wie Sie sich mit dem Mordopfer gestritten haben.«

»Das stimmt nicht.« Die Worte kamen schnell. Ein bisschen zu schnell. Noch eine Lüge. Sie war enttäuscht. Sie hätte erwartet, dass ein ehemaliger Detective Superintendent ein besserer Lügner sein würde. Er hatte doch sicher während seiner Dienstzeit jede Menge Übung darin gesammelt, oder vielleicht war er es nur nicht mehr gewöhnt?

»Sie haben also nicht gedroht, Sie würden ihn umbringen?«

»Nein, das habe ich nicht.«

»Haben Sie je gedroht, jemanden umzubringen?«

»DCI Roach, ich habe das sicherlich während meiner Laufbahn mindestens einer Person angedroht. Sie nicht?«

Joe. Sie hatte einmal gedroht, ihren Mann umzubringen. Es war während eines Streits, eines schlimmen Streits, gewesen. Die Worte waren wütend hin und her gegangen, und irgendwann war es aus ihr hervorgeplatzt, was sie tun würde, wenn er nicht aufhörte. Sie hatte es nicht so gemeint. Heute tat es ihr leid.

»Wir reden hier nicht von mir«, sagte sie. »Ich meine, haben Sie in letzter Zeit mit jemandem gestritten und ihm körperliche Gewalt angedroht?«

»Nein, Detective Chief Inspector. Das habe ich nicht.« Seine Stimme war wieder selbstbewusst geworden. »Wie kommen Sie darauf?«

Beide Informationen hingen mit der Filmproduktion zusammen, also hatte Roach keinen Zweifel, dass Connollys Informant in diesem Umfeld arbeitete. Doch Donahue würde sie diese Vermutung auf keinen Fall mitteilen. »Ich habe eine Information erhalten.«

»Anonym?«

»Das kann ich Ihnen nicht sagen.«

»Darauf würde ich wetten.« Sein Tonfall war nun trocken. Er hatte wieder festeren Boden unter den Füßen.

»Sie kannten also das Opfer nicht und haben auch keinen Streit mit ihm gehabt? Sie haben ihn nicht zu Boden geworfen und gedroht, ihn umzubringen?«

»Bereits gefragt und beantwortet«, sagte er. »War das alles?«

Roach wusste nicht, was sie von ihm erwartet hatte, doch sie konnte nicht weiter auf Antworten drängen. »Ja, das ist für den Augenblick alles.«

Er legte auf, ohne sich zu verabschieden. Das war natürlich ungemein verletzend, und sie würde sich wahrscheinlich nie davon erholen. Sie starrte das Telefon eine Weile an, als könnte sie dort Antworten finden. Vielleicht hätte sie die Reporterin doch drängen sollen, den Namen des Informanten zu nennen. Elspeth McTaggart schien ein alter Hase zu sein und war bestimmt nicht leicht einzuschüchtern, doch Rebecca Connolly war jung und würde vielleicht klein beigeben. Wer immer da auch Geschichten erzählte, es war jemand, der John Donahue nicht leiden konnte. Sie war sich verhältnismäßig sicher, dass die Liste der betreffenden Personen sehr lang sein würde. Sie hatte es genossen, den Bären ein wenig zu reizen, doch für den Fall, dass an diesen Infos etwas Wahres war, musste sie selbst mit diesem Augenzeugen reden. Und das bedeutete, dass sie sich mit Rebecca Connolly treffen und diese irgendwie überreden musste, ihr den Namen preiszugeben. Da würde sie wohl voll auf Angriff gehen müssen.

Das Festnetztelefon auf ihrem Schreibtisch begann zu klingeln. »DCI Roach«, meldete sie sich.

»Ich habe einen Anruf für Sie, Chef.« Yuls Stimme. Wieso zum Teufel hatte der sich als Telefonist zu betätigen? »Ist in der Einsatzzentrale angekommen.«

Rätsel gelöst. »Okay, wer ist es?«

Yul legte eine kleine Pause ein, als wäre er verlegen, ehe er antwortete. »Ähm ... Es ist Ihr Ehemann.«

29

Rebecca spülte gerade ihren Teller und die Tasse ab – wieder mal ein in Sekundenschnelle in der Mikrowelle erhitztes Fertiggericht – und hatte im Fernsehen die BBC-Nachrichten eingeschaltet, als der Name Walter Lancaster bis in die kleine Küche vordrang und sie packte. Mit nassen, noch vor Seifenschaum triefenden Händen ging sie ins Wohnzimmer, gerade noch rechtzeitig, um zu sehen, dass der heutige Moderator von *Reporting Scotland* einen Live-Beitrag von Lola McLeod aus Inverness ankündigte. Die Reporterin war in einen warmen Mantel gehüllt. Hinter ihr war in der zunehmenden Dunkelheit das graue Wasser des Moray Firth auszumachen, und die Lichter der Kessock Bridge reckten sich in die Höhe. Rebeccas Herz begann heftig zu pochen, als sie sich anhörte, wie Lola die Story umriss. Ihr wurde schlecht. Nicht nur kannte Lola den Namen des Mannes – den konnte sie ja aus Rebeccas Online-Bericht haben –, sie hatte ihn tatsächlich in einem Hostel aufgespürt. Das hätte Rebecca selbst tun sollen. Sie hätte ihn finden sollen. Sie hatte es nicht getan, Lola schon.

Der Bericht blendete nun zu einer bei Tag aufgenommenen Szene auf einer Straße in Inverness über. Da war Lancaster zu sehen, mit einer Plastiktüte voller Einkäufe in der Hand, mit gebeugten Schultern und mit Augen, die den Boden vor seinen Füßen musterten, als zählte er die Spalten im Gehweg. Seit dem Schnappschuss vor dem Gerichtsgebäude, den Rebecca in der Zeitung gesehen hatte, hatte er sich nicht sehr verändert. Sein Haar war vielleicht ein wenig schütterer, musste immer noch dringend gewaschen werden. Er hatte allerdings ein bisschen abgenommen. Nicht viel, aber ein bisschen. Seine Figur war noch immer birnenförmig, und in seiner weiten Hose wirkte er ein wenig x-beinig. Er war noch immer hässlich wie die Nacht. Manche Menschen sahen mit den Jahren besser aus, auf Lancaster traf das nicht zu. Oder vielleicht schimmerte nur seine hässliche Seele durch.

Er sagte kein Wort, als Lola ihm den Weg ins Hostel verstellte. Er schien überrascht, sie zu sehen, warf der Kamera einen gehetzten Blick zu. Lola fragte ihn, warum er in Inverness bleiben wolle. Er antwortete nicht, versuchte, sich an ihr vorbeizudrängen, doch sie bewegte sich geschickt mit, versperrte ihm nicht den Weg, ließ ihn aber auch nicht einfach vorbei. Sie fragte ihn, ob die Leute in Inchferry nicht ein Mitspracherecht haben sollten, ob er hier angesiedelt würde. Er wich erneut aus, schickte noch einen verstohlenen Blick zur Kamera, und hob die Hand mit der Plastiktüte an, um sein Gesicht dahinter zu verbergen. Diesmal ließ Lola ihn vorbei, stellte aber weiter Fragen. »Sind Sie noch immer eine Gefahr für Kinder, Mr Lancaster? Glauben Sie, dass Sie ein guter Nachbar sind, Mr Lancaster? Glauben Sie, dass Sie hier in Sicherheit sind, Mr Lancaster?«

Bei der letzten Frage hatte sie die Stimme erhoben – Lola war allerdings zu fein, um wirklich zu schreien – und rief hinter Lancaster her, der mit gebeugten Schultern in die Sicherheit des Hostels zurückhuschte. Dann schaltete die Regie wieder zurück zu der Reporterin vom Anfang, die alles in ein, zwei Sätzen zusammenfasste.

Von wegen, Lola McLeod sei nur ein Lippenstift auf zwei Beinen. Erst hatte sie das mit der Kleidung des Toten herausbekommen, und nun hatte sie Lancaster aufgespürt, weit mehr, als Rebecca geschafft hatte. Sie hatte sein Gesicht in die Öffentlichkeit gebracht, wieder mehr, als Rebecca geschafft hatte. Elspeth und sie hatten keine Rechte an den Bildern, die sie gerade gesehen hatte. Lola entwickelte sich rasch zu ihrer Hauptkonkurrenz im Kampf um diese Story. Sie beide würden sich gewaltig anstrengen müssen, wenn sie die Nase vorn behalten wollten.

30

Das Kind starrt auf das Gesicht, das auf dem Fernsehbildschirm einge-froren ist. Er ist ein Fremder und doch so vertraut. Er war nie ein Teil vom Leben des Kindes, und doch war er es. Oder jemand wie er.

Es sind die Augen. Irgendwas an den Augen. Ein Blick, ein Leuchten, ein Aufblitzen. Ein Riss im dünnen Firnis der Normalität, der zeigt, dass da drinnen noch etwas anderes ist. Das Kind sieht genau denselben Blick vor sich, in dem kleinen Zimmer, in den Augen des Mannes, wenn er ne-ben dem kleinen Bett steht.

Ja, es liegt Bedauern in diesen Augen. Und Schuld. Aber da ist noch etwas anderes. Als wäre das, was da in ihm lebt, nur für eine gewisse Zeit zufriedengestellt. Das Kind weiß, dass er zurückkommen wird, mehr will. Er ringt vielleicht mit seiner Begierde, er bezwingt sie vielleicht gelegent-lich, doch was immer das Untier ist, das ihn dazu zwingt, in das kleine Zimmer und zu dem kleinen Bett zu kommen, erweist sich schließlich stets als stärker. Ganz gleich, wie freundlich, wie liebevoll er ist, wenn sie zusammen Videos schauen, ganz gleich, wie sanft er über das Haar des Kindes streicht, das Kind weiß, dass in seinem Körper, in seiner See-le noch etwas anderes lebt und nur darauf wartet, plötzlich wieder le-bendig zu werden, und dann wird das Streicheln weniger liebevoll, we-niger gutmütig sein. Nicht in dieser Nacht. Vielleicht nicht einmal in der nächsten oder übernächsten. Aber es kommt immer. Und mit ihm die Phantome.

Schmerz.

Scham.

Sie sind jetzt beim Kind, als es dicht vor dem Fernseher sitzt, ganz nah am Bildschirm. Um diese Augen besser zu sehen. Und das Ding, das in diesem Mann lebt, das diese Augen als Fenster benutzt. Das Kind kann sehen, dass es da ist. Das Kind kennt es gut und weiß genau, was es ist. Und das Kind setzt sich zurück und weiß, was jetzt zu tun ist.

Denn es hat sein eigenes Untier zu füttern.

Das dritte Phantom.

Wut.

31

Wenn die Burkes nicht bereits dafür gesorgt hätten, dass draußen auf den Straßen alle wussten, was das Sozialamt für heute Abend plante – nicht zuletzt, da war sich Rebecca sicher, wegen ihrer Online-Story und auch dank Lolas Fernsehbericht –, dann hätte spätestens der Minibus voller Polizisten in Uniform die Sache mehr als klar gemacht. Natürlich hatte man versucht, diskret vorzugehen, so diskret, wie das mit einem Fahrzeug möglich ist, auf dem in großen Buchstaben »POLICE SCOTLAND« zu lesen ist. Der Wagen hatte unmittelbar an der Stadtteilgrenze von Ferry in einer Nebenstraße geparkt, die zu einem Trümmergrundstück führte. Eine Wohnungsbaugesellschaft hatte vorgehabt, hier noble Immobilien zu errichten, und war dann spektakulär Bankrott gegangen, ehe auch nur ein Stein gemauert war. Die kleine Straße erlitt ein trauriges Schicksal, konnte ihr Potenzial nie verwirklichen. Der Asphalt lief zu einer ausgefransten Zickzacklinie aus, seit die Natur sich ihn zurückeroberte. Es gab keine Straßenlaternen – das hohe Gras, die zotteligen Büsche und der gelegentlich durchstreifende Fuchs brauchten keine Beleuchtung. Deshalb glaubten die Polizisten, sie könnten hier unentdeckt bleiben.

Rebecca dachte sich, genauso gut hätten sie eine Zeitungsanzeige aufgeben können.

Sie hatte sie bei der Ankunft in Ferry sofort gesehen. Chaz hatte auf dem Beifahrersitz Platz genommen. Er knipste ein paar Bilder durch das Seitenfenster, als sie dort vorbeifuhren, doch weder er noch Rebecca kommentierten das. Sie mochten beide Außenstehende sein, aber sie wussten, dass man in Ferry bereits bestens über die Polizisten Bescheid wusste, die dort auf der Lauer lagen. So war dieser Bezirk.

Auf den Straßen war mehr als gewöhnlich los. Rebecca war schon viele Male für Storys in Ferry gewesen, hatte aber nie so viele Fußgänger auf den Bürgersteigen gehen sehen. Männer, Frauen, sogar Kinder und Hunde spazierten in der leichten Brise umher, die sich aus den kalten Gewässern des Beauly Firth erhob und durch die Straßen wehte, als suchte sie jemanden. Es war ein kalter Abend, und normalerweise wären diese Leute zu Hause gemeinsam vor dem Fernseher gehockt. Heute Abend jedoch nicht. Irgendwas war los. Ein paar von ihnen wussten genau, was es war, die anderen spürten es nur. Heute Abend gab es hier Interessanteres zu sehen als *EastEnders*.

Rebecca spürte es auch. Sie kannte natürlich den eigentlichen Grund, doch da war noch mehr, etwas, das der kalte Hauch des Firth mit heranzutragen schien. Die Atmosphäre war erwartungsvoll aufgeladen, als hätte jemand ein hochentzündliches Gas in die Luft gepumpt. Rebeccas Instinkt sagte ihr, dass nicht viel nötig sein würde, um eine Explosion auszulösen. Es würde heute Abend Probleme geben, das wusste sie, und das wollte sie auf keinen Fall verpassen, Risikobewertung hin oder her. Chaz hatte sich auch dafür entschieden, hierher mitzukommen, weil er sich sicher war, dass er seine Fotos verkaufen könnte.

Rebecca fuhr direkt zum Haus der Familie Burke. Nolan hatte ihr gesagt, sie solle kommen. Sie wusste also, dass dort das Zentrum der gesamten Operation sein würde. Und tatsächlich parkten vor der Tür schon einige Autos, einschließlich des schwarzen Mercedes-SUV, das der älteste Sohn am Vortag gefahren hatte. Wieder flatterten Schmetterlinge in ihrem Bauch, nicht allein wegen der drohenden Gewalttätigkeiten, sondern auch, weil sie wusste, dass sie Nolan wieder gegenübertreten musste. Sie freute sich kein bisschen auf die Verlegenheit, die sie dabei verspüren würde.

Wie zuvor öffnete Scott die Tür. Wenn er überrascht war, sie zu sehen, verbarg er das gut. Er lächelte wie üblich, und dieses Lächeln war ihr noch immer nicht geheuer.

»Riechst 'ne Story, was?«, fragte er und schaute an ihr vorüber zu Chaz. Das Lächeln wankte kurz. Rebecca wandte den Kopf und sah, dass Chaz sich an seine über die Schulter gehängte Kameratasche klammerte, als sei sie der letzte Rettungsring auf der *Titanic*. Mit der anderen Hand hielt er seinen Gehstock fest umklammert, bereit, ihn jederzeit als Waffe einzusetzen. Er war noch immer nicht an Gegenden wie Ferry gewöhnt und neigte dazu, die Schauergeschichte zu glauben, dass man ihn, kaum dass er aus dem Auto ausgestiegen war, schon überfallen würde. Scott hatte die Augen starr auf die Tasche gerichtet und runzelte die Stirn. Offenbar behagte ihm der Gedanke gar nicht, dass eine Kamera in ihrer Mitte war.

»Könnte ich mit Ihrer Mum reden?«, fragte Rebecca und hoffte, die Spannung zu durchbrechen.

Scott zerrte den Blick von der Kameratasche, und das Lächeln war wieder da. Sein Stirnrunzeln hatte sie weniger bedrohlich gefunden. »Hat der Anwalt mit Ihnen gesprochen?«

Die Erwähnung von Simon ließ Rebecca befürchten, dass er auch hier sein könnte. Noch mehr Verlegenheit. »Ja, und ich habe mich bereit erklärt, das Gesagte in keiner Story zu erwähnen.«

»Es wurde nichts gesagt.« Scotts Stimme war ausdruckslos, aber in der Art, wie er sie anschaute, und in diesem Lächeln steckte genug Drohung, um sein Argument zu unterstreichen.

»Nun«, erwiderte sie. »Es sind einige Dinge gesagt worden, ob es Ihnen nun gefällt oder nicht. Aber ich werde nicht darüber berichten, kein Grund zur Sorge.«

»Ich mach mir keine Sorgen. Aber vielleicht sollten Sie das tun.«

Lasst sie nie eure Angst sehen, hatte ihr Vater seinen neuen Rekruten stets geraten und auch an Rebecca weitergegeben, als sie noch eine Teenagerin war. *Ihr steht da groß und breit mit euren Quadrat-*

latschen und glaubt vielleicht, ihr macht euch gleich in die Hose, aber lasst es die anderen nie merken. Sobald sie wissen, dass sie euch Angst einjagen, wissen sie, dass sie euch in der Hand haben.

Rebeccas Stimme war kurz von unterdrückter Wut wie eingefroren. »Mr Burke, ich habe es Ihnen bereits gesagt, und ich wiederhole mich nicht noch einmal. Sagen Sie jetzt Ihrer Mutter, dass ich hier bin, oder nicht?«

Scott Burke musterte sie von oben bis unten, mit demselben abschätzenden Blick wie bei ihrer ersten Begegnung. »Wieso sollte ich das tun?«

Sie wollte gerade weiter argumentieren, als sie aus dem Flur Nolans Stimme hörte. »Lass das Mädel rein, Scotty. Sei kein Arsch.«

Nolan trat auf den Plan. Er wich Rebeccas Blick gezielt aus; vielleicht waren aber auch ihre Augen zur Seite gewandert. Scott machte einen Schritt zur Seite, um sie wortlos vorbeizulassen, doch als Chaz sich ihm näherte, knurrte er: »He, du Knipser, halt mir bloß deine Kamera vom Leib, hörst du? Wenn du nur ein einziges Bild von mir machst, steck ich's dir hinten rein, kapiert?«

»Scotty, spiel hier nicht den dicken Max«, warnte ihn Nolan. »Lass den Jungen in Ruhe.«

Rebecca dankte Nolan im Vorbeigehen, doch er nahm das nicht zur Kenntnis. »Sie kennen ja den Weg.«

Sie ging den Stimmen nach, die sie aus dem Wohnzimmer hörte, und versicherte sich, dass Chaz nicht wieder von Scott gepiesackt wurde. Scott warf seinem Bruder einen fragenden Blick zu.

»Seit wann bist du denn so dick mit den Medienleuten befreundet, Scheiße noch mal?«, fragte Scott in alles andere als diskretem Flüsterton. Nolan reagierte jedoch nicht darauf, sondern folgte Rebecca und Chaz ins Wohnzimmer.

Der Zigarettenrauch stach Rebecca in Lunge und Augen, als sie das Zimmer betrat, das um einiges weniger aufgeräumt war als bei ihrem letzten Besuch. Die Leute waren alle aus dieser Gegend, vermutete Rebecca. Sie standen in Gruppen beieinander oder hockten auf allen nur möglichen Sitzgelegenheiten, sogar auf dem Boden. Rebecca erkannte ein paar Gesichter von der Demo vor der Bezirksverwaltung wieder. Sie hielt nach Simon Ausschau – und war erleichtert, als sie ihn nicht fand. Auch kein Finbar Dalgliesh, stellte sie fest; der hätte sich hier auch nicht zeigen wollen. Bei einer öffentlichen Veranstaltung Schulter an Schulter stehen war das eine – da konnte er argumentieren, dass die Sache wichtiger sei als die Akteure –, aber im Zuhause von mutmaßlichen Drogenhändlern, das war etwas völlig anderes. Das konnte man nicht mehr so leicht umdeuten. Bierdosen lagen auf dem Couchtisch herum, hier und dort standen auch ein paar Whiskyflaschen und Aschenbecher, die meisten überquellend. Es ertönte Musik, die nach einer nostalgischen Hitparade der Neunzigerjahre klang. Rebecca vermutete, dass Mo diese Auswahl getroffen hatte. Es kam ihr vor wie eine Party, und vielleicht war es auch eine. Von Midge, dem West-Highland-Terrier, war nichts zu sehen, und auch sein Körbchen stand nicht mehr bei der Heizung. Vielleicht mochte der kleine Hund keine großen Menschenansammlungen. Vielleicht war er aber auch nur lästig geworden. Oder vielleicht waren Leute hier, die Angst vor Hunden hatten. Das gab's, sogar hier in Ferry.

Alle Augen und Gesichter wandten sich zu ihnen, als sie eintraten. Der siebte Sinn der Ferry-Anwohner für Ortsfremde war bestens ausgeprägt. Die Leute wussten natürlich, dass Chaz und sie nicht von hier waren, und sie hatte wieder einmal das Gefühl, beurteilt zu werden.

»Ma«, rief Scott hinter ihr. »Die Kleine von der Zeitung ist wieder da und will dich sehen.«

Mo Burke schob sich von der Küchentür her durch den Raum, ein Glas Whisky in der einen Hand, eine Zigarette in der anderen, und ihre Augen suchten automatisch den Raum ab, als wollte sie überprüfen, dass ja niemand etwas tat, was er nicht tun sollte. Schließlich waren Fremde in ihrer Mitte. Rebecca wusste, dass einige der Anwesenden verbotene Substanzen genossen. Obwohl Tabakrauch vorherrschte, hing auch das süße Aroma von Gras in der Luft.

»Hätte nicht gedacht, dass ich Sie so schnell wiedersehe, Schätzchen«, sagte Mo. Ihre Worte klangen zwar recht freundlich, doch ihre Miene sagte deutlich, dass sie Rebecca lieber nicht hier gesehen hätte.

»Ich habe von den Plänen der Bezirksverwaltung für den heutigen Abend gehört, Mrs Burke«, sagte Rebecca.

»Aye, das hab ich im Internet gesehen. Und im Fernsehen. Und die Bezirksverwaltung leugnet es. Das war bei den Mistkerlen auch nicht anders zu erwarten. Die sagen nie die Wahrheit, wenn sie auch lügen können.« Sie schien sich mit diesen Worten eher an ihre Gäste als an Rebecca zu richten. Sie schaute sich im Raum um und wedelte übertrieben mit beiden Händen. Mo Burke war ziemlich beschwipst, und Rebecca bemerkte, dass ihre Augen leicht glasig waren, als sie sie wieder auf sie richtete. »Was ich zu gern wüsste, ist, woher Sie das wissen.«

Nolan hatte sich zu ihnen durchgearbeitet und nahm ein Glas, das er offensichtlich auf dem Kaminsims abgestellt hatte. Er wirkte entspannt. Er wollte sicher nicht, dass seine Familie erführe, dass er ihr den Tipp gegeben hatte, aber wenn er befürchtete, sie würde ihn verpetzen, verbarg er das gut. Sie war noch immer verwundert über das Kribbeln in ihrem Bauch, als sie ihn anschaute. Okay, Becks, was geht hier eigentlich ab?

»Sie sind nicht die Einzige, die gute Kontakte hat, Mrs Burke«, antwortete Rebecca.

Das beeindruckte Mo Burke nicht. »Ach ja? Also sind Sie ins böse Ferry zurückgekommen, um sich Ihre Story zu holen? Hoffen, dass Blut fließt, würde ich mal wetten.« Mo richtete ihre Aufmerksamkeit von Rebecca auf Chaz. Sie musterte ihn vom Scheitel bis zur Sohle, als müsste sie ihm einen Anzug anmessen, und sie registrierte die Kameratasche. »Sie machen keine Fotos von meiner Familie, mein Sohn.«

»Wenn Sie sich auf der Straße aufhalten, Mrs Burke, kann ich tun, was ich will.« Chaz' Stimme war laut und klar. Rebecca wusste, dass er nervös war, aber jetzt war sie stolz auf ihn. *Zeigt ihnen nicht, dass ihr Angst habt.*

»Ich hab ihn schon gewarnt, Ma«, mischte sich Scott von hinten ein. »Wenn er auch nur die Kamera in unsere Richtung hält, ist sie weg. Schlicht und ergreifend.«

Es waren ein paar gemurmelte Worte der Zustimmung zu hören. Rebecca wusste, dass sie und Chaz hier nicht willkommen waren. Sie wünschte, es würde Midge gelingen, von da, wo man ihn eingesperrt hatte, zu entkommen. Dann würde sich wenigstens ein Lebewesen freuen, sie zu sehen. Es war ein Fehler gewesen, herzukommen, obwohl sie Mrs Burke etwas mitzuteilen hatte.

»Mrs Burke, kann ich Sie kurz allein sprechen?«

»Wir sind hier alle gute Freunde«, antwortete Mo. »Was Sie zu sagen haben, können Sie uns allen sagen, das stimmt doch?«

Erneutes Nicken und zustimmendes Murmeln. Rebecca hörte eine Frauenstimme sagen: »Aye, wir sind alle gute Freunde – was man vom verdammten *Chronicle* nicht gerade behaupten kann.«

Rebecca ignorierte das. Sie war es gewöhnt, dass die Leute nicht besonders gut auf ihre Lokalzeitung zu sprechen waren. Wahrscheinlich hatten sie mal eine Story über die Frau gebracht, die gerade geredet hatte. Oder über eines ihrer Familienmitglieder. Vielleicht eine Story aus dem Gerichtssaal. Oder sie hatten sich in irgendwas geirrt. So was kam vor.

»Mrs Burke, wir haben auf dem Weg nach Inchferry heute Abend einen Mannschaftswagen der Polizei gesehen. Die wissen, was Sie hier vorhaben.«

Mo nickte. »Wir wissen, dass die hier sind. Wir haben keine Angst vor der Polizei, oder?«

Die Antwort bestätigte ihr das lautstark.

»Jedenfalls«, fuhr Mo fort, »wird alles sehr friedlich ablaufen. Wir wissen, welche Wohnung die ausgesucht haben, um diesen Scheißkerl unterzubringen, und wir werden davor demonstrieren, das ist alles. Kein Theater. Kein Ärger.«

»Und was ist, wenn die Sie einfach ignorieren?«

»Das werden sie schon nicht.«

Rebecca schaute sich unter den Leuten im Raum um. Es waren zumeist ganz gewöhnliche normale Leute, aber es waren ein paar darunter, die nicht ganz so gewöhnlich waren. Sie sah Männer mit harten Gesichtern und Frauen mit noch härteren. Sie sah Tattoos. Sie sah Narben und Muskeln. Sie sah Augen, die von Alkohol oder Drogen glasig waren. Die bereits aufgeladene Luft, die sie draußen auf der Straße bemerkt hatte, war hier noch wesentlich explosiver. Wenn ein Funke flog, wurde der Feuerstein dafür in diesem Zimmer gewetzt, das wusste Rebecca.

»Sie müssen das abblasen, Mrs Burke«, sagte sie.

Hinter ihr lachte Scott. »Dafür ist es jetzt verdammt viel zu spät.«

Mo stimmte ihrem Sohn zu. »Scotty hat recht. Die haben doch angefangen, die haben den Plan gemacht, einen Perversen in unsere Gegend zu bringen. Wir lassen das nicht zu, stimmt's?«

Sie spielte noch immer für die Zuschauer, und die lautstarke Zustimmung kam sofort.

»Schauen Sie«, fuhr Rebecca fort und machte einen letzten Versuch. »Sie verstehen das nicht. Die Behörden kennen Ihre Pläne.«

»Dank Ihrer Story.«

Das musste Rebecca mit einem leichten Neigen ihres Kopfes eingestehen. »Und die Polizei weiß auch davon. Das heißt, die Chancen stehen gut, dass sie ihn nicht herbringen, jedenfalls heute Abend nicht. Wenn man bedenkt, wie viele Wellen Ihre Kampagne geschlagen hat, Mrs Burke, dann ist es durchaus möglich, dass sie ihn nie herbringen.«

Sie war versucht, noch hinzuzufügen, dass genau das die Macht der Medien bewies, ließ das aber sein. Sie durfte nicht versuchen, die Lorbeeren für irgendeinen gefühlten Sieg für sich zu beanspruchen.

»Gut«, sagte Mo. »Aber nur für den Fall, dass sie es doch tun, sind wir heute Abend bereit. Wenn die ihn heute Abend nicht herbringen, passiert nichts. Wenn sie ihn überhaupt nicht herbringen? Dann löst sich alles in Luft auf. Dann ist alles zu Ende. Die sollen ihn irgendwo hinbringen, nur nicht hierher, okay? Das können Sie auf der Website Ihrer Zeitung bringen. Irgendwohin, nur nicht hier. Überall, nur nicht bei uns, hab ich recht?«

Ihre Freunde bestätigten ihr das.

»Aye, nun gut, das wär's. Hier nicht. Nicht in unseren Straßen. Wir haben die Nase voll davon, die Müllhalde zu spielen. Hier leben anständige Leute, anständige Leute mit Familien. Oh, ich weiß, was Sie jetzt denken, Schätzchen, ich sehe es Ihnen an der Nasenspitze an. Mo Burke und ihre Jungs reden von anständigen Leuten, wirklich komisch. Aber wissen Sie, es ist mir egal, was Sie über uns denken – es ist mir völlig egal. Komm her, Scotty.«

Scott ging um Rebecca und Chaz herum, um sich zu seiner Mutter zu gesellen. Sie streckte einen Arm aus und zog auch Nolan näher zu sich heran. Sie stand da, beide Arme um ihre Söhne gelegt, eine Familieneinheit, ein Musterbild der Aufmüpfigkeit. Rebecca wünschte, Chaz dürfte das einfangen. »Uns liegt was an dieser Gegend, an diesen Straßen. Uns liegt was dran, auch wenn die Bezirksverwaltung sich einen Scheiß drum schert. Das hier ist unser Zuhause. Ferry. Die machen uns schlecht, nennen uns Dreck und behandeln uns auch so. Aber allen, die hier in diesem Zimmer sind, liegt was dran, denn das ist auch ihr Zuhause. Ihr Leute von außerhalb begreift das nicht. Das könnt ihr nie begreifen. Seht ihr uns?« Sie zog ihre Söhne noch näher zu sich. »Seht ihr die?« Sie deutete mit dem Kinn auf ihre Freunde. »Das ist Gemeinschaft. Das ist Familie. Und heute Abend findet die Bezirksverwaltung raus, dass man sich mit der Familie besser nicht anlegt.«

Es war eine großartige Rede, und Mo brachte sie hervorragend rüber, sogar im angetrunkenen Zustand. Sie hatte wirklich den Beruf verfehlt: Sie sollte in der Politik sein. Rebecca spürte die feindselige Stimmung, die sich bei jedem Wort mehr aufbaute, und beschloss, nun sei die Zeit zum Aufbruch gekommen. Sie wusste nicht, warum sie es für nötig gehalten hatte, den Versuch zu unternehmen, Ärger zu verhindern. Sie hatte getan, was sie konnte. Sie machte Chaz ein Zeichen mit dem Kopf, und sie gingen zusammen auf den Flur. Als sie auf dem Weg zur Haustür waren, bemerkte Rebecca, dass Nolan sich aus dem Familienbild löste, um ihnen zu folgen.

Gelächter und das Staccato von Applaus folgten ihnen den Flur entlang.

Bei der Haustür drehte sich Rebecca zu Nolan um, versicherte sich kurz, dass Scott nicht auch mitgekommen war, sprach aber trotzdem mit gesenkter Stimme. »Sie wissen, dass es heute Abend Ärger geben wird, nicht wahr?«

Er schaute sie zum ersten Mal richtig an, und sie glaubte, nun werde er das leugnen, um linientreu zu bestätigen, was seine Mutter geschwafelt hatte. Doch er nickte nur.

»Sie müssen versuchen, das aufzuhalten«, sagte Rebecca. Sie hoffte, dass das zum Zug kommen würde, das ihn dazu gebracht hatte, aus dem Leben aussteigen zu wollen, in das er hineingeboren war, was immer es auch sein mochte.

»Das kann ich nicht«, erwiderte er.

»Wieso nicht?«

Er schaute hinter sich auf den Flur, wo die Stimmen lauter geworden waren. Rebecca tat es ihm nach und sah, dass Scott in der Tür zum Wohnzimmer stand und sie beobachtete. Und lächelte.

»Es ist schon zu weit fortgeschritten«, sagte Nolan, der wusste, dass Scott jedes Wort hörte. »Und außerdem ist es vielleicht genau das, was nötig ist.«

»Also ist Gewalt immer die Antwort?«

Er schaute sie wieder an. »Manchmal ist Gewalt die einzige Antwort.«

32

An Joe hatte Val Roach schon seit jeher geärgert, dass er nie zu altern schien. Klar, er hatte Fältchen um die Augen, die da nicht gewesen waren, als sie sich auf der Uni kennengelernt hatten (sie hatte Soziologie studiert, er Physik) – doch selbst jetzt, über zwanzig Jahre später, sah er noch mehr oder weniger genauso aus. Nicht einmal sein Haar hatte angefangen, grau zu werden. Es sei denn natürlich, er half mit Färben nach. Allerdings hatte er sich einen Designer-Dreitagebart zugelegt, vielleicht, um ein schlaffer werdendes Kinn zu verbergen. Er hatte immer noch etwas Jungenhaftes, das ihm die Zuneigung einer ganzen Riege von Frauen verschaffte, einschließlich der 25-jährigen Laborantin, mit der er jetzt zusammenlebte. Es war ein solches Klischee: Älterer Mann lernt jüngere Frau kennen, ihre Blicke treffen sich über einem heißen Bunsenbrenner oder was immer Physiker in ihren Labors verwenden. Er stellt fest, dass ihr jugendlicher Elan in seinem vierzigjährigen Körper Dinge zu neuem Leben erweckt, die er für tot gehalten hatte oder die zumindest im Winterschlaf gewesen waren. Bla, bla, bla. Aber genau das macht ja Klischees aus: Sie sind Klischees geworden, weil sie so banal sind.

Als er Val von der Affäre erzählt hatte – die zu dem Zeitpunkt bereits über ein Jahr andauerte –, hatte sie sich gewünscht, er wäre tot. Nach der Scheidung hatte sie beschlossen, ihn wie Jean-Luc Picard, den Captain aus *Star Trek*, einfach verschwinden zu lassen, und es auch geschafft, wenn auch nur in Gedanken. Für sie war er, wie man so schön sagt, gestorben. Seinen Familiennamen hatte sie nie angenommen, und das half ihr, sich zu distanzieren. Ihr war klar, dass das nur ein Bewältigungsmechanismus war, der ihr helfen sollte, mit ihrem Leben weiterzumachen. Ihr war klar, dass er nicht wirklich in dem großen Labor im Himmel war, doch es half ihr, sich vorzustellen, dass er fort war, anstatt daran zu denken, dass er sich in Lolitas Bett rumtrieb.

Und nun war er hier. In Inverness. Stand vor der Tür ihrer Doppelhaushälfte in Culloden und beglückte sie mit seinem jungenhaften Grinsen. Bei seinem Anruf am Nachmittag hatte er gesagt, er wolle sie sehen. Sie war nicht sonderlich scharf darauf, doch er war beharrlich, meinte, es gebe etwas zu bereden, und er wolle das nicht am Telefon machen. Sie hätte antworten können, das käme nicht infrage, sie kommuniziere nicht gern mit Toten, aber sie hatte sich beherrscht. Außerdem war sie bei der Arbeit und hatte noch einiges zu tun, also gab sie ihm ihre Adresse und sagte, er solle um halb sieben dort sein. Das war vor einer Viertelstunde gewesen. Er kam immer zu spät. An der Uni pflegten sie ihn den wirklich sehr späten Dr Maguire zu nennen.

Da war dieses Lächeln. Sie liebte dieses Lächeln. Sie hasste dieses Lächeln. »Tut mir leid, hab mich ein bisschen verfahren.«

»Ach wirklich? So groß ist der Ort hier doch gar nicht.«

Lächeln. Liebe. Hass. »Na ja, du kennst mich doch ...«

O ja, sie kannte ihn. Seine völlige Unfähigkeit, irgendwo hinzufinden, ohne völlig die Orientierung zu verlieren, war früher einmal drollig gewesen. Jetzt war sie nur noch ärgerlich.

Sie trat einen Schritt zurück. »Dann komm besser mal rein.«

Zugegeben, sie war neugierig darauf, was so wichtig war, dass er sich mit ihr treffen musste. Sie überlegte, ob vielleicht die Sache mit ihm und Lolita in die Brüche gegangen war. Sie wusste, dass die junge Frau nicht so hieß, aber es passte ihr prächtig, sie bei diesem Namen zu nennen. Sie fragte sich, ob er gekommen war, um ihr zu verkünden, es sei alles ein großer Fehler gewesen und er wolle zurückkommen, er wolle, dass alles wieder so wie früher würde.

Sie überlegte schon, wie sie im Falle des Falles auf eine solche Aussage reagieren würde.

Doch sie musste nicht lange überlegen, denn er setzte sich nicht einmal hin oder zog seinen Schaffellmantel aus. Er blieb im Wohnzimmer stehen und schaute sich rasch um, ehe er sich zu ihr hinwandte.

»Deborah und ich werden heiraten.«

Er platzte damit heraus, als hätten die Worte verzweifelt an die Luft gemusst.

Dieser jähe Ausbruch verdatterte sie. »Gratuliere«, sagte sie. Es war das Einzige, was ihr im Augenblick einfiel.

Er hatte so viel Anstand, zumindest verlegen dreinzuschauen. Ein bisschen. »Ich dachte ... Na ja, ich wollte es dir sagen.«

»Wie nett von dir«, erwiderte sie.

»Sie ...« Er unterbrach sich, schluckte. »Ich meine wir, äh, bekommen ein Baby.«

Sie hatte das Gefühl, als hätte ihr jemand eine Ohrfeige verpasst. Sie wusste nicht warum. Sie waren sich darüber einig gewesen, dass Kinder nicht in ihrem Lebensplan vorkamen. Berufslaufbahnen. Die Freiheit, miteinander glücklich zu sein. Das war für sie beide wichtig gewesen. Keiner von ihnen hatte je das Bedürfnis verspürt, Eltern zu werden, und doch stand er jetzt da, inzwischen über vierzig, und verkündete, er werde Vater.

»Und was dachtest du also?« Die Worte kamen heraus wie Glasscherben. »Dass du meinen Segen wolltest? Dass ich Patin werden soll?«

»Nein. Ich wollte nur, dass du es nicht von jemand anderem erfährst, mehr nicht.«

Sie hatten noch gemeinsame Freunde, eigentlich eher Bekannte. All das hatte Val hinter sich gelassen, als sie von Perth und ihrem gemeinsamen Zuhause weggezogen war, von allem, was geschehen war. Aber es war doch möglich, dass jemand sich mit ihr in Verbindung setzte und es ihr mitteilte, oder dass sie bei den wenigen Gelegenheiten im Jahr, wenn sie sich bei Facebook einloggte, um zu sehen, was und wo die Leute so aßen, ein Foto entdecken würde.

»Schön. Jetzt hast du's mir gesagt.« Es waren scharfe Kanten in ihrer Stimme. »Sonst noch was?« Sie wollte nicht noch mehr hören. Es würde doch nicht noch mehr geben, oder? »Du möchtest, dass ich das Haus in Perth verkaufe, für die Ausbildungsversicherung eures Kindes?«

»Nein, das Haus gehört dir, das weißt du. Es gibt sonst nichts. Ich wollte dich nur treffen, um es dir zu sagen. Ich dachte, wir dachten, dass du verdient hast, es persönlich zu erfahren.«

»Wir?«

»Deborah und ich.«

»Ah. Lolita.«

Er schloss kurz die Augen, als wolle er einen Schmerz abwehren. »Nenn sie nicht so.«

»Warum? Verletzt das deine Gefühle?«

Jetzt legte er seinerseits ein bisschen Stahl in seine Stimme. »Das ist nicht fair. Was geschehen ist, war nicht ihre Schuld ...«

»Du hast dich ihr also aufgedrängt? Sollte ich vielleicht eine Aussage aufnehmen?«

»Es ist einfach passiert, das ist alles, Val. Wir sind das doch schon alles durchgegangen.«

»Aye. So ist das Leben nun mal, ja?«

»Ich wollte dir nie wehtun.«

»Und doch – jetzt stehen wir hier ...«

Seine Augen blitzten. »Herrgott noch mal, Val – ist es nicht an der Zeit, dass du die Nummer mit der betrogenen Ehefrau mal sein lässt? Es ist ja nicht so, als wärst du immer für mich da gewesen.«

Sie lachte kurz und bitter auf. »Die alte Leier. Für mich kam immer der Beruf an erster Stelle ...«

»Nun, das hat doch gestimmt. Manchmal hab ich dich kaum zu

sehen bekommen, wenn du mit irgendeinem Fall beschäftigt warst. Und seien wir doch mal ehrlich, du bist nicht gerade die emotional zugänglichste Person der Welt.«

»Emotional zugänglich?« Diesmal war ihr Lachen eher spöttisch. »Hast du wieder Frauenzeitschriften gelesen?«

»Komm schon, Val, du weißt, was ich meine. Wann haben wir uns je als Mann und Frau hingesetzt und über uns geredet? Über Gefühle? Du weißt doch, dass du nicht gern über Emotionen redest.«

»Die gingen für mich damit Hand in Hand, dass wir zusammen waren. Das konntest du auch daran erkennen, dass ich nie mit jemand anderem gevögelt habe.«

Das ging ihm wirklich an die Nieren. »Nun, vielleicht, wenn wir ein bisschen mehr miteinander geredet hätten, wenn du ein winziges bisschen mehr menschliche Gefühle gezeigt hättest, verdammt noch mal, dann hätte ich das nicht nötig gehabt.«

»Okay, also bin ich allein schuld?«

»Niemand ist schuld. Es ist einfach passiert, mehr nicht. Ich habe jemanden kennengelernt, und ich bin mit ihr glücklich.«

»Und ihr bekommt ein Baby.«

»Ja.«

»Das du mit mir nie bekommen wolltest.«

»Das keiner von uns wollte.«

»Aber jetzt ist es anders.«

»Ja.«

Ihre Stimmen verloren die Schärfe. Sie starrten einander an, und zwischen ihnen war ein Abstand von einem Meter und einem ganzen Leben. Es gab nichts mehr zu sagen, das wussten sie beide. Sie hatten beide recht und beide unrecht.

»Ich gehe dann besser jetzt«, sagte er und schob sich an ihr vorbei. Sie widersprach ihm nicht und folgte ihm nicht auf den Flur. Er wusste, wo die Haustür war, er brauchte keine Begleitung. Nicht einmal er konnte sich in ihrem Zuhause verlaufen.

Joe blieb auf dem Flur stehen und drehte sich um. »Ich habe dich wirklich geliebt, weißt du. Damals. Auch heute noch, Val. Aber ich habe mich weiterentwickelt.«

»Okay«, erwiderte sie, und ihre Stimme wurde erneut härter. »Dann ist ja alles gut.«

Er starrte sie einen Augenblick an, rang offensichtlich mit sich, ob er noch etwas sagen sollte. Dann seufzte er, öffnete die Tür und war fort. Val ging auf den Flur und schloss ab. Sie stand da, den Rücken an die Tür gelehnt, und die Erinnerungen schossen ihr wie Blitze durch den Kopf. Wie sie ihn in der Student Union kennengelernt hatte. Lachen. Das erste Mal, als sie sich geliebt hatten. Mehr Lachen. Zelten am Loch Ness, wo der Regen durch die Plane sickerte. Wieder lachend. Ihre Hochzeit. Urlaub. Filme anschauen. Immer lachend. Glücklich.

Aber es war nicht alles nur Lachen gewesen. Es hatte Streit gegeben. Es hatte lange Zeiten des Schweigens gegeben. Sie hatten sich verändert. Sie wurden erwachsen. Und wenn sie ehrlich war, hatte sie auch ihren Teil dazu beigetragen. Der Job. Ihre Karriere. Das Gelächter war vergangen, die fröhlichen Zeiten waren kaum mehr als Schnappschüsse in einem Fotoalbum. Sie war eher in ihrem Job verwurzelt gewesen als in ihrem Zuhause, und er hatte ... Was hatte er? Irgendwie hatte sie schon geahnt, dass er sich mit einer anderen traf, und seine Beichte bestätigte die Vermutung nur. Sie hatte ignoriert, was ihr Unterbewusstsein ihr mitgeteilt hatte, denn sie hatte ihn für zu anständig gehalten, um so etwas zu machen.

Sie hatte sich geirrt, und sie hätte es doch besser wissen müssen. Denn eines hatte sie als Polizistin gelernt: Menschen sind zu allem fähig.

33

Rebecca und Chaz fanden die Straße ohne Probleme. So groß war Ferry nicht, und sie folgten einfach den Leuten vom Ort, bis sie eine große Menschenansammlung sahen. Manche Gesichter waren vor Wut angespannt, andere waren nur gekommen, um zu beobachten, was hier los war, ein paar andere wollten sich amüsieren oder spürten, dass es Ärger geben würde, und wollten dabei sein.

Finbar Dalgliesh war natürlich vor Ort. Er war gerissen genug, sich nicht zu eng mit den Burkes zu verbrüdern, aber Rebecca wusste, dass er sich diese Gelegenheit um nichts auf der Welt entgehen lassen würde. Erstens brachte er so nicht nur das Highland Council in Verlegenheit, sondern auch die schottische Regierung. Zweitens könnte er Stimmen damit gewinnen, dass er sich als einziger Politiker dazu herabließ, an diesem wichtigen Abend nach Ferry zu kommen.

Rebecca hielt den Wagen in einiger Entfernung von der Menge an. Dalgliesh war leicht zu finden. Sein Kaschmirmantel schützte ihn vor dem schneidenden Wind, würde sich jedoch als wenig wirksam erweisen, falls es wieder regnen sollte. Dalgliesh stand auf dem Bürgersteig neben dem Eingang zu den Wohnungen. Die Gebäude sahen wie Reihenhäuser aus, waren aber in Wirklichkeit jeweils in eine untere und eine obere Wohnung aufgeteilt. In diesem Haus schienen beide unbewohnt zu sein, und der kleine Garten hinter dem Holzzaun war ein wenig verwildert. Rebecca und Chaz konnten nicht hören, was der Anführer von Spioraid sagte, aber Rebecca wusste, dass er die Menschenmenge aufwiegelte. Wenn Dalgliesh eines gut konnte, dann Emotionen hochkochen. Er vermochte es, die Stimmung jeder Menschenansammlung einzuschätzen und den Leuten genau das zu sagen, was sie hören wollten. Er bestätigte jedes Vorurteil. Und ein paar sorgfältig in der Menge platzierte Unterstützer schadeten auch nicht. Ein Murmeln hier, ein Wort da, vielleicht ein Auftakt zum Applaus, ein Jubelruf. Das half alles.

»Was meinst du?«, fragte Chaz, als er seine Kameratasche vom Rücksitz hob und darin herumwühlte.

»Ich meine, wir bleiben eine Weile hier sitzen und schauen mal, was passiert.« Sie drehte sich um und schaute hinter sich. »Wenn sie den Typ bringen, kommen sie auf dem Weg, den wir auch genommen haben.«

Chaz zog seine Kamera aus der Tasche. »Du meinst, die bringen den her, auch nach all den Storys?«

Sie setzte sich zurück. »Keinen blassen Schimmer. Wenn sie das tun, beweisen sie damit unglaubliche Verantwortungslosigkeit. Sie wissen, dass die Burkes und Dalgliesh davon Kenntnis haben. Sie wissen auch, dass inzwischen ganz Ferry drüber Bescheid weiß. Sie sollten wissen, dass sie, wenn sie ihn herbringen, das Pulverfass hochgehen lassen.«

Sie beobachtete, wie Chaz das Beifahrerfenster herunterkurbelte und sich nach draußen lehnte. Er machte mit dem Teleobjektiv ein paar Fotos von der Menschenmenge. Dann setzte er sich zurück und sah sich die Aufnahmen auf dem kleinen Display hinten an der Kamera an. Sie spürte, dass er von den Ergebnissen enttäuscht war.

»Du musst näher ran?«

»Ja«, antwortete er. »Bisschen zu dunkel für Aufnahmen aus großer Entfernung. Meinst du, wir sollten es riskieren?«

Sie musterte die Menge. Sie wollte hören, was Dalgliesh sagte, aber sie hatten ja bereits herausgefunden, dass die Presse in Ferry nicht gerade willkommen war. Zu viele Berichte aus dem Gerichtssaal, nicht genug Unterstützung. Sie schaute in den Seitenspiegel, sah, wie der Minibus der Polizei mit ausgeschalteten Scheinwerfern am anderen Ende der Straße stehen blieb. Die Anwesenheit der Polizei war entweder eine Vorsichtsmaßnahme, oder man hatte sie wissen lassen, dass die Situation allmählich explosiv wurde. Doch Rebecca wollte Dalgliesh unbedingt hören.

Ach, zum Teufel. »Wer will schon ewig leben?«, fragte sie und öffnete die Tür.

»Da hätte es durchaus noch andere Songs von Queen gegeben«, meinte Chaz, als er die Beifahrertür aufdrückte.

Sie gingen nebeneinander die Straße entlang. Chaz ließ die Augen über die Szene schweifen, suchte bereits die beste Kameraperspektive. »Das war also Nolan.«

Sie hatte gewusst, dass er etwas dazu sagen würde. Sie war überrascht, dass er so lange dazu gebraucht hatte.

»Ja, das war Nolan.«

»Eine echte Sahneschnitte.«

»Hör auf!«

»Wenn du ihn nicht willst, könnte ich Alan abservieren und mal mein Glück bei ihm versuchen.«

»Ich glaube nicht, dass du sein Typ bist«, antwortete sie lachend.

»Wie? Er hat was gegen Fotografen?«

Sie hatten den Rand der Menschenmenge erreicht, die sich inzwischen über die Straße bis zum gegenüberliegenden Bürgersteig erstreckte und ihnen den Weg nach vorn versperrte. Mehr Menschen strömten aus beiden Richtungen dazu. Dalglieshs Stimme drang ohne Probleme bis zu ihnen durch.

»... würden damit zeigen, was sie von euch halten, von den anständigen Leuten von Ferry. Wenn sie mit ihren Plänen weitermachen, dann beweisen sie, dass sie herzlich wenig von euch halten, und von der Sicherheit eurer Kinder. Ich sage NEIN!«

Es war so ziemlich dasselbe wie das, was er vor dem Verwaltungsgebäude gesagt hatte. Dort hatte es funktioniert, es würde hier auch funktionieren. Rebecca schaute sich um, musterte die Gesichter der Menschen, die ihm zuhörten. Er konnte von einer Wut profitieren, die weit über den aktuellen Anlass hinausging. Er konnte auf Jahre, vielleicht Jahrzehnte von Vorurteilen und sozialer Ungleichheit zurückgreifen. Er machte den Leuten von Ferry weis, dass man sie als Bürger zweiter Klasse behandelte, als bloßes Stimmvieh für die politische Elite, die sich einen Dreck um den normalen schottischen Bürger scherte. Er schoss sich stets auf die Obrigkeit ein, auf lokaler wie auf überregionaler Ebene. Und er machte immer ein »die gegen uns« daraus. Doch heute Abend spielte er ein gewagtes Spiel. Sie spürte es ringsum, in dem Wind, der den Menschen an den Kleidern riss und ihnen durch das Haar fuhr. Es war nicht mehr viel nötig, um dieses Pulverfass zu entzünden.

34

Nolan beobachtete, wie Mo ihren Whisky austrank und die Zigarette in einem überquellenden Aschenbecher auf dem Kaminsims ausdrückte. Es war an der Zeit, sich aufzumachen. Ihm war klar gewesen, dass es so kommen würde, doch er fürchtete es trotzdem. Er war nie der Meinung gewesen, dass öffentliche Zurschaustellung von Bürgersinn eine kluge Idee für die Burkes war, wenn man bedachte, wie sich seine Familie sonst in der Welt durchsetzte. All das würde sich letztendlich auch auf ihre Geschäfte auswirken, davon war er fest überzeugt, und er hatte seiner Mutter geraten, nicht für Ferry auf die Barrikaden zu gehen. Am besten hätte sie ihm gestattet, einen Strohmann zu finden. Dann hätte Ma noch im Hintergrund die Fäden ziehen können, aber aus einiger Entfernung, genau wie sie das beim Barney's machten. Schließlich gab es jede Menge Leute, die von dieser Sache überzeugt waren und nichts dagegen gehabt hätten, sich bei der Familie Burke ein paar Pluspunkte zu sammeln. Aber nein, Ma hatte darauf bestanden, die Führung zu übernehmen – mit Scotts voller Unterstützung natürlich.

»Wo ist Scotty?«, fragte Mo.

Nolan hatte seinen Bruder nicht gesehen, seit Rebecca gegangen war. »Muss wohl in sein Zimmer raufgegangen sein.«

»Geh ihn holen. Sag ihm, wir brechen auf.«

Oben an der Treppe angekommen, sah Nolan die Tür zu Scotts Schlafzimmer offen stehen und hörte eine Frauenstimme. Sein Bruder lag bäuchlings auf dem Bett und hatte den Laptop offen vor sich stehen. Er klappte den Deckel zu, sobald er seinen älteren Bruder bemerkte, doch Nolan meinte, das Logo der BBC und eine Nahaufnahme von einem Männergesicht gesehen zu haben. Wie üblich sah das Zimmer aus wie ein Flohmarkt, war mit Kleidungsstücken übersät. Das einzige Element, das halbwegs aufgeräumt wirkte, war das kleine Bücherregal unter dem Fenster, drei ordentliche Bretter mit Taschenbüchern. Die meisten handelten von schottischer Geschichte – Scottys Leidenschaft, einmal abgesehen von der Passion dafür, sich neue Methoden auszudenken, wie er Leuten, die ihn ankotzten, wehtun konnte. Nolan hatte ihm ein paar dieser Bücher zum Geburtstag oder zu Weihnachten geschenkt, damals, als sie außer der DNA tatsächlich noch etwas anderes gemeinsam hatten. Sogar von der Tür aus konnte Nolan die vollständige Serie historischer Bücher von John Prebble ausmachen, die er eines Tages in dem großen Buchantiquariat in der Church Street gefunden hatte und deren orangefarbene Rücken mit den Jahren verblasst waren. Nolan hatte selbst nicht allzu viel für Bücher übrig – er las lieber Zeitung –, aber er spazierte gern in diesem Laden zwischen den Regalen herum.

»Ma ist bereit zum Aufbruch«, sagte Nolan und fragte sich, warum Scott sich die Nachrichten hier oben anschaute. »Kommst du?«

Scott rollte sich herum und schwang die Beine vom Bett. »Nö, hab zu tun.«

»Das wird Ma aber gar nicht gern hören, Scotty.«

»Aye, nun ja – damit muss sie leben.«

Wenn Nolan sagte, dass er nicht mitkäme, würde Mo einen Anfall kriegen. Sie wäre nicht darüber erfreut, wenn Scotty nicht dabei war, aber er würde ungeschoren davonkommen. Wie immer.

»Was hast du denn zu tun?«, fragte Nolan.

Scott warf ihm sein typisches Lächeln zu. »Allerlei. Geschäfte.«

Geschäfte. Nolan hätte drängen, weiterbohren können, doch ehrlich gesagt war es ihm egal. Sosehr ihm daran lag, dass es seiner Familie gut ging, war Nolan doch hin- und hergerissen. Er war all das satt. Dafür hatte Scott gesorgt. Ein Schlagbohrer, Herrgott noch mal. Das war völlig überzogen, und doch war es irgendwie zu erwarten gewesen. Sein jüngerer Bruder war in den letzten Jahren ein ziemliches Rätsel für ihn geworden. Nolan begriff ihn einfach nicht, und sein neuester Hang zu gewalttätigen Konfrontationen war besorgniserregend. Scott geriet immer mehr außer Rand und Band, war immer schwieriger zu kontrollieren.

Nolan kannte sich gut genug, um zu wissen, dass auch er zu Gewalt fähig war; er hatte sie eingesetzt, sogar genossen, als er jünger war. Aber nun war er reifer und betrachtete sie nur noch als Mittel zum Zweck oder Verteidigungsmechanismus. Für Scotty war Gewalttätigkeit eine Freizeitbeschäftigung. Diese Probleme mit Wee Joe McClymont wuchsen sich langsam zu einem Fiasko von epischen Ausmaßen aus. Nolan hatte sich für einen Kompromiss eingesetzt, aber Scotty hatte die Gegenposition eingenommen, hatte argumentiert, wenn man McClymont den kleinen Finger reichte, würde der schleimige Scheißkerl den ganzen Arm nehmen. Mo hatte sich auf Scottys Seite geschlagen, was keine Überraschung war.

Nicht einmal die Tatsache, dass Scotty seinen Kumpel Finbar Dalgliesh mit an Bord gebracht hatte, konnte dieser innigen Verbindung auch nur das Geringste anhaben. Scotts Beziehungen zu diesem Schleimer und zu Spioraid machten Nolan Sorgen. Das war seiner Meinung nach ein Haufen rechter Spinner, kaum mehr als rassistische Rabauken, angeführt von einem Mann, der außer Eigeninteresse keine echten Prinzipien kannte. Okay, damit war er nicht viel schlechter als die meisten Politiker – Ganoven, wenn man es recht bedachte –, aber Dalgliesh kochte mit seinen polarisierenden Reden eine beinahe elementare Urgewalt hoch. Nolan glaubte nicht, dass den Mann wirklich interessierte, ob die Bezirksverwaltung diesen Lancaster in Ferry ansiedelte oder nicht. Das war für ihn nur eine Möglichkeit, jegliche Autorität zu unterminieren, Misstrauen zu säen. Nolan wusste, dass seine Mutter auch besorgt darüber war, doch sie ließ es durchgehen, sprach lediglich eine Proforma-Warnung aus, Scott solle bei diesen Leuten auf der Hut sein. Also war Nolan auf sich allein gestellt. Ihr Vater, der vielleicht für Mäßigung plädiert hätte, war im Augenblick weg vom Fenster. Seine Mutter und sein Bruder bildeten eine feste Einheit, und er blieb mehr und mehr isoliert außen vor.

Scott legte den Kopf leicht schief. »Also, was war denn das da unten gerade?«

Nolan schaute ihn von der Seite an. Scott musterte ihn aufmerksam, sein inzwischen beinahe permanentes Lächeln irritierte ihn wie üblich. Er konnte nicht genau sagen, wann Scott mit diesem verdammten Lächeln angefangen hatte, aber eines Tages würde jemand schon dafür sorgen, dass es ihm verging. Wenn er so weitermachte, standen die Chancen fünfzig zu fünfzig, wer das sein würde – McClymont oder Nolan.

»Was meinst du?«

»Deine kleine Kuschelei mit der Reportertussi auf dem Flur.«

»Ich habe nicht gekuschelt ...«

»Aye, klar hast du das, Mann. An der Tür. Leises Geflüster.« Scott machte ein paar Zischlaute mit Zunge und Lippen. »Geheimnisse, Mann, Geheimnisse und Geflüster. Pss, pss, pss.«

Nolan starrte seinem Bruder tief in die Augen, sah das leicht verschwommene Glänzen. Er hatte wieder von den Waren gekostet. Das wurde allmählich zum Alltag. Nolan hatte bereits in der Vergangenheit mit ihm darüber gesprochen, und selbst Ma hatte ihn deswegen zurechtgewiesen, aber das war Scott egal. Blut und Stoff. Das war heutzutage Scotts Leben.

»Worüber habt ihr denn da geflüstert, du und sie, he? Ne Verabredung oder so?«

Nolan spürte, wie sein Blut in Wallung geriet. Wusste Scott, dass er am Vorabend mit Rebecca zusammen gewesen war? Er hatte schon überlegt, ob es ein Fehler gewesen war, mit ihr ins Barney's zu gehen, aber es bestand immer ein Risiko, ganz gleich wohin sie in

Inverness gingen. Nolan war ein bekanntes Gesicht, und es brauchte nur eine Person – jemanden, der ihn kannte, jemanden, der Scott kannte, jemanden, der ihre Mutter kannte –, um sie beide zu bemerken und Bericht zu erstatten. Im Barney's war an den meisten Abenden nichts los, außer freitags und samstags, und für ihren engsten Kreis war die Kneipe tabu, um die Schanklizenz nicht zu gefährden. Deswegen hatte er sie für den sichersten Ort gehalten.

Er beschloss, zu bluffen. »Nun, selbst wenn, kannst du es mir verübeln? Die sieht doch gut aus.«

Scott verzog die Mundwinkel nach unten. »Ah, nicht schlecht. Aber nicht mein Stil.«

Nolan fragte sich, was wohl der Stil seines Bruders war. Gewiss, er hatte noch nie gehört, dass er irgendeine Beziehung zu einer Frau hatte, abgesehen von Fummeleien bei einer Party oder nur für eine Nacht. Sein Freundeskreis wechselte ständig und bestand zumeist aus jungen Männern, die sein Bedürfnis nach Gewalt teilten. Nolan konnte ihm allerdings nicht vorwerfen, dass er keine Freunde hatte; er hatte selbst sehr wenige, und überhaupt keine engen Freunde. Freundschaft war ein Luxus, den er sich nicht leisten konnte. Nicht bei dem Leben, das seine Familie führte.

Das war ein weiterer Grund fürs Aussteigen.

Er wollte ein normales Leben führen. Vielleicht einen normalen Job suchen – was er machen könnte, wussten die Götter. Selbst eine Familie gründen. Sich nicht sorgen müssen, dass ihm die Bullen oder ein Konkurrent auf die Schulter klopfte. Nicht immer wieder sein Handy und die Nummer wechseln müssen. Nicht immer Umwege nehmen müssen, um sicher zu sein, dass ihn niemand verfolgte. Nicht am Ecktisch mit Blick auf das ganze Zimmer sitzen müssen oder, wie er es am Vorabend gemacht hatte, weil dieser Fremde den besten Tisch besetzt hatte, immer mit einem Auge auf dem Spiegel. Er wollte eine Frau auf einen Drink einladen können, ohne dass ihn irgendwelche Arschlöcher belästigten.

All das wollte er, doch in seinen ehrlichsten Augenblicken wusste er, dass er es nie bekommen würde.

Scott musste etwas davon gespürt haben. Er beäugte seinen Bruder und fragte dann: »Was ist denn dieser Tage mit dir los, Brüderchen?«

»Wie meinst du das?«

»Du bist nicht du selbst, weißt du? Du bist so ruhig und irgendwie komisch. Als wärst du nicht mehr mit dem Herzen dabei.«

Nolan wusste, dass sich diese Frage auf die Familiengeschäfte bezog, beschloss aber, ihr auszuweichen.

»Scotty«, sagte er und deutete mit der Rechten auf die Tür hinter sich und weiter nach unten. »Ich bin bei alledem nie mit dem Herzen dabei gewesen. Das weißt du. Die Sache heute Abend schreit nur so danach, dass irgendwelcher Scheiß passiert.«

Scott grinste hämisch. »Ich rede nicht von heute Abend, Brüderchen, und das weißt du auch. Ich rede über die Geschäfte im Allgemeinen. Irgendwas stimmt mit dir dieser Tage nicht, und ich kann nicht genau ausmachen, was das ist. Aber ich krieg das raus, Brüderchen, ich krieg das raus.« Er stand auf. »Ich stehe immer hinter dir, Brüderchen. Vergiss das nicht.«

Oberflächlich betrachtet sicherte Scotty seinem Bruder Liebe und Unterstützung zu, doch Nolan kannte ihn besser. Das war keine Beteuerung von Brudertreue. Das war eine Warnung.

35

Rebecca bemerkte aus dem Augenwinkel eine Bewegung über ihrem Kopf.

Vorn spuckte Dalgliesh seine üblichen giftigen Reden in einem Tonfall, der gelassen und kultiviert klang, aber die Menge aufwiegeln sollte. Sie musste es ihm lassen: Er machte das so aalglatt und geschickt, dass selbst die ungeheuerlichsten Ideen vernünftig klangen.

Sie schaute hoch und sah den weißen Bauch einer Möwe, die geistergleich über die Köpfe der Versammelten hinwegglitt. Ihre Federn schimmerten weiß im Licht, das sie von unten beleuchtete. Sie schwebte vor dem dunklen Himmel, bewegte im Aufwind der leichten Brise kaum die Flügel. Und dann war sie fort, eine stumme Besucherin, die die Szene unten beobachtet und nicht nach ihrem Geschmack befunden hatte.

Als Rebecca die Augen erneut zu Dalgliesh senkte, begriff sie die Reaktion dieser Möwe. Er hatte eine Atempause eingelegt, um eine neue Lüge oder verzerrte Halbwahrheit vorzubereiten, und schaute an die Ränder der Menschenmenge. Rebecca folgte seinem Blick und sah Chaz, der dort außen vorbeispazierte, ganz ähnlich wie die Möwe gerade eben. Er hatte den Stock unter den Arm geklemmt und schoss ein paar Fotos. Dann entdeckte der Anführer von Spioraid auch Rebecca, die ganz hinten unter einer Straßenlaterne stand. Sie wusste, dass er jetzt sein nächstes Thema gefunden hatte.

»Freunde«, sagte er, »und dann haben wir da noch die Medien und wie sie blind dem Diktat der herrschenden Elite folgen. Die tun euch mit ihrer Berichterstattung keinen Gefallen. Die lassen auf den Seiten ihrer Zeitungen Lügen vom Stapel – nicht, dass die heutzutage noch irgendwer liest.«

Gelächter folgte, und Rebecca sah, dass ein paar Leute aus der Menge zu Chaz und seiner Kamera blickten. Sie selbst war noch unbemerkt geblieben. Bis jetzt.

»Eines müssen wir uns ganz klar machen. Die Medien sind nicht eure Verbündeten, nicht in diesem Fall und auch sonst nicht. Ihre einzige Absicht ist, die Sichtweise der liberalen Elite zu verbreiten. Der Mittelschicht, der Leute, die in ihren Einfamilienhäusern sitzen, in ihren gut abgeschotteten Gemeinschaften, und sich lautstark für die Rechte der Zuwanderer und der perversen Sexualstraftäter einsetzen, die sie als die Benachteiligten in unserer Gesellschaft ansehen. Und sie plappern bei ihren Dinnerpartys darüber und lamentieren, wie schrecklich das Leben für die armen Zuwanderer sein muss, die auf der Suche nach einem besseren Leben hierherkommen. Sexuelle Perversionen stellen sie als so was wie die Norm dar. Und sie beeinflussen ihre liberalen Freunde in den Medien, dass sie diese Perversionen als gültige Lebensweise darstellen und dafür sorgen, dass wir auf unseren Bildschirmen verschiedene Hautfarben sehen. Diversität nennen sie das. Wer hier hat noch keinen Fernsehfilm gesehen, in dem homosexuelle Paare als ganz normale Familien gezeigt werden? Wo man schwarzen Schauspielern Rollen gegeben hat, die von Weißen gespielt werden müssten, selbst wenn man dazu historische Fakten manipulieren musste?«

Er hielt inne und schaute sich um. »Nun, es gibt vielleicht Leute, die sagen, ich sei ein Rassist. Es sind vielleicht sogar welche hier.« Er deutete mit einem Kopfnicken auf die paar Leute, die angefangen hatten, von einem Fuß auf den anderen zu treten, nachdem er diese Richtung eingeschlagen hatte. »Lasst mich euch versichern: Ich bin kein Rassist.«

Gleich sagt er, einige seiner besten Freunde seien Schwarze oder schwul, dachte Rebecca. Doch das verkniff er sich.

»Obwohl ich verstehen kann, warum manche Leute mich dafür halten. Ich habe gegen niemanden etwas, ganz egal, welche Hautfarbe, welches Geschlecht, welche sexuellen Vorlieben oder welche Religion die Leute haben, solange sie sich an unsere Gesetze halten, ihre Steuern zahlen und nicht versuchen, den Leuten in diesem Land ihren Glauben oder ihre Moralvorstellungen aufzuzwingen. Ich will nicht, dass irgendjemandem Leid zugefügt wird. Ich befürworte die Gewalt nicht.«

Ja, ganz genau, dachte Rebecca, aber du hast deine Leute, die das für dich erledigen. Und denen verleihst du eine Stimme.

Sie musterte die Menge genau, hielt Ausschau nach jedem, den Spioraid hier eingeschmuggelt haben könnte. Doch trotz der Straßenbeleuchtung war es zu dunkel, und sie wusste irgendwie nicht so recht, wonach sie genau suchte. Diese Leute sahen aus wie alle anderen.

»Aber was ich euch jetzt frage: Was ist denn mit Leuten wie euch? Die Zuwanderer und die Immigranten und die Homosexuellen und die Transsexuellen sind alle erste Priorität, bekommen alle eine Stimme, aber was ist mit euch? Die Erfahrungen der Schwarzen und das Leben der Schwulen werden auf den Bühnen der Theater gespielt und analysiert und für normal erklärt, aber was ist mit euren Erfahrungen? Warum reden die Medien nicht über euch, die ganz gewöhnlichen, hart arbeitenden, schwer bedrängten Schottinnen und Schotten? Glaubt ihr, die Bezirksverwaltung würde auch nur im Traum dran denken, diesen Perversen mitten in eine Gemeinschaft zu setzen, wo hauptsächlich Schwarze oder Asiaten leben? Nein, das würden sie nicht! Und warum? Weil es dann einen Riesenaufruhr gäbe. Man würde ihnen vorwerfen, sie hätten Vorurteile. Aber es ist völlig in Ordnung, den Mann bei euch abzuladen, bei euch anständigen Leuten. Und warum? Weil sie von euch erwarten, dass ihr alles hinnehmt, was sie euch hinwerfen. Und die Medien unterstützen sie voll und ganz dabei.«

Rebecca wurde zunehmend unbehaglich zumute, und allmählich bereute sie, dass sie nach Ferry gekommen waren. Vielleicht hatte Les mit seiner Risikobewertung und seiner Unternehmensverantwortung doch recht gehabt. Der Schwerpunkt dieser Demonstration verschob sich. Dafür sorgte Dalgliesh. Er war gerissen, hatte sicherlich bemerkt, dass man den Plan der Bezirksverwaltung, Lancaster in dieser Straße anzusiedeln – wenn man das je wirklich vorgehabt hatte –, längst aufgegeben hatte. Jetzt brauchte er also eine neue Zielscheibe. Die Leute waren mit einem gemeinsamen Anliegen hergekommen, aber je mehr Zeit verging, desto mehr ging dieses Anliegen verloren. Sie hatten nichts mehr, wogegen sie ihre Wut und ihren Hass richten konnten. Jetzt brauchte Dalgliesh etwas anderes, das sie zusammenhalten würde. Und er hatte es gefunden. Rebecca starrte auf Chaz, der ein Bild nach dem anderen schoss, wollte ihn durch die bloße Kraft ihrer Gedanken dazu bringen, seine Aufmerksamkeit darauf zu lenken, was da gesagt wurde, anstatt auf das, was er durch seine Linse sah.

Dalgliesh fuhr mit seiner aalglatten, kultivierten Stimme fort, die genau das richtige Maß von dem hatte, was Alan immer als rauchige Bedeutsamkeit bezeichnete:

»Also, ich würde ja nicht so weit gehen, sie Volksfeinde zu nennen. Das wäre verkehrt. Aber lasst mich euch eins fragen: Wann hat sich das letzte Mal jemand in den Medien darum geschert, was hier in Ferry passiert?«

Wann hast du dich das letzte Mal darum geschert, du Arschloch, dachte Rebecca, außer jetzt, wo du deinen Vorteil daraus schlagen kannst?

Sie hörte Dalgliesh zu, sie konnte nicht anders, aber sie ging dabei langsam am Rand der Versammlung entlang, die Augen auf Chaz geheftet, der in seiner Konzentration auf sein Handwerk nicht bemerkte, dass er viel zu viel Aufmerksamkeit auf sich zog. Besonders ein Mann – muskelbepackt, kahl geschorener Schädel, Tattoos, die ihm den Nacken hochkrochen – starrte ihn intensiv an. Dieser Blick gefiel Rebecca gar nicht.

»Oh, die berichten drüber, dass die Gegend hier die Hölle auf Erden ist. Die zerren eure Namen und die Namen eurer Kinder oder die eurer Nachbarn durch ihre Seiten und stellen sie online, wenn die das Pech haben, vor Gericht zu landen. Aber sie erkennen nie an, dass die meisten von euch anständige, gesetzestreue Schotten sind. Für die seid ihr nichts als Futter für die Mühlen der Justiz – und eine Möglichkeit, ihre Spalten zu füllen, damit sie mehr Werbung verkaufen oder eure Fernsehgebühren einstreichen können.«

Mehr Gesichter wandten sich Chaz zu, der sich, noch immer völlig ahnungslos, auf der Suche nach dem perfekten Foto an Dalgliesh heranpirschte.

Verdammt, Chaz, schau dich doch mal um, Teufel noch mal!

Während sie sich weiterbewegte, bemerkte Rebecca, dass auch einige Blicke in ihre Richtung wanderten. Sie glaubte – bildete sich vielleicht nur ein –, in ein paar Gesichtern Wiedererkennen aufblitzen zu sehen. Vielleicht hatten Leute, die den *Chronicle* lasen, ihr Bild gesehen, so wie der Fremde in der Bar am Vorabend. Vielleicht hatte sie auch jemand im Gerichtssaal gesehen. Der letzte Gedanke traf eine empfindliche Stelle. Scheiße! War vielleicht etwas Wahres dran an Dalglieshs Worten? Wäre ihr dieser Gedanke auch nur in den Kopf gekommen, wenn sie sich in einer der besseren Gegenden von Inverness aufhielt, in Crown zum Beispiel? Das hier war allerdings nicht der richtige Ort für eine Gewissenserforschung. Sie versuchte immer noch, Chaz mit der Kraft ihrer Gedanken dazu zu bringen, ihr wenigstens einen flüchtigen Blick zuzuwerfen. Sie musste ihm irgendwie signalisieren, dass es an der Zeit war, hier zu verschwinden. Zum Teufel mit der Story. Zum Teufel mit Ferry. Es war Zeit, hier abzuhauen.

Rebecca sah, dass Dalgliesh dem Muskelmann zunickte, der Chaz so angestarrt hatte. Es war ein kaum merkliches Nicken – niemand sonst hatte es mitbekommen. Rebecca war es nur aufgefallen, weil sie auf Alarmstufe rot umgeschaltet hatte. Und es bestätigte ihr, dass Spioraid den Kerl hier eingeschmuggelt hatte. Aber jetzt war keine Zeit mehr, sich für diese Erkenntnis auf die Schulter zu klopfen. Der Typ machte eine kleine Bewegung auf Chaz zu, der immer noch nicht bemerkt hatte, wie viel Aufmerksamkeit er erregt hatte. Rebecca rief seinen Namen und begann zu rennen, aber ihr standen zu viele Leute im Weg, und Chaz schien taub für sie zu sein, hatte die Augen starr auf den Sucher seiner Nikon geheftet.

Rebecca zwängte sich zwischen einem Mann und einer Frau hindurch, die Dalgliesh zujubelten, und rempelte sie dabei leicht an. Sie entschuldigte sich. Die beiden unterbrachen ihren Jubel und starrten sie an. Diesmal erkannte jemand sie wirklich wieder. Sie hörte das Wort *Chronicle*. Das war nicht gut. Überhaupt nicht gut.

Endlich hatte Chaz bemerkt, dass jemand direkt neben ihm stand. Er wandte sich um, senkte die Kamera in seiner Hand ein wenig. Mit gerunzelter Stirn sagte er etwas, als beantwortete er eine Frage.

Rebecca hatte nur noch ein paar Meter. Sie rief: »Chaz!«

Diesmal schaute er zu ihr. Der Mann drehte sich ebenfalls um, nur kurz, gerade lange genug, um sie zu sehen, dann packte er nach der Kamera. Chaz hatte die Bewegung registriert und machte einen Schritt zurück, stolperte vielmehr, zog mit der einen Hand seine Nikon weg, manövrierte mit der anderen seinen Gehstock unter dem Arm hervor. Es war eine instinktive Bewegung gewesen, die sich aber als keine gute Idee herausstellte. Denn der Mann hatte sie auch bemerkt, und seine Hand schnellte vor, um Chaz beim Handgelenk zu packen und den Stock nach oben zu reißen, sodass es danach aussah, als wollte er Chaz' Schlag von oben abwehren.

»Mach mal halb lang, mein Junge«, schrie er, und sein Glasgower Akzent war überdeutlich. Er schaute sich um, als einige Gesichter sich zu ihm wendeten. »Dieser Scheißfotograf hat mich ohne meine Erlaubnis geknipst.«

»Das habe ich nicht«, brüllte Chaz zurück und kämpfte gegen den Klammergriff.

»Und als ich ihn gebeten habe, damit aufzuhören, hat er versucht, mir seinen Stock übers Hirn zu ziehen.«

Rebecca war inzwischen bei den beiden angekommen. Sie legte Chaz die Hand auf die Schulter, um ihre Unterstützung zu signalisieren, um Ruhe zu vermitteln. Dann starrte sie den Mann an, der nur so vor selbstgerechter Wut über die Verletzung seiner Persönlichkeitsrechte strotzte. Das war völlig offensichtlich nur gespielt, und doch fürchtete Rebecca, dass die Leute, die sich inzwischen um sie geschart hatten, es ihm abkaufen würden. Die Erregung der Menge kochte hoch. Es hatte sich Dampf aufgebaut. Der musste irgendwo abgelassen werden.

»Jetzt machen Sie mal halblang«, sagte sie.

»Halblang? Ich bin nicht hergekommen, damit mich die Medien dazu ausnutzen, ihre Profite zu erhöhen.« Der Mann schaute auf die Gesichter im Kreis. »Der da ist einer von diesen Pressefotografen, wie Finbar es gesagt hat. Die interessieren sich nur für uns, wenn es ihnen in den Kram passt. Wenn man damit Geld machen kann.«

»Aye«, sagte eine Frau und nickte. »Das stimmt. Das einzige Mal, wenn diese Medientypen von Ferry auch nur ein bisschen Notiz nehmen, ist, wenn es um Verbrechen geht.«

Rebecca hörte von allen Seiten Zustimmung. Der Mann und die Frau, die sie angerempelt hatte, rückten näher heran.

»Verdammt richtig«, sagte der Mann, der Chaz immer noch festhielt. »Und wenn ich für mich einstehe, für meine Rechte, dann versucht dieser Scheißkerl, mir den Schädel einzuschlagen.«

»Das habe ich nicht …«, protestierte Chaz, aber er wurde niedergebrüllt.

»Ich hab dich gesehen, du Dreckskerl!«, sagte eine andere Männerstimme. Rebecca hielt Ausschau nach dem Sprecher und erblickte einen weiteren stämmigen Typen, dessen grimmiges, breites Gesicht unter einer Vollglatze pure Kampfeslust ausstrahlte. Er hätte der Zwillingsbruder des ersten Mannes sein können. Sie vermutete, dass er ein weiterer Spioraid-Handlanger war.

»Die glauben, wir sind Abschaum«, sagte die Frau, und Rebecca überlegte, ob sie vielleicht auch zu diesem Verein gehörte.

Inzwischen hatte Dalgliesh zu sprechen aufgehört und bahnte sich durch die Menge einen Weg zu dieser Ruhestörung. Das war es also, begriff Rebecca: erst einen Aufruhr anzetteln, um ihn dann zu entschärfen und zum Helden zu werden.

»Was gibt's für ein Problem?«, fragte Dalgliesh und wies seinem Mann mit einer Augenbewegung an, er solle Chaz' Arm loslassen.

»Der Typ hier hat mich fotografiert. Ich habe ihn gebeten, das nicht zu tun. Da hat er versucht, mir seinen Stock über den Kopf zu hauen.«

»Aye, und ich hab's gesehen«, fügte der zweite Handlanger hinzu.

»Der denkt, wir sind Abschaum«, mischte sich die Frau ein.

»Stimmt das, mein Freund?« Dalgliesh triefte nur so vor öligem Charme. »Haben Sie diesen Mann fotografiert?« Er berührte den anderen Mann leicht am Arm. »Verzeihung. Wie heißen Sie?«

»Andy«, antwortete der Mann. Ja klar, und ich bin Meghan Markle, dachte Rebecca.

»Danke.« Dalgliesh neigte den Kopf wieder in Chaz' Richtung. »Also, haben Sie Andy fotografiert?«

»Ich habe Fotos von der Demonstration gemacht«, sagte Chaz. »Wir sind im öffentlichen Raum, und ich habe das Recht ...«

»Haben Sie Andy fotografiert?« Dalgliesh wischte die rechtlichen Feinheiten beiseite und hielt sich an den wichtigsten Punkt.

»Nicht ihn insbesondere, aber ...«

»Als er etwas dagegen hatte, haben Sie da versucht, ihn zu schlagen?« Dalgliesh machte unbeirrt weiter. Wenn man eine Lüge verkauft, sollte man das Wasser nicht durch Fakten trüben. Immer schön die Kontrolle über die Geschichte behalten.

»Nein ...«

»Du verlogener Scheißkerl, ich hab dich gesehen«, schrie der zweite Mann, der behauptete, er hätte beobachtet, wie Chaz seinen Stock hochriss. Er wollte sich nach vorn drängen, doch Dalgliesh hielt ihn mit erhobener Hand zurück. Die Nummer mit der kraftvollen Persönlichkeit kam gut bei der Menge an, stellte Rebecca fest.

»Hält uns für Abschaum!« Inzwischen richtete die Frau ihre Aussage an alle Umstehenden. Und alle Umstehenden stimmten ihr zu.

Rebecca versuchte, Chaz fortzuziehen, stellte aber fest, dass ihr der Weg nach hinten versperrt war.

»Okay«, sagte sie mehr zu Dalgliesh als zu sonst jemandem. »Sie haben Ihr Argument vorgebracht. Niemand ist verletzt worden, und es steht Meinung gegen Meinung.«

»Oh, Meinung gegen Meinung, ja?« Andys Stimme war schwer sarkastisch. Er hatte den englischen Akzent nachgeäfft. Dabei sprachen Chaz und sie in einem schottischen Tonfall.

»Dieser kleine Scheißer dringt in meine Privatsphäre ein ...«

»Das habe ich nicht getan«, unterbrach ihn Chaz, doch Rebecca brachte ihn mit einem Zupfen am Arm zum Schweigen.

»Und jetzt soll ich dem einfach durchgehen lassen, dass der versucht hat, mir den Schädel einzuschlagen? Das ist nicht fair ...«

»Aber, aber, Andy.« Dalgliesh mimte aalglatte Versöhnlichkeit. Er war der Mann, der hier das Sagen hatte. Der Mann des Augenblicks. Kommet die Stunde, so kommet der Mann, wie es schon in der Bibel heißt. »Lasst uns alles ganz ruhig angehen. Wie die junge Dame schon gesagt hat ...« Rebecca sträubte sich gegen diese Bezeichnung und gegen den Tonfall, in dem sie ausgesprochen wurde, hatte jedoch das Gefühl, dass jetzt weder die Zeit noch der Ort dafür war,

Dalgliesh eine Lektion in Genderfragen zu erteilen. »Es ist keinem was geschehen. Lasst die beiden gehen.« Er schaute von Rebecca zu Chaz. »Ich bin sicher, wenn Andy auf einem der Bilder zu sehen ist, werden Sie so viel Anstand besitzen, es nicht zu verwenden.«

»Anstand?«, sagte die Frau. »Die wissen einen Scheiß über Anstand. Die halten uns für Abschaum. Die sind der Abschaum! Schweine, die im Schlamm wühlen, alle miteinander!«

Rebecca merkte, wie rings um sie herum die Temperatur stieg, trotz der kühlen Brise. Sie schaute von einem Gesicht zum anderen, suchte nach einer freundlichen Miene, erblickte aber hauptsächlich harte Gesichter und verkniffene Münder, die durch den scharfen Kontrast im Licht der LED-Laternen noch finsterer wirkten. Endlich landete ihr Blick bei Dalgliesh, der sie mit einem halben Lächeln wissen ließ, dass er hier die Oberhand behalten hatte. Sie wünschte sich, sie könnte ihm dieses Lächeln irgendwie austreiben. Sie wünschte, sie könnte etwas sagen, das diese gesamte Situation auf den Kopf stellte, doch die Angst hatte ihr die Zunge gelähmt. Sie hätte niemals hierherkommen dürfen, nicht heute Abend. Sie hätte in Sicherheit bleiben, per Telefon recherchieren und darüber berichten sollen. Sie hätte Chaz davon abhalten sollen, hierherzukommen. Sie hätte …

Rebecca wusste nicht, wer nun schrie, so eng drängten sich die Menschen um sie herum, aber die nächsten vier Worte brachten die Sache erst wirklich in Schwung.

»Da ist die BBC!«

Köpfe wandten sich um, sogar Dalgliesh verrenkte den Hals, um über die Menge hinwegzuschauen. Rebecca linste durch die Lücken zwischen den Leuten, die sich um sie drängten. Sie sah, wie ein blauer Land Rover anhielt und Lila McLeod ausstieg, die immer noch die dicke Jacke trug, die sie vorhin bei ihrem Bericht angehabt hatte. Der bärtige Kameramann ging zum hinteren Ende des Wagens, um seine Ausrüstung zu holen.

Die BBC. Sie hatte einen halbstündigen Dokumentarbericht über Dalgliesh und Spioraid gebracht, der alles andere als schmeichelhaft gewesen war. Dalgliesh hatte ihn in den sozialen Medien als amateurhaften Versuch abgetan, ihn fertigzumachen. Den *Chronicle* konnte er schon nicht besonders gut leiden, aber die BBC hasste er wirklich.

Er machte eine Kopfbewegung in Richtung Andy, der sich sofort durch die Menge dorthin drängte, wo Lola sich das Haar richtete, ehe sie ihren Bericht in die Kamera sprach. »Du bist hier nicht erwünscht, Hen«, sagte Dalgliesh laut genug, dass alle es hören konnten. Schließlich lohnt es sich nicht, eine Show abzuziehen, wenn das Publikum nicht jedes Wort mithören kann.

Lola war überrascht und schien momentan sprachlos zu sein. Sie schaute zum Kameramann, der sich gerade seine Digitalkamera auf die Schulter wuchtete. Rasch fand sie die Fassung wieder, doch ihr Lächeln glich nun eher einem nervösen Zucken.

»Wir sind hier, um zu berichten, was ...«

»Ihr seid hier, um euch an unserem Unglück zu weiden, wie immer, stimmt's?«, unterbrach Andy sie, schaute sich in der Menge um und spielte für die Ränge, die sich inzwischen von Rebecca und Chaz abgewandt hatten, um sich auf die Fernsehleute zu konzentrieren. Dalgliesh hielt sich im Hintergrund. Sich einzumischen, um zwei Vertreter der Printmedien »zu retten«, das war das eine, aber wenn ihn eine Kamera einfing und jedes seiner Worte aufzeichnete, während er für das BBC-Team angeblich das Gleiche tat, riskierte er, dass man das Gesagte falsch auslegen würde. Oder dass man es genau richtig auslegte.

»Verpisst euch hier«, sagte Andy. »Wir wollen nicht, dass ihr euren Bossen in der Regierung über uns hier Bericht erstattet. Das geht nur uns was an, sonst niemand.«

Lola fühlte sich bemüßigt, ihren Arbeitgeber zu verteidigen. »Wir sind unabhängig von der Regierung, wie Sie sicher ...«

»Aye, ja klar! Die Schweinehunde in Westminster kontrollieren euch wie alle Medien, wie sie auch Holyrood und die Bezirksverwaltung kontrollieren. Mach, dass du hier wegkommst, Scheiße noch mal.«

Lola versuchte, die Situation zu retten, indem sie dem Mann das Gefühl gab, ihre Unterstützung zu haben.

»Es tut mir leid, Sir, aber wenn Sie uns sagen würden, was Sie so wütend gemacht hat, können wir Ihnen vielleicht helfen. Ich nehme an, Sie sind dagegen, dass die Bezirksverwaltung Walter Lancaster in Ihrem Stadtviertel ansiedelt?«

In jeder anderen Situation hätte das vielleicht funktioniert. Rebecca hatte das selbst schon viele Male gemacht. Doch dieser Mann hatte einen Plan. Er war nicht aus Ferry, da war sie sich sicher, und Walter Lancaster war ihm auch egal. Er war hier, um Dalgliesh zu unterstützen und um Ärger zu machen.

Sie schaute auf die Stelle, wo der Anführer von Spioraid gestanden hatte, doch er war fort. Er hatte genug getan, um den Anschein zu erwecken, er hätte die Situation entschärft. Später könnte er behaupten, seine Personenschützer hätten ihn fortgebracht, als sie bemerkten, dass sich Schwierigkeiten zusammenbrauten. Was immer auch geschah, er würde es so hindrehen, dass es aussah, als seien die Medien schuld: Denn sie waren da aufgetaucht, wo niemand sie wollte, und hatten sich geweigert, von dort wegzugehen. Seine Gefolgsleute würden es glauben, weil sie es glauben wollten. Das war das Geheimnis der modernen Politik. Sag den Leuten, was sie hören wollen, auch wenn es eine Lüge ist. Und dann wiederhole es, immer und immer wieder. Die Lügen werden Wahrheit, die Wahrheit wird irrelevant. Nur die Botschaft zählt, nicht die Substanz.

Der Kameramann machte den Fehler, das Auge an sein Okular zu legen. Als Andy das sah, streckte er einen Arm aus, um seine Wurstfinger vor die Linse zu klatschen.

»Film mich bloß nicht, du Schweinehund! Ich bin schon ohne meine Erlaubnis fotografiert worden, ich lass mich nicht auch noch von euch Scheißkerlen filmen!«

Der Kameramann versuchte, Andys Hand von seiner teuren Ausrüstung zu entfernen. Ganz schlechte Idee, dachte Rebecca, als Andy den Kameramann nach hinten schubste und ihm zuschrie, er werde ihn sich schon noch vornehmen. Rebecca wusste nicht, wie viele Spioraid-Leute vor Ort waren – bisher hatte sie zwei weitere gezählt: Andys Zwilling und die Frau, deren Lieblingswort Abschaum war. Sie war sich sicher, dass die beiden bestätigen würden, was ihr Freund erzählte. Augenzeugenberichte sind schließlich subjektiv und lassen sich manipulieren. Bis die Leute schließlich glauben, dass sie etwas anderes gesehen haben als das, was sich tatsächlich vor ihren Augen abgespielt hat.

Der Kameramann taumelte rückwärts, verlor das Gleichgewicht und ging zu Boden. Seine Ausrüstung flog ihm aus der Hand und krachte auf den harten Beton. Lola stürzte vor, um ihm zu helfen, musste dazu aber Andy zur Seite schieben. Auch keine gute Idee, dachte Rebecca. Andy fuhr herum, streckte den Arm nach ihr aus. Sein Gesicht war von Wut und Hass verzerrt.

»Okay, das reicht jetzt.«

Die Stimme war laut und klang mit dem Gewicht der Autorität. Andy erstarrte, hielt mit den Fingern kaum noch den Stoff von Lolas Jacke fest. Er beobachtete, wie ein Mann sich einen Weg durch die Menge der Schaulustigen bahnte. Rebecca hörte, wie die Leute den Namen Tom sagten. Er war ein kleiner Mann, sein Kopf war so kahl geschoren wie der von Andy, und er sah gute zwanzig Jahre älter aus, aber die Art, wie er da stand, strahlte Kraft und Selbstbewusstsein aus. Andy beäugte ihn misstrauisch.

»Ich weiß nicht, wer du bist, Kumpel«, sagte der Neuankömmling, »aber ich beobachte dich schon eine ganze Weile, und ich glaube, du willst hier Ärger machen.«

Andy schaute, Unterstützung heischend, zu seinen Kumpels von Spioraid.

»Vielleicht solltest du dich da raushalten, Kumpel«, sagte die Frau.

»Schätzchen, ich habe mich bis jetzt rausgehalten, aber ich lass nicht zu, dass ihr Leute auf meinen Straßen Ärger anzettelt, okay?« Tom deutete mit dem Daumen auf Andy. »Kennt jemand von euch diesen Typen? Oder den da? Oder die?« Er deutete auf den zweiten Mann und auf die Frau. »Denn ich hab die noch nie hier gesehen.«

Rundum wurde gemurmelt, und Rebecca hörte, wie die Leute zustimmten, dass sie die drei noch nie gesehen hatten. Die waren nicht aus Ferry. »Du hast recht, Tom«, rief eine Frau. »Wer sind die?«

In Andys Gesicht spiegelte sich die nackte Brutalität. »Was geht dich das an, Kumpel?«

Tom ließ sich nicht aus der Ruhe bringen. »Nun, Andy, so war doch der Name? Ich sag dir eins, ich habe gesehen, wie der Junge da seine Fotos gemacht hat, und kein einziges Mal hat er seine Kamera in deine Richtung gehalten. Er hat sie auf euren Dalgliesh gerichtet. Und dieser Mann?« Er beugte sich hinunter, um dem Kameramann die Hand zu reichen und ihm auf die Beine zu helfen. Euren Dalgliesh, dachte Rebecca. Dieser Tom, wer immer er war, hatte alles durchschaut. »Der hat sich, soweit ich das sehen konnte, nur gegen dich verteidigt.«

»Also, Moment mal ...«, hob Andy an, doch Tom ließ das nicht zu. »Jetzt, mein Sohn, wartest du erst mal. Du versuchst hier, Ärger anzuzetteln, und ich lass das nicht zu.« Er schaute auf die Menge zurück, seine Nachbarn. Viele kannten ihn offensichtlich, und die Leute begannen sich zu fragen, wer dieser Andy wirklich war.

Andy hätte eigentlich gehen sollen. Das tat er aber nicht. Er beschloss, die Sache durchzuziehen. »Das ist ja wohl nicht zu fassen!« Er drehte sich zu seinen Freunden, die Arme weit ausgestreckt, als hätte man ihn gekreuzigt. »Oder könnt ihr das glauben?«

Seine beiden Kollegen waren weniger begeistert, das Ganze noch weiter zu verlängern. Tom hatte eine neue Dynamik in die Sache gebracht, eine, die den dreien gar nicht recht war. Rebecca sah, wie sie ängstlich auf die Leute schauten, die sie nun umringten. Sie warfen einander rasche Blicke zu und begannen, in aller Stille zurückzuweichen, doch hinter ihnen schlossen sich die Ränge. Eine große Hand legte sich auf die Schuler des zweiten Muskelmannes, und jemand schüttelte den Kopf, gab ihm zu verstehen, dass er hierzubleiben habe.

Andy sah das, schluckte, hätte eigentlich merken sollen, dass er nun Gegenwind hatte. Er entschloss sich aber zu einem anderen Ansatz, einem Ansatz, den die Verzweifelten und die Dummen wählen, wenn die Dinge nicht so laufen, wie sie es gern hätten. Er ging zum Angriff über. »Weißt du, was ich glaube?« Er trat Tom gegenüber und schaute ihn mit zusammengekniffenen Augen an. »Ich glaube, du bist jemand, den sie hergeschickt haben, damit er eine friedliche Demonstration stört, diesen Ausdruck des Volkswillens.«

So ist's recht, dachte Rebecca, wenn du Probleme hast, brüll einfach ›Volkswille‹. Das Wort ist ja kaum überstrapaziert.

Andy baute sich vor Tom auf. »Dich hat die Bezirksverwaltung bezahlt, vielleicht Westminster, dass du herkommst und ...«

Tom grinste und schüttelte den Kopf. Das reichte, um Andy auf der Stelle zu stoppen. Aus der Menge war hier und da Lachen zu hören. Jemand sagte, dass er Tom schon sein Leben lang kenne.

»Mein Sohn«, sagte Tom. »Ich bin hergekommen, um mir heute Abend euren Dalgliesh anzuhören, und du hast recht. Ich bin hergekommen, weil ich vorhatte, mich zu Wort zu melden, wenn es sein muss. Aber nicht, um zu stören oder die Bezirksverwaltung oder Holyrood oder Westminster zu verteidigen. Die Leute hier wissen, dass ich so nicht bin. Er hat über Außenstehende geredet und darüber, dass die Leute Ferry nicht verstehen. Aye, wir sind nicht glücklich darüber, dass dieser Lancaster vielleicht hierherkommt...«

Er schaute sich um und nahm zur Kenntnis, dass viele zustimmend nickten. Allerdings nicht alle. Er war einer von ihnen, aber nicht alle waren seiner Meinung. Rebecca hörte ein paar gemurmelte Beleidigungen. »Arschloch.« »Vollidiot.« »Scheißkerl, muss der sich immer einmischen.« Wenn Tom diese Kommentare hörte, schenkte er ihnen keine Beachtung.

»Aber willst du was über uns wissen, mein Sohn? Und das ist wahrscheinlich das Einzige, was euer Mann richtig verstanden hat. Wir sind anständig. Wir sind einfache Leute. Wir arbeiten, wir genehmigen uns ab und zu einen Drink, wir kümmern uns um unsere Familien. Das hier ist unser Zuhause, weißt du? Klar, es gibt ein paar schwarze Schafe, die gibt's überall. Klar, es gibt Probleme, und vielleicht werden wir übersehen, weil wir nicht zu irgendeiner besonders wichtigen Interessengruppe gehören, oder was auch immer. Aber das hier ist unser Zuhause, und wir kämpfen dafür, um es zu schützen. Und wir lassen nicht zu, dass Leute wie ihr oder euer Mann, wohin er auch jetzt verschwunden sein mag, uns mit eurem Hass runterzieht.«

Nach dem Nicken und dem leisen Jubel zu urteilen, hatte Tom den größten Teil der Menge auf seiner Seite. Rebecca fragte sich, wer er war. Er sprach gut, und er schien den Respekt der Leute zu haben. Seine nächsten Worte beantworteten ihre Frage.

»Ich war mein Leben lang Gewerkschaftler, das wisst ihr alle.« Er sprach nun mehr zur Menge, als hätte er Andy vergessen, der wie ein bockiger Schuljunge hinter ihm stand, den der Rektor abgekanzelt hat. »Ihr alle wisst, dass ich unten im Süden war, in den Bergwerken gearbeitet habe. Nach meiner Rückkehr hierher war ich viele Jahre lang Abgeordneter im Bezirksrat.«

»Aye, und ein verdammt guter, Tom!«, schrie jemand. »Wir brauchen dich wieder!«

»Scheißkommunist, das war er«, murmelte ein Mann hinter Rebecca.

Tom wischte diesen Vorschlag zur Seite. »Ich habe meinen Teil getan. Ich bin jetzt in Rente, und heute ist alles anders. Aber mein alter Großvater, Gott hab ihn selig, der war in der Internationalen Brigade, hat im Spanischen Bürgerkrieg sein Gewehr geschultert und sich 1939 freiwillig zum Einsatz in Frankreich gemeldet. Er war einer der ersten aus Inverness, der sich verpflichtet hat. Aber wisst ihr, was der immer gesagt hat, was das Schlimmste ist, was die größte Bedrohung für die Arbeiter ist? Nicht die Bosse. Nicht die Politiker oder die Polizei oder die Anderen, die auf eine Karriere aus sind. Er hat immer gesagt, die schlimmste Bedrohung für die Arbeiter seien ihre eigenen Vorurteile. Er hat gesagt, dass Männer wie Franco und Hitler und Mussolini die Ängste und Vorurteile ganz gewöhnlicher Leute aufgefressen und sie dann wie Galle wieder ausgekotzt haben. Das waren seine Worte: wie Galle wieder ausgekotzt.«

Er legte eine Pause ein und ließ das wirken. Er ging um Andy herum, der ihn nun nicht mehr anschaute. Er hatte die Situation im Griff.

»Ich bin heute Abend hierhergekommen, um meine Nachbarn zu unterstützen. Ich will diesen Lancaster auch nicht in Ferry haben. Ich will nicht, dass meine Enkelkinder von einem kleinen Scheißkerl wie dem in Gefahr gebracht werden. Ich will nicht, dass meine Tochter sich Sorgen machen muss, wenn ihre Kinder auf der Straße sind, weil der Kerl hier in der Gegend wohnt. Aber dann habe ich mir diesen Dalgliesh angehört.« Er fuhr erneut zu Andy herum. »Deinen Kumpel. Und als ich ihm zugehört habe, hörte ich die Stimme meines alten Großvaters, wie er über Hass und Vorurteile und Galle redete. Ich habe Lügen gehört und Halbwahrheiten und – wie nennen sie das heute? – Verdrehungen. Aye, protestiert. Demonstriert. Nehmt eure demokratischen Rechte wahr. Aber lasst euch von Leuten wie denen« – er deutete mit dem Daumen über die Schulter – »nicht eure Rechte und eure Gefühle kapern. Sagt diesem Typen Dalgliesh und seinen Handlangern, dass sie ihren Ar...« Er zögerte kurz, schluckte das Schimpfwort herunter, ehe seine Leidenschaft mit ihm durchging. »Dass sie hier einfach abhauen sollen. Uns in Ruhe lassen sollen. Wir können uns um unsere eigenen Probleme kümmern. Denn wir sind Ferry!«

Das brachte ihm lauten Applaus ein, und Rebecca begriff, dass das, was sie vorhin auf vielen Gesichtern gesehen hatte, keine Wut war, weil die Leute mit Dalglieshs Rede einverstanden waren, sondern das genaue Gegenteil. Sie hatte sich in diesen Leuten vollkommen geirrt. Und Tom – wer immer er auch war – fungierte nun als ihr Sprecher. Sie nahm sich vor, ihn zu interviewen, falls er zustimmte. Sie überlegte, wie Mo Burke wohl darauf reagieren würde.

Das alles wurde zu viel für Andy. Er war hierhergekommen, um Ärger zu machen, das war seine Funktion. Er blitzte die Leute ringsum wütend an, sein Kiefer war beinahe krampfartig angespannt. Seine Augen schossen aus schmalen Schlitzen wütende Pfeile. Man hatte ihn gedemütigt, und er war wütend. Und er tat, was alle isolierten und wütenden Menschen tun. Er ging zum Angriff über.

Er wartete, bis Tom sich wieder zu ihm hingedreht hatte, und dann hieb er zu. Es war ein mächtiger Schlag, und die Wucht seiner Wut war aus dem Bauch über die Schulter in die Faust geströmt. Er sollte mit der Kraft einer Ramme auf Toms Körper prallen.

Doch Tom bewegte sich rascher, als seine Jahre hätten vermuten lassen. Vielleicht hatte er so etwas erwartet, es sogar eingeplant. Er wich zurück, sodass die Faust wenige Millimeter neben seinem Gesicht einen harmlosen Bogen beschrieb.

Sein eigener Schlag war wohlbemessen und schnell, und er traf ins Schwarze. Es war der Fausthieb eines Mannes, der so etwas schon öfter gemacht hatte. Andy wankte rückwärts, ging aber nicht zu Boden. Er hatte anscheinend in der Vergangenheit schon Schläge eingesteckt und konnte die meisten abschütteln. Er krümmte sich zusammen, und seine Augen blitzten, als die Menge wütend aufbrüllte.

Er hätte sich eines Besseren belehren lassen sollen. Er hätte die Stimmung ringsum spüren sollen, hätte versuchen sollen, hier wegzukommen, aber wieder einmal tat er das nicht. Er machte alles nur noch schlimmer. Er griff in seine rückwärtige Hosentasche und zog einen Totschläger heraus. Rebecca hatte noch nie eine solche Waffe gesehen. Diese hier wirkte allerdings selbst gebastelt, schien ein mit Münzen oder Schrauben und Muttern gefüllter Lederbeutel zu sein. Der Mann ging auf Tom los, schwang die Waffe im hohen Bogen nach oben und zielte auf Toms Gesicht. Der war vielleicht älter, aber sehr leichtfüßig. Er trat zur Seite und packte Andys Arm, riss ihm den hinter den Rücken, hieb dann mit der Faust auf dessen Niere ein. Andy verzog das Gesicht, verlor aber nicht das Gleichgewicht. Er riss den Kopf nach hinten, rammte seinen Schädel krachend auf Toms Nase und brachte ihn damit ins Wanken.

Das war für seine Freunde das Zeichen zum Angriff. Der zweite Mann schüttelte die Hand ab, die ihm ein Mann auf die Schulter gelegt hatte, und stieß diesem mit aller Wucht den Ellbogen in den Magen. Die Frau vollführte eine rasche Kreisbewegung und hieb dem hinter ihr stehenden Mann die Faust ans Kinn.

Und dann brach die Hölle los.

36

Man hatte Walter Lancaster gesagt, er solle in seinem Zimmer im Hostel bleiben, doch nach all der Zeit im Gefängnis konnte er es nicht mehr ertragen, in vier Wände eingesperrt zu sein. Er musste raus. Er musste an der frischen Luft spazieren gehen. Er musste draußen sein, wo der Himmel weit und frei über ihm war, selbst wenn es kalt und nass und dunkel war. Also zog er sich den Mantel über, einen alten Parka, den er in einem Secondhandladen gekauft hatte, und machte sich auf den Weg. Er hoffte, dass er sich all die Wut und Enttäuschung vom Leib laufen konnte, die ihn in seiner Schuhschachtel von einem Zimmer dazu gebracht hatte, unruhig auf und ab zu gehen.

Die Fernsehreporterin hatte auf der Lauer gelegen, die verdammte Kuh. Er hatte sie anschreien wollen, sie solle ihn in Ruhe lassen. Er hatte den alten, bärtigen Typ hinter der Kamera anbrüllen wollen, er solle ihm das Ding nicht vors Gesicht halten. Er konnte nicht mal über die Straße gehen, ohne dass sie ihn anglotzten, anrempelten, drängten. Konnten die nicht sehen, dass er einfach nur seine Ruhe haben wollte? Die sollten ihn nur in Frieden lassen.

Er hätte dieses neue Leben in einer eigenen Wohnung beginnen sollen, doch stattdessen hockte er hier in diesem dämlichen Zimmer in diesem dämlichen Hostel fest, wo ihn die Junkies, die Nutten und die Obdachlosen anglotzten. Er sollte nicht obdachlos sein. Er hatte eine Wohnung in Aberdeen gehabt, hatte sie selbst tapeziert, alles schön und ordentlich. Tadellos war sie gewesen. Aber die hatten sie ihm weggenommen, an jemand anderen vermietet, während er weg war. Die haben sie bestimmt nicht so einwandfrei in Schuss gehalten wie er, das wusste er. Er hätte auch diese Wohnung in Ferry genommen und hergerichtet. Er hatte geschickte Hände, immer schon. Er konnte recht gut mit Holz arbeiten, ein bisschen klempnern, sogar ein paar Elektroarbeiten verrichten. Er hätte aus dieser Wohnung ein Zuhause gemacht. Das Zimmer in diesem Hostel war ja recht sauber, aber es war kein Zuhause. Er wollte nur ein Zuhause, selbst wenn es in Ferry war.

Aber das hatten sie ihm genommen. All diese Schweinehunde. Diese Demonstranten. Die Presse. Die Sozialarbeiter. Zu Ihrer eigenen Sicherheit, hatten die gesagt. Aye, ganz bestimmt. Denen war seine Sicherheit doch scheißegal, die dachten nur an sich, an ihre Jobs. Also hockte er hier in diesem dämlichen kleinen Zimmer fest, bis sie was anderes für ihn gefunden hatten. Vielleicht nicht in Inverness, sagten sie, und das kotzte ihn an. Er hatte nach Hause kommen wollen. Aber jetzt schien das zweifelhaft, und das hatte er all den Schweinehunden zu verdanken.

Begriffen die nicht, dass er für niemanden eine Gefahr war? Kapierten die das nicht? Er war für niemanden eine Bedrohung. Er wollte einfach nur mit seinem Leben weitermachen. Einfach leben und leben lassen. Er hatte seine Zeit abgesessen. Er hatte seine Strafe bekommen. Die Gesellschaft hatte gekriegt, was sie wollte.

Und wofür?

Weil er gepisst hatte. Mehr nicht. Nur gepisst. Denen hatte wohl jemand ins Hirn gepisst, ehrlich, wenn die sagten, er wäre ein Sexualstraftäter. Er hatte noch nie in seinem Leben ein Kind angerührt, nicht so. Ja, er hatte Bilder und Videos auf seinem Computer. Wem tat das weh, wenn man einfach nur zuschaute? Aber die hatten ihn in die Rubrik Sexualstraftäter gesteckt und weggesperrt. Er hatte sein Zuhause und seine Arbeit verloren. Nur weil er in der Nähe eines Spielplatzes gepisst hatte, den er nicht mal sehen konnte, und weil er sich dieses Zeug in seinem eigenen Heim angesehen hatte. Und jetzt lebte er hier in diesem dämlichen kleinen Zimmer in einem dämlichen kleinen Hostel in einer Stadt, die er einmal für seine Heimat gehalten hatte, die ihn jetzt aber nicht mehr wollte. Und diese miese Tussi im Fernsehen hatte sein Gesicht wieder auf alle Mattscheiben gebracht, woraufhin ihm die Sozialarbeiter und die Polizei gesagt hatten, dass er nicht nach draußen gehen solle. Wussten die nicht, dass er in diesem Hostel wahnsinnig wurde? Nach Monaten und Jahren im Knast musste er endlich kommen und gehen dürfen, wie es ihm passte. Sie hatten ihm die Freiheit wiedergegeben, da sollten sie ihn auch frei sein lassen.

Er wanderte ziellos durch die Altstadt, bog in die Church Street ein, ging an dürren Bäumen vorbei, die aus erhöhten Steinplatten hervorragten, die wie Felsvorsprünge aus dem Boden gebrochen zu sein schienen. Sie sollten für Durchhaltevermögen, Einsicht und Offenheit stehen. Aye, ganz bestimmt. Inverness zeigte sich nicht gerade als sehr offen. Und bewies auch nicht viel Einsicht, was seine Bedürfnisse betraf. Dafür gab sich die Stadt beharrlich Mühe, ihn weiter in der Hölle schmoren zu lassen.

Im Vorbeigehen warf er der Skulptur unter der Kapuze seines Parkas hervor einen verächtlichen Blick zu. Es regnete nicht, doch er konnte unter der Kapuze sein Gesicht gut verbergen. Er wollte nicht noch mehr Ärger, nicht heute Abend. Er wollte nicht, dass ihn jemand erkannte und ihm Schwierigkeiten machte. Davon hatte er in seinem Leben schon genug gehabt, schönen Dank auch.

Doch niemand schenkte ihm einen zweiten Blick, das war schon mal was. Junge Leute, alte Leute, alle auf dem Weg nach Hause oder zu irgendeinem Vergnügen. Auf der Suche nach einem Ort, wo sie etwas essen konnten. Auf der Suche nach einer Beschäftigung.

Die Platten des Fußwegs waren noch regenglatt, und alles roch frisch und sauber. Es würde ihm nichts ausmachen, wenn es wieder anfangen würde zu regnen, er ging gern in einem Schauer spazieren. Er mochte es, wie sich die kühlen, klaren Tropfen auf seinem Gesicht anfühlten. Außerdem vertrieb der Regen die meisten anderen von der Straße, und das gefiel ihm auch. Er kam sich dann vor wie der einzige Mensch auf Erden und konnte glauben, dass die Welt ihm und nur ihm gehörte. Von anderen Menschen umgeben fühlte er sich unbehaglich, besonders jetzt. Er war nur glücklich, wenn er allein war. Menschen machten ihm Angst, schon immer. Seine Zeit im Gefängnis hatte ihn völlig verängstigt, obwohl er die zumeist allein verbracht hatte. Das Gericht hatte ihn verängstigt. Das Hostel verängstigte ihn. Es fiel ihm schwer, mit anderen klarzukommen. Er konnte nicht mit anderen Männern reden, noch viel weniger mit Frauen, hatte nie im Leben eine sexuelle Beziehung gehabt. Das erzählte er den Leuten allerdings nicht. Er war zweiundvierzig und hatte noch nie eine Frau berührt. Oder einen Mann. So war er nicht veranlagt. Deswegen schaute er sich diese Dinge auf dem Computer an, diese Kinder. Er würde niemals im wirklichen Leben eines berühren, aber auf dem Bildschirm war das anders. Da fühlte er sich sicher. Bilder von Kindern ängstigten ihn nicht, aber er würde niemals, niemals ein Kind im wirklichen Leben berühren. Deswegen war er keine Gefahr. Warum begriffen die das nicht und ließen ihn in Ruhe, Herrgott noch mal?

Eine Gestalt streifte an ihm vorüber, rumpelte ihm dabei gegen die Schulter. Er war seinen Gedanken nachgegangen, hatte die Schritte hinter sich nicht gehört. Die Person, die sich weder entschuldigte noch umschaute, trug lange, lose Regenkleidung, eher wie ein Poncho eigentlich, und hatte die Kapuze übergestreift und wasserfeste Leggings an den Beinen. Tarnkleidung. Trotz seiner Wut und Enttäuschung merkte Lancaster, wie ein Lächeln über sein Gesicht zuckte, als er der Person nachschaute, die mit großen Schritten weiterging. Tarnklamotten. Mitten in Inverness. Angst, dass die Möwen dich sehen, Kumpel? Lancaster gestattete sich ein kleines Lachen und fühlte sich besser.

Er rieb sich die Schulter, wo ein dumpfer Schmerz geblieben war.

Der Typ musste ihn fester getroffen haben, als er zuerst dachte. Er schaute der voranschreitenden Gestalt wütend hinterher.

Er ging weiter, fort vom regen Treiben der Altstadt, obwohl es heute Abend nicht sonderlich rege war. Auf diesem Straßenabschnitt waren nicht mehr viele Leute auf den Fußwegen unterwegs, nicht jetzt, da die Geschäfte geschlossen hatten und die meisten Pubs hinter ihm lagen. Nicht einmal in dem Pfannkuchenhaus auf der anderen Straßenseite war viel los. Niemand kam und niemand ging, niemand rauchte in dem verzierten Torbogen eine Zigarette. Er schaute noch einmal vor sich. Der Typ in der Tarnkleidung war verschwunden.

Als Lancaster an der Church Lane vorbeikam, begann er, sich merkwürdig zu fühlen. Alles verschwamm ihm vor den Augen. Die Kanten der grünen Schilder des Antiquariats vor ihm und dahinter die triste graue Architektur des British-Telecom-Gebäudes wurden unscharf, als hätte jemand Vaseline darüber geschmiert. Er blinzelte, um wieder klare Sicht zu bekommen, blieb stehen, schluckte schwer, rieb sich die Augen, doch seine Arme waren dazu beinahe schon zu schwer.

Am Eingang zur Gasse stand eine kleine Steinbank, und er schaffte es gerade noch, sie zu erreichen, ehe die Beine unter ihm nachgaben. Er fühlte sich gar nicht gut. Er überlegte, ob er vielleicht was Falsches gegessen hatte oder ob ihn einfach der Stress der vergangenen paar Tage eingeholt hatte. Teufel noch mal, der Stress der vergangenen paar Jahre. Das Herz pochte ihm in der Brust, und Panik überkam ihn. Hatte er gerade eine Herzattacke?

Er sackte auf der Steinbank zusammen, das Kinn fiel ihm auf die Brust, und er übergab sich. Alles geschah so plötzlich, dass er sich nicht einmal richtig vorbeugen konnte. Das Erbrochene schoss ihm aus dem Mund und spritzte quer über die Brust. Das war ihm egal. Hier stimmte was nicht, hier stimmte was gar nicht. Er versuchte, den Kopf zu heben, vielleicht auch nur zu bewegen, in der Hoffnung, dass vielleicht jemand vorbeikam, aber er schaffte nicht einmal mehr das. Er konnte sich inzwischen überhaupt nicht mehr bewegen. Die Arme hingen ihm nutzlos an der Seite, die Handflächen nach oben, die Knöchel ruhten auf der feuchten Bank. Nicht dass er noch feststellen konnte, dass sie feucht war, er spürte überhaupt nichts mehr, außer seinem Herzen, das weiter das Blut durch seine Ohren rauschen ließ. Er öffnete den Mund, um zu schreien, um vielleicht jemandes Aufmerksamkeit zu erregen, vielleicht jemanden zu erreichen, der über den Geschäften wohnte, doch es kam nichts als ein heiseres Krächzen und noch mehr Erbrochenes heraus.

Und dann trat jemand in sein Gesichtsfeld. Gummistiefel, wasserfeste Leggings, der Saum eines Regenponchos. Die Person, die ihn vorhin so ungehobelt angerempelt hatte. Doch Lancaster freute sich, sie zu sehen. Er versuchte zu sprechen, zu erklären, dass es ihm nicht gut ging, doch er konnte nicht. Sicherlich würde der Typ doch das Erbrochene sehen und zwei und zwei zusammenzählen, oder nicht? Er spürte, wie zwei Hände ihn unter den Achselhöhlen packten und ihn auf die Beine zerrten. Gut, es brachte ihn jemand an einen Ort, wo man ihm helfen würde. Alles würde gut werden. Er würde behandelt werden, und alles würde gut werden.

Es würde doch noch alles in Ordnung kommen.

Aber als er aufblickte und sich zu bedanken versuchte, verflog seine Dankbarkeit. Er wollte schreien, aber sein Hals war so gelähmt wie seine Gliedmaßen. Er brachte nur ein ersticktes, aber angstvolles Stöhnen hervor.

Die Person, die ihm half, hatte kein Gesicht.

37

Flüche.

Fäuste.

Körper, die rings um sie wogten.

Das registrierte Rebecca nach dem ersten Hieb. Sie wusste nicht, wie viele Spioraid-Leute sich in die Menschenmenge geschmuggelt hatten; so viele konnten es nicht gewesen sein, aber vielleicht waren auch alte Feindschaften wieder aufgelebt. Tom hatte gewiss seine Unterstützer, aber nicht alle waren einer Meinung mit ihm gewesen. Das hatte sie aus den gemurmelten Kommentaren herausgehört und von den Gesichtern abgelesen. Manche Leute hatten sich Dalglieshs Version zu eigen gemacht und nutzten nun die Gelegenheit, ihre Ansichten mit Hand und Fuß zum Ausdruck zu bringen.

Es wurde schlimmer, als die jungen Leute sich ins Gewühl stürzten. Rebecca hatte nicht beobachten können, wo sie hergekommen waren, hörte nur ihre Schreie und sah, wie ein wilder Haufen die Straße entlanggerannt kam. Manche hatten Stöcke, andere schwenkten selbst gebastelte Waffen. Rebecca ging davon aus, dass die Jugendlichen irgendwo in der Gegend gelauert und darauf gewartet – gehofft – hatten, dass der Ärger losgehen würde. Sie prallten wie eine Welle auf die Menschenmenge. Stöcke wurden erhoben und gesenkt, hieben auf alles ein.

Zersplitterndes Glas.

Kreischen.

Schreie.

Rebecca und Chaz wurden einen Augenblick lang zusammengeworfen, dann wurde sie fortgerissen, als die Körper in Wellen hin und her wogten, weil Leute sich entweder hineinstürzen wollten oder zu fliehen versuchten. Chaz verschwand in den Menschenmassen, und sie rief seinen Namen, drängte Leute aus dem Weg, um freie Bahn zu haben, ehe sie jemand mit solcher Wucht von hinten in den Rücken hieb, dass es ihr den Atem verschlug und sie nach vorn wankte. Es gelang ihr, die Hände auszustrecken, um ihren Fall abzufangen, doch trotzdem traf sie hart auf der Straße auf, und die Schockwelle des Aufpralls lief ihr durch die Arme bis in die Schultern. Jetzt hockte sie auf allen vieren im Zentrum eines wahren Sturms der Wut und der Panik. Ihr war klar, dass das keine gute Position war.

Sie holte bebend Luft, weil ihre Lungen sich noch nicht ganz von der Wucht des Schlags erholt hatten. Sie versuchte, die Füße unter den Körper zu ziehen, doch wieder stieß sie jemand, und diesmal landete sie seitlich auf der harten Straße. Das war schlimmer, viel schlimmer. Sie spürte etwas im Rücken und stellte mit Grauen und Panik fest, dass jemand sie trat, tatsächlich trat. Sie versuchte, sich fortzurollen, doch alle kämpften hier um eine gute Ausgangsposition oder waren auf der Flucht, und ein Wald von Beinen, der sich in jeder Richtung um Rebecca erstreckte, verhinderte, dass sie sehr viel weiter kam.

Es gelang ihr, dem zu entkommen, der sie mit Stiefel traktiert hatte, und sie hörte, wie jemand ihren Namen rief. Chaz, dachte sie und rief zurück, doch ihre Stimme wurde vom allgemeinen Gebrüll der Wut und Angst übertönt. Scheiße, dachte sie, als sie versuchte, wieder zu Puste zu kommen, hier könnte sie totgetrampelt werden.

Da sah sie etwas Weißes über den Himmel schweben, in einer lässigen Bewegung, die so gar nicht zu dem hektischen Treiben hier unten passte. Einen Augenblick lang war es, als erstarrte alles, als hielte jede Bewegung inne, als verstummte jeder Laut, als wäre sie im Auge eines Orkans. Der Flug der Möwe schien so entspannt, so friedlich, als wäre der Vogel in einer völlig anderen Welt. Die Möwe flatterte aus Rebeccas Blickfeld, und dann brach das Tosen rings um sie wieder in voller Lautstärke los, und sie wusste, dass sie hier wegmusste.

Als das Drücken und Schieben ringsum kurz ein wenig abebbte, hatte sie Platz, um sich aufzurichten. Todesangst schlich sich in die Stimmen. Wut brach in Worte aus. Hass manifestierte sich in Taten. Rufe forderten alle zum Aufhören auf, doch niemand beachtete sie. Rebecca sah dunkle Uniformen zwischen den Zivilisten, wo die Polizei sich ins Gewühl stürzte und die Kämpfenden trennte. Gelegentlich wurde ein Schlagstock gezückt. Sie suchte in der wogenden Masse kämpfender Menschen nach Chaz, sah ihn kurz, verlor ihn dann wieder aus den Augen, als man ihn erneut zur Seite riss.

Ein Mann trat vor sie, legte ihr die Hände auf die Schulter. Sein Gesicht war voller Wut und Hass. Er fluchte, nannte sie eine Medienkuh, hätte vielleicht noch mehr gesagt, doch sie war nicht in Stimmung und rammte ihm das Knie heftig zwischen die Beine. Seine Hände glitten ab, und er krümmte sich zusammen. Vielleicht gab er noch weitere Nettigkeiten zum Besten, aber sie konnte sowieso nichts hören. Okay, das hätte sie vielleicht nicht tun sollen, aber man hatte sie beleidigt, geschubst, getreten und beinahe niedergetrampelt. Sie wollte kein Opfer sein, heute Abend nicht.

Sie spürte, wie ein anderes Paar Hände sie packte, und wirbelte herum, um den vermuteten nächsten Angriff abzuwehren. Doch es war Nolan. Er ließ sie los und hob die Hände in einer beschwichtigenden Geste. »Ich bin's«, rief er. »Immer mit der Ruhe, Rambo!«

Sie war noch nie im Leben so froh gewesen, jemanden zu sehen. Nicht dass sie ihm das je sagen würde. Der Mann, den sie niedergestreckt hatte, versuchte, wieder auf die Beine zu kommen, doch nach einem einzigen Blick von Nolan zog er ab, immer noch leicht vornübergekrümmt.

Nolan zog sie eng an sich und begann, sich einen Weg aus dem Getümmel heraus zu bahnen. Rebeccas Rücken schmerzte, und sie war immer noch leicht außer Atem, schaffte es aber, ein Wort zu keuchen: »Chaz.«

Nolan blickte nach unten und drehte ihre linke Hand um. Die Haut war vom Aufprall aufgeschürft, Blut sickerte heraus. »Alles in Ordnung?«, fragte er. Er schien ehrlich besorgt zu sein.

Sie zog die Hand weg. »Chaz«, wiederholte sie, immer noch nicht in der Lage, mehr als dieses Wort zu sagen.

Er kniff den Mund zusammen. »Erst müssen wir hier raus, dann suche ich ihn.«

»Jetzt«, sagte sie. Ohne Chaz würde sie nicht gehen. Nolan seufzte, drängte jemand aus dem Weg und reckte sich, um über die Köpfe der Leute hinwegsehen zu können. Rebecca tat es ihm nach, was den dumpfen Schmerz im Rücken noch verstärkte. Aber sie konnte nicht viel sehen.

»Er ist draußen«, sagte Nolan und zog sie wieder weiter. Sie wusste nicht, ob sie ihm glauben sollte, also versuchte sie, nicht von der Stelle zu weichen, wurde aber erneut von hinten angerempelt. Nolan drängte die Person mit einer Hand fort und schaute sie an. »Er ist in Sicherheit, ehrlich. Und jetzt los ...«

Ohne ihre Antwort abzuwarten, packte er sie bei der Hand und zerrte sie ein paar Meter weiter weg zu einer Gruppe von Leuten, die nur dastanden und sich das Drama anschauten, das vor ihnen ablief. Manche hatten die Handys erhoben und filmten das Gewühl für die Nachwelt und die Möglichkeit, sich damit bei den verhassten Medien ein paar Pfund zu verdienen. Rebecca sah, wie Polizeibeamte Leute wegschleppten. Hinter ihr ging der Prügelei allmählich die Luft aus. Sie hatte nur wenige Minuten gedauert.

»Wo steht Ihr Auto?«, fragte Nolan, und sie deutete mit dem Kopf die Straße hinunter.

Und dann war er fort, machte einen Bogen um das Zentrum der

Prügelei oder dessen, was davon noch übrig war, um Chaz zu suchen. Rebecca wartete noch einen Augenblick, weil ihre Lungen protestierten, ihre Hände brannten und ihre malträtierten Muskeln ächzten, überlegte dann aber, worauf sie noch wartete. Sie wollte sich gerade abwenden, als sie ein inzwischen vertrautes Gesicht ausmachte. Der Mann beendete gerade ein Gespräch mit der Polizei.

»Mister …« Sie unterbrach sich, als ihr klar wurde, dass sie seinen Nachnamen nicht kannte. »Tom!«

Er schaute in ihre Richtung, sah die Blutspuren auf ihren Händen. »Sie sind verletzt, Hen.«

Sie blickte auf das Blut. Es war halb so schlimm. Ein bisschen antiseptische Creme und ein paar Pflaster würden das wieder in Ordnung bringen. Sie hatte sich beim Rasieren ihrer Beine schon schlimmer zugerichtet. »Alles in Ordnung«, sagte sie. »Bin nur hingeflogen. Ich heiße Rebecca Connolly. Ich arbeite beim *Chronicle*.«

»Tut mir leid, das zu hören«, erwiderte er mit einem Lächeln.

»Ich würde gern mit Ihnen reden, wenn Sie Zeit haben.«

Er sah auf die Menge zurück, wo die Polizei endlich wieder so etwas wie Ruhe und Ordnung hergestellt hatte. »Heute Abend nicht, Schätzchen.«

Sie griff in die Manteltasche und zog eine Visitenkarte heraus. Sie war zerknittert und ramponiert, weil sie schon eine ganze Weile dort gesteckt hatte. Sie hatte sie selbst drucken lassen, weil das Unternehmen beschlossen hatte, dass Reporter so etwas nicht brauchten. »Bitte nehmen Sie die mit. Ich würde wirklich sehr gern mit Ihnen über all das reden. Das ist meine private Handynummer. Rufen Sie mich an, wenn Sie es sich noch anders überlegen.«

Er nahm die Visitenkarte, schenkte ihr aber kaum Beachtung, ehe er sie in die Tasche seiner Jeans steckte. Dann deutete er mit dem Kopf hinter sie. »Ihr Freund ist da, und er hat Ihren Knipser dabei.«

Sie wandte den Kopf und sah Nolan und Chaz auf sich zukommen. Nolan hielt Chaz am Arm fest, als wäre er verhaftet. Sie vermutete, dass er nicht bereitwillig mitgekommen war. »Das ist nicht mein Freund, das ist …«, hob sie an, doch als sie sich wieder umschaute, war Tom verschwunden.

»Los, wir gehen«, sagte Nolan. »Es sei denn, Sie wollen, dass die Gesetzeshüter Sie hopsnehmen.«

Sie führte die beiden die Straße entlang zum Auto. Nolan hatte Chaz immer noch am Arm gepackt, und aus den letzten kleinen Überresten der Schlägerei folgte ihnen noch ab und zu ein Stöhnen oder ein Fluch. Chaz versuchte zu protestieren, doch Nolan erklärte ihm, er habe für heute Abend genug geknipst. Als Rebecca sich dem anschloss, gab Chaz schließlich auf und kam ruhig mit, wenn auch nur zögerlich. Er warf immer wieder einen Blick zurück, um mögliche Fotomotive auszuspähen.

Sobald sie am Steuer saß und Chaz sicher auf dem Beifahrersitz Platz genommen hatte, ließ Rebecca das Fahrerfenster herunter. »Danke, Mr Burke«, sagte sie.

»Was muss ich denn noch tun, damit Sie mich Nolan nennen?« Als sie nicht antwortete, beugte er sich mit ernster Miene näher, als erwartete er einen Kuss. Sie wollte gerade etwas sagen, als er leise sprach: »Hören Sie, der Typ, den man in Culloden gefunden hat?«

»Ja?«

Er legte eine Pause ein, schaute sich um, kam sogar noch näher. Sie wich ein wenig zurück, doch er kommentierte das nicht. »Ich hab einen Namen für Sie. Jake Goodman.«

»Sie kennen ihn?«

Sein Kopf bewegte sich ein wenig hin und her. »So ähnlich. Ich habe ihn manchmal mit Scotty rumhängen sehen.«

»Er ist ein Freund Ihres Bruders?«

Er zuckte mit den Schultern. »Was man bei Scotty so Freund nennt.«

»Ist er von hier?«

»Nein, ist vor ein paar Jahren aus Edinburgh hergekommen. Er arbeitet – arbeitete – als Handlanger oder so. Als Letztes habe ich mitbekommen, dass er das eine oder andere für diese Filmgesellschaft im Glen Nevis drüben macht. Aber jetzt kommt's. Dieser Typ, dieser Goodman? Er war Mitglied von Spioraid, jedenfalls soweit ich weiß. Ich habe ihn und Scotty eines Abends mal drüber reden hören. Sie haben Spioraid und Dalgliesh erwähnt. Und ich hab gehört, wie dieser Typ was über New Dawn gesagt hat.«

Er legte eine Pause ein, um das wirken zu lassen. Rebeccas Gedanken schossen in viele verschiedene Richtungen gleichzeitig. Der Tote war Scott Burke bekannt. Scott hatte Verbindungen zu Finbar Dalgliesh. Dieser Jake Goodman vielleicht auch? Sie wusste bereits, dass er auf dem Filmset arbeitete, doch er hätte ja auch ein Mitglied der Gruppe sein können, die nicht nur gegen den Inhalt des Films protestiert hatte, sondern auch für eine Reihe von Diebstählen und für Vandalismus am Set verantwortlich war. Und er hatte von New Dawn gesprochen. Sie musste unbedingt mit Finbar Dalgliesh und diesem Sicherheitschef reden, und zwar ziemlich bald. Das mit Dalgliesh sollte relativ einfach sein, aber sie hatte bereits versucht, Donahue telefonisch zu erreichen, und der hatte jeden Anruf abgeblockt. Sie würde dort hinfahren müssen. Dieser Gedanke erfüllte sie nicht gerade mit Freude – nicht wegen der Fahrt, sondern wegen des unvermeidlichen Ärgers mit Les Morgan. Sie könnte natürlich anrufen und sich krank melden, das hatte sie schon früher mal gemacht, aber …

Sie merkte, dass ihre Gedanken abgeschweift waren, und schaute zu Nolan Burke zurück, der immer noch im Fenster lehnte. »Das ist alles natürlich streng vertraulich«, sagte er.

»Natürlich«, erwiderte sie, »Mr Burke.«

»Nolan.«

»Mr Burke, warum sagen Sie mir das alles?«

Er warf ihr einen Blick zu, der ihr mitteilte, das solle sie mal schön selbst rausfinden, und wandte sich ab. Sie wusste, dass sie von ihm keine weiteren Informationen mehr zu erwarten hatte, und drehte den Zündschlüssel im Schloss.

Als sie wegfuhr, sah sie, dass Mo Burke sie vom Gehsteig auf der anderen Straßenseite aus beobachtet hatte.

38

Rebecca lehnte sich an den Fahrkartenautomaten vor dem Bahnhof und hatte die Augen auf das Hotel gerichtet, in dem Dalgliesh abstieg, wenn er in Inverness war. Sie hätte in der bequemen Lobby auf ihn warten können, umgeben von Polstermöbeln und dunklen, polierten Tischen. Aber sie mochte dieses Hotel und wollte die Atmosphäre nicht mit etwas vergiften, was sich sehr wohl als eine unangenehme Unterredung herausstellen könnte. Sie hatte vor, dem Anführer von Spioraid aufzulauern, ihm schwer zuzusetzen, und sie wusste nicht, wie er darauf reagieren würde. Manchmal war er ein Musterbeispiel an Charme und Leutseligkeit, scharf darauf, sein Bild und seinen Namen auf die Titelseite zu bekommen, doch bei anderen Gelegenheiten konnte er sehr viel weniger zuvorkommend sein.

Einige Taxifahrer plauderten an ihrem Stand mitten auf dem Platz, auf der anderen Straßenseite waren Autos geparkt. Sie hätte lieber in ihrem Wagen gewartet, hatte aber nicht das Glück gehabt, um diese Uhrzeit eine Parklücke zu finden. Hotelgäste mussten sich sputen, um einen der wenigen für sie reservierten Plätze dort zu ergattern, sonst mussten sie auf den öffentlichen Parkplätzen Gebühren zahlen.

Es war wieder mal ein grauer Inverness-Morgen. Pendler und Reisende gingen durch die Glastüren des Bahnhofs ein und aus. Stimmen. Sprachen. Lautsprecheransagen auf den Bahnsteigen. Gelächter von einem der Taxifahrer. Das Geräusch von Kofferrädern, die über den Asphalt rasselten. Das Leben tat, was es immer tut, es ging weiter.

Und hier war sie und wollte über einen Toten reden.

Sie verlagerte ihr Gewicht und krümmte den Rücken ein wenig in dem Versuch, ihre steifen Schultern zu lockern. Der Schock, der ihr davon geblieben war, dass man sie gestern zu Boden geworfen und getreten hatte, hallte noch immer in ihrem Körper wider. Ihre Hände verheilten bereits – es waren kaum mehr als Abschürfungen gewesen –, aber vorhin hatte sie sich vor ihren langen Spiegel im Schlafzimmer gestellt, um sich ihren Rücken anzuschauen, und überall dort blaue Flecke gesehen, wo man sie geschubst und getreten hatte. Verdammt, dachte sie, da hatte es jemand wirklich ernst gemeint. Sie fragte sich, wer dafür verantwortlich gewesen war. War es eine zufällige Sache, oder hatte sie jemand erkannt, hatte jemand etwas gegen ihre Zeitung? Vielleicht ein Spioraid-Mitglied?

Sie hatte noch nicht herausgefunden, wie viele Personen gestern verhaftet worden waren, doch ein frühmorgendlicher Anruf bei der Pressestelle in Inshes hatte ergeben, dass Autos und Fenster beschädigt und neun Personen in der Notaufnahme des Raigmore Hospital wegen Quetschungen und Fleischwunden behandelt worden waren. Andere hatten ärztliche Hilfe abgelehnt. Dafür galt man in Ferry als besonders hart im Nehmen.

Sie überlegte schon, ob ihr morgendlicher Ausflug sich als nutzlos herausstellen würde, als Dalgliesh durch die Hoteltür trat, flankiert von seinen beiden Aufpassern, von denen jeder zwei Koffer trug. Dalgliesh trug lediglich seine hochnäsige Miene. Er erkannte sie sofort, denn er war kein Mann, dem irgendetwas entging. Man musste ihm zugutehalten, dass er sofort auf sie zukam und mit Leichtigkeit sein Politikergrinsen aufsetzte. Heute war anscheinend einer seiner charmanten Tage.

»Miss Connolly«, sagte er. Sie war ihm nie vorgestellt worden, aber er hatte es sich offensichtlich zur Aufgabe gemacht, ihren Namen herauszufinden. »Es freut mich, zu sehen, dass Sie unverletzt sind.«

Sie dachte an ihre Prellungen, doch davon wollte sie ihm lieber nicht erzählen. »Haben Sie etwas zu gestern Abend zu sagen, Mr Dalgliesh?«

An die Stelle des Politikergrinsens trat nun etwas Nüchterneres. Wie das Lächeln war es etwa so aufrichtig wie das Versprechen eines Skorpions, nicht zu stechen. Dalgliesh mimte Besorgnis, doch das lag schlicht nicht in seiner Natur. »Es verstört mich zutiefst, was da geschehen ist.«

»Obwohl die Unterstützer von Spioraid diejenigen waren, die alles angefangen haben?«

»Haben Sie dafür Beweise?«

Die hatte sie nicht, und er wusste es.

»Nein, ich glaube nicht«, fuhr er fort, und kurz schlich sich Triumph in seinen Blick und seinen Tonfall. »So wie ich es sehe, haben die Emotionen Wellen geschlagen und sind übergeschwappt.«

»Emotionen, die Sie entfacht hatten.«

Wieder dieses Grinsen. »Wer kann schon sagen, was sie ausgelöst hat? Ich war nicht der Einzige, der gestern Abend gesprochen hat. Und die Probleme haben erst angefangen, nachdem Ihr Fotograf die Persönlichkeitsrechte eines Herrn verletzt hatte.«

»Angeblich. Und da hat es nicht wirklich angefangen, oder? Alles ging erst los, als man die Mitglieder Ihrer Organisation als das bezeichnete, was sie sind.«

Sein Grinsen war noch immer nicht verschwunden, beinahe wie festgeklebt. »Wenn Sie beweisen können, dass es Mitglieder meiner Bewegung waren, dann werde ich sie nur zu gern verurteilen. Und jetzt entschuldigen Sie mich bitte. Ich muss zum Zug.«

Er begann, sich an ihr vorbeizubewegen, und sie ließ ihn gewähren. Es war nicht sehr wahrscheinlich, dass sie irgendetwas davon beweisen könnte. Es kam Rebecca in den Sinn, dass Andy und die anderen vielleicht nicht einmal Mitglieder von Spioraid waren, sondern einfach nur angeheuerte Schlägertypen wie Komparsen in einem Film. Der Gedanke brachte sie wieder zum eigentlichen Grund ihrer Anwesenheit.

»Jake Goodman«, sagte sie, und das brachte ihn dazu, stehen zu bleiben und sich erneut zu ihr zu wenden. Doch vorher bemerkte sie noch, dass seine Schultern sich leicht gestrafft hatten.

»Verzeihung?«

»Sagt Ihnen dieser Name etwas, Mr Dalgliesh?«

Er kam wieder näher zu ihr. »Sollte er das?«

»Ich habe mir sagen lassen, dass er ein Mitglied Ihrer ... Bewegung ist, stimmt das? Oder vielmehr, dass er es war.«

»Miss Connolly, das überrascht Sie jetzt vielleicht, aber Spioraid hat über fünftausend Mitglieder und unzählige weitere Unterstützer. Soll ich jeden einzelnen beim Namen kennen?«

»Er ist tot, Mr Dalgliesh.« Wenn ihn diese Nachricht überraschte, so ließ er es sich zumindest nicht anmerken, wenn auch sein aufgeklebtes Lächeln dahingeschmolzen war. »Er ist ermordet worden.«

»Das ist sehr traurig, und ich werde natürlich unverzüglich Erkundigungen diesbezüglich anstellen. Ob dieser arme Mann ... Wie hieß er doch gleich?«

»Goodman, Jake Goodman.«

»Ob dieser arme Mr Goodman tatsächlich ein Mitglied der Bewegung war. Und dann werde ich dafür sorgen, dass wir uns mit seiner Familie in Verbindung setzen und unsere Unterstützung anbieten. Er wurde ermordet, sagen Sie?«

»Man hat seine Leiche auf dem Culloden Moor gefunden. Vielleicht haben Sie davon gelesen.«

Sie beobachtete ihn genau und suchte nach einem Anzeichen, dass er bereits davon wusste. Aber sie sah kaum mehr als den geübten Mitleidsblick eines Politikers, der unverzüglich den Hinterbliebenen seine Gebete und sein wärmstes Mitgefühl antragen wird und genau darauf achtet, dass es jeder mitbekommt.

»Der *Outlander*-Mord«, sagte er. Diesen schlagzeilenfreundlichen Begriff hatte eine in London ansässige Boulevardzeitung geprägt. Rebecca hasste ihn. Er machte den Verlust eines Lebens zu einem billigen Slogan und aus einer wirklichen Tragödie wenig mehr als ein griffiges Etikett. Selbst wenn Goodman ein Spioraid-Mitglied gewesen sein sollte, verdiente er als Toter ein gewisses Maß an Respekt. »Ich dachte, man hätte ihn noch nicht offiziell identifiziert.«

»Nicht offiziell.«

»Und doch kennen Sie seinen Namen?«

»Ich habe meine Quellen.«

»Ah, eine Reporterin und ihre Quellen. Nun, das ist sehr traurig, wirklich sehr traurig. Aber wie ich bereits sagte, lassen Sie mich erst Erkundigungen anstellen, und wenn Ihre ... äh ... Quellen sich als korrekt herausstellen, wird sofort ein Statement herausgegeben.«

Er wandte sich wieder ab, und Rebecca machte einen Schritt nach vorn, nur um von einem der Aufpasser abgeblockt zu werden, der sich drohend vor ihr aufbaute.

»Er war vielleicht auch mit New Dawn in Verbindung«, sagte sie mit erhobener Stimme und linste über die Schulter des Aufpassers hinweg. Sie hatte keine Ahnung, ob Goodman das wirklich war – sie hatte nur Nolan Burkes Behauptung, dass er gehört hatte, wie der Mann diese Gruppierung erwähnte. Sie fischte ziemlich im Trüben, aber manchmal erwischte man dabei tatsächlich was.

Wieder blieb er stehen und drehte sich um. Seine Augen huschten zu seinen Aufpassern, sie fragte sich, ob sie als Bodyguards angeheuert waren oder tatsächlich zu New Dawn gehörten. »Wieder Ihre Quellen, Miss Connolly?«

»Was würden wir ohne sie machen? Verurteilen Sie die Aktivitäten von New Dawn, Mr Dalgliesh?« Sie nahm sich die Zeit, die Gesichter der Aufpasser genau zu mustern, doch die blieben ausdruckslos. Sie drängte weiter. »Diese Gruppierung hat wiederholt Gewalttaten begangen, ein wenig so wie gestern Abend. Sie hat Bombendrohungen und verdächtige Päckchen verschickt. Sie hat neulich nachts einen Feueranschlag auf eine Moschee verübt. Und nicht zum ersten Mal.«

Dalgliesh wischte all das zur Seite, als sei es eine lästige Fliege. »New Dawn ist in keiner Weise mit meiner Bewegung verbunden.«

»Nicht offiziell.«

Das Politikerlächeln war längst erloschen. An seine Stelle war der versteinerte Anwaltsblick getreten. »Quellen sind eine Sache, Fakten eine andere. Ich würde mir an Ihrer Stelle sehr genau überlegen, was Sie drucken. Wenn Sie nicht beweisen können, dass dieser arme Mann tatsächlich Mitglied in meiner Bewegung war, und zudem keine konkreten Beweise dafür haben, dass er auch mit diesem ...« Er gab vor, sich nur vage an den Namen der Gruppierung zu erinnern. »... New Dawn in Verbindung stand, wäre es unklug, irgendetwas zu veröffentlichen, das eine solche Verbindung andeuten könnte.«

Dalgliesh schaute nicht zurück, als er nun in Richtung Bahnhof verschwand. Rebecca wollte ihm folgen, doch der Aufpasser, der ihr im Weg stand, machte ihr mit einem Blick klar, dass sie ihr Glück nicht überstrapazieren sollte. Sie beschloss, diese Warnung ernst zu nehmen. Er nickte ihr zu und folgte seinem Boss in den Bahnhof.

Rebecca dachte über das Gespräch nach. Was hatte sie erfahren? Nichts Konkretes, obwohl sie sich gut fühlte, weil sie dafür gesorgt hatte, dass ihm dieses Grinsen vergangen war. Sie hatte jedoch eine Ahnung, dass die Nachricht Dalgliesh aufgewühlt hatte, dass der Tote mit Spioraid in Verbindung stand, ganz zu schweigen von New Dawn. Was hatte das zu bedeuten?

Sie hatte keinen Schimmer.

Sie schaute über den Bahnhofsplatz auf die Statue, die man, komplett mit Miniatursphinx, zu Ehren der Männer errichtet hatte, die im Ägyptenfeldzug gekämpft hatten. Eine Möwe hockte auf dem Kopf des Soldaten im Kilt. Rebecca fragte sich, ob es wohl dieselbe Möwe war, die am Vorabend hoch über der brodelnden Menschenmasse geschwebt war. Leider sahen sie alle gleich aus. Wenig hilfreich, dachte Rebecca.

Ihr Telefon klingelte und sie wühlte in der Manteltasche danach. Es war Bill Sawyer.

»Wo sind Sie?«, fragte er.

»Vor dem Bahnhof.«

»Auf der Reise?«

»Nein. Für eine Story unterwegs.«

»Dann schwingen Sie sich zur High Kirk«, sagte er. »Die haben da eine Leiche gefunden.«

39

Auf den ersten Blick schien der Baum noch fest in der Umklammerung des Winters, dieses kleinen Todes, zu sein, und die knochigen Finger seiner Äste reckten sich zu der rötlichen Ziegelmauer der Kirche, die in der schwachen Sonne trist wirkte. Und doch waren da Spuren von Leben. Grünlich spross es aus dem Holz, und wenn Roach genau genug hinschaute, waren auf den Zweigen Knospen zu erkennen. Neues Leben. Neue Anfänge.

Doch all das war für Walter Lancaster nicht mehr von Belang. Die Auferstehung der Natur nach der kalten Jahreszeit würde er nie wieder mitansehen. Er lag mit ausgestreckten Armen und Beinen auf einem flachen Grabstein. Es war eigentlich kaum mehr als eine leicht erhöhte Steinplatte, die Inschrift darauf verwittert von den Generationen von Regen, Schnee und Wind, die über diese allen Wettern ausgesetzte Anhöhe oberhalb des River Ness toben. Es war ein typisch schottischer Friedhof, auf dem kein Grab wie das andere aussah. Die Grabmäler waren alle verschieden hoch, unterschieden sich in Breite, Form und Material. Sie waren unordentlich um die Kirche verteilt, als hätte man sie einfach dort ausgestreut wie Samenkörner, als wäre daraus eine wilde Ernte aus dem unebenen Boden gesprossen. Jeder Stein stand für ein Leben, eine Geschichte. Einen Tod. Männer und Frauen, die aufregende und ganz normale Zeiten durchlebt hatten, an deren Existenz nur noch vergilbte Dokumente in einem Archiv erinnerten, deren Sterben nur in den verblassenden Lettern vermerkt war, die man in diese Steine geritzt hat. Was einmal Fleisch und Knochen gewesen war, vermoderte nun in der feuchten Erde.

Roach wusste nicht, auf wessen Grabstätte man Lancaster abgelegt hatte. Wenn irgendwas an dem alten Spruch dran war, dass jemand sich im Grab umdreht, so vermutete sie, dass diese Person in ihrem Grab herumwirbelte wie ein Derwisch auf Speed. Lancaster mochte tot sein, und das war auf seine Art traurig, aber er war kein guter Mensch gewesen, und der teure Verblichene unter ihm wäre sicherlich ein wenig konsterniert darüber, dass man seine letzte Ruhestatt so entweiht hatte. Lancasters Arme waren ausgestreckt, als hätte man ihn gekreuzigt. Seine Augen starrten in den schiefergrauen Himmel, als verlangte es ihn danach, dort zu sein. Lancaster würde nicht ins Paradies kommen, so viel wusste Roach. Wenn es ein Leben nach dem Tod gab, wäre er woanders.

Sie wusste natürlich, wer er war. Sie hatte nie mit ihm zu tun gehabt, aber sie war in den Plan eingeweiht, ihn in der Stadt anzusiedeln, und hatte auch an einigen der Sitzungen teilgenommen, in denen das besprochen wurde. Jetzt würde er doch wieder in Inverness beheimatet sein. Zumindest seine Asche, vermutete sie.

Sie stand auf dem Kiesweg, der an den Mauern der alten Kirche entlangführte, hielt Abstand, solange die Experten taten, was Experten eben tun. Doch bereits von hier aus konnte sie das Blut sehen, das aus seiner durchschnittenen Kehle gequollen war und nun dunkel auf dem grauen Stein glänzte und ins Gras darunter sickerte. Die diensthabende Pathologin kniete auf dem Boden und untersuchte die Wunde. Wie bei dem immer noch nicht identifizierten Mann in Culloden gab es keine Zweifel, was die Todesursache war, aber die Form musste gewahrt werden.

Yul Bremner trat an Roachs Seite und sah sich die Szene an. »Nun, jetzt wissen wir wenigstens, wo die zweite Uniform ist.«

Sie antwortete nicht. Ihre Augen huschten über den schweren roten Stoff und die enge Hose, über den Lederriemen, der quer über die Brust und dann zurück zur Wunde verlief, die schwarz und noch leicht feucht am Hals klaffte. Es war ihr gar nicht gut, aber das hatte nichts mit dem dunklen Blut und dem klaffenden Fleisch zu tun. Nach ihrer Begegnung mit Joe am Vorabend hatte sie sich wie ausgelaugt gefühlt. Sie hatte eine Flasche Wein aufgemacht, nachdem er gegangen war, und innerhalb von anderthalb Stunden heruntergekippt. Dann hatte sie eine weitere aufgemacht und auch von dieser noch die Hälfte geschafft. Sie war keine Trinkerin, hatte folglich die Nacht in jenem seltsamen Halbschlaf der Betrunkenen gedämmert, mit dem merkwürdigen Gefühl, wach und doch nicht wach zu sein, während sich ringsum das Zimmer so schnell drehte wie ihre Gedanken.

Sie wusste nicht, warum Joes Nachricht sie so machtvoll getroffen hatte. Schließlich waren sie nun schon eine ganze Weile geschieden. Aber sie hatte sie getroffen. Sie liebte ihn nicht mehr, da war sie sich sicher. Dafür hatte die Affäre gesorgt. Und er hatte recht gehabt – selbst bevor er ihr von Lolita erzählt hatte, war es zwischen ihnen nicht gerade perfekt gelaufen. Er hatte seine Karriere, sie hatte ihre, und sie hatten sich beide mehr für ihre Arbeit als füreinander interessiert. Sie waren kaum noch mehr als eine Wohngemeinschaft gewesen, obwohl ihr das damals nicht klar gewesen war. Es war einfach so passiert. Was sie für Glück gehalten hatte, war nur Gewohnheit gewesen. Sie hatten sich jeder an das Gesicht des anderen gewöhnt. Nur hatte er auch noch Interesse für etwas anderes als seine Arbeit und seine Ehe entwickelt. Er hatte irgendeine kleine Forschungsassistentin gevögelt. Dann hatte er sich von Val scheiden lassen, um die junge Frau heiraten zu können. Und nun bekamen sie ein Kind.

Machte ihr das zu schaffen?

Der Gedanke an Kinder war nie Teil von Roachs Lebensplan gewesen. Heirat, ja. Ein Zuhause, ein Leben, eine Zukunft. Aber keine Kinder. Sie war nicht der mütterliche Typ, das wusste sie. Wenn Babys auf das Revier gebracht wurden, gurrte sie nicht über dem Kinderwagen. Sie drängelte sich nicht darum, sie einmal auf den

Arm nehmen zu dürfen, wiederholte nicht ständig, wie niedlich sie waren. Joes Einstellung war ähnlich gewesen, zumindest hatte er das gesagt. Und doch stellte er sich jetzt darauf ein, bald Vater zu werden. Er würde Ende fünfzig sein, wenn das Kind in die schwierigsten Jahre der Pubertät kam. Viel Glück damit, dachte sie.

Sie blickte über die Leiche und das ringsum wuselnde Personal und die Polizisten hinweg, die zwischen den Grabsteinen nach irgendetwas suchten, das ihnen bei der Ermittlung helfen würde. Hinter all der Geschäftigkeit fiel das Terrain recht steil zum Fluss hin ab. Von ihrer Position aus konnte Roach die Bögen der Fußgängerbrücke und die Dächer von Gebäuden und die Kirchtürme am anderen Ufer sehen, und den trüben, gleichförmigen Himmel, der sich bis zu den bewaldeten Bergen dahinter erstreckte. Ihre Augen wanderten zum Kirchturm mit seinem Patchworkmuster aus verzierten, aber nur rau behauenen Backsteinen hinauf. Von da oben musste man eine ziemlich gute Aussicht haben, dachte sie, wusste aber, dass es Besuchern heutzutage nicht mehr erlaubt war, die Treppen hochzusteigen. Sicherheit hatte Vorrang.

»Gibt's Überwachungskameras?«, fragte sie Bremner.

»Die Überwachungskameras auf der Straße haben vielleicht was registriert.«

»Sind wir schon von Tür zu Tür gegangen und haben Leute befragt?«

»Befragung läuft noch, aber das Einzige, was die Leute gesehen haben, war ein Typ, der betrunken wirkte und dem sein Kumpel die Straße entlang half.«

»Beschreibungen?«

»So skizzenhaft, wie's nur geht. Aber der Betrunkene könnte Lancaster gewesen sein.«

»Und der Freund?«

»Groß. Regenkleidung. Kapuze.«

»Haben wir eine Uhrzeit?«

»Das konnte der Zeuge nicht sagen. Die Abendglocke hatte noch nicht geläutet, also war es vor acht.«

»Die Abendglocke?«

Bremner hob einen Finger in Richtung Kirchturm. »Die Glocke läutet jeden Abend um 8 Uhr.«

»Warum?«

Er zuckte mit den Achseln. »Tradition.«

Sie atmete scharf aus. »Noch ein Rätsel.«

Sie hasste Rätsel.

Roach warf einen letzten Blick auf den Tatort. Bremner und das Team hatten hier alles im Griff, und es gab nur wenig für sie zu tun. Es war kalt, und sie war müde und wollte das Gefühl haben, etwas anderes zu tun, als nur müde hier herumzustehen und zu frieren. Und verärgert zu sein. Außerdem brauchte sie einen Kaffee. Nach der schlimmen Nacht hatte sie verschlafen und es nicht geschafft, sich wie sonst ihre Thermoskanne mit französischer Röstung zuzubereiten.

»Ich verlasse mich drauf, dass Sie hier alles im Griff haben«, erklärte sie Bremner.

»Wohin sind Sie unterwegs?«

»Ich brauche Koffein.«

»Ich kann einen von den Leuten in Uniform losschicken.«

Sie schauderte in gespieltem Entsetzen. »Gott weiß, was für eine Plörre der dann hier anbringt. Ich finde schon was, wo ich einen anständigen Kaffee bekomme, und den nehme ich dann mit auf die Wache. Ich habe jede Menge Papierkram zu erledigen.«

»Ah«, erwiderte Bremner mit einem weisen Nicken. »Die Zeit, die Gezeiten und der Papierkram, denen entkommt kein Mann.«

»Auch keine Frau«, fügte sie hinzu.

»Jawohl, Ma'am«, stimmte er ihr zu.

»Du mich auch«, sagte sie, als sie schon auf dem Weg zu dem Eisentor war, das zu dem ganzen Polizei-Zirkus führte. Die Straße sah aus wie der Hof eines Gebrauchtwagenhändlers für Polizei-fahrzeuge. Eine Truppe uniformierter Polizeibeamter bewachte die Absperrung, wo man Tatortband zwischen eine Reihe von Verkehrs-kegeln gespannt hatte. Die improvisierte Barriere sperrte eine Men-schenmenge aus, die sich vor den Geschäften auf der anderen Stra-ßenseite versammelt hatte.

Roach blieb einen Augenblick stehen und überlegte, wo sie hier einen anständigen Kaffee finden könnte, als sie zwei vertraute Ge-sichter entdeckte.

40

Nolan hörte die Dusche rauschen, als er an Scotts Zimmer vorbeiging. Er schlüpfte hinein und ließ die Tür ein wenig offen stehen, sodass er hören konnte, wenn das Wasser abgestellt wurde. Das Bett war nicht gemacht, Kleider waren überall am Boden verstreut, und ein Teller mit den Überresten eines Marmeladentoasts stand neben einem kleinen Tisch. Ma würde einen Anfall bekommen, wenn sie das sah, dachte Nolan, aber dann würde sie alles aufräumen. Das machte sie immer. In Nolans Zimmer war es so ordentlich und sauber wie in einem Fünf-Sterne-Hotel. Sein Bett war gemacht, seine Schmutzwäsche in einem Wäschekorb, andere Kleidungsstücke weggepackt. Er war aber nicht gekommen, um nachzuschauen, ob Scott sein Zimmer ordentlich aufräumte. Er hatte andere Dinge im Kopf.

Der Laptop seines Bruders stand auf der Kommode. Nolan klappte ihn auf und wartete darauf, dass der Bildschirm zum Leben erwachte, während er auf das Rauschen des Wassers in der Dusche lauschte. Scott war unordentlich, achtete aber auf peinliche Sauberkeit, das musste er ihm lassen. Er duschte manchmal so lange, dass Ma ihm drohte, sie würde ihm seine Mahlzeiten ins Bad liefern lassen.

Sobald der Bildschirm aufleuchtete, klickte Nolan rasch auf Google Chrome, richtete den Mauspfeil auf die drei vertikalen Punkte in der rechten oberen Ecke und öffnete die Chronik. Er wollte herausfinden, was Scott sich am vergangenen Abend angeschaut hatte. Die verstohlene Art, wie sein Bruder den Laptop sofort zugeklappt hatte, hatte ihn misstrauisch gemacht.

Die letzte Webseite, die nach einer Reihe von Einträgen für eine kostenlose Pornoseite folgte, war ein Bericht aus den BBC-Nachrichten – »VERURTEILTER SEXUALSTRAFTÄTER SOLL NEU ANGESIEDELT WERDEN«. Das Video zeigte diesen Lancaster, wie er die Straße entlangging und von einer gut aussehenden, dunkelhaarigen Reporterin angegangen wurde. Was hatte Scotty daran zu verbergen? Nolan hatte den deutlichen Eindruck gehabt, dass Scott ihn nicht wissen lassen wollte, was er sich anschaute. Wieso sollte er sich diesen Online-Bericht über den Typen, gegen den sie protestierten, nicht ansehen? Das ergab keinen Sinn. Es sei denn, er hatte sich etwas anderes angeschaut und diesen Eintrag anschließend aus der Chronik gelöscht. Nolan versuchte sich daran zu erinnern, was er kurz gesehen hatte, ehe Scott den Laptop zugeklappt hatte. Es war eine Nahaufnahme von einem Gesicht gewesen, von einem Mann. Lancaster? Jemand anderer? Beides war möglich, denn Nolan hatte wirklich nur einen flüchtigen Blick darauf erhascht.

Er klappte den Laptop zu, stellte ihn dorthin, wo er ihn gefunden hatte, und lauschte wieder auf die Dusche. Seine Augen blieben an dem Stapel von Kleidern hängen, die Scott gestern Abend getragen hatte. Irgendwas am Kragen des Polohemds veranlasste ihn, es näher zu betrachten. Er zog das Kleidungsstück aus dem wirren Haufen und faltete es ganz auf. Flecken am Kragen, weitere auf dem Ärmel und an der Brust.

Blut.

Nolan stand in der Küche, hatte den Rücken an die Resopalarbeitsplatte neben der Spüle gelehnt, während er ein Glas Orangensaft trank und darauf wartete, dass sein Brot im Toaster braun wurde. Seine Mutter saß an dem kleinen Tisch, vor ihr glimmte eine Zigarette in einem Aschenbecher, daneben stand ein Henkelbecher mit Tee. Sie schaute zu, wie Scott zuckrige Frühstücksflocken in eine Schüssel kippte. Ihr Gesicht war ausdruckslos, aber sie bewegte sich steif, als müsse sie gegen eine gewaltige Wut ankämpfen. Nolan wusste, dass sie überhaupt nicht glücklich darüber war, dass Scott die Demonstration am Vorabend geschwänzt hatte. Noch wütender war sie über das, was dann dort passiert war. Er spürte, dass sie Scotty ein paar Worte darüber predigen würde. Das wollte Nolan auf keinen Fall verpassen. Scott wurde so selten für irgendetwas zurechtgewiesen.

Scott schüttete Milch in seine Schüssel und tauchte den Löffel in den Haufen Frühstücksflocken, um sich eine Riesenportion in den Mund zu schaufeln. Nolan war kein Gesundheitsapostel, aber er konnte einfach nicht begreifen, welchen Reiz diese Schüssel voller Mist haben sollte.

Die Stille wurde nur durch Scotts Mampfen und das Klirren seines Löffels in der Schüssel unterbrochen. Ma hob ihren Henkelbecher an den Mund, starrte unverwandt auf Scott. Dann setzte sie den Becher ab, lehnte sich auf ihrem Stuhl zurück und tippte die Asche von ihrer Zigarette.

»Also«, sagte sie, »was sollte das alles gestern Abend?«

Nolan wartete darauf, dass Scott antworten würde. Erst allmählich begriff er, dass Ma ihn anschaute.

»Was?«, fragte er, verärgert darüber, dass der Mistkerl wieder ungeschoren davonkam. Er konnte es einfach nicht glauben.

»Du und diese Reporterin. Rebecca irgendwas.«

»Connolly«, sagte Scott mit vollem Mund.

»Aye. Also, was sollte das?«

Nolan starrte auf den Hinterkopf seines Bruders. Es war unglaublich. Scott schleicht sich davon, wenn man ihn braucht, geht Gott weiß wohin, und trotzdem sagt niemand auch nur ein Sterbenswörtchen. Er wusste, dass Ma auf eine Antwort wartete, aber er würde ihr das, verdammt noch mal, nicht leicht machen. »Was sollte was?«

»Ich hab dich gesehen, wie du sie da rausgezogen hast, und dann hast du auch noch diesem Foto-Typen geholfen. Und sie zu ihrem Auto begleitet wie ein gottverdammter Bodyguard. Was geht da vor?«

Als Nolan nicht sofort antwortete, mischte Scott sich schon wieder ein. »Aye, Ma. Ich hab sie davor auch draußen im Flur gesehen. Total kuschelig, echt. Haben sich praktisch geküsst.«

Nolan warf Scotts Hinterkopf einen weiteren wütenden Blick zu und sagte dann: »Diese Demonstration sollte doch friedlich ablaufen. Das ist alles in die Hose gegangen, dank Scotts Kumpel Dalgliesh. Die Kleine war da und hat ihre Arbeit getan, und ich habe ihr geholfen, da wegzukommen. Ja und?«

Ma zog an ihrer Zigarette, kniff die Augen gegen den nach oben steigenden Rauch zusammen. »Wie hat sie Lancasters Namen rausgekriegt?«

»Woher soll ich das wissen? Sie ist Reporterin. Die finden eben Dinge raus.« Es war an der Zeit, zum Angriff überzugehen. »Und wo war Scotty gestern Abend, hm? Er hätte hier bei uns sein sollen, Familiensolidarität und so.«

Scott hörte nicht einmal auf zu essen. »Ich hab's dir doch schon gesagt. Ich war geschäftlich unterwegs.«

»Mach dir keinen Kopf, wo dein Bruder war. Ich will wissen, was für Spielchen du mit dieser Kleinen treibst, Teufel noch mal. Die ist bei den Medien, Junge. Denen kann man nicht trauen, das weißt du genau.«

»Ich mache überhaupt keine Spielchen, Ma. Sie war in Schwierigkeiten, dank Scottys Kumpeln, und ich habe ihr geholfen. Mehr nicht. Was? Wollen wir jetzt etwa, dass Unschuldige verletzt werden, ist es das? Das würde uns echt gut zu Gesicht stehen, oder?«

»Gestern Abend, das war gar nichts«, sagte Ma.

»Es war nicht das, was du wolltest. Du hast gesagt, du willst keinen Ärger und keine Gewalt. Herrgott – dieser Lancaster ist nicht mal aufgetaucht. Super gelaufen, Ma. Du hast das alles losgetreten, nicht ich. Ich war dagegen. Aber du und unser Trottel hier, ihr habt's trotzdem gemacht. Gemeinschaftsgeist oder sonst so ein Scheiß. Na, dann schau dir an, was passiert ist. Die Presse ist schikaniert worden. Dalgliesh hat seine Scheißthesen losgekriegt, und Ferry steht wieder als Drecksloch und Hölle auf Erden da. Und wir? Die Familie? Wir stecken mittendrin und lenken die Aufmerksamkeit auf uns, wo wir eigentlich mit unseren Geschäften weitermachen sollten. Und ich meine nicht die, denen Scott gerade nachgeht, was immer sie auch sind. Ich meine unser echtes Geschäft. Dads Geschäft.«

Er hörte, wie hinter ihm der Toaster klickte, aber er hatte keinen Hunger mehr. Er schüttete den Rest seines Orangensafts in die Spüle, klatschte sein Glas auf die Arbeitsfläche und ging. Er wusste, dass er den Kopf nicht hätte verlieren sollen, aber ihm ging die Geduld mit seiner Mutter und seinem Bruder aus. Er hätte Ma irgendwie zwingen sollen, sich auf die Frage zu konzentrieren, wo Scott sich gestern rumgetrieben und was er getan hatte. Geschäfte, sagte er. Aye, wer's glaubt.

Als er die Haustür zuknallte, ging ihm noch durch den Kopf, ob er Ma davon hätte erzählen sollen, dass er an Scottys Polohemd Blut gefunden hatte. Nicht viel, nur ein paar Schmierflecken, als hätte er sich die Hände damit abgewischt. Aber Nolan würde sein Leben darauf verwetten, dass das Blut nicht von Scott war. Aber von wem dann?

41

Rebecca hatte beschlossen, dass sie schneller ans Ziel kommen würde, wenn sie vom Bahnhof zum Friedhof ging – oder vielmehr rannte. Sie hatte die Abkürzung durch den Victorian Market genommen und sich zwischen den Touristen durchgeschlängelt, die auf die kleinen, mit schottisch karierten Andenken vollgestopften Läden starrten. Beim Laufen hielt sie das Telefon ans Ohr, rief zuerst im Büro an, um dort Bescheid zu geben, wo sie war, legte dann aber schnell auf, ehe Les an den Apparat kommen konnte. Dann wollte sie sich bei Elspeth melden, aber da ging niemand hin. Typisch, dachte sie. Sie überlegte, ob sie unterwegs noch kurz bei ihr im Büro vorbeischauen sollte, entschied sich aber dagegen. Elspeth hätte den Anruf angenommen, wenn sie am Platz gewesen wäre. Rebecca wusste, dass Chaz den Besuch eines Ministers in einer Fischfarm am Dornoch Firth begleitete, versuchte es also erst gar nicht bei ihm.

Sobald sie in die Church Street kam, sah sie schon von fern blaue Lichter blinken und fragte sich, wie nah sie wohl an den eigentlichen Tatort herankommen würde. Da es seit Chaz keinen angestellten Zeitungsfotografen mehr gab, wusste sie, dass sie einen Schnappschuss mit dem Handy erwischen musste, was selbst in den besten Zeiten eine riskante Angelegenheit war, wenn sie an ihre zweifelhaften fotografischen Fertigkeiten dachte. Aber wenn sie nicht nah genug herankam, war es sowieso egal.

Sie war außer Atem, als sie die Menschenmenge erreichte, die sich hinter der improvisierten Barriere zusammengeballt hatte. Dort stand auch Elspeth, auf ihren Stock gelehnt. Natürlich war sie hier. In Inverness, im gesamten Nordwesten Schottlands passierte nichts, ohne dass sie davon erfuhr. Wahrscheinlich hatte Bill sie sogar zuerst angerufen.

Ihre ehemalige Chefin warf ihr einen spöttischen Blick zu. »Du hast dir ja Zeit gelassen.«

»Ich habe vergessen, meine Laufschuhe einzupacken«, keuchte Rebecca. »Was gibt's Neues von der Maus?«

Elspeth deutete mit einer knappen Kopfbewegung auf das schwarze Tor zum Friedhof. »Da drin haben sie heute Morgen einen Toten gefunden.« Sie senkte die Stimme. »Man sagt mir, dass es Walter Lancaster ist.«

»Verdammt«, sagte Rebecca. Wie lange war er wohl schon tot? Seit dem Vorabend? War er deswegen nicht mit seinen Aufpassern vom Sozialamt in Ferry aufgetaucht? Sie hob ihr Telefon hoch, um eine Panoramaaufnahme der Szene zu machen. Sie achtete darauf, dass sie das am nächsten stehende Polizeiauto vor den schwarzen Toren des Friedhofs im Bild hatte. Als sie das Handy wieder senkte, sah sie DCI Roach.

Der Blick der Kommissarin fiel auf sie und Elspeth, gleich darauf nickte sie und kam direkt auf sie zu. Sie trug einen langen schwarzen Wollmantel, den sie nicht zugeknöpft hatte, doch sie hatte die Hände in die Taschen gesteckt und zog sich damit den Mantel enger um den Körper, als wollte sie den kühlen Morgen von sich fernhalten.

Rebecca winkte ihr ein wenig zu. Warum, wusste sie wirklich nicht.

Roach blieb am Absperrband stehen und nickte noch einmal in ihre Richtung. Elspeth nickte zurück. Rebecca erwartete beinahe, dass eine der beiden das Gespräch mit einem »Was läuft denn so?« beginnen würde.

»Ich gehe einen Kaffee trinken«, sagte Roach. »Wo gibt's hier einen guten?«

»Ein Stück die Straße entlang ist ein kleines Café, das ich sehr mag«, sagte Elspeth. »Hätten Sie gern Gesellschaft?«

Roach wägte kurz ab und sagte schließlich: »Sicher, warum nicht?«

Roach ließ einen Kennerblick über die verschiedenen erhältlichen Kaffeesorten wandern und wählte einen Americano. Ohne Milch. Sie bestellte auch was Süßes, Klebriges. Rebecca, die eine überzeugte Anhängerin von einem Löffel Pulverkaffee in einer Tasse war und nicht viel für den aktuellen Kaffeewahn übrighatte, bestellte einen einfachen Milchkaffee. Elspeth hatte sich an einen Tisch gesetzt, von dem aus man die Straße beobachten konnte, und streckte ihr Bein aus. Rebecca stellte ihr eine große Tasse Tee hin und nahm Roach gegenüber Platz. Die schlüpfte gerade aus ihrem Mantel, unter dem sie einen dunklen Nadelstreifenhosenanzug und eine weiße Bluse trug.

Die Kommissarin sah müde aus. Ihre Gesichtszüge wirkten, wie Rebeccas Mutter es formulieren würde, verhärmt. Sie schüttete ein Tütchen Zucker in ihren Kaffee und rührte ihn mit einem dieser dünnen Holzstäbchen um, das nur wenig dazu beitrug, dass sich der Zucker in der Flüssigkeit verteilte. Rebecca kippte drei Tütchen in ihren Kaffee und rührte so heftig, als wäre es Teil ihres Fitnessprogramms.

»Also«, sagte Elspeth, nachdem sie einen Schluck Tee genommen hatte. »Ist der Tote, der da oben liegt, Walter Lancaster?«

Roach lächelte. Das lenkte nur wenig von den dunklen Ringen unter ihren Augen und den blassen Wangen ab. »Sind Sie je außer Dienst?«

»Und Sie, DCI Roach?«

Das gestand ihr Roach mit einem leichten Nicken zu. »Das hier ist ein inoffizielles Gespräch, Sie können mich also Val nennen.«

»Okay, Val«, sagte Elspeth. »Ist der Tote, der da oben liegt, Walter Lancaster?«

Roach lachte, nahm einen großen Schluck von ihrem Kaffee, lehnte sich zurück und schien den Geschmack zu genießen. »Der ist gut. Den habe ich dringend gebraucht.« Sie rührte trotzdem noch einmal um. »Elspeth, ich habe schon gehört, dass Sie, wenn es um eine Story geht, wie ein Terrier sind, der eine Ratte gepackt hat.«

Elspeth wartete nach wie vor auf eine Antwort auf ihre beiden Fragen. Oder vielmehr auf die eine, dafür aber zweimal gestellte Frage.

»Ich will Ihnen was sagen«, fuhr Roach fort. »Fragen Sie mich noch mal, und wenn Sie sich irren, sage ich es Ihnen.«

»Ist der Tote, der da oben liegt, Walter Lancaster?«

Roach rührte weiter in ihrem Kaffee. Elspeth warf Rebecca einen wissenden Blick zu und fragte dann: »Wird der Name bald bekannt gegeben?«

Sie rührte.

»Dann haben wir nicht viel Zeit.« Elspeth hievte sich auf die Beine und nahm ihren Stock zur Hand, den sie gegen das Fenster gelehnt hatte.

»Wollen Sie nicht wissen, ob dieser Mord etwas mit dem von Culloden zu tun hatte?«

Elspeth blieb stehen, stützte sich auf ihren Stock. »Hat er das?«

»Hat er was?«

»Hat Walter Lancasters Tod etwas mit dem Mord von Culloden zu tun?«

Roach hob erneut ihre Tasse hoch, und über den Rand hinweg traf ihr Blick Rebeccas Blick. Elspeth ließ sich wieder nieder.

»Was ist die Verbindung?«

»So funktioniert unser Spiel nicht.«

»Sie haben uns bereits gesagt, dass es Lancaster ist und dass es eine Verbindung zum Mord von Culloden gibt, also ...«

»Ich habe Ihnen gar nichts gesagt. Sie haben Fragen gestellt, und ich habe nicht geantwortet.«

Den beiden Reporterinnen war klar, dass das Roachs Art war, ihnen Informationen weiterzugeben, ohne ihre Integrität zu verlieren. Dabei dehnte sie zwar die Regeln ein bisschen, aber zumindest für sie schien das gut zu funktionieren. Rebecca fragte sich, ob sie so was wohl schon früher gemacht hatte. Dann fragte sie sich, warum Roach es jetzt machte.

Elspeth hatte die Hand immer noch um die Krümmung ihres Gehstocks geschmiegt und tappte mit dem Stock auf den Boden, während sie sich ihre nächste Frage überlegte. Rebecca versuchte, sich vorzustellen, wie der Tod eines Perversen auf einem Friedhof irgendwas mit dem Tod von Goodman in Culloden zu tun haben könnte. Hatte man die Leiche draußen oder in der Kirche gefunden? Wahrscheinlich war es in der Nacht geschehen, also vermutete sie draußen. Sie war schon einmal auf diesem Friedhof gewesen. Er war alt. Irgendwas rührte sich in den äußersten Winkeln ihres Gedächtnisses. Irgendwas mit den Gräbern.

»Es sind beides historische Stätten«, sagte Rebecca, die sich vage daran erinnerte, dass der Friedhof etwas mit dem Aufstand von 1745 zu tun hatte. Sie würde später einmal bei Anna Fowler anrufen. Was sonst hätte dazu führen können, dass Roach die beiden Morde miteinander verband? Zwei historische Stätten. Ein Opfer in Kleidung aus der Vergangenheit, aber zwei vom Filmgelände gestohlene Kostüme.

Rebecca hatte einen Geistesblitz. »Trug Lancaster die gestohlene Uniform?«

Roach stellte ihre Tasse auf dem Tisch ab und lehnte sich zurück. Sie sagte nichts. Das war auch nicht nötig.

»Okay«, meinte Elspeth und stand erneut auf. »Danke, DCI … Val. Es ist ermutigend, dass Police Scotland Wort hält.«

»Wieder einmal weiß ich nicht, was Sie meinen. Wir haben zusammen Kaffee getrunken, und Sie haben ein paar wilde Vermutungen geäußert, die ich weder bestätigt noch bestritten habe.«

»Verstanden«, sagte Elspeth lächelnd. Rebecca lächelte ebenfalls. Sie erlebte einen derartigen Austausch von Informationen zum ersten Mal mit, und die Sache war richtig spannend. »Wir müssen gehen«, sagte Elspeth zu Rebecca.

Roachs Stimme ließ Rebecca im Aufstehen innehalten. »Es gibt da noch etwas, wobei Sie mir helfen könnten, Rebecca.« Rebecca setzte sich wieder hin. Elspeth blieb stehen, erpicht darauf, schnell zu gehen und einen Text zu verfassen. Aber Rebecca wusste, dass sie wie eine Aufpasserin bei ihr bleiben würde. Roach ließ ihre große Tasse auf dem Unterteller kreisen. »Ich brauche den Namen der Person, die Ihnen von dem Diebstahl der Kostüme berichtet hat.«

»Den kann ich Ihnen nicht sagen«, erwiderte Rebecca.

»Ich muss mich unbedingt mit dieser Person unterhalten.«

»Das verstehe ich, aber ich habe mein Wort gegeben.«

»Wir haben es hier mit zwei Morden zu tun, Miss Connolly.«

Miss Connolly. Vielleicht waren sie jetzt keine Freundinnen mehr.

»Ich bin mir darüber im Klaren, DCI Roach.« Das Spiel können zwei spielen, dachte sie. »Aber ich habe versprochen, dass ich niemandem den Namen meiner Quellen nenne. Die Medien genießen heutzutage ohnehin sehr wenig Vertrauen, auch ohne dass Leute wie ich unser Wort brechen.«

Roach dachte darüber nach, während sie in ihren Kaffee starrte. Rebecca konnte nicht feststellen, ob sie wütend war oder wütend wurde.

»Es ist nicht in Ordnung, dass Sie das fragen, Val«, sagte Elspeth. »Sie wissen, dass Becks Ihnen den Namen nicht nennen kann.«

Roach hob die Augen vom Tisch und schaute Rebecca an. »Ich könnte Anzeige gegen Sie erstatten.«

Ihre Stimme war leise und ausdruckslos und ohne jegliche Wut, aber das machte die Aussage nur noch bedrohlicher. Rebecca spürte, wie ihr die Angst im Hals aufstieg wie Galle.

»Das ist Schwachsinn, und dass wissen Sie auch«, sagte Elspeth. »Haben Sie schon mal was von Artikel 10 der Europäischen Menschenrechtskonvention gehört?«

»Ja, aber ich weiß auch, dass ich gewichtige Argumente dafür vorbringen kann, dass die Nennung des Namens im Sinne des öffentlichen Interesses wäre – und einen Mörder zu schnappen ist wahrhaftig im Sinne des öffentlichen Interesses. Und dann würde ein Gericht höchstwahrscheinlich meine Position unterstützen.«

Elspeth lachte, ohne jede Spur von Humor. »Sie bluffen.«

»Ach ja? Was meinen Sie, Rebecca?«

Das Zittern in Rebeccas Stimme verriet sie. »Diese Gefahr müsste ich auf mich nehmen.«

»Sie würden also Gefängnis riskieren, um diese Person zu schützen?«

»So weit würde es nicht kommen«, wandte Elspeth ein. »Sie versuchen hier nur, das Mädchen zu erschrecken. Dabei haben wir uns eben noch so gut verstanden.«

Roach starrte Rebecca an. Es war ein schier endloser Blick, der ihr signalisierte, dass sie jedes Wort meinte. Rebecca spürte, wie ihr die Knie weich wurden, und sie wünschte, ihr Vater wäre hier und könnte ihr Ratschläge erteilen. Aber er war fort, zumindest körperlich. Sie fragte sich, ob sie einfach weggehen sollte, ins Büro zurück und mit Les und Barry reden. Die waren Journalisten. Sicher würden die beiden sie darin unterstützen. Oder vielleicht auch nicht. Sie dachte an Simon, überlegte, ob sie ihn anrufen, von ihm einen juristischen Rat einholen sollte. Würde er mit ihr reden? Würde er ihr helfen? Sie starrte Roach an, versuchte, ein Anzeichen dafür zu entdecken, dass alles nur Taktik war, um sie so zu ängstigen, dass sie den Namen preisgab. Eine Journalistin vor Gericht zerren, um eine Quelle herauszufinden, war eine riskante Unternehmung und konnte genauso gut nach hinten losgehen. Police Scotland hatte sich ein paar Jahre zuvor die Finger verbrannt, als man während einer Untersuchung in einem Korruptionsfall die Kommunikationen eines Journalisten abgefangen hatte.

»DCI Roach ... Val«, sagte Elspeth, und ihre Stimme hatte ein wenig von ihrer Rauheit verloren. Sie versuchte, die Wogen zu glätten. Rebecca kannte sie jedoch gut genug, um zu wissen, dass sie bestimmt auch schon überlegte, ob man es ihr wohl durchgehen lassen würde, wenn sie ihren Stock zweckentfremdete. »Wir, Becks und ich, waren bisher immer kooperativ. Wir haben Ihnen vorzeitig Informationen zugespielt, obwohl wir genauso gut hätten zulassen können, dass Sie alles morgens bei Ihren Frühstücksflocken lesen.«

»Nur, weil es Ihnen auch gepasst hat.«

»Es hat jedem gepasst, einschließlich der Öffentlichkeit, an deren Interesse Ihnen doch so viel liegt. Also warum ziehen Sie so plötzlich die Gestaponummer mit uns durch? Becks kann Ihnen diesen Namen nicht geben, das wissen Sie. Und vielleicht könnten Sie sie ins Gefängnis stecken lassen, obwohl Ihre Chancen nicht sonderlich gut stehen. Aber was würde Ihnen das nutzen? Schlechte Presse, Feinde in den Medien und, viel wichtiger, immer noch keinen Namen.«

»Ich möchte Ihnen ein Gegenangebot machen«, sagte Rebecca. Sie hatte eine andere Idee. Roach und Elspeth schauten sie wieder an. »Einen anderen Namen.«

»Welchen Namen?«

»Den des ersten Opfers.«

42

Schon seit einer Ewigkeit schoss dieser Mistkerl Blicke in Scotts Richtung, und allmählich ging ihm das auf den Wecker. Er fühlte sich nicht bedroht von dem Typen, aber es ging ihm auf den Zeiger, wie der Kerl ständig zu ihm herüberschaute. Scott war mit Deke und Andy, zwei Kumpeln, ins Barney's gekommen, nur auf einen kleinen Besuch. Nicht um etwas zu trinken. Es war schließlich noch Vormittag, und Scott lag ohnehin nicht viel an Alkohol. Er besorgte sich seine Highs mit anderen Methoden. Die drei hatten eine Weile mit dem Barmann gequatscht, und der Typ am anderen Ende hatte den Blick vom Fernseher, wo irgend so eine beschissene Immobiliensendung lief, auf Scott und seine Freunde gerichtet. Scott hatte zunächst versucht, das zu ignorieren. Er war es gewöhnt, dass sich Leute in seiner Gegenwart etwas unbehaglich fühlten, und ehrlich gesagt war es ihm recht. Er war gern der, vor dem die anderen Angst haben. Es machte ein paar Sachen einfacher. Manche allerdings auch schwieriger, aber er erledigte die Dinge oft auf die harte Tour. Das machte mehr Spaß.

Also redete er einige Zeit mit Jack, dem Manager, der tagsüber auch als Barmann einsprang. Die Geschäfte liefen beschissen, berichtete er wie gewöhnlich, aber das war in Ordnung. So sollte es auch sein. Und ständig wendete der Typ da drüben den Kopf hin und her, als wäre er im gottverdammten Wimbledon, immer vom Fernseher zu Scott zum Fernseher zu Scott. Es war wirklich nervig, und Scott fragte sich, ob der Typ seinen Mut zusammenraffte, um ihn schräg anzuquatschen. Das hatte er schon früher erlebt: Ein Junge will den dicken Max spielen und kriegt am Ende eins aufs

Maul. Aber normalerweise hatte so jemand ein Mädchen bei sich, das er beeindrucken wollte, zumindest aber ein paar Kumpel. Dieser Junge war mutterseelenallein. Was sollte das also? Vielleicht ein warmer Bruder, der ein Auge auf mich geworfen hat, überlegte Scott. Na klar, dem treib ich seine Ideen aber sofort aus, und zwar pronto.

Allerdings ruckelte der im Augenblick nur mit dem Kopf hin und her, mehr nicht. Das war an sich nichts Schlimmes, auch wenn es ihn mächtig irritierte. Scott wollte keinen Ärger anfangen, nicht im Barney's und nicht nach der Standpauke, die Ma ihm wegen der Sache mit dem Schlagbohrer neulich gehalten hatte. Das war doch nur ein Spaß gewesen, dachte er. Wer hätte denn geahnt, dass eine Kniescheibe dermaßen bluten würde? Aber er musste sich jetzt bedeckt halten, und irgendeinem Fremden eine reinzuhauen, das wäre das genaue Gegenteil davon. Er musste sauber bleiben, zumindest was Ma betraf, auf jeden Fall für eine Weile.

Der Junge kam erst auf ihn zu, als sie sich zum Gehen aufmachten. Er hatte allen Mumm zusammengekratzt, um etwas zu sagen, vermutete Scott, und jetzt war seine letzte Gelegenheit. Er schob sich von der Seite in ihre Richtung, erhaschte Scotts Blick, was nicht schwierig war, weil der ihn ja die ganze Zeit im Auge behalten hatte. Deke sah ihn näherkommen und trat ihm in den Weg.

»Hast du Probleme, Junge?«, fragte Scott.

Ein nervöses Lächeln zuckte über das Gesicht des Jungen, doch er schaute zu Boden. »Nein, äh, Mr Burke, ich wollte nur ... äh ... kurz ein Wort, wenn's recht ist?«

Der Scheißkerl sucht 'ne Arbeit, dachte Scott. Oder er wollte was kaufen, weil er keine Ahnung hatte, dass Scott Lieferant und kein Verkäufer war. »Was für ein Wort?«

Noch ein nervöses Lächeln, ein Blick zu Jack, dann zu Scotts Kumpeln. »Eine Entschuldigung.«

»Wofür?« Jetzt war Scott verwirrt. Soweit er sich erinnern konnte, hatte er diesen Jungen noch nie gesehen. Wofür entschuldigte der sich dann?

Die Augen des Jungen wanderten wieder zum Boden, dann hoch zu Scott, als hingen sie an einem Bungee-Seil. »Na ja, eigentlich bei Ihrem Bruder.«

»Nolan? Den kennst du?«

»Na ja, eigentlich nicht richtig. Es ist nur so, na ja ... Ich bin neulich abends ein bisschen mit ihm aneinandergeraten, und ich hab mich komplett danebenbenommen.«

»Wie?«

Der Junge schaute verlegen. Oder ängstlich. Oder beides.

»Eigentlich ist nichts passiert. Hab den starken Mann markiert. Sie wissen ja, wie das ist, zu viel getrunken ...«

Scott wusste nicht, wie das ist. Jedenfalls nicht vom Trinken. »Er hat dir eine vor den Latz geknallt? Ich sehe keine blauen Flecke.«

»Nein, der hat mich überhaupt nicht angefasst, hat mir aber trotzdem gezeigt, wo's langging.«

Aye, so war Nolan. Quatschte sich überall raus, wollte sich nicht die Hände dreckig machen. Scott andererseits hätte diesem Clown erst eine eingeschenkt und danach die Situation mit ihm besprochen.

»Die Sache ist die, Mr Burke. Ich hab mich völlig danebenbenommen, wissen Sie? Total. Und ich wollte nur sagen, dass es mir leidtut. Ich hab mich gefragt, ob Sie das vielleicht Ihrem Bruder sagen. Ich meine, er war ja nur auf einen ruhigen Drink mit seiner Tussi hergekommen, und das ...«

Scott ödete das Gespräch an, und er überlegte schon, was ihn das anging, dass Nolan sich mit diesem Blödmann angelegt hatte. Doch bei dem letzten Satz erwachte sein Interesse. »Mit welcher Tussi?«, fragte er, plötzlich neugierig geworden.

»Sah nicht schlecht aus, ich meine, anders als die, die man sonst hier sieht, wissen Sie? Lange Haare, rötlich.«

Diese Reporterin, dachte Scott. Er war mit dieser Reporterin aus, Rebecca Irgendwas. Scott ging von dem Jungen weg. Der redete noch immer, doch ein Blick von Scotts Kumpels brachte ihn zum Schweigen.

Draußen auf der Gasse nahm Scott sich eine Minute Zeit, um diese Neuigkeit zu verarbeiten. Gestern Abend hatte er Nolan nur damit aufgezogen, wie er sich an der Tür mit dieser Frau unterhalten hatte. Zumindest hatte er geglaubt, dass er ihn aufgezogen hatte. Jetzt fragte er sich, ob er da nicht wirklich was beobachtet hatte. Und Ma hatte erzählt, Nolan hätte auf der Demo die große Heldennummer abgezogen.

Nolan, mein Junge, was machst du nur mit dem Mädel?, dachte er und schüttelte den Kopf.

43

Val Roach hatte die Absicht gehabt, mit der Information, die Rebecca Connolly ihr gegeben hatte, unverzüglich in die Einsatzzentrale zu gehen, sobald sie wieder in Inshes war. Zum Teufel mit dem Papierkram. Als sie über den Parkplatz ging, hatte sie jedoch ein Anruf von McIntyres Sekretärin erreicht, die sie darüber informierte, dass der Distriktleiter sie auf der Stelle sehen wollte.

Im Haus angekommen wurde sie unverzüglich in sein Büro geführt. McIntyre stand am Fenster, hatte die Augen nach unten gerichtet, die Hände hinter dem Rücken verschränkt. Wie üblich wirkte er wie frisch gebügelt. Roach hatte ihn schon am Ende manches schlimmen Tages gesehen, und er sah immer noch adrett und sauber aus, wie frisch aus der Packung genommen.

Der Mann, der sich im Sitzbereich des großen Büros auf dem Sofa lümmelte, wirkte hingegen eher wie ein ungemachtes Bett. Wo McIntyre gepflegt und fit war, war er untersetzt und sah aus, als könnte er jeden Augenblick umkippen. Sein blondes Haar war dünn und zu lang, sein Kinn von feinen Stoppeln überzogen, seine Haut bleich. Zudem hatte er sich in einen Schaffellmantel gemummelt, der schon bessere Tage gesehen hatte, zum Beispiel als das Schaf ihn selbst noch getragen hatte.

»Sie wollten mich sehen, Sir?«, fragte sie und überlegte, wer wohl dieser Fremde war.

McIntyre drehte sich um, und sie bemerkte, dass sein Gesicht starr war, vielleicht vor Wut. Als er sprach, war seine Stimme kaum mehr als ein Knurren. Irgendetwas hatte ihn gewaltig genervt, und Roach brauchte ihre Detektivfähigkeiten nicht anzustrengen, um zu dem Schluss zu kommen, dass daran wohl der Mann schuld war, der sich gerade in ein sehr feucht aussehendes Papiertaschentuch schnäuzte.

»Sie sind gerade erst vom Tatort zurück?«, fragte McIntyre.

»Jawohl, Sir.«

»Und dieser Lancaster trug das volle Kostüm?«

Sie schaute rasch zu dem Mann, der versuchte, eine trockene Stelle an seinem Papiertuch zu finden.

»Sie können frei sprechen, DCI Roach.« McIntyre beäugte das schmutzige Taschentuch, als wäre es mit Ebola infiziert. Roach unterdrückte das Lächeln, das ihr auf die Lippen treten wollte. Die Nachricht von der panischen Angst ihres Chefs vor Keimen hatte sich in der gesamten Division wie ein Lauffeuer verbreitet. Er fuhr fort. »Das ist DCS Lonsdale. DCS Lonsdale ist von Glasgow hergekommen.«

»Sir«, sagte sie und grüßte den Gastdetektiv mit einem Nicken, das er erwiderte. Sie machte keine Anstalten, ihm die Hand zu schütteln. Sie teilte zwar nicht die krankhafte Abneigung ihres Chefs gegen Mikroben, wollte aber auch nicht Gefahr laufen, sich irgendwas einzufangen. Sie schaute zu McIntyre zurück. »Jawohl, Sir, das Opfer trug das gestohlene Kostüm, die Uniform eines Soldaten.« Sie überlegte, warum der schleimgeplagte Polizeibeamte hier in Inverness war, wusste aber, dass sich das bald klären würde. »Und ich habe einen Namen für das erste Opfer. Anscheinend ist es ein gewisser Jake Goodman, und er ist irgendwie verbunden mit ...«

»Darüber wollen wir mit Ihnen sprechen, DCI Roach. Aber ich überlasse es DCS Lonsdale, Sie auf den neuesten Stand zu bringen.« McIntyres Mund verzog sich beinahe verächtlich. Er schien es zu genießen, den Namen dieses Mannes so auszusprechen, als wiese er damit auf etwas zutiefst Unangenehmes hin, das die Katze kürzlich auf den Perserteppich gespuckt hatte. »DCS Lonsdale ist bei der Abteilung Specialist Crimes.«

Lonsdale nieste. McIntyre wich zurück. Er überlegte wahrscheinlich, ob er das antibakterielle Spray aus der Schreibtischschublade holen sollte. Roach wusste, dass er es dort aufbewahrte. Er tat noch ein paar Schritte weiter zurück von jeder möglichen Ansteckung.

»Tut mir leid, schwere Virusinfektion. Ich habe die letzten Tage im Bett gelegen. Das Schlimmste ist aber ausgestanden«, sagte Lonsdale. Die harten Laute seines Yorkshire-Dialekts klangen wegen seiner verstopften Nebenhöhlen noch nasaler. Er schnäuzte sich erneut. Virusinfektion. Roach würde jede Wette eingehen, dass ihr Chef nur ein Niesen davon entfernt war, einen Chemikalienschutzanzug anzufordern. Sie wandte dem Mann von Specialist Crimes ihre ganze Aufmerksamkeit zu, während er sein Taschentuch verstaute und ein Päckchen Lutschpastillen hervorzog. Er drückte eine aus der Packung heraus und steckte sie sich in den Mund. Specialist Crimes, das konnte alles Mögliche sein, und Val Roach überlegte schon, ob man ihr wohl die Mordermittlung wegnehmen würde.

Lonsdale schien sich davon überzeugt zu haben, dass er seine verstopfte Nase so weit befreit hatte, dass er wieder sprechen konnte. »Das Mordopfer auf diesem Schlachtfeld.« Er legte eine Pause ein, um an seiner Pastille zu lutschen. Roach wartete. »Das war einer von unseren Männern.«

Sie blinzelte. »Sie meinen …«

»Ich meine: Es war ein Beamter, der verdeckt in der Terrorismusabwehr ermittelt hat.«

Geheimdienstler, dachte sie, jetzt haben wir auch noch Geheimdienstler. Na toll. Sie schaute zu McIntyre, dessen Gesicht noch immer dunkel vor Wut war.

»Jake Goodman war sein Tarnname«, sagte Lonsdale.

»Und wie hieß er wirklich?«, fragte Roach.

»Detective Sergeant Brian Roberts.«

»Und woran genau hat er gearbeitet?«

Lonsdale verzog das Gesicht, als würde er gleich niesen, doch der Augenblick verstrich. »Das ist jenseits Ihres Dienstgrads.«

Roach wandte sich an McIntyre. »Wissen Sie es, Sir?«

McIntyre starrte Lonsdale so wütend an, dass keine Mikrobe es gewagt hätte, sich ihm auch nur um einen Millimeter zu nähern. »Es ist recht deutlich geworden, dass mein Dienstgrad dafür ebenfalls nicht ausreicht. Diese Operation wurde aus irgendeinem Grund auch mir verheimlicht.«

»Es war nicht persönlich gemeint. Wir hatten unsere Gründe.« Lonsdale zuckte leicht mit den Achseln. »Tut mir leid«, fügte er hinzu. Es klang kein bisschen so, als täte ihm irgendwas leid. Das war das Problem mit diesen Geheimdienstlern, dachte Roach. Die erzählten einem einen Scheiß, es sei denn, sie wollten, dass man etwas wusste, und selbst dann war es wahrscheinlich gelogen.

McIntyre räusperte sich oder knurrte. Roach konnte das nicht unterscheiden.

Lonsdale redete weiter. »Der Polizeipräsident hat die Operation genehmigt und auch zugestimmt, dass sie unter dem offiziellen Radar durchgeführt wird. Wenn Sie eine offizielle Beschwerde einlegen wollen, dann gern, gehen Sie zu ihm. Aber inzwischen ...«

»Wieso haben Sie so lange gebraucht, um sich zu melden?«, fragte Roach. »Die Leiche wurde vor drei Tagen gefunden. Sicher ist doch unsere Suche nach Fingerabdrücken und DNA irgendwann einmal auf Ihrem Bildschirm aufgetaucht?«

Die biometrischen Daten sämtlicher Polizeibeamten waren in einer Datenbank gespeichert, damit man sie identifizieren konnte, falls jemand unabsichtlich einen Tatort kontaminierte.

Lonsdales Gesicht blieb ausdruckslos. »Das hatte ursächlich mit der Ermittlung zu tun. DS Roberts' Daten waren unter Verschluss, und ich war zu der Zeit krank. Ich habe erst gestern Abend von der Sache erfahren und bin sofort von Glasgow hierhergefahren.«

»Wer war dann die Verbindungsperson von DS Roberts hier vor Ort?«

»Niemand. Diese Operation wurde von Glasgow aus geleitet.«

Roach und McIntyre tauschten Blicke aus, hatten beide sofort begriffen, was das bedeutete. Keine Beteiligung von Inshes hieß, dass man den Polizeikräften vor Ort nicht traute. Andererseits hatte Roach die Erfahrung gemacht, dass Geheimdienstler niemandem trauten. Und was die operativen Gründe für die Verzögerung betraf: Ein DNA-Abgleich würde einige Zeit brauchen, doch ein Treffer bei den Fingerabdrücken hätte sofort einen Alarm auslösen müssen. Roach war sich also ziemlich sicher, dass man die Personalakte des Toten bei der Polizei digital verschlüsselt hatte, damit die Bösen sich nicht eines ihnen wohlgesonnenen Polizisten bedienten, um Zugang zu bekommen und den verdeckten Ermittler zu überprüfen. Es war durchaus vorstellbar, dass eine kleine Panne in diesem Verfahren die Verzögerung verursacht hatte – sogar die früher als Special Branch bezeichnete Abteilung war nicht unfehlbar –, aber dafür würden mit Sicherheit Köpfe rollen.

So wie McIntyre den Glasgower Beamten angefunkelt hatte, hätte er nur zu gern bei ihm angefangen, den Henker zu spielen. »Ich denke, unter den gegebenen Umständen sollten Sie uns besser erklären, was Sie und Ihre Abteilung hier vorhaben. In meiner Division. Ohne mein Wissen.«

Zunächst sagte Lonsdale nichts. Er fröstelte und zog sich den dicken Schaffellmantel enger um den Körper. »Ich glaube nicht, dass wir das können.«

»Ich glaube, wir können das, und ich glaube, wir werden das auch tun«, sagte McIntyre. »Reden Sie, Mann. Wir sind hier alle Freunde. Niemand hört uns ab. Ich habe es mit einem toten Polizisten und einer weiteren Leiche zu tun, die irgendeine Verbindung zu ihm zu haben scheint. Was zum Teufel hat Ihr Mann hier in meinem Gebiet gemacht? Und kommen Sie mir bloß nicht mit diesem Mist, dass Sie mir nur sagen dürfen, was ich unbedingt wissen muss. Ich muss nämlich alles wissen, und zwar jetzt, und meine Kommissarin hier auch.«

Lonsdale dachte nach, während er sich erneut schnäuzte. Dann seufzte er. »Was ich sage, bleibt in diesem Raum, okay?«

»Machen Sie schon, Mann«, drängte McIntyre, dessen Tonfall verriet, dass er kurz davor war, die mobile Guillotine aufzufahren.

Lonsdale zögerte noch immer, und die Pastille klapperte in seinem Mund herum wie ein Schlüssel in der Waschmaschine. Roach hatte das Gefühl, dass er von vornherein vorgehabt hatte, sie zu informieren, und das hier nur Schau war. Dann sagte er: »DS Roberts hat über Spioraid nan Gàidheal und deren Verbindungen mit New Dawn ermittelt. Wie Sie wissen, ist die extreme Rechte in den vergangenen Jahren eher Mainstream als extremistische Randbewegung geworden, und Gruppierungen wie New Dawn stellen daher ein sehr reales Risiko für den Staat dar.«

»Ganz zu schweigen vom Risiko für die Bevölkerung«, fügte Roach hinzu.

Lonsdale gestand ihr das mit einem Nicken zu. »Das hier war eine zweijährige Operation. Sie hat in Edinburgh begonnen und wurde dann hierher verlegt. DS Roberts war es gelungen, sich fest im Umfeld von Leuten wie Dalgliesh zu verankern, somit auch bei New Dawn.«

»Als was?«, fragte Roach.

»Drogendealer auf der unteren Ebene im Dienst einer ortsansässigen Familie.«

»Der Burkes?«

»Ja, das stimmt. Es scheint, dass Scott Burke, einer der Söhne, ein Mitglied von Spioraid, mindestens aber eng mit der Bewegung verbunden ist. Robert hat sich unter seinem Decknamen …«

»Jake Goodman.« Roach war leicht verstimmt darüber, dass ihre große Enthüllung nun in den Hintergrund gerückt war.

Lonsdale nickte. »Jake Goodman. Mit diesem Decknamen hat er sich als kleiner Dealer in die Organisation eingeschlichen. Das Hauptziel war Dalgliesh, insbesondere ging es um seine Verbindungen zu New Dawn. Scott Burke hat ihm da nur die Türen geöffnet.«

McIntyre mischte sich ein, die Stimme noch schwer vor Wut. »Und hat er tatsächlich für die Burkes Drogen verkauft?«

»Ja.«

Jetzt konnte McIntyre seinen Zorn kaum noch zügeln. Roach fürchtete, ihm könnte eine Ader platzen. »Und warum wurde ich nicht über diese Operation informiert?«

Lonsdales Gesicht blieb ungerührt. Er nahm sich reichlich Zeit für seine Antwort. Eindeutig bereitete ihm die Wut des Divisionschefs keinerlei Kopfzerbrechen. »Es tut mir leid, aber wir konnten nicht sicher sein, dass Ihre Division nicht unterwandert worden ist.«

Nun reichte es McIntyre. »Sie konnten was?« Die Worte explodierten nur so aus seinem Mund. Er machte einen Schritt auf Lonsdale zu, überlegte es sich dann aber noch einmal anders. Roach glaubte nicht, dass ihn diesmal seine Angst vor Bakterien zurückgehalten hatte; vielmehr fürchtete er wohl, völlig die Kontrolle zu verlieren. Schwer atmend zwang er sich, wieder auf seinem Stuhl Platz zu nehmen. Seine Stimme klang weiterhin gepresst, als wäre das Feuer, das sie erhitzt hatte, lediglich auf kleinere Flamme gestellt, aber längst nicht erloschen. »Detective Superintendent Lonsdale, Sie geben mir jetzt besser eine Erklärung. Und zwar eine richtig gute.«

Lonsdales Tonfall blieb ruhig. »Ich kann mindestens drei Ihrer Beamten nennen, die an Versammlungen von Spioraid teilgenommen haben. Einer von ihnen ist Hauptkommissar. Nur weil sie eine Uniform anziehen, heißt das noch lange nicht, dass sie ihre politischen Überzeugungen im Spind zurücklassen. Wir konnten nicht riskieren, dass unser Mann enttarnt wurde.«

»Und doch liegt er hier in der Leichenhalle«, merkte Roach an.

Lonsdale warf ihr einen flüchtigen Blick zu, doch sie sah den Schmerz in seinen Augen. »Ja«, erwiderte er. Einen Augenblick lang trat Schweigen zwischen ihnen ein.

»Wissen Sie was, Detective Chief Superintendent«, sagte McIntyre, »das Ganze war von Anfang an eine einzige Katastrophe. Sie schleusen einen Mann verdeckt in mein Gebiet ein und informieren mich nicht einmal darüber. Sie beschuldigen meine Leute, mit rechtsextremen Gruppierungen im Bunde zu sein. Sie brauchen drei Tage, um uns über die Identität Ihres Mannes zu informieren, nachdem man ihn tot aufgefunden hat. Wissen Sie was? Ich glaube, ich werde mich in dieser Angelegenheit wirklich an den Chief Constable wenden.«

Lonsdale zuckte mit den Achseln, kramte ein Paket Papiertaschentücher aus der Tasche und zog ein frisches heraus. »Bitte, gern.«

McIntyre starrte ihn lange und wütend an. »Ihre verdammte Genehmigung brauche ich dafür nicht«, erwiderte er.

44

Als Rebecca endlich wieder im Büro war, warf ihr Barry den üblichen enttäuschten Blick zu, doch er forderte keine Erklärung für ihre Abwesenheit, obwohl sie diesmal einen guten Grund hatte. Keine Spur von Les, das war zumindest mal was. Sie setzte sich an ihren Computer und begann, den Text zu ihrem Amateurfoto der Polizeitätigkeit auf der Church Street zu verfassen. Sie hatte sich mit Elspeth auf die Formulierung geeinigt, man hätte das Opfer auf dem Friedhof vor Ort als Walter Lancaster bezeichnet. Auch die Uniform würden sie erwähnen. Beim letzten Mal hatten sie die Information über die Highlander-Tracht noch zurückgehalten, und aus dieser Erfahrung hatten sie gelernt. Auch hier würde Lola McLeod garantiert schon bald herumschnüffeln, wenn sie es nicht bereits tat. Sie hatte unter Beweis gestellt, dass ihre Quellen mindestens so gut wie die von Elspeth waren. Roach war eine erfahrene Polizistin und wusste genau, was sie tat, wenn sie praktisch all das bestätigte. Rebecca und Elspeth waren sich ziemlich sicher, dass sie sie nicht auf eine falsche Fährte gelockt hatte, auch wenn das Gespräch verflixt schnell eine völlig andere Wendung genommen hatte. Rebecca spürte noch immer, dass ihr Herz ein wenig lauter pochte, und das hatte nichts mit ihrem Sprint zum Auto zurück und auch nichts mit der wilden Fahrt zum Büro zu tun. Roach hatte sie völlig durcheinandergebracht. Rebecca fürchtete sich nicht vor der Polizei, da ja ihr Vater selbst Kriminalbeamter in Glasgow gewesen war. Aber die ruhige Entschlossenheit, die Roach an den Tag legte, verstörte Rebecca doch sehr. Sie wusste zwar, dass Roach mit ihrer Drohung höchstwahrscheinlich nicht sehr weit käme, aber gleichzeitig sagte ihr Bauchgefühl, dass die Kriminalbeamtin bestimmt alles in ihren Kräften Stehende tun würde, um die Sache voranzutreiben. Und Rebecca war sich nicht sicher, wie viel Unterstützung sie von ihrem Arbeitgeber bekommen würde.

Sie rief die Presseabteilung in Inshes an und sprach mit ihrem Lieblingsbeamten dort, einem jungen Mann, der wie sie in Inverness zugezogen war. Er präsentierte ihr die offizielle Version zu dem Mordfall, irgendwas Langweiliges und völlig Nichtssagendes, aber es kam zumindest ein Zitat dabei raus. Sie fügte die Fotos hinzu, die sie vom Handy hochgeladen hatte, doch ehe sie auf »SENDEN« drückte, hielt sie inne und dachte einen Augenblick nach. Lancaster hatte die gestohlene Uniform getragen, und dadurch gab es irgendwie eine Verbindung zwischen seinem Tod und Jake Goodman. Auch diese Story würde sie gleich enthüllen, wieder mit der Formulierung, man hätte ihn vor Ort so bezeichnet. Man hatte Goodman in Culloden gefunden, an einem historisch bedeutsamen Ort, und Lancaster bei der High Kirk. Sicherlich, es war eine alte Kirche, aber Rebecca fragte sich, was an diesem Ort so bedeutsam sein sollte. Irgendwo in ihrem Kopf flüsterte eine sehr leise Stimme, aber sie konnte sie noch nicht genau hören.

Sie zog ihr Mobiltelefon heraus, wählte Anna Fowlers Nummer und hoffte, dass diese nicht gerade eine Vorlesung hielt. Es klingelte und klingelte. Mist, dachte Rebecca, als sie den Rufton weiter dröhnen hörte, während sie bereits Google aufrief und den Namen der Kirche eintippte. Sie hätte lieber mit einer Expertin darüber geredet, als sich aufs Internet zu verlassen, aber das war …

»Anna Fowler.« Die Stimme der Geschichtsprofessorin unterbrach jäh ihre Gedanken.

»Anna«, sagte Rebecca, hörbar erleichtert. »Hören Sie, ich muss mal Ihr Gehirn strapazieren.«

»Davon wird es auch nicht schlauer«, erwiderte Anna.

Das hatte ihr Vater auch immer gesagt, aber Rebecca lachte pflichtschuldig. »Die Old High Kirk an der Church Street?« Da war wieder dieser Frageton. Anna wusste doch bestimmt, wo die Kirche war, Herrgott noch mal. »Was ist da geschichtlich wichtig, und was für eine Verbindung besteht zu Culloden?«

»Es ist die älteste kirchliche Stätte in Inverness – der heilige Kolumban soll hier vor König Brude gepredigt haben –, obwohl das Kirchengebäude selbst nur aus dem frühen achtzehnten Jahrhundert stammt. Im Turm haben die Truppen von Charles Edward Stuart bis zur Schlacht von Culloden Regierungssoldaten gefangen gehalten. Dann haben sich die Geschicke gewendet, und danach wurden Soldaten der Jakobiter dort und an einigen anderen Orten eingesperrt – unter anderem in der alten gälischen Kirche um die Ecke, wo das Buchantiquariat ist. Der Herzog von Cumberland hat sie alle an der Tür zum Turm hinrichten lassen. Man sagt, dass die Dellen im Stein von Musketenkugeln stammen. Die Verwundeten, die ihrem traurigen Schicksal nicht mehr stehend entgegenblicken konnten, lehnte man an einen Grabstein auf dem Friedhof. Ein Regierungssoldat stützte seine Waffe in einer V-förmigen Kerbe in einem anderen Grabstein ab, um sie ruhig zu halten und die Soldaten hinzurichten. Diese beiden Grabsteine kann man heute noch sehen, obwohl seither ein höheres Grabmal neueren Datums zwischen ihnen errichtet wurde.«

Rebecca notierte sich das alles. In ihrer Story brachte sie die beiden Mordfälle nicht offiziell miteinander in Verbindung, aber indem sie die Uniform erwähnte und noch eine Randleiste hinzufügte, scheinbar nur, um die Bedeutung des Fundorts zu illustrieren, wurde sie zumindest ihren eigenen Ansprüchen gerecht.

»Ist da wohl was passiert?« Anna hatte sich zunächst in ihre Minivorlesung gestürzt. Jetzt war sie neugierig und wollte wissen, warum Rebecca gefragt hatte.

»Man hat dort heute Morgen die Leiche eines Mannes gefunden. Walter Lancaster. Sie haben ihn vielleicht in den Fernsehnachrichten gesehen.«

»Ich schaue mir im Augenblick keine Nachrichten an«, sagte Anna. »Zu deprimierend. Zu viel Trump, Brexit und Tod. Wer ist er? Oder wer war er?«

»Ein Sexualstraftäter, den man in Ferry ansiedeln wollte. Die Leute vor Ort haben sich aktiv dagegen gewehrt.«

»Und man hat ihn auf dem Friedhof gefunden?«

»Ja.«

»Wie ist er gestorben?«

Das hatten sie Roach nicht gefragt. Es war ohnehin zweifelhaft, ob sie irgendwas mit Bezug auf die Todesart bestätigt hätte. »Er ist ermordet worden«, antwortete sie.

»Und nach Ihrer Frage zur Geschichte des Friedhofs zu urteilen, glauben Sie, dass sein Tod mit dem des Mannes in Verbindung steht, den man in Culloden gefunden hat?«

»Ja.«

Am anderen Ende wurde es einen Augenblick lang still. Als Anna redete, hatte ihre Stimme sich ein wenig verändert, wirkte irgendwie distanzierter. »Trug er die fehlende Uniform?«

»Das stimmt. Äh, tut mir leid, Anna, ich muss jetzt auflegen.« Rebecca war sehr erpicht darauf, die Information ins System einzuspeisen und online zu stellen. »Ich stehe hier total unter Zeitdruck, Pistole auf der Brust sozusagen.«

Anna hauchte ein kleines Lachen ins Telefon. Es war ein trauriges kleines Geräusch. »Wenn man die Geschichte dieses Friedhofs bedenkt, ist das ein sehr passender Ausdruck. Ich habe jetzt ohnehin zu unterrichten. Bitte halten Sie mich über die Entwicklungen auf dem Laufenden, ja? Ich habe das Gefühl, dass mich die Sache inzwischen beinahe persönlich interessiert. Eines noch, ehe wir auflegen. Ich bin sicher, das ist Ihnen auch bereits aufgefallen. Man hat die Fundorte nicht zufällig ausgesucht. Culloden und die Old Kirk sind durch Blut miteinander verbunden. Wer immer das hier getan hat, hatte seine Gründe für diese Wahl.«

45

Das Kind sieht die Männer in den Tod gehen, denn die Vergangenheit ist Gegenwart, und die Gegenwart ist Vergangenheit. Sie sind zerlumpt und müde, ihre Wunden nur notdürftig verbunden, Blut sickert durch das schmutzige Leinen. Denn warum sollte man denen, die demnächst sterben werden, noch medizinische Hilfe leisten? Sie sitzen im Turm, hören das Gewehrfeuer draußen und den Aufprall der Musketenkugeln auf dem Stein. Und auf dem Fleisch. Sie hören ihre Kameraden, ihre Freunde, ihre Brüder schreien und stöhnen und fallen. Dann wird die Tür erneut geöffnet, und ein weiterer wird abgeholt.

Es ist ein Fließband des Tötens, das weiß das Kind. Einer nach dem anderen, manchmal auch in Gruppen werden sie aus dem vollgestopften Gefängnis ins kalte Licht des Tages geholt. Ein gebrüllter Befehl. Ein Musketenschuss. Ein Mann stirbt. Ein anderer tritt an seine Stelle.

Und dann kommen sie die Schwachen und Verwundeten holen. Sie werden nach draußen gezerrt, über das Gras geschleift und gegen den Grabstein geschleudert. Die Erde unter ihnen ist kalt und nass, der Stein in ihrem Rücken grob behauen. Und hier, wenige Fuß entfernt, ist ein weiterer Grabstein, in der V-förmigen Kerbe ruht der Lauf eines Gewehrs, der Soldat dahinter ist nur ein in einen roten Rock gehüllter Brocken. Dann der Schuss, eine Rauchwolke aus der Muskete, vielleicht ein kurzer, neuer Schmerz vor dem erlösenden Vergessen. Die Kameraden des schießenden Soldaten schauen zu. Manche sind entsetzt über dieses Gemetzel, andere grinsen. Manche Gesichter sind ausdruckslos – dies ist nur ihre Pflicht, ein Befehl, der ohne Frage ausgeführt wird. Die Soldaten sind Unterdrücker, die mit handwerklicher Präzision dahinmetzeln. Sie sind die Sieger, und die Geschichte ist in ihrer Hand.

Das Kind sieht sie jetzt, Unterdrücker und Opfer zugleich, als Lancaster stirbt. Sie stehen zwischen den Gräbern, obwohl keiner dieser Grabsteine an sie erinnert. Die sterblichen Überreste der Highlander vermodern unter dem Pfad, der zur Kirchentür führt. Die Regierungssoldaten – Engländer wie Schotten – liegen vermutlich unter der Erde irgendeines fremden Schlachtfelds oder in ihren Heimatstädten und -dörfern begraben. Und doch ist etwas von ihnen hier zurückgeblieben, kaum mehr als ein schattenhafter Umriss in der Nacht, Schatten der Dunkelheit in den Schatten der Dunkelheit. Sie halten Wache, als der Körper zunächst in Rot eingekleidet und dann mit Rot durchtränkt wird, als ihm der Hals durchtrennt wird und das Leben herausprudelt.

Er zuckt auf dem Grabstein wie ein Tier, das der Metzger ausbluten lässt. Die zerlumpten Highlander verstehen es, denkt das Kind, aber die Soldaten – Engländer wie Schotten – sind verdutzt. Das Kind spürt, wie ihre Fragen in der Nachtluft schweben.

Warum?

Warum? Das Kind antwortet mit Worten, die nur in seinen Gedanken Gestalt annehmen. Weil er existiert und es nicht verdient, am Leben zu sein.

Die Frage kommt erneut.

Warum?

Weil er von eurem Fleische ist. Weil er einer ist, der sich an den Schwachen und den Ängstlichen schadlos hält. Weil er für seine Verbrechen büßen muss. So wie der, den sie Goodman nannten. Genau wie der Mann in dem kleinen Zimmer oben an der Treppe vor all den Jahren.

46

Die Einsatzzentrale war beinahe menschenleer, bis auf DC Edward Moore und eine junge Beamtin, eine blonde Frau, die man von der uniformierten Polizei abgestellt hatte und an deren Namen Roach sich nicht erinnern konnte. Roach bot Lonsdale eine Tasse Kaffee an, war sogar bereit, ihm etwas von ihrem persönlichen Vorrat abzugeben, doch er zog Tee vor. Sie hatte solche Aufgaben nie an Untergebene delegiert. Also standen die beiden, während Roach die Getränke zubereitete, gemeinsam vor dem Whiteboard und betrachteten das, was ihre Ermittlung bisher zutage gebracht hatte. Mit einer Entschuldigung, dass es keine Yorkshire-Teemischung war, reichte sie ihm einen Henkelbecher. Sie stellte sich neben Lonsdale, aber nicht zu nah. Als wollte er ihre Entscheidung unterstützen, wischte er sich mit einem frischen Papiertuch die Nase ab.

Seine Augen überflogen die Informationen auf dem Whiteboard.

»Wir sind auf derselben Seite, wissen Sie.«

Sie nippte an ihrem Kaffee. Der vorhin in der Altstadt war gut gewesen. Ihrer war besser. »Obwohl alle Hinweise eher das Gegenteil vermuten lassen.«

Sie lächelten einander an. Beide nicht sonderlich aufrichtig.

»Sie glauben also, dass Spioraid rausbekommen hat, dass Ihr Mann verdeckt ermittelt hat?«, fragte Roach, und ihr Lächeln verging.

»Sagen Sie es mir«, erwiderte Lonsdale, dessen Aufmerksamkeit wieder dem Whiteboard galt.

»Da wir eben erst von dieser Verbindung erfahren haben, können wir Ihnen gar nichts sagen«, antwortete Roach. »Wenn wir gewusst hätten ...« Sie ließ den Gedanken unvollendet und meinte wieder einmal, so etwas wie Bedauern auf seinem Gesicht zu entdecken. Oder vielleicht war ihm seine Pastille nicht bekommen. Bei Leuten seines Schlags wusste man nie.

»Wie kommen Sie mit der Ermittlung voran?«, fragte er.

»Wir sind noch ziemlich am Anfang.«

Lonsdale schniefte. »Also keine heiße Spur?«

»Ein paar Hinweise.«

»Sind Sie gewillt, mich einzuweihen?«

»Waren Sie das denn?«

»Jetzt bin ich es.«

»Wirklich?«, fragte sie und legte den Kopf ein wenig schief. »Sind Sie das wirklich?«

Plötzlich wurde sein Gesicht ernst. »Schauen Sie – DCI Roach, nicht wahr?« Sie nickte. »Schauen Sie, einer meiner Männer ist tot. Er war mein Mitarbeiter. Ich war sein Chef und sein Kontakt. Ich habe ihn hierhergeschickt, also fühle ich mich verantwortlich. Also, ja, ich bin bereit, Sie einzuweihen.«

»Aber nur in gewissen Grenzen, stimmt's?«

Er schaute sie abschätzend an. »Sie wissen doch, wie es läuft.«

»Ja, das stimmt«, erwiderte sie. »Ihr Leute weiht nicht gern andere ein, es sei denn, es bleibt euch nichts anderes übrig.«

»Manchmal können wir das einfach nicht.«

Sie schwiegen erneut, während Lonsdale sich aufmerksam das bisschen anschaute, was sie bisher herausgefunden hatten. Er hielt sich nur kurz bei dem ausgedruckten Bild mit dem Gesicht des Toten auf, ehe seine Augen weiterwanderten.

»Wir brauchen eine offizielle Identifizierung«, sagte Roach.

»Seine Frau ist hierher unterwegs.«

»Er hat eine Frau?«

»Und zwei Kinder.«

Roach konnte sich nicht vorstellen, was für ein Leben diese Frau führte, deren Mann lange Zeit verdeckt ermittelte, ein anderes Leben unter einem anderen Namen führte. Und der nun tot in einer Stadt lag, die ihnen wahrscheinlich beiden fremd war.

»Aber ich kann die Identifizierung vornehmen«, fuhr Lonsdale fort. »Ihr zumindest das ersparen.«

Er schien sich auf einen Namen auf dem Whiteboard zu konzentrieren, den Bremner in Schönschrift hinzugefügt hatte, wie Roach feststellte. »Dieser John Donahue«, sagte er. »Haben Sie mit ihm geredet?«

»Persönlich und am Telefon. Eine wahre Wonne.«

»Brian hat mir von ihm berichtet. Wir haben es hingekriegt, dass er einen Job auf dem Set des Films bekommt, den sie da gerade drehen.«

»*Conquering Hero*.«

»Ja.« Er nippte an seinem Tee. »Ah, der ist gut. Jedenfalls hatte er es geschafft, sich hier oben in Spioraid einzuschmuggeln, weil er sich mit diesem Scott Burke angefreundet hat.«

»Und für ihn Drogen verkauft hat.«

»Das kleinere Übel, DCI Roach, das kleinere Übel.«

»Ach wirklich? Erzählen Sie das mal den Familien, die von den Drogen zerstört wurden.«

Er ignorierte ihren Einwurf. »Jedenfalls haben wir ihm einen Job auf diesem Filmset verschafft, Gelegenheitsarbeiten, hier mal ein Boot schleppen, da einen Heuballen rumtragen, so was in der Art. Da ist er mit Mr Donahue in Kontakt gekommen.«

»Man hat mir berichtet, dass es Streit gegeben hat.«

Lonsdale zog die Augenbrauen in die Höhe. »Wo haben Sie das gehört?«

»Auch ich bin nur in Maßen bereit, meine Informationen preiszugeben.«

Sie glaubte, ein Lächeln in seinen Augen aufblitzen zu sehen. »Na gut. Ja, die beiden hatten Streit.«

»Hat Ihr Mann auch an die Filmleute Drogen verkauft?«

»Natürlich, aber darum ging es dabei nicht. Donahue und Brian hatten eine gemeinsame Vergangenheit.«

»Sie haben zusammengearbeitet?«

»Nein, Donahue war in Strathclyde, Brian in Lothian and Borders. Das war, bevor wir alle eine große glückliche Familie unter dem Dach von Police Scotland wurden.«

»Okay. Also, was war da?«

Lonsdale hielt seine Henkeltasse von sich weg und hob blitzschnell die Hand mit dem Taschentuch zur Nase, um ein Niesen abzufangen. »Entschuldigung«, sagte er. »Mistvirus.«

»Sollten Sie nicht eigentlich im Bett liegen?«

»Ich habe es Ihnen doch schon gesagt, Brian war einer meiner Leute. Es ist schlimm genug, dass ich sein Gesicht in den Nachrichtensendungen verpasst habe. Ich muss hier sein, ob es mich umbringt oder nicht.«

Roach verstand das. Sie würde genauso empfinden. »Aber tun Sie mir den Gefallen und sterben nicht in meiner Einsatzzentrale. Ich habe schon genug Schreibkram zu erledigen.«

Er lächelte. »Ich werde mir alle Mühe geben.«

Vielleicht bauten sie gerade eine Verbindung auf, überlegte sie. Dann erinnerte sie sich daran, dass er Geheimdienstler war. Die hielten sich ja immer für sich. »Also, Donahue und Brian. Gemeinsame Geschichte.«

Lonsdale setzte seinen Henkelbecher auf der Ecke des nächsten Schreibtisches ab und schnäuzte sich. Dann sagte er: »Vor etwa zehn Jahren wurde Donahues Tochter während des Edinburgh Festivals Opfer eines sexuellen Übergriffs. Allen Berichten zufolge war das eine ziemlich schlimme Sache. Brian war der Ermittler.«

»Haben Sie den Kerl geschnappt?«

»Die Kerle. Plural. Typen aus bestem Hause, die nach Edinburgh gekommen waren, um Party zu machen. Einer war der Sohn eines Ministers.«

»Was ist passiert?«

»Raten Sie mal«, sagte er, aber das musste Roach gar nicht. Verurteilungen für sexuelle Übergriffe waren unerträglich selten. Oft waren die einzigen Zeugen die Opfer selbst, und deren Zustand war häufig so instabil, dass sie keine verwertbaren Aussagen machen konnten. Wenn keine hieb- und stichfesten DNA-Beweise existierten, konnten gute Verteidiger genügend Zweifel und Schatten heraufbeschwören, um sogar die Sonne zu verfinstern. Und wenn der Angeklagte auch noch gute Verbindungen hatte, stand ihm gewöhnlich das beste Juristenteam zur Seite, das man mit Geld kaufen konnte.

»Also sind sie davongekommen?«

»Ja. Und Donahue hat Brian beschuldigt, er hätte sich nicht genug Mühe gegeben. Hat auch noch die stellvertretende Staatsanwältin für ihre Handhabung des Falls attackiert, in aller Öffentlichkeit draußen vor dem High Court heruntergeputzt. Nach allem, was man so hört, ist er ziemlich ausgerastet. Man hat Donahue bald darauf nahegelegt, er solle sich aus dem Polizeidienst zurückziehen.«

»Also hat er Ihren Mann gesehen und erkannt?«

»So ungefähr. Hat sich sofort auf ihn gestürzt. Es sei alles sein Fehler gewesen, er sei eine Schande für seinen Berufsstand.«

»Vor Zeugen.« Roach stellte keine Frage. Wer immer Rebeccas Quelle war, hatte alles gesehen.

»Brian sagte, da sei sonst niemand gewesen, aber offensichtlich irrte er sich. Wenn also irgendwelche Leute von Spioraid oder New Dawn in der Gegend waren ...«

»New Dawn hat bisher noch niemanden umgebracht, oder?«

»Meines Wissens nicht. Wir wissen von einer Reihe von schlimmen Schlägereien, und in einer Glasgower Moschee wurde eine

Bombe deponiert, kurz nach dem Brexit-Referendum. Sie wurde noch rechtzeitig entdeckt, also nein – bisher hat New Dawn noch niemanden umgebracht. Aber einmal ist immer das erste Mal.«

Roach dachte darüber nach. Wenn New Dawn nun zum Morden übergegangen waren, konnte man diese Tötungsdelikte tatsächlich als Botschaft an alle anderen verstehen, sich um ihren eigenen Kram zu kümmern. Das Kostüm, die Waffe, der Fundort – alles war mit der schottischen Geschichte verbunden. Wollte New Dawn oder Spioraid oder welche Untergruppe von Spinnern und Idioten auch immer damit unter Umständen eine Botschaft senden? Aber was zum Teufel hatte ein kürzlich aus dem Gefängnis entlassener Sexualstraftäter mit all dem zu tun?

Was auch immer die Lösung des Rätsels war, Roach wusste, wie ihr nächster Schritt aussehen musste. Sie wandte sich vom Whiteboard ab und erhob ihre Stimme. »DC Moore, ich möchte, dass Sie bei John Donahue anrufen. Sagen Sie ihm, dass man ihn hier in Inshes sehen möchte. Das ist keine Einladung, und Sie werden kein ›Ich habe zu viel zu tun‹ und kein ›Ich habe mir gerade die Haare gewaschen‹ als Antwort akzeptieren. Donahue hat uns ein paar Fragen zu beantworten, und er wird das in einem unserer Befragungszimmer tun, ehe der Tag zu Ende ist. Sollte er Ihnen ausweichen oder irgendwelchen Ärger machen, haben Sie meine Erlaubnis, zu ihm ins Tal zu fahren und ihn in Handschellen herzuschleifen. Klar?«

Moore grinste und griff nach dem Telefon.

Dann kam ihr eine andere Idee. »Und sagen Sie ihm, er soll eine Liste aller Leute mitbringen, die auf dem Filmgelände und am Set selbst angestellt sind. Wenn er Ihnen deswegen schräg kommt, stellen Sie ihn zu mir durch.«

Sie wollte immer noch zu gern wissen, wer der kleinen Connolly die Informationen weitergab. Es musste jemand sein, der in irgendeiner Eigenschaft für die Filmgesellschaft arbeitete, und vielleicht wäre die Liste da hilfreich. Schaden konnte sie jedenfalls nicht.

Lonsdale musterte noch das Whiteboard. Zweifellos beurteilte er das Ermittlerteam danach, wie wenig sie bisher herausgefunden hatten. Na ja, wäre seine Dienststelle im Zusammenhang mit dieser Operation nicht so wortkarg gewesen, hätten sie vielleicht schon mehr. Sie tippte auf Donahues Namen. »Was ist mit Donahues Tochter passiert?«

Lonsdale schnäuzte sich wieder, dann antwortete er in nüchternem Tonfall. »Sie hat sich kurz nach dem Prozess erhängt.«

47

Rebecca versuchte schon seit Tagen, John Donahue zu erreichen, ohne Erfolg. Der Mann weigerte sich schlicht, ihre Anrufe entgegenzunehmen. Sie wollte dringend mit ihm über das reden, was Anna ihr erzählt hatte, besonders jetzt, da sie den Namen des Opfers hatte. Sie überlegte, ob sie ganz frech ins Hauptquartier der Filmgesellschaft spazieren sollte, aber bis zum Glen Nevis war es eine lange Autofahrt, wahrscheinlich zwei Stunden pro Strecke, und wozu? Um am Tor abgewiesen zu werden? Sie konnte keinen glaubhaften Grund vorbringen, mit dem sie Les davon überzeugen könnte, sie einen ganzen Nachmittag aus der Redaktion fortzulassen. Sie konnte es ja nicht einmal vor sich selbst rechtfertigen.

Ihr Magen erinnerte sie nun schon eine ganze Weile daran, dass die Mittagszeit längst vorüber war, aber sie hatte ihn ignoriert, um ihren Text einzustellen. Als sie endlich fertig war, versuchte sie es noch ein weiteres Mal bei Donahue, erreichte ihn, wie erwartet, nicht, und beschloss, sich gegenüber im Supermarkt einen Becher Suppe und ein Sandwich zu holen. Dass die Redaktion in einem Gewerbegebiet lag, hatte seine Vorteile: Gleich in der Nähe war ein großer Supermarkt, wo man einkaufen und sich ein Mittagessen besorgen konnte.

Sie sah das schwarze Geländefahrzeug, sobald sie aus dem Gebäude trat. Nolan Burke. Stellte ihr der Typ nach? Wieder verspürte sie dieses Kribbeln in der Magengrube. Es gefiel ihr gar nicht.

Er musste wohl Ausschau nach ihr gehalten haben, denn er stieg sofort aus und kam quer über den Parkplatz auf sie zu. Sie schaute zu den Bürofenstern hinauf, aber soweit sie es feststellen konnte, blickte niemand zu ihr herunter. Beim ersten Mal hatte Nolan sie nach Arbeitsschluss abgepasst, jetzt war helllichter Tag. Was würde jemand denken, der vom Büro aus sah, wie sie mit einem der berüchtigten Burkes plauderte? Würde er es auf die Story schieben und dabei belassen? Oder würde er etwas anderes vermuten? Dabei gab es ja gar nichts anderes zu vermuten. Nolan Burke war für sie nur eine Informationsquelle und eine Story.

Oder?

»Mr Burke«, sagte sie. »Was bringt Sie her?«

»Ich wollte mich nach gestern Abend davon überzeugen, dass es Ihnen gut geht«, antwortete er. »Und ich heiße Nolan, erinnern Sie sich?«

Sie erinnerte sich, aber diesen Weg wollte sie trotz allem nicht einschlagen. »Mir geht es gut«, erwiderte sie. »Es tut ein bisschen weh, aber meine Hände sind gar nicht so schlimm dran.«

Sie zeigte ihm ihre Handflächen, auf denen nur noch ein paar rote Striemen zu sehen waren. Er streckte den Arm aus, als wollte er sie berühren, überlegte es sich aber noch einmal anders. Sie zog rasch ihre Hände weg, und eine Weile standen sie verlegen herum, und keiner sagte etwas. Sie fühlte sich, als wäre sie wieder in der Schule, wie beim ersten Mal, als ein Junge sie um ein Rendezvous bat. Der Junge hatte sich damals denkbar ungeschickt angestellt, aber sie hatte auch nicht geholfen, sondern sich geziert, obwohl sie wirklich mit ihm ausgehen wollte. Nicht dass die heutige Situation genauso wäre, versteht sich.

»Jedenfalls, ich gehe gerade gegenüber was zu essen holen, wenn Sie also nicht ...«

»Ich leiste Ihnen Gesellschaft«, sagte er, obwohl sie sich nicht daran erinnerte, ihn eingeladen zu haben. Zumindest glaubte sie nicht, dass sie das gemacht hatte. Egal, jetzt hatte sie ihn am Hals, es sei denn, sie könnte sich irgendwie rausreden.

»Ich gehe nur Suppe und ein Sandwich holen«, sagte sie. »Ich muss damit zurück ins Büro.«

»Das ist in Ordnung«, erwiderte er. »Ich sorge nur dafür, dass Sie unterwegs niemand belästigt.«

»Ich glaube nicht, dass das besonders wahrscheinlich ist«, sagte sie in trockenem Tonfall. »Obwohl Sie es hinkriegen könnten.«

Er lächelte. Für einen mit Drogen handelnden Gangster hatte er ein sehr nettes Lächeln, dachte sie und tadelte sich sofort dafür. Er ist eine Informationsquelle, mehr nicht.

»Ich hab gehört, dass sie diesen Lancaster tot aufgefunden haben, irgendwo in der Altstadt«, sagte er, während sie über den großen Platz wanderten.

»Ja.«

»Hat man ihn wirklich ermordet?«

»Sieht ganz so aus.«

Er schwieg einen Augenblick. »Wie ist er umgekommen?«

»Ich weiß es nicht.«

»Wissen Sie, ob die schon jemanden verdächtigen?«

»Warum interessiert Sie das so sehr?«

Eine Weile verlangsamte er seine Schritte. »Weil das der Typ war, gegen den wir protestiert haben, und jetzt ist er tot. Sie kennen doch meine Familie, kennen unseren Ruf. Die Polizei wird uns sicher ins Visier nehmen.«

Sie blieb stehen und schaute ihn an. »Hat Ihre Familie ihn umbringen lassen?«

»Nein.«

Sie glaubte ihm. »Dann haben Sie doch nichts zu befürchten, oder?«

Er lachte, aber es klang rau und humorlos. »Aye, genau. Ich dachte, Sie wissen, wie die Dinge laufen, Rebecca. Unschuld ist keine Verteidigung. Wenn die es so hindrehen wollen, dass wir dafür verantwortlich sind, dann tun sie das.«

Er sprach von Manipulation. Ihr Vater hatte ihr erzählt, dass man bei der Polizei oft derlei Tricks anwandte und dass es Fälle von ernsten Verstößen dieser Art gegeben hatte. »So was machen die heutzutage nicht mehr«, erwiderte sie.

Noch ein Lachen, genau wie das erste. »Aye, glauben Sie das ruhig weiter.«

Sie hielt seinem Blick stand, versuchte abzuschätzen, ob sie da echte Schuldgefühle entdecken konnte. Sie sah nichts. Aber sie bemerkte etwas anderes. Er machte sich Sorgen. Befürchtete er wirklich, dass die Polizei ihm und seiner Familie diesen Mord in die Schuhe schieben würde? Oder war da noch etwas anderes? Hatte seine Familie tatsächlich etwas mit Lancasters Tod zu tun, und folglich auch mit dem Mord an Jake Goodman?

»Macht Ihnen da etwas Sorgen?«

Die Art, wie er ihrem Blick auswich, bestätigte ihren Verdacht. Er starrte über den Parkplatz hinweg, als suchte er etwas, fände es aber nicht. »Mr Burke«, sagte sie.

»Nolan«, erwiderte er automatisch.

»Bereitet etwas an dieser Sache Ihnen Sorgen?«

Er schaute sie noch immer nicht an. »Lassen wir die Sache einfach auf sich beruhen, okay?«

»Das kann ich nicht machen, und das wissen Sie.« Sie holte tief Luft, ehe sie ihm die nächste Frage stellte. »Ihre Mutter.« Sie atmete noch einmal tief ein. »Ich muss das fragen – ist sie als Kind sexuell missbraucht worden?«

Ein Muskel zuckte in seiner Wange, als er in Erwägung zog, darauf nicht zu antworten. »Als kleines Mädchen. Von ihrem Vater.«

Also doch kein so anständiger Kerl, ihr Vater. Sie wollte ihn gerade fragen, ob Scott auch davon wusste, als Nolan betont auffällig auf die Uhr blickte.

»Hören Sie«, sagte er mit gepresster Stimme. »Mir ist gerade eingefallen, dass ich noch wo hinmuss.«

Gerade eingefallen, dachte sie. Er kommt den ganzen weiten Weg zum Parkplatz, postiert sich vor meinem Büro, bis ich herauskomme, und als das Gespräch dann eine schwierige Wendung nimmt, erinnert er sich plötzlich an eine andere Verabredung.

Er musterte erneut den Horizont, fand dort immer noch nichts, musterte ihn aber trotzdem. Dann schüttelte er den Kopf, drehte sich um und ging fort.

Sie sah ihm hinterher, wusste, dass sie jetzt nicht viel klüger, aber doch besser informiert war. Nolan Burke hatte Informationen, vielleicht auch nur einen Verdacht, würde ihr jedoch nichts davon mitteilen. Sie hatte schon vermutet, dass es da eine Geschichte gab, bei seiner Familie, bei ihm – war das der Grund für das Kribbeln im Magen gewesen? –, doch nun wusste sie es mit Sicherheit.

48

John Donahues Laune war wie üblich, also kaum unter Kontrolle. Er saß im Vernehmungsraum, und sein Körper war so angespannt, dass Roach meinte, er könnte wahrscheinlich mit Hochdruck Diamanten scheißen. Er war anscheinend nicht widerstandslos gekommen.

Sie warf ihm ein knappes Lächeln zu. »Vielen Dank, dass Sie zu dieser Befragung gekommen sind, Mr Donahue.«

Er verzog das Gesicht. »Mir wurde deutlich gemacht, dass eine Weigerung außer Frage stand. Ihr junger Beamter war so beharrlich, dass es fast schon einer Bedrohung gleichkam.«

Roach schaffte es, ein neues – diesmal aufrichtiges – Lächeln zu unterdrücken. Der junge Moore hatte sich also behauptet. Sie durfte nicht vergessen, ihm dafür ein »Gut gemacht!« zu spendieren. »Das tut mir sehr leid, Mr Donahue«, flunkerte sie. »Der Beamte wird selbstverständlich zurechtgewiesen. Es ist jedoch wirklich wichtig, dass wir uns kurz unterhalten.«

Donahue fuhr herum, als Lonsdale, der bei der Tür stand, sich schnäuzte. »Wer ist das?«, bellte er.

Lonsdale beendete erst seine Nasenhygiene, bevor er antwortete: »Detective Chief Superintendent Lonsdale, Mr Donahue. Abteilung Specialist Crimes.«

Donahue knurrte und wandte sich wieder Roach zu, offensichtlich von Lonsdales Titeln wenig beeindruckt. »DCS Lonsdale hat eine schlimme Erkältung und hat sich daher entschieden, einen gewissen Abstand zu wahren«, erklärte Roach. »Er beobachtet diese Befragung lediglich.«

Donahue deutete mit dem Daumen auf den Recorder auf dem Tisch bei der Wand und auf die verschiedenen Kameras ringsum im Raum. »Sie nehmen das nicht auf?«

»Möchten Sie, dass wir es aufnehmen?«

»Nicht besonders. Das ist also keine Vernehmung?«

»Möchten Sie, dass es eine Vernehmung ist?«

Er beugte sich vor, verschränkte die Hände auf der Tischplatte. »Schauen Sie mal, Schätzchen, hören wir einfach mit den Spielchen auf. Ich habe sie mein ganzes Leben lang gemacht, ein paar davon wahrscheinlich sogar erfunden. Ich bin ein viel beschäftigter Mann, können wir also einfach loslegen und die Sache hinter uns bringen? Sie wollen etwas über mich und Brian Roberts wissen, stimmt's?«

»Das stimmt.«

»Brian Roberts war ein beschissen schlechter Polizist. Er hat die Ermittlung zum sexuellen Übergriff auf meine Tochter vermasselt. Er hatte es nicht verdient, bei der Polizei zu arbeiten, wenn Sie mich fragen.«

»Haben Sie ihm gedroht?«

Donahue rutschte auf seinem Stuhl hin und her. »Aye, im Eifer des Gefechts. Ich habe ihn am Set gesehen, sofort erkannt. Man hatte mir gesagt, er habe der Crew Dope verkauft.«

Lonsdale meldete sich zu Wort. »Sie hätten ihn enttarnen können.«

Enttarnen, dachte Roach. Die Jungs reden also wirklich gern, als spielten sie in einer grottenschlechten Spionageserie mit.

Donahue fuhr erneut zu ihm herum. »Ich wusste doch nicht, dass er noch bei der Polizei war. Ich dachte, er hätte endlich seine wahre Berufung entdeckt. Und ehe jemand mit dem Finger auf mich zeigt, wer hat ihn denn da verdeckt ermitteln lassen, ohne zu wissen, dass ich vor Ort war?«

»Aber Sie haben ihm gedroht«, sagte Roach beharrlich. Wenn jemand Schuldzuweisungen machte, dann sie.

»Das habe ich ja gesagt. Ich habe es nicht so gemeint. Man sagt alles Mögliche, wenn man wütend ist.«

»Eine Morddrohung ist ziemlich extrem.«

»Ich habe es Ihnen bereits gesagt, das ist mir im Eifer des Gefechts rausgerutscht. Auf keinen Fall hätte ich das wahr gemacht.«

»Und doch haben Sie mir erklärt, Sie wüssten nicht, wer er ist, als ich Sie gefragt habe.«

»Ich hatte damals das Foto noch nicht gesehen.«

Roach hielt inne, wusste, dass sie gerade die erste Lüge gehört hatte. »Wer war sonst noch in der Nähe, als Sie Ihren Ausraster hatten?«

Donahue überlegte. »Ich weiß es nicht. Ein paar Leute von der Crew, ein paar von meinen Leuten. Wieso?«

»Weil einer von denen es vielleicht gehört und an Spioraid nan Gàidheal weitergegeben hat«, sagte Lonsdale und zwang Donahue damit, sich erneut zu ihm zu wenden. »Und möglicherweise auch an New Dawn.«

Donahue schüttelte den Kopf. »Nein, unmöglich.«

»Wirklich?« Roach musterte die ausgedruckte Mitarbeiterliste, die Moore ihr vor Beginn des Gesprächs gegeben hatte. »Es stehen viele Leute auf der Liste, können Sie für jeden Einzelnen bürgen?«

»Sie hatten Probleme mit Spioraid«, fuhr Lonsdale fort. »Vandalismus, Diebstahl, Drohungen. Kostüme wurden gestohlen, und Brian Roberts' Leiche war mit einem dieser Kostüme bekleidet. Sie sind ein erfahrener Polizist, Mr Donahue, Sie müssen doch den Verdacht gehegt haben, dass hier Insider am Werk waren.«

»Ich habe jeden Vorfall persönlich untersucht«, sagte Donahue. »Ich habe mich davon überzeugt, dass niemand von der Crew dafür verantwortlich ist. Es waren Einbrüche, jedes Mal. Wir haben genau festgestellt, wo die reingekommen und rausgegangen sind.«

»Oder es wurde so inszeniert, dass es danach aussah«, wandte Roach ein, die immer noch die Namensliste las.

»Sie können sich da nicht sicher sein«, sagte Lonsdale.

»Jeder könnte ein Mitglied von Spioraid sein«, meinte Roach.

»Oder mit einem verwandt«, fügte Lonsdale hinzu.

»Oder nur Sympathisant.« Roachs Augen fielen auf einen Namen auf der Liste. Interessant, dachte sie, und musterte dann den ehemaligen Kommissar, der ihr gegenübersaß. Er blickte nicht mehr zwischen ihnen beiden hin und her, entweder weil er müde war oder weil er ihren kleinen Plan durchschaut hatte. Die alte Vernehmungstaktik unter Stress. Eine Person direkt vor dem Befragten, die andere hinter ihm. So bleibt er stets unter Spannung. Ehrlich gesagt war sie überrascht, dass er darauf hereingefallen war. Dann sah sie die Belustigung in Donahues Augen aufblitzen. Er war überhaupt nicht darauf hereingefallen.

»Sie glauben also nicht, dass ich ihn umgebracht habe?«

Sie legte die ausgedruckte Namensliste auf den Tisch. »Ich bleibe für alle Möglichkeiten offen«, sagte sie. »Also, nur fürs Protokoll: Wo waren Sie am Sonntagabend und Montagmorgen?«

»Ich war bis etwa Mitternacht im Büro auf dem Filmgelände, dann in meiner Wohnung in Fort William.«

»Kann das irgendjemand bestätigen?«

»Die Leute haben mich im Büro gesehen, und die Wachleute sind die ganze Nacht im Dienst.«

»Aber danach niemand.«

»Ich bin auf dem Heimweg dem Kater aus der Nachbarwohnung begegnet und habe ihn gestreichelt. Ich bezweifle jedoch, dass er mit Ihnen reden wird.«

»Lassen Sie Ihr Telefon die Nacht über eingeschaltet?«

»Ja, ich bin gern in Rufbereitschaft.«

»Haben Sie es in dieser Nacht benutzt?«

»Ich habe meine Frau angerufen. Sie schläft nicht gut, und ich rede immer mit ihr, ehe ich zu Bett gehe.«

»Kann ich Ihr Telefon einmal sehen?«

»Haben Sie einen Durchsuchungsbefehl?«

»Brauche ich wirklich einen?«

Es trat eine Pause ein, sie starrten einander an, fochten einen stummen Kampf aus. Roach spürte, dass der Mann nichts zu verbergen hatte, aber sie wollte das gern bestätigt wissen. Sie merkte, dass sein Wunsch, die Sache so schnell wie möglich hinter sich zu bringen, mit seinem Bedürfnis im Widerstreit lag, sich so unkooperativ wie nur möglich zu zeigen. Schließlich griff er in die Innentasche seiner Jacke und schob ihr sein schickes Handy zu. Sie nickte zum Dank und sah die Anrufliste durch. Um 00:45 am Montagmorgen war ein Anruf in Glasgow verzeichnet. Er hatte zehn Minuten gedauert. Sie notierte die Nummer, mehr zur Schau als für irgendeinen anderen Zweck, denn sie wusste, dass es seine Telefonnummer zu Hause sein würde. Sie würden auch noch die GPS-Daten seines Handys überprüfen, aber sie hatte sich bereits davon überzeugt, dass er zum Tatzeitpunkt in Fort William gewesen war.

Sie schob ihm das Telefon wieder hin. »Kennen Sie einen Walter Lancaster?«

»Ich habe von einem Walter Lancaster gehört«, antwortete er und steckte das Handy wieder in die Tasche. »Ich habe den Mann nie zu Augen bekommen.«

»Man hat ihn heute Morgen tot auf dem Friedhof der High Kirk in Inverness aufgefunden. Er trug die Soldatenuniform, die von Ihrem Filmset gestohlen wurde.«

Er nahm das zur Kenntnis. »Welche Verbindung hat er mit Roberts?«

»Wir dachten, Sie könnten uns das vielleicht sagen.«

»Woher zum Teufel sollte ich das wissen?«

»Es gibt Sicherheitskameras auf der gesamten Church Street, Mr Donahue. Dort sind jede Menge Pubs, die Kameras sind für die öffentliche Sicherheit nötig. Wir haben Aufnahmen von der Person, die Lancaster umgebracht hat. Eine massige Person. Kraftvoll.«

»Aber kein Gesicht?«

»Nein, kein Gesicht. Das ist mit irgendwas verdeckt, vielleicht mit einer Sturmhaube. Aber Sie sind wie groß? Eins neunzig? Eins zweiundneunzig?«

»Eins siebenundachtzig.«

»Sie machen Fitness, Mr Donahue?«

»Ich halte mich in Form.« Donahues Stimme klang gepresst. Die vorhin aufgeblitzte Belustigung war vergangen, und sein Geduldsfaden war endlich gerissen. Roach war überrascht, dass es so lange gedauert hatte. Donahue blaffte: »Also, lassen Sie mich das alles zusammenfassen, um Zeit zu sparen. Wer immer auf diesen Videoaufnahmen zu sehen ist, ich bin es nicht. Ich kenne diesen Walter Lancaster nicht. Ich hatte keinen Grund, ihn umzubringen. Ich war gestern Nacht nicht in der Church Street, heute Morgen auch nicht, noch nie, soweit ich weiß. Nein, ich kann es nicht beweisen – noch einmal, ich habe bis spätabends gearbeitet, und dann bin ich nach Hause gefahren. Ich habe Brian Roberts nicht umgebracht. Meine Drohung habe ich im Zorn ausgesprochen. Ich bedaure meinen Ausraster. Ich gebe zu, dass jemand meine Bemerkung mitgehört haben könnte, und räume die Möglichkeit ein, dass jemand von der Crew mit Spioraid in Verbindung steht.« Er stand auf. »Wenn Sie mir jetzt meine Rechte verlesen wollen, bestehe ich auf der Anwesenheit eines Anwalts. Ansonsten gehe ich jetzt.«

Roach schaute zu ihm auf, als er sie anfunkelte. »Danke, Mr Donahue, Sie haben uns sehr weitergeholfen. Ich werde dafür sorgen, dass man Sie nach Fort William zurückfährt.«

»Das können Sie sich sparen«, erwiderte er. »Ich arrangiere es selbst.«

Er ging zur Tür, blieb kurz neben Lonsdale stehen. »Ich nehme an, er war einer von Ihren Leuten?«

Lonsdale nickte.

»Es tut mir leid, dass Sie Ihren Mitarbeiter verloren haben. Ich kann mir nur vorstellen, wie Sie sich fühlen. Aber ich werde ihn nicht betrauern. Meiner Meinung nach war er eine Schande für seinen Berufsstand, und ich werde diese Meinung nicht ändern, nur weil er tot ist. Aber ich habe ihn nicht umgebracht, ganz egal, was ich im Zorn gesagt habe. Wenn ich ihn umgebracht hätte, würde das mein Mädchen auch nicht wieder lebendig machen. Es würde die Dinge nicht wieder in Ordnung bringen. Es würde meiner Frau nicht so viel Seelenfrieden schenken, dass sie nachts wieder schlafen kann. Ich habe meinen Lebensunterhalt damit verdient, dass ich Mörder, Diebe, Dealer, Luden, Zuhälter und Perverse gejagt habe. Umgebracht habe ich sie nicht. Ihn habe ich auch nicht umgebracht.«

Donahue wartete nicht auf eine Antwort. Er riss die Tür auf und ging mit gestrafften Schultern und hoch erhobenem Kopf hinaus. Lonsdale schnäuzte sich erneut und setzte sich auf den Stuhl, den Donahue gerade eben erst freigemacht hatte.

»Ich glaube nicht, dass er es war«, sagte er.

»Ich auch nicht«, erwiderte Roach. »Aber es hat mir Spaß gemacht, ihn ein wenig zu piesacken. Und ich habe das hier.« Sie nahm die Namensliste erneut zur Hand.

»Und wie hilft uns das weiter?«

Sie ließ die Augen noch einmal über die Liste schweifen und blieb an dem einen Namen hängen, den sie erkannte. »Weil ich glaube, jetzt zu wissen, wer der Presse Ihrer Majestät hilft.«

49

Scott versuchte, Nolan zu ignorieren, als sie beide gleichzeitig zu Hause ankamen. Nolan berührte ihn am Arm, zwang ihn, sich zu ihm herumzudrehen. »Wir müssen reden«, sagte er.

Dieses kleine Lächeln, als er weiter auf die Tür zuging. »Das müssen wir wirklich nicht, Bro.«

»Ich muss wissen, wo du letzte Nacht warst.«

Scott blieb stehen, sah ihn an, hatte dem Haus den Rücken zugekehrt. »Geht dich nichts an, okay?«

»Wenn du in Familiengeschäften unterwegs warst, wie du behauptest, dann geht es mich was an. Okay, Bro?«

Scott hielt Nolans Blick stand. Nolan wollte ihm unbedingt dieses fiese Lächeln aus dem Gesicht schlagen, als wäre es ein lästiges Insekt. »Ich will dir mal was sagen«, erwiderte Scott. »Ich erzähle dir, was ich gemacht habe, wenn du mir erzählst, was du mit dieser Reporterin machst.«

»Gar nichts mache ich mit ihr.«

»Das sehe ich aber anders.«

»Es ist mir egal, wie du das siehst.«

»Du warst neulich abends mit ihr im Barney's.«

Scheiße. Nolan verspürte einen kleinen Stich – schlechtes Gewissen? Bedauern über seine eigene Dummheit? In Gedanken ging er blitzschnell seine Optionen durch. Er konnte es leugnen, aber was würde ihm das nutzen? Er konnte die Bemerkung ignorieren, aber Scott würde die Sache nicht auf sich beruhen lassen. Oder er konnte etwas annähernd Wahres erzählen und hoffen, dass er seinen kleinen Bruder so dazu brachte, ihm zu beichten, was er gestern Nacht angestellt hatte.

»Ich will sie auf unserer Seite halten. Sie könnte für uns nützlich werden. Es kann nie schaden, eine zahme Reporterin in der Tasche zu haben.«

»Eine zahme Reporterin?« Das schien Scott noch mehr zu belustigen. »Bist du sicher, dass du dir die Reporterin nicht nur für dich persönlich zähmst?«

»Ja, da bin ich sicher«, antwortete Nolan, und das war nicht gelogen. Er hatte sich eingeredet, dass er sie nur besser kennenlernen wollte, um sie genau im Auge zu behalten, doch im tiefsten Herzen wusste er, dass das nicht stimmte. Er hatte sie schon im Gericht gesehen und dann draußen vor dem Hauptquartier der Bezirksverwaltung neulich morgens. Er fand sie attraktiv, aber es war ihm klar, dass ihr das Unbehagen bereitete. Doch er hätte schwören können, dass sie ihm ab und zu einen heimlichen Blick zuwandte. Oder war das nur Wunschdenken? Sein Dad nannte Leute wie sie schnurgerade aufrichtig und hatte gesagt, dass die nichts mit solchen wie den Burkes zu tun haben wollten. Also hielt Nolan die Sache streng professionell und übermittelte ihr nur Informationen. Obwohl das beinahe dazu geführt hätte, dass sie verletzt wurde, als die Demo neulich aus dem Ruder gelaufen war. Das war ihm plötzlich klar geworden, als er die Abschürfungen auf ihrer Hand gesehen und bemerkt hatte, wie ungelenk sie sich bewegte, als hätte sie schmerzliche Wunden davongetragen, die er nicht sehen konnte. Wegen dieser Erkenntnis hatte er die Flucht ergriffen, aber auch weil er fürchtete, dass Scott in der Nacht zuvor etwas mehr als nur Familiengeschäfte erledigt hatte.

»Du bist dran«, sagte er. »Wo warst du gestern Nacht?«

Scotts Lächeln wankte nicht. »Verpiss dich.«

»Scotty, es ist wichtig, dass du mir das erzählst.«

»Es wäre wichtig gewesen, dass du mir von deiner Freundin erzählst, aber einen Scheiß hast du.«

»Da gibt's nichts zu erzählen.«

»Aye, sicher.« Scott wandte sich wieder ab.

»Was ist gestern Nacht passiert?«

»Nichts ist gestern Nacht passiert«, sagte Scott über die Schulter.

»Ich habe auf deinem Poloshirt Blut gesehen.«

Das brachte ihn zum Stehen. Er drehte sich um, und seine Augen weiteten sich ein wenig. »Hast du rumgeschnüffelt, Bro?«

Nolan ignorierte die Frage. »Wessen Blut war das?«

»Meins nicht, wenn dich das beunruhigt.«

»Wessen Blut war es dann?«

»Ich hab's dir schon gesagt, es geht dich nichts an.«

Nolan schnaufte schwer durch die Nase. Er musste unbedingt die Ruhe bewahren. »Dieser Lancaster ist gestern Nacht umgebracht worden, hast du das schon gehört?«

»Kein großer Verlust.«

Nolan atmete durch, hielt dem Blick seines Bruders ruhig stand. »Scott, hast du ihn umgebracht?«

Das kleine Lächeln schien ein wenig zu wackeln. »Und wenn, was macht das schon? Dieser Kinderschänder, dieser Schweinehund, hat es verdient, wenn du mich fragst.«

»Und? Hast du ihn umgebracht?«

Es trat eine lange Pause ein, während sie einander anstarrten. Nolan juckte es in den Fingern, seinen Bruder bei den Schultern zu packen und ihn zu schütteln, bis ihm das Lächeln vergangen war.

Endlich redete Scott. »Bro, die Sache ist die: Ich muss dir überhaupt nichts sagen. Und ich will dir auch nichts sagen, denn ich traue dir nicht mehr über den Weg. Ich beobachte dich schon eine ganze Weile. Du bist nicht mehr der Nolan Burke, den ich einmal kannte, der Nolan Burke, den Ma und Dad einmal kannten. Es ist was anders an dir, und ich kann nicht genau sagen, was das ist. Diese Sache mit der kleinen Reporterin, da hab ich ein ungutes Jucken im Hintern, wenn du weißt, was ich meine? Ich weiß nicht, woher das kommt, aber ich krieg es nicht weggekratzt. Ich vertraue dir nicht, Bro. Schlicht und einfach. Und wenn ich rauskriege, dass du uns verrätst, dass du deine Familie auf irgendeine Weise verrätst, dann werden wir beide uns mal unterhalten, und das Gespräch wird nicht so höflich ablaufen wie jetzt gerade, und es wird nirgendwo stattfinden, wo Ma uns sehen kann. Und für einen von uns beiden wird dieses Gespräch nicht gut ausgehen.«

Er öffnete die Haustür, trat ins Haus und ließ Nolan auf der Schwelle stehen.

50

Jane Roberts war so dünn, dass sie beinahe gar nicht da war. Sie war so klein, dass der Konferenzraum im Hauptquartier von Inshes um sie herum wie eine riesige Höhle wirkte. Sie saß Rebecca und Elspeth gegenüber auf einem Stuhl, Roach hatte neben ihr Platz genommen. Terry Hayes stand gleich dahinter und wirkte wie eine Mischung aus Medienmanagerin und Sportlehrerin bei den Royal Marines. Die beiden sahen aus wie Bodyguards. Als Hayes die Einladung an Rebecca und Elspeth ausgesprochen hatte, mit der Ehefrau des Toten zu reden, hatte sie hinzugefügt, man gewähre ihnen dieses Exklusivinterview zum Dank für ihre bisherige Zusammenarbeit.

Elspeth kannte den wahren Grund. »Die wollen vermeiden, dass sich die Presse um die arme Frau reißt«, hatte sie zu Rebecca gesagt, als sie im Foyer darauf warteten, in den Konferenzraum geführt zu werden. »Die wissen, dass die Medien mit ihr reden wollen. Auf diese Weise können sie verhindern, dass die Frau belästigt wird, und sie können den Informationsfluss steuern.«

Roach hatte von Anfang an keinen Hehl aus ihrer Meinung gemacht. Sie sagte ihnen, sie sei gegen dieses Gespräch gewesen, hätte aber auf McIntyres Anweisung hin einlenken müssen. Immerhin fragte sie nicht noch einmal nach Rebeccas Informantin, sehr zu Rebeccas Erleichterung.

Es war noch ein anderer Mann im Raum, offensichtlich ein Polizeibeamter, aber keiner, den die Reporterinnen zuvor gesehen hatten. Er hielt sich in der Nähe der Tür auf, als wollte er sich einen raschen Rückzug sichern. Sein blauer Anzug war zerknittert und eine

Nummer zu klein, die Haut war wächsern, und das strähnige Haar hätte dringend Kontakt mit einer Schere gebraucht. Er hielt in der einen Hand eine Packung Kleenex, in der anderen ein einzelnes Papiertaschentuch, in das er sich wiederholt schnäuzte, völlig unauffällig, wie er wohl hoffte. Rebecca hatte registriert, wie Elspeth den Mann musterte, als sie sich auf einem Stuhl niederließ, aber er wurde ihnen nicht vorgestellt. Das würde Elspeth nur noch neugieriger machen. Rebecca natürlich auch. Von wegen unauffällig.

Dann stellte Terry Hayes ihnen die Frau vor. Jane Roberts. Die Ehefrau des Mordopfers von Culloden.

Brian Roberts.

Detective Sergeant Brian Roberts, kein Geringerer.

Rebecca hatte sich gerade an den Namen Jake Goodman gewöhnt; nun schien es, als wäre das ein Fantasiename gewesen. Sie konnte sich denken, warum. In einem sehr knappen Statement hatte Terry Hayes sie darüber informiert, dass man den Verstorbenen inzwischen offiziell als aktiven Polizeibeamten in offizieller Mission identifiziert hatte. Die Frage, was das für eine Mission gewesen war, würgte sie ab, indem sie sofort erklärte, man könne sich dazu nicht näher äußern. Aber das hatte Elspeth natürlich nicht gereicht.

»Stimmt es, dass DS Roberts nicht im Bereich Highlands and Islands stationiert war?«, fragte sie.

»Wie gesagt, wir können über die Gründe, warum DS Roberts hier im Einsatz war, nichts Näheres sagen«, erwiderte Terry.

»Aber wir können davon ausgehen, dass er verdeckt ermittelt hat?«

»Sie können annehmen, was Sie wollen, Elspeth.«

»Das werde ich, danke. Und wenn wir von dieser Annahme ausgehen – und in Anbetracht der Tatsache, dass DS Roberts' Identität bis vor Kurzem unbekannt war –, können wir dann auch annehmen, dass hochrangige Beamte hier in Inshes nicht davon unterrichtet waren?«

Hayes Stimme wurde schärfer. »Elspeth, welchen Teil von ›Wir können nicht darüber reden‹ haben Sie nicht verstanden?« Und dann, als wollte sie rasch zum nächsten Punkt übergehen, legte sie der Frau, die vor ihr saß, eine Hand auf die Schulter. »Mrs Roberts hier hat sich freundlicherweise bereit erklärt, mit Ihnen zu reden, in der Hoffnung, dass anschließend ihre Privatsphäre respektiert wird. Das hier ist eine sehr schwierige Situation für sie, das werden Sie sicher verstehen, und nach diesem Gespräch wird es keine weiteren Kommentare von ihr geben. Ich erwarte von Ihnen, dass Sie Ihre Texte mit Kollegen teilen, wenn Sie darum gebeten werden. Ist das klar?«

Jane Roberts war während dieses Wortwechsels ruhig geblieben, saß so aufrecht auf ihrem Holzstuhl, als hielte sie sich mit großer Mühe unter Kontrolle. Sie weinte nicht, hatte es aber vor Kurzem getan, ihren geschwollenen Augen nach zu urteilen. Sie war Ende dreißig, hatte hohe, ausgeprägte Wangenknochen und eine dünne, gerade Nase. Eine Spange hielt das schulterlange blonde Haar aus dem Gesicht. Ihre Hand wanderte immer wieder unruhig dorthin, als müsse sie die Spange geraderücken. Rebecca hatte allerdings das Gefühl, als stecke mehr dahinter. Vielleicht hatte ihr Ehemann ihr diese Spange geschenkt.

Ihr Ehemann.

Ihr toter Ehemann.

Elspeths Stimme wurde sanft. »Mrs Roberts, zunächst einmal möchte ich sagen, wie sehr wir Ihren Verlust bedauern. Es muss ein schrecklicher Schock für Sie gewesen sein, als Sie erfahren haben, was geschehen ist.«

Jane Roberts neigte leicht den Kopf, während ihre Hand wieder fahrig nach der Spange griff. Rebecca war überzeugt, dass es eine unbewusste Bewegung war und der Frau nicht einmal klar war, dass sie das machte.

»Was können Sie uns über ihn erzählen?«

Die Frau schaute verdutzt. »In welcher Beziehung?«

»In jeder Beziehung. Erzählen Sie uns bitte einfach von ihm.« Jane Roberts schaute über die Schulter zu Hayes, als wolle sie um Anleitung bitten, doch Elspeth sprang ein, ehe die Pressechefin sprechen konnte. »Mrs Roberts, reden Sie einfach mit uns. Wir sind nicht hier, um Ihnen Fallen zu stellen, wir sind nicht gekommen, um einen Sensationsbericht zu schreiben. Erzählen Sie uns einfach von Ihrem Ehemann, von Brian. Wann Sie sich kennengelernt haben, wie lange Sie verheiratet sind, vielleicht etwas über Ihre Familie. Irgendwas.«

Rebecca wusste, was Elspeth da machte. Das hatte sie ihr schon ganz am Anfang auch beigebracht. Bringe die Leute dazu, von sich selbst zu erzählen, lass sie ins Interview hereinfinden. Die meisten Leute sind es nicht gewöhnt, von einem Reporter befragt zu werden, und man lässt sie besser am Anfang ein bisschen entspannen.

Schließlich begann Jane Roberts, zögerlich zu sprechen. Es war keine Struktur, keine wirkliche Ordnung in ihren Worten, sie ließ einfach alles ohne Unterbrechung herausströmen.

Sie hatten sich bei einer Party kennengelernt, als sie beide in den Zwanzigern waren, hatten sich beinahe sofort ineinander verliebt, innerhalb eines Jahres geheiratet. Sie konnten zunächst keine Kinder bekommen und hatten den Versuch schon beinahe aufgegeben, als die Zwillinge kamen, Mädchen, Chrissie und Carrie. Das war vor zehn Jahren. Sie waren glücklich miteinander, meistens. Brian war ein guter Vater, ein guter Ehemann. Meistens. Er hatte hart gearbeitet, bei der Polizei von Lothian and Borders, wie sie damals noch hieß, war dann von der uniformierten Polizei zur Kriminalpolizei gewechselt, befördert worden. Er machte seine Arbeit gut. Doch dann wurde er in eine andere Abteilung versetzt ...

»Welche Abteilung?«, fragte Elspeth, und Rebecca merkte, dass der Typ mit dem Taschentuch an der Tür sich ein wenig aufrichtete. Sie wusste, dass auch Elspeth diese Reaktion nicht entgehen würde. Elspeth bekam alles mit. Sie hatte wahrscheinlich gehofft, eine Antwort zu bekommen, bevor die anderen etwas merkten. Sie war freundlich gesonnen, aber sie hatte auch einen Job zu erledigen.

»Das ist etwas, worüber wir nicht reden möchten«, sagte Hayes, die erneut eine Hand auf Janes Schulter gelegt hatte. Elspeth und Rebecca tauschten Blicke. Ganz sicherlich war das etwas, worüber sie beide reden wollten, aber ihnen war klar, dass sie nichts bekommen würden, also ließ Elspeth es durchgehen.

»Okay, bitte machen Sie weiter, Mrs Roberts. Sie machen das wunderbar.«

Brian sei wegen des neuen Jobs sehr viel fort gewesen, sagte sie. Das habe seinen Tribut vom Familienleben gefordert. Er habe natürlich angerufen, wann immer er konnte, das habe er immer gemacht, aber seine Kinder seien ohne ihn herangewachsen. Die Dinge seien ein wenig angespannt geworden, es habe Streit gegeben.

»Schließlich habe ich ihm gesagt, da er immer so viel fort sei, könnten wir es genauso gut endgültig machen«, erklärte sie, und ihre Hand befingerte erneut die Schmetterlingsspange. »Also haben wir uns getrennt. Ich glaube, dass er erleichtert war. Der Job war ihm immer sehr wichtig gewesen. Als er bei der Kripo war, hatte er regelmäßige Arbeitszeiten, jedenfalls mehr oder weniger, es sei denn, es gab eine größere Ermittlung oder so. Aber mit diesem neuen Job ... Nun, der hat ihn verändert. Wenn er nicht fort war, wenn er zu Hause war, war er einfach nicht mehr der alte Brian. Er war immer angespannt, sogar paranoid. Er war jähzornig, mir gegenüber, den Mädchen gegenüber. Und er langweilte sich leicht, als wäre es einfach nicht mehr genug für ihn, mit uns zu Hause zu hocken und fernzusehen oder was auch immer.«

Ihre Finger streichelten die Spange. Roach sagte nichts. Ihr Gesicht war ausdruckslos, aber etwas in ihren Augen ließ Rebecca vermuten, dass die Worte der Frau in ihr auf Resonanz stießen. Hayes bewegte sich hinter ihr, und Rebecca konnte nun einen Blick auf den Mann an der Tür erhaschen, der eindeutig nicht besonders glücklich über die Wendung war, die das Gespräch genommen hatte.

»Also hatten wir einen Wahnsinnskrach, den ersten wirklich großen Krach überhaupt, und ich habe gesagt, jetzt hätte ich genug. Wenn der Job ihm so wichtig sei, wichtiger als seine Familie, dann solle er ihn einfach rund um die Uhr machen. Er versprach mir, sich zu ändern, er werde um seine Rückversetzung zur Kripo bitten. Aber das hat er nie gemacht. Zumindest glaube ich nicht, dass er es getan hat. Schließlich habe ich nach einer Reihe weiterer, heftiger Streitereien zu ihm gesagt, dass ich ihn nicht mehr bei uns haben will. Ich konnte seine Launen nicht mehr ertragen. Er hat in all der Zeit nie die Hand gegen uns erhoben, aber ich hatte das Gefühl, dass er dazu tatsächlich in der Lage sein könnte, wissen Sie? Ich meine, wenn man an seinen Vater denkt und überhaupt ...«

»An seinen Vater?« Elspeth beugte sich vor.

»Okay, das reicht jetzt«, sagte der Mann bei der Tür. Er sprach mit einem Yorkshire-Akzent, von der Erkältung schwer verschleimt, aber mit unverkennbarer Autorität. Er trat vor. »Ich unterbreche das Gespräch jetzt.«

»Und Sie sind ...?«, erkundigte sich Elspeth.

»Jemand, der dieses Gespräch jetzt abbricht.«

Elspeth schaute zu Hayes. »Kann er das tun?«

»Er kann das, und er macht das«, sagte der Mann, bevor Hayes antworten konnte.

Jane Roberts war jedoch aus härterem Holz geschnitzt, als sie alle gedacht hatten. »Nein«, sagte sie. Es war nicht laut, aber nachdrücklich genug, um ihn abrupt zum Stillstand zu bringen. Er starrte auf ihren Hinterkopf.

»Mrs Roberts«, hob er an.

»Nein«, wiederholte sie. »Ihr Leute habt mich darum gebeten, das zu machen. Und jetzt mache ich es.« Sie drehte sich auf dem Stuhl um und warf ihm einen Blick zu, der ihn wissen ließ, dass sie es ernst meinte. »Ich habe meinen Brian schon vor Jahren verloren. Jetzt hat ihn jemand umgebracht, aber ihr habt ihn mir vorher schon weggenommen. Ja, das habt ihr. Sie können das hier abbrechen, wenn Sie unbedingt wollen, aber ich werde mich erneut mit diesen Leuten in Verbindung setzen und ihnen alles erzählen. Sie haben die Wahl.«

Der Kiefer des Mannes mahlte, während er ihr zuhörte. »Mrs Roberts, was mit Brians Vater passiert ist, hat rein gar nichts mit dem hier zu tun.«

»Dann ist es doch nicht wichtig, ob ich es ihnen erzähle oder nicht?«

Der Mann schaute Roach Unterstützung heischend an. Sie warf ihm einen kühlen Blick zu und sagte: »Ich würde auch gern hören, was Mrs Roberts zu sagen hat.«

Er schaute die Frauen an, die ihm gegenübersaßen, und begriff, dass er überstimmt war. Vor Wut schnaufend machte er kehrt und verließ den Konferenzraum. Rebecca hätte gedacht, er würde vielleicht noch die Tür zuknallen, doch diese dramatische Geste wurde durch den dämpfenden Schließmechanismus verhindert.

Jane Roberts schaute ihm hinterher, ehe sie sich erneut Elspeth und Rebecca zuwandte. Sie wirkte jetzt ein wenig ermattet, als hätte ihr Widerstand gegen den Anzugmann sie das letzte bisschen Kraft gekostet. Ein paar Augenblicke schwieg sie, bevor sie weiterredete.

»Brians Vater war auch Polizeibeamter. Genoss in Edinburgh großen Respekt.«

Sie unterbrach sich abrupt. Rebecca hoffte, dass sie es sich jetzt nicht doch noch einmal anders überlegte. Sie beugte sich vor und sprach zum ersten Mal: »Mein Vater war in Glasgow bei der Polizei.« Sie hoffte, dass diese Gemeinsamkeit hilfreich sein würde. Jane schaute sie an, nickte und warf ihr ein trauriges, nervöses, flüchtiges Lächeln zu.

»Was ist mit Brians Vater passiert?«, fragte Elspeth.

Wieder fuhr die Hand an die Haarspange. Berührte sie. Streichelte sie. Liebkoste sie. Die Frau betrachtete den Boden zwischen sich und den anderen. Das Schweigen im Raum war so dicht, dass es jedes Geräusch von außen auslöschte. Sie warteten.

»Er wurde ermordet«, sagte die Frau. Ihre Stimme war leise und schallte doch sehr laut. »Als Brian ein Teenager war, so etwa dreizehn.« Sie hob die Augen vom Teppich und richtete sie mit festem Blick auf Elspeth. »Von Brians Schwester ...«

51

Das Kind wachte an jenem Morgen nicht mit der Absicht zu töten auf. Es würde einfach geschehen.

Der Mann ist einen Monat lang nicht mehr im Zimmer des Kindes gewesen, was nicht ungewöhnlich ist. In einem Jahr ließ er das Kind ganze sechs Monate in Ruhe. Das waren der glücklichste Frühling und Sommer im Leben des Kindes, mit Erinnerungen an lange, warme Tage und wonnevolle, schmerzfreie Nächte. Es war damals überall im Haus und im Garten Lachen gewesen. Lachen und vielleicht sogar Liebe. Selbst sie, die Frau, schien entspannter, sogar zufrieden. Der Junge war weniger nach innen gekehrt, weniger besorgt, weniger abgesondert.

Doch der Sommer endete, wie er das immer musste. Die Luft wurde kühler. Die Blüten welkten dahin und starben. Die Nächte wurden dunkler und länger und kälter. Aus den gelben Tagen wurden braune und dann graue.

Doch lange bevor der erste Frost das Milchglas des Schlafzimmerfensters beschlagen ließ, kehrte der Mann zurück. Und damit auch der Schmerz und die Scham und die Wut.

Das Kind hatte während dieser Monate der Verschonung Geburtstag, und es gab natürlich Geschenke. Es gab immer Geschenke – hinterher. Aber Geburtstage und Weihnachten waren etwas Besonderes. Vielleicht hätten Leute, die von außerhalb hereinschauten und nicht das vollständige Bild sahen, gedacht, dass das Kind verwöhnt wurde. Sicherlich, da waren viele Spielsachen und Bücher und Videos und Kleidungsstücke und Kuchen. Alles, was ein Kind sich nur wünschen konnte. Außer dem Gefühl der Sicherheit, der Erfahrung wirklicher Liebe, der Art von Liebe, wie es sie während dieses Sommers kurz gesehen hatte. Die Geschenke lagen immer noch aufgehäuft in einer Zimmerecke. Ein ganz besonderes Geschenk stand gegen die Wand gelehnt und überragte alle anderen. Das Kind hatte darum gebeten und es bekommen. Die Bitte war ganz unschuldig gewesen, denn das Kind hatte nicht die Absicht, das Geschenk auf irgendeine andere Art zu nutzen als auf die, für die es bestimmt war.

Das Kind weiß nicht, was den Mann dazu angeregt hat, es zu besuchen, kann nicht sagen, ob es die Ereignisse in seinem Leben sind, die ihn dazu zwingen, irgendwie den Druck in diesem kleinen Zimmer zu mindern. Doch das Kind hört seine Schritte und kauert sich unter die Bettdecke, die Augen auf die Tür gerichtet, hofft, dass die Schritte nicht draußen langsamer werden, sondern vorbeigehen. Es ist einen Monat her. Bitte, lass es noch länger andauern.

Die Schritte kommen die Treppe herauf.

Bitte nicht langsamer werden ...

Sie halten draußen vor der Tür an.

Bitte nicht aufmachen ...

Die Tür geht auf.

Bitte nicht hereinkommen.

Der Mann kommt herein. Schließt die Tür. Wendet sich zum Bett. Kommt näher.

Danach liegt das Kind da und lauscht auf den Atem des Mannes. Er schläft, was ungewöhnlich ist. Es ist normaler, dass er aufsteht und geht, dass ihn seine Scham dazu zwingt, dieses kleine Zimmer zu verlassen, von seinem Opfer wegzugehen. Und dann später das Geschenk.

Doch diesmal bleibt er, legt sich zurück und ist schon bald eingeschlafen. Sein Atem ist regelmäßig, klingt beim Luftholen ein wenig rau, doch das Kind weiß, dass er tief in was auch immer für Träumen versunken ist.

Das Kind hat nicht die Absicht zu töten.

Es steht vorsichtig vom Bett auf, schleicht langsam zu den Geschenken in der Ecke. Ein leises Husten hinter ihm lässt es aufschrecken, aber er hat sich nur ein wenig bewegt. Sein Atem ist weiterhin regelmäßig, *seine Augen sind geschlossen, ein schwaches Zucken zeigt, dass er gerade träumt.*

Wovon träumt er wohl?, fragt sich das Kind. Sind es angenehme Träume? Oder sind sie wie die des Kindes angefüllt mit Dunkelheit und Schatten und Gestalten, die aus dem Dämmerlicht auftauchen, um es zu berühren und zu streicheln und einzudringen?

Das Zimmer ist nicht groß, doch nun, da das Kind es unbemerkt und lautlos durchqueren muss, erscheint es riesig. Einen winzigen Schritt nach dem anderen, mit angehaltenem Atem, leichte Bewegungen, stets in der Angst, eine Diele könnte knarzen, es könnte zu laut schlurfen, der Atem des Kindes könnte ihn wecken, ihn aufschrecken, ihn warnen, bis – endlich – die kurze Distanz überwunden ist und die Geschenke in Reichweite sind. Das eine Geschenk, auf das die Augen des Kindes geheftet sind, um das es in aller Unschuld gebeten hat.

Denn das Kind hatte nie die Absicht zu töten. Selbst inmitten all des Schmerzes und all der Wut und all der Scham ist ihm dieser Gedanke nie gekommen.

Der Baseballschläger ist schwer, aber er lässt sich schwingen, das hatte ein Spiel im Garten unter Beweis gestellt. Das Kind wird groß und stark, das haben schon viele Leute gesagt. Groß und stark. Nach außen hin. Sie wussten nicht, dass das Kind innen drin noch ein Kleinkind ist. Ein Kleinkind, das Angst vor der Dunkelheit hat und vor dem, was darin vielleicht lauern könnte. Und was durch die Tür des kleinen Zimmers tritt.

Nun wieder quer durch das Zimmer zurück, diesmal schneller als zuvor, denn was zu tun ist, muss rasch getan werden. Neben dem Bett, den erhobenen Schläger in beiden Händen.

Zögern.

Das ist unrecht.

Das ist ach so sehr unrecht.

Den Schläger sinken lassen, ihn wegstellen, ihn wegschließen, denn das ist unrecht.

Doch das Kind lässt den Schläger nicht sinken. Das Kind starrt lediglich auf den schlafenden Mann, dessen Augen noch immer zucken, während er in zwei Welten existiert, dieser und der Traumwelt seiner Gedanken. Er lächelt. Er ist glücklich, wo immer er ist.

Glücklich.

Das Kind hat Glücklichsein nur in kurzen Augenblicken erlebt. Das Kind und Glücklichsein sind nur flüchtige Bekannte. Einen Moment hier, einen Sommer da. Und früher oder später ist es dann unvermeidlich wieder in diesem kleinen Zimmer, und die Schritte kommen die Treppe herauf. Und das, weiß das Kind, muss aufhören. Der Schmerz und die Wut und die Scham müssen aufhören.

Und doch bleibt ein Zögern. Der Schläger ist noch immer erhoben, das Bedürfnis, ihn heruntersausen zu lassen, noch gegenwärtig, doch die Entscheidung, es zu tun, ist weniger dringlich.

Das ist unrecht. Du solltest das nicht tun. Du darfst das nicht tun.

Und dann schlägt er die Augen auf, und er sieht das Kind über sich stehen, mit erhobenem Schläger. Und er weiß, was für einen Fehler er gemacht hat.

Er beginnt sich zu regen. Er beginnt zu rufen – nein, zu brüllen –, während er die Hand nach dem Kind, nach dem Schläger ausstreckt ...

Das Kind hatte an jenem Tag nicht die Absicht zu töten.

Es ist einfach geschehen.

52

Sie waren wieder in der Küche, in den gleichen Positionen wie vorhin, als wäre niemand fortgegangen, sondern alle wären wie in einer Art Familienbild eingefroren geblieben. Es war allerdings nicht das Porträt einer glücklichen Familie. Es war Wut im Raum, und die strömte von Mo Burke aus. Ihr Gesicht war ein wahrer Stausee voller Zorn, und ausnahmsweise ergoss er sich einmal nicht über Nolan. In der einen Hand hielt sie eine brennende Zigarette, mit der anderen Hand klopfte sie das goldene Feuerzeug, das ihr Nolans Vater zum zehnten Hochzeitstag geschenkt hatte, auf den Resopaltisch, wirbelte es in den Fingern herum und hämmerte es dann wieder auf den Tisch. Nolan stand an die Spüle gelehnt und konnte von dort aus den in Kursivbuchstaben eingravierten Namen S. T. Dupont erkennen. Das habe ihn über zweihundert Pfund gekostet, hatte sein Vater Nolan einmal erklärt, aber es sei wahrscheinlich dreimal so viel wert. Es sei wohl jemandem entfallen, und er habe es »gefunden«.

Scott saß seiner Mutter mit gesenktem Kopf gegenüber. Doch mit der Art und Weise, wie er den großen, sternförmigen Aschenbecher mit dem Finger kreiseln ließ, brachte er mehr Trotz zum Ausdruck, als ihr passte. Zumindest lächelte er nicht.

Es war gebrüllt und ziemlich viel geflucht worden. Mo fluchte selten, weil sie meinte, das sei ein Beweis für mangelnde Bildung. Aber wenn, dann legte sie dabei beträchtliche Fähigkeiten und Erfindungsgabe an den Tag. Irgendwann hatte Nolan tatsächlich gedacht, sie werde seinem Bruder jetzt eine Tracht Prügel verpassen. Die wäre längst überfällig gewesen, aber Ma hatte seit Jahren gegen keinen von ihnen die Hand erhoben. Die schlimmsten Flüche und die Androhung unmittelbarer Gewalt hatten sich inzwischen gelegt, aber die Wut war noch spürbar. Das einzige Geräusch war das Klopfen des Feuerzeugs auf der Tischplatte.

Klopf.

Wirbel.

Klopf.

Wirbel.

»Der war ein Bulle«, sagte sie schließlich. Sie hatte es bereits ein paarmal gesagt, aber offensichtlich würde sie es nicht so bald müde werden, das zu wiederholen.

Doch Scott reichte es jetzt. »Aye, Ma, okay, du hast deinen Standpunkt klargemacht.«

»Ein Scheißbulle, Scott!« Scott, nicht Scotty. Sie war stocksauer auf ihn. Und mit gutem Grund.

»Ich weiß, Ma, okay?«

»Aye, du weißt es, jetzt wo es überall in der gottverdammten Zeitung steht.« Sie schnippte mit der Hand, in der sie die Zigarette hielt, zu dem Bildschirm hin und verstreute dabei Asche über die gesamte Tastatur. Sie wischte mit ihrer anderen Hand darüber, während ihr Mund sich zu einem verärgerten schmalen Strich verzog. »Gib mal den Aschenbecher.«

Scott schob ihn über den Tisch zu ihr hin. Sie streifte die verbliebene Asche ab, drückte dann die Zigarette mit beträchtlicher Wucht in dem geschliffenen Glas aus. Als sie fertig war, blitzte sie erneut ihren Sohn an. »Wie viel hat er über das Geschäft gewusst?«

»Nicht viel.«

»Wie viel, Scott?«

Er rutschte leicht auf seinem Stuhl hin und her. »Er hat ein bisschen Zeug verkauft, mehr nicht. An die Leute am Filmset.«

»Ein bisschen Zeug verkauft. Zeug, mit dem wir ihn beliefert haben?«

»Aye.«

Mo beugte sich vor. »Zeug, mit dem du ihn beliefert hast?«

Scott hob den Kopf. »Du hältst mich wohl für einen Vollpfosten, Ma?«

»Nein, ein Vollpfosten ist wenigstens nützlich. Das Zeug, das er verticken sollte, kam also nicht von dir?«

»Nein, ich bin doch nicht blöd.«

Mos Gesichtsausdruck deutete an, dass da das letzte Wort noch nicht gesprochen war.

Sie setzte sich wieder zurück, anscheinend besänftigt. Doch Nolan nahm ihr das nicht ab.

Klopf.

Wirbel.

Klopf.

Wirbel.

Immer mehrere Ebenen zwischenschalten und Abstand halten, das war Tony Burkes erste Regel. Niemals das Produkt auch nur in die Nähe der eigenen Person kommen lassen.

Klopf.

Wirbel.

»Du hast also diesen Jake Goodman über Dalglieshs Idiotenhaufen kennengelernt?«

»Nein, ich hab ihn über diesen Jungen kennengelernt, den ich kenne.«

»Welcher Junge?«

»Nur ein Junge, den ich kenne. Ein Niemand. Jedenfalls hat er uns bekannt gemacht, und als ich ihn näher kennengelernt habe, ist rausgekommen, dass wir einer Meinung über die Dinge waren.«

»Dinge? Diese Spioraid-Scheiße?«

Scott sträubte sich ein wenig, war wütend, als er diese Beschreibung hörte, doch Nolan wusste, dass er dem nicht nachgeben würde, nicht Ma gegenüber. »Aye. Wir hatten dieselben politischen Ansichten.« Er ignorierte Mos Schnauben und fuhr fort. »Ich habe ihn zu einer Veranstaltung mitgenommen. Das war vor Monaten. Vielleicht vor einem Jahr.«

Nolan hätte gerne gesagt, dass er sie beide gewarnt hatte, sich bloß nicht mit diesem Haufen einzulassen, hielt aber den Mund. Er wusste, dass es, wenn er sich einmischte, gut möglich war, dass Mos Wut sich gegen ihn richten würde. Er genoss es nicht sonderlich, dass ihre Mutter seinen Bruder scharf anging, aber er wusste auch, dass es höchste Zeit dafür war. Er dachte an das Blut an Scotts Poloshirt. Er dachte an Scotts nicht so verdeckte Drohung von vorhin. Er dachte über beides nach, blieb aber stumm.

Mo fischte eine neue Zigarette aus dem Päckchen, das offen neben ihr lag, wich aber mit den Augen nicht von ihrem Sohn, während sie die Zigarette mit dem Feuerzeug anzündete, den Rauch einsog und dann aus dem Mundwinkel ausstieß. Ihre Finger schickten das Feuerzeug wieder auf seinen kleinen Tanz.

Klopf.

Wirbel.

Klopf.

Wirbel.

Sie wandte ihre Aufmerksamkeit Nolan zu. »Und du sagst gar nichts?«

»Da gibt's für mich nicht viel zu sagen, Ma.«

»Nicht einmal, dass du mich doch gewarnt hättest?«

»Worüber?«

»Über diesen Schweinehund, diesen Dalgliesh und seine Gruppe – wie heißt sie doch gleich?«

»Spioraid nan Gàidheal«, antwortete Nolan, und Scott ließ ihn mit einem Blick wissen, dass er kein Recht hatte, über die Gruppe zu sprechen. Er war kein gläubiger Anhänger.

»Aye«, sagte Mo und sog noch mehr Rauch ein.

Klopf.

Wirbel.

»Du hast gesagt, wir sollten uns von denen fernhalten«, sagte Mo. Also erinnerte sie sich daran. Das war schon mal was. »Ich hätte auf dich hören sollen.«

Er tat unbeteiligt, als sei das alles für ihn nur Wasser unter der Brücke, aber innerlich jubelte er.

»Was denkst du über diesen Polizisten?«

Er hatte sich mit dieser Frage ein wenig beschäftigt, während sie Scott abkanzelte, und meinte, er hätte die Lösung gefunden. »Offensichtlich hat er verdeckt ermittelt.«

»Jetzt nicht mehr«, sagte Scott, und dieses verflixte Lächeln stahl sich wieder auf sein Gesicht, doch ein einziger Blick von Mo verscheuchte es gleich wieder. Scott senkte erneut den Kopf, und sie starrte eine Weile auf sein Haar.

Klopf.

Wirbel.

Dann wandte sie sich wieder zu Nolan hin, forderte ihn damit auf, weiterzusprechen. »Dass die Polizei noch nicht an unsere Tür hämmert, könnte bedeuten, dass wir nicht der Gegenstand seiner Ermittlungen waren. Das waren wohl Spioraid und Dalgliesh.«

»Die sind doch nur ein Haufen Irrer«, sagt Mo.

»Vielleicht, aber die arbeiten mit einer Gruppe namens New Dawn zusammen.«

»Das ist Blödsinn!«, mischte sich Scott ein.

»Und wer zum Teufel sind die?« Mo schaute nie die Nachrichten, las keine Zeitung, es sei denn, jemand wies sie ausdrücklich auf irgendwas hin.

»Terroristen, Ma«, antwortete Nolan. »Oder Möchtegern-Terroristen. Die haben verdächtige Päckchen an Politiker geschickt und behauptet, es wäre Anthrax drin. Haben ein paar Drohungen ausgesprochen, ein paar Fenster eingeschlagen und so, eine Brandbombe bei einer Moschee hinterlassen.«

»Also Vollidioten?«

»Aye, aber gefährliche Vollidioten. Es ist nur ein kleiner Schritt vom Verschicken von Paketen mit Pseudobomben bis zu den richtigen. Oder zum Bombenlegen. Ich glaube, dieser Goodman oder Roberts war hinter denen her.«

»Und hat unseren Scott benutzt, um an sie ranzukommen.«

Scott schaute wieder auf. »Ich hab nix gewusst, Ma. Diese Typen, die sind überzeugend, weißt du? Ich habe mich mit ihm angefreundet, mehr nicht. Und als er sagte, er könnte vielleicht ein bisschen Zeug an die Filmleute verticken, da habe ich das als Gelegenheit für ein Geschäft gesehen.«

»Aye, vielleicht. Aber dass du mit diesem Spioraid-Verein zusammenhängst, hat unsere Familiengeschäfte gefährdet.«

Klopf.

Wirbel.

»Brich alle Verbindungen zu denen ab, Scott«, sagte Mo. Er sah so aus, als wolle er widersprechen, aber sie kam ihm zuvor. »Das ist kein Vorschlag. Halt dich von diesen Scheißkerlen fern. Das meine ich ernst.«

Scott strich sich das Haar zurück und wandte sich ohne ein weiteres Wort ab. Sein Gesichtsausdruck ließ Nolan vermuten, dass man alle gefährlichen Werkzeuge gut verstecken sollte.

53

Roach hatte den angebotenen Kaffee abgelehnt. Sie hatte sehr wenig Zeit und wollte gleich zur Sache kommen. Sie gestattete sich ein, zwei Minuten, um sich in Anna Fowlers Büro umzuschauen, und das bestärkte sie in ihrer Überzeugung, dass sie kein Fan von Unordnung war. Wie konnte die Frau inmitten dieses Chaos' arbeiten? Dann fiel ihr ein völlig überladener Garderobenständer in der Ecke hinter dem Schreibtisch auf. Wieso braucht sie so viele Jacken, Mäntel und Schals in ihrem Büro?

Professor Fowler setzte sich auf ihren großen Ledersessel hinter dem Schreibtisch und schaute zu Roach herüber. »Bitte entschuldigen Sie die vielen Bücher. Ich helfe gerade einem Freund aus, indem ich seine Bibliothek für ihn aufbewahre.«

Das erklärt die Bücher über Infinitesimalrechnung und Algorithmen und kartesische Koordinaten, dachte Roach. Ihr eigener Lesegeschmack war auf Sachbücher ausgerichtet – sie hatte nie viel für Romane übriggehabt, dieses literarische Zeug langweilte sie, und Science-Fiction und Fantasy gingen über ihren Horizont. Und auf jede Aufforderung hin, sie solle Kriminalromane lesen, hätte sie sofort die Flucht ergriffen. Es war ihr ein Graus, dass sie die wenige ihr verbleibende Freizeit damit verbringen sollte, über ausgedachte Kriminalfälle zu lesen, bei denen der Autor höchstwahrscheinlich völlig falsche Abläufe der Polizeiarbeit schildern würde. Das war eine Ironie des Schicksals, denn nun befand sie sich nicht in der Einsatzzentrale, sondern hier in diesem langweiligen, mit Büchern übersäten Büro in der Universität. McIntyre hatte gesagt, ihre Aufgabe bestehe darin, die Ermittlungen zu koordinieren, nicht, sie selbst durchzuführen. Das hier war jedoch beinahe eine persönliche Angelegenheit. Roach wollte unbedingt herausfinden, ob sie mit ihrer Vermutung über die Professorin recht hatte.

Durch das Fenster auf der anderen Seite des Schreibtisches sah man den Moray Firth, und Roach konnte das äußerste Ende der Kessock Bridge erkennen, wo sie auf der Black Isle wieder auf Land traf. Der trübe Himmel war mit dunklen Flecken übersät, die ahnen ließen, dass die kurze Trockenperiode wohl bald zu Ende sein könnte. Das Deckenlicht brannte, konnte gegen die Düsterkeit aber nicht viel ausrichten.

»Also, wie kann ich Ihnen behilflich sein?« Anna Fowlers Stimme war kultiviert, hatte aber noch eine Spur von Akzent. Ostküste. Vielleicht Fife. Sie war eine hoch aufgeschossene Frau, stellte Roach fest, und sie trieb offensichtlich Sport. Roach hatte das Gefühl, sie schon einmal irgendwo gesehen zu haben. Gingen sie vielleicht ins selbe Fitnessstudio?

»Erst einmal vielen Dank, dass ich so kurzfristig zu Ihnen kommen konnte.«

»Aber gern.«

Roach neigte den Kopf und deutete damit an, dass das Vergnügen nun zu Ende war. »Ich möchte mit Ihnen über das Filmset von *Conquering Hero* sprechen, wenn ich darf.«

Es war vielleicht ein kleines Stirnrunzeln zu sehen gewesen, ehe Fowler antwortete. »In welchem Zusammenhang?«

Roach hielt ihre Stimme unaufgeregt. »Reine Routine. Ich ermittle in einem Mordfall, nun ja, in zwei Mordfällen.«

»Der Mann, der in Culloden gefunden wurde, und der vom Friedhof.«

Das war eine Aussage, keine Frage, aber es gab eigentlich keinen Grund, warum Fowler diesen Schluss nicht gezogen haben sollte, wenn man das Medienecho bedachte. Roach fuhr fort. »Es gibt da vielleicht eine Verbindung zu dem Filmvorhaben.«

»Welcher Art?«

»Es steht mir leider nicht frei, das weiter auszuführen. Aber Sie sind dort die historische Beraterin, richtig?«

»Eine der Beraterinnen.«

»Und Sie besuchen das Set regelmäßig?«

»Nur, wenn man mich dazu einlädt. Meistens rufen sie an oder schicken eine E-Mail, mit einer schnellen Frage zu dem einen oder anderen Detail.« Fowler beugte sich vor. »Ich muss allerdings vorsichtig sein. Ich habe eine Verschwiegenheitsvereinbarung mit der Filmgesellschaft unterzeichnet und darf nicht über den Inhalt oder irgendwelche Einzelheiten der Filmaufnahmen sprechen.«

Daran hättest du denken sollen, bevor du angefangen hast, dich mit der Presse zu unterhalten, dachte Roach, die noch immer herauszufinden versuchte, warum Fowler ihr bekannt vorkam. Irgendwas an den Augen. »Das verstehe ich, und der Film selbst interessiert mich auch nicht. Kennen Sie Mr Donahue? John Donahue?«

Fowlers Lächeln war ein wenig zurückhaltend. »Ich glaube, es wäre ziemlich übertrieben, zu sagen, dass ich ihn kenne. Sagen wir, ich bin ihm begegnet.«

Roach hatte den Eindruck, dass diese Erfahrung nicht angenehm gewesen war. Zumindest das hatten sie gemeinsam. Sie musterte die Professorin und versuchte, sie nicht zu aufdringlich anzustarren. »Wissen Sie etwas über den Diebstahl der Kostüme und Requisiten vom Filmset?«

»Ich habe davon gehört. Ich habe herausgefunden, dass ein Filmset große Ähnlichkeit mit einem kleinen Dorf hat. Jeder kriegt ziemlich schnell alles mit.«

Die Antwort war ihr leichtgefallen, ihr Tonfall war ruhig. Roach spürte keinerlei Ausweichen. »Wie denkt man in der Crew darüber?«

Fowler zögerte. Entweder versuchte sie, ihre Antwort zu formulieren, oder sie überlegte, ob sie darüber reden sollte. Roach konnte nicht ausmachen, was von beidem es war. »Nun, ursprünglich ist man davon ausgegangen, dass Spioraid den Diebstahl begangen hat.«

»Und jetzt?«

»Ich weiß nicht. Ich bin ein paar Wochen nicht mehr draußen gewesen.«

»Und Sie hatten mit niemandem Kontakt?«

»Nein.«

»Telefon? E-Mail?«

»Nichts.«

»Aber vor ein paar Wochen waren Sie dort?«

»Ja, sie hatten ein paar Routinefragen. Die Verwendung der Targe und dergleichen.«

»Der Targe?«

»Das ist ein kleiner runder Schild, den die Highlander benutzt haben.«

»Und darüber wissen Sie als Historikerin Bescheid?«

Fowler lachte. »Sie meinen, weil ich eine Frau bin?«

»Keineswegs«, erwiderte Roach.

»Nun, ich kann auch mit Highland-Waffen umgehen. Ich bin Mitglied eines Vereins, der Schlachten nachstellt.«

»Also haben Sie theoretische und praktische Kenntnisse.«

»Und zwar sehr gute.«

Roach spitzte die Lippen. »Also, vor zwei Wochen …«

»So ungefähr.«

»So ungefähr. Haben Sie da zufällig mitgehört, wie Mr Donahue mit einem Crew-Mitglied gestritten hat?«

»Nein.«

Roach versuchte, zu entscheiden, ob die Antwort zu rasch gekommen war, aber Fowler wirkte entspannt, legte keinerlei Anzeichen von Stress an den Tag. Was kam ihr nur an dieser Frau so bekannt vor? Es war ein flüchtiger, irrlichternder Eindruck, den Roach nicht genau einordnen konnte.

»Sagt Ihnen der Name Brian Roberts etwas? Detective Sergeant Brian Roberts?«

»Natürlich. Das ist der Mann, den man in Culloden tot aufgefunden hat.«

Okay, dachte Roach, also liest sie Zeitung. »Sie werden wahrscheinlich das Foto gesehen haben, das diese Woche veröffentlicht wurde? Haben Sie ihn darauf erkannt?«

Ein Kopfschütteln. »Nein, eigentlich nicht. Hätte ich ihn erkennen sollen?«

»Er hat zur Crew gehört.«

»Zu unterschiedlichen Zeiten arbeiten ungefähr zweihundert Leute an diesem Set. Es ist ein Dorf, aber ich kenne nicht jeden.«

»Also haben Sie nicht gesehen, wie Mr Donahue und der Tote gestritten haben?«

»Ich habe es Ihnen bereits gesagt, nein.«

»Hatten Sie je Kontakt zu einer Reporterin namens Rebecca Connolly?«

Eine Pause. Ganz klein. Sehr klein. Aber trotzdem da. Roach wusste aus Erfahrung, dass sie auf genau solche Pausen achten musste, kleine Stolperer, winzige Fragmente regloser Luft, in denen jemand zu einer Lüge ansetzte, es sich aber noch einmal anders überlegte. In diesen wenigen Sekunden rasen die Gedanken, gehen alle Permutationen von Wahrheit oder Lüge durch, überlegen, was die bessere Lösung wäre.

»Ja, sie hat sich an mich gewandt, weil sie Fragen zum historischen Aspekt von Culloden hatte.«

Das war, oberflächlich gesehen, die korrekte Antwort, denn Professor Fowlers Name erschien auf der Seitenleiste mit historischen Informationen, die Connollys Storys begleitete. Das war der Grund, warum es in Roachs Gedächtnis geklickt hatte, als sie den Namen der Frau auf Donahues Mitarbeiterliste gesehen hatte. Solche Zufälle gibt es, aber Roach misstraute ihnen, und all ihre Instinkte teilten ihr mit, dass sie in diesem Fall auf der richtigen Spur war. Dieses winzige Zögern, dieser kleine Abgrund zwischen Wahrheit und Lüge, hatte ihr alles verraten, was sie wissen musste. Professor Anna Fowler war Rebeccas Informantin.

»Jemand vom Filmset hat diese Reporterin mit Informationen versorgt, Professor Fowler«, sagte Roach. »Hat ihr vom Diebstahl der Kostüme erzählt, ihr den Namen des Toten genannt und ihr gesagt, man hätte gesehen, wie er sich mit Mr Donahue stritt. Sie werden verstehen, dass ich unbedingt mit dieser Person reden muss. Ich muss herausfinden, warum diese Person mit der Presse redet und nicht mit mir.«

»Das verstehe ich, aber ich habe mit Ms Connolly lediglich über die Geschichte des Aufstands von 1745 gesprochen.«

»Professor Fowler, ich ermittle in zwei Mordfällen. Das hier ist wichtig. Wenn Sie Informationen haben, müssen Sie die der Polizei und nicht der Presse mitteilen.«

»Das verstehe ich. Und wenn ich irgendetwas gehabt hätte, das Ihnen weiterhilft, würde ich das auch tun. Hat Ms Connolly gesagt, dass sie mit mir über irgendwas außer der Geschichte gesprochen hat?«

»Ja, das hat sie.« Sie wusste, dass die Frau ihr glauben würde, denn warum sollte sie darüber lügen? Sie hielt Ausschau nach Reaktionen darauf, wurde aber enttäuscht. Abgesehen von diesem einen kleinen Zögern war es Anna Fowler sehr gut gelungen, sich bedeckt zu halten. Und doch, je mehr sie sie betrachtete …

»Nun, ich verstehe nicht, warum sie das getan hat«, sagte Fowler. »Denn es ist schlicht nicht wahr.«

Roach hatte genug gehört. Sie wusste, wer die Informantin war, aber sie konnte nur wenig unternehmen. Zumindest hatte sie damit wohl die Informationsquelle versiegelt, und hoffentlich würde die Frau in Zukunft vernünftig sein und zu ihr kommen. Als sie aufstand, fiel ihr Blick auf eine Wasserlache unter dem Garderobenständer, und direkt darüber sah sie den unteren Saum eines Regenmantels. »Das sollten Sie aufwischen. Das ist nicht gut für den Holzboden.«

Anna Fowler war auch aufgestanden und schaute über Roachs Schulter auf den feuchten Fleck. Sie nahm ein paar Papiertücher aus einer Box und warf sie oben auf die Pfütze, schob dann einen Mantel zur Seite, um die Regenbekleidung zu verbergen. Roach hatte einen kurzen Blick darauf erhascht, und irgendetwas klickte in ihrem Hinterkopf und sandte ein Schaudern der Erregung durch ihren Körper.

Sie hielt ihre Stimme sehr ruhig, als sie fragte: »Sie sind nicht ursprünglich aus Inverness, oder?«

»Woher wissen Sie das?«

»Ich habe die Spur eines Akzents gehört, nicht von hier, eher Fife.«

Noch ein Zögern. »Das stimmt. Ursprünglich aus Falkland.«

Noch eine Lüge. Der schwache Schatten eines Akzents, den sie erhascht hatte, war von der Ostküste, aber nicht aus Fife. Eher von weiter südlich. Und in diesem Augenblick wurde ihr klar, was sie in den Augen gesehen hatte. Roach machte sich auf den Weg zur Tür, weil sie wusste, dass sie ins Büro zurückmusste, damit sie gedanklich die einzelnen Teilchen wie in einem Puzzle zusammensetzen konnte. Die Regenbekleidung. Die flüchtige Ähnlichkeit. Die ...

Sie erreichte die Tür nicht. Sie hörte nicht einmal, wie Anna Fowler sich rasch von hinten näherte. Aber sie spürte, wie ihr ein schwerer und harter Gegenstand gegen den Hinterkopf krachte, nahm den scharfen Schmerz wahr, als ihre Schläfe gegen die Kante des Türrahmens prallte. Sie versuchte, sich umzudrehen, um die Frau anzuschauen, doch ein weiterer kräftiger Hieb auf den Hinterkopf ließ sie mit der Nase gegen das Holz schlagen, und sie spürte, wie etwas zerbrach. Lichter blitzten hinter ihren Augen auf, und die Wand, an die sie sich presste, begann sich zu neigen und zu verblassen. Sie taumelte herum, sah, dass Fowler wieder etwas in die Höhe schwang – was war das? Ein Buch? Was zum T...

Und dann eine weitere stechende Qual, als der schwere Gegenstand ihr seitlich gegen den Kopf geschleudert wurde, sie zur Seite katapultierte und ihr der dunkle, verschlissene Teppich entgegenkam. Den Aufprall spürte sie nicht mehr. Stattdessen fiel sie, fiel und fiel in einen dunklen Strudel, in dem Bücher und Regenmäntel und Highland-Kostüme um sie herum wirbelten und schwebten. Und währenddessen konnte sie das Tropf, Tropf, Tropf von Wasser hören, das zu Blut geworden war.

54

Im Büro des Chefredakteurs waren nur sie beide, Les und Rebecca. Draußen im Redaktionsbüro klingelten die Telefone und klapperten die Tastaturen. Undeutliche Stimmen. Ein Lachen. Da war tatsächlich jemand bei der Arbeit fröhlich. Hatte wohl das Memo nicht bekommen.

In diesem Zimmer gab es nicht viel Fröhlichkeit, jedenfalls nicht für Rebecca. Les wirkte entspannt, selbstsicher. Allerdings kannte sie ihn nicht gut genug, um sagen zu können, ob das alles nur gespielt war. Sie überlegte, wie oft er so etwas wohl schon gemacht hatte. Sie fragte sich, ob ihm das Spaß machte, ob er es gar nicht gerne tat oder ob es ihm egal war. Sie vermutete Letzteres. Was auch immer, sie hatte das Gefühl, auf eine große Entscheidung zuzusteuern.

Er glaube nicht, dass sie sich hundertprozentig im Unternehmen engagiere, hatte er sie gerade wissen lassen.

»Ich weiß nicht, was Sie damit meinen«, sagte sie. Sie wusste nur zu gut, was er meinte, genoss es aber weidlich, ihn dazu zu zwingen, es ihr persönlich zu erklären.

»Genau das, Rebecca«, antwortete er. »Ich habe Sie beobachtet, und ich habe das Gefühl, dass Sie nicht glücklich darüber sind, wie die Dinge jetzt laufen. Wie sie weiter laufen müssen, wenn wir vorankommen wollen.«

Rebecca konnte nicht anders: »Wie Sie es wollen, meinen Sie?«

Kurz huschte Verärgerung über sein Gesicht. »Nicht, wie ich es will. Das ist Unternehmenspolitik.«

»Und was ist, wenn ich die für falsch halte?«

Jetzt trat Selbstgefälligkeit an die Stelle der Verärgerung. »Und da haben wir schon die Wurzel unseres Problems.«

»Haben Sie was an meiner Arbeit auszusetzen?«

»Nein, Ihre Arbeit ist beeindruckend.«

»Was dann?«

»An Ihrer Einstellung.«

»Meiner Einstellung?«

»Ja. Ehrlich gesagt, Sie glauben, dass Sie es besser als alle anderen wissen.«

»Vielleicht stimmt das ja.« Diese Worte taten ihr leid, sobald sie ausgesprochen waren. Sie wusste es keineswegs besser, das war ihr klar. Sie hatte nur das Gefühl, man müsse die Dinge anders machen.

»Das wird mit jedem Tag deutlicher. Und dann wäre da noch Ihre häufige Abwesenheit aus der Redaktion.«

»Während der ich meine Arbeit mache.«

»Ihre Arbeit ist hier, es sei denn, ich weise Sie an, woandershin zu gehen.«

»Woanders ist aber das, worüber wir hier berichten sollen.«

»Da hat jemand was erfunden, Rebecca, vielleicht haben Sie schon davon gehört. Es heißt Telefon. Sie nehmen das in die Hand, tippen eine Zahl ein, und wie durch Zauberhand können Sie mit jemandem reden. Es besteht keine Notwendigkeit, überall in Inverness herumzustromern ...«

»Herumzustromern? Ich habe ...«

Les ignorierte sie, redete einfach weiter. »... um Storys zu bekommen, die Sie ...«

Rebecca ließ sich nicht mundtot machen, und nun redeten sie beide gleichzeitig. »Ich habe gute Storys mitgebracht.«

»... ganz leicht über das Telefon bekommen hätten.«

Rebecca kreischte: »Exklusiv-Storys!«

Sie verstummten, beide beharrten felsenfest auf ihrer Position.

Sie hatte in der Vergangenheit schon ähnliche Gespräche mit Barry geführt, doch diesmal war es anders. Der Tonfall, die unterschwellige Botschaft war ernster.

Rebecca wusste, dass ihr Job auf dem Spiel stand.

»Eines müssen Sie sich klar machen, Rebecca, wenn Sie hierbleiben wollen.«

»Wenn ich hierbleiben will?«

Er ignorierte sie. »Die Dinge haben sich geändert. Barry ist zu lasch mit Ihnen umgegangen, aus welchem Grund auch immer. Er hat Ihnen viel zu viel durchgehen lassen, und das hört jetzt auf. Jetzt sofort. Sie waren an der langen Leine, aber ich hole diese Leine ein.«

»Ich bin kein Hund.« Sie versuchte, ihre Wut zu zügeln, doch sein ganzes Gehabe ging ihr auf die Nerven.

»Das weiß ich. Ich habe bildlich gesprochen.«

Sie war schwer in Versuchung, ihm den Stinkefinger zu zeigen, um zu sehen, ob er dieses Bild entschlüsseln könnte, tat es jedoch nicht. Sie konnte hitzköpfig sein, aber tollkühn war sie nicht.

»Also, wir machen folgendermaßen weiter«, sagte er. »Wie ich schon sagte, ist Ihre Arbeit tadellos, wenn auch ein bisschen eigenwillig.«

Eigenwillig?, dachte sie, zwang sich aber, den Mund zu halten.

»Also werden Sie von jetzt an bei mir vorsprechen, ehe Sie für eine Story das Haus verlassen. Wenn ich Nein sage, war es das. Keine Debatten, kein Einspruch, keine Ausflüge auf eigene Faust. Wenn diese Redaktion funktionieren soll, muss der Chefredakteur Gott sein, verstanden?«

»Projektmanager«, erwiderte sie. »Wir brauchen keine Chefredakteure, Sie erinnern sich?«

Er schwieg einen Moment, und seine Augen bohrten sich in sie. Als er wieder sprach, war der ruhige, geschäftsmäßige Tonfall einem sehr viel raueren gewichen. »Ich will es Ihnen klipp und klar sagen. Ab jetzt tun Sie, was ich sage, wenn ich es sage. Kein Wenn und Aber, keine Widerrede. Wenn Sie weiter hier arbeiten wollen, sind das die Regeln. Sie müssen entscheiden, was Sie tun wollen.«

Rebecca saß sehr steif da, antwortete aber nicht. Wütende, heiße Tränen brannten ihr in den Augen. Wenn Sie weiter hier arbeiten wollen, hatte er gesagt.

Das war die Frage.

»Okay«, sagte sie mit leicht erstickter Stimme. Sie wusste, dass Sie dieses Gespräch beenden musste, weil sie die Mischung aus Wut und Angst nicht mehr viel länger unter Kontrolle halten konnte. Sie wollte einfach nur fort aus diesem engen Zimmer, weg von seiner aalglatten Stimme und seiner herablassenden Art.

»Okay, was?«, drängte er.

Was wollte er? Dass sie ihn Sir nannte? Salutierte? Sie sollte diplomatisch sein, etwas sagen, irgendetwas, das ihr Zeit zum Denken, zum Planen, für irgendeine rationale Entscheidung verschaffte. Das sollte sie tun. Das Problem war, dass ihr nichts einfiel, was auch nur entfernt dieser Beschreibung entsprach.

»Okay«, sagte sie, nun mit kräftigerer Stimme. Das Brennen in ihren Augen war fort. »Ich muss darüber nachdenken. Sind wir hier fertig? Wissen Sie, ich habe noch zu tun.«

Er warf ihr wieder diesen passiv-aggressiv starrenden Blick zu, nickte dann bloß und wandte sich ab. Sie war entlassen. Sie widerstand dem Impuls, die Hacken zusammenzuschlagen, ehe sie ging.

An ihrem Schreibtisch klingelte das Telefon, also ging sie an den Apparat und hörte Alan sagen: »Herrgott, Becks, ich versuche schon ewig, dich zu erreichen.«

Sie schaute auf ihr Handy, das sie neben der Tastatur hatte liegenlassen, als sie in Les' Büro zitiert wurde. Zwei verpasste Anrufe von Alan. Ihre Wut und ihre Befürchtungen nach der Konfrontation wichen nun der Besorgnis. »Was ist? Ist mit Chaz alles in Ordnung?«

»Natürlich«, antwortete Alan, dann senkte er die Stimme, als er hinzufügte: »Sollte es das nicht sein?«

»Nein, natürlich nicht, aber du schienst so, äh, durcheinander.« Da war er wieder, der Frageton in ihrer Stimme. Diesmal lag es daran, dass sie bezweifelte, ob »durcheinander« die richtige Wortwahl war.

»Nein, es geht um Anna Fowler«, sagte Alan. »Was zum Teufel hast du mit ihr gemacht?«

Diesmal war es Rebecca, die durcheinander war. »Anna? Ich? Nichts.«

»Irgendwas musst du getan haben. Sie hat mich vor einer halben Stunde auf dem Flur angehalten und zusammengestaucht, weil ich euch miteinander bekannt gemacht habe.«

»Was?« Rebecca ging in Gedanken durch, was sie getan haben könnte, um die Frau so zu verärgern, aber es fiel ihr nichts ein. »Alan, ich weiß nicht ...«

»Sie sagt, du hast sie bei der Polizei angeschwärzt.«

»Das habe ich nicht!«

»Nun, anscheinend hat ihr die Polizei was anderes erzählt. Eine Kommissarin war hier. Sie hat bei Anna den Eindruck hinterlassen, dass du sie wegen irgendwas verpetzt hast. Was hast du gemacht, Becks?«

Roach, das musste Roach gewesen ein. Sie hatte unbedingt herausfinden wollen, wer Informationen vom Set weitergegeben hatte. Rebecca war sich sicher, dass sie Anna nicht einmal unabsichtlich erwähnt hatte. Barry und Les wussten es nicht, nicht einmal Chaz und Alan wussten, dass Anna ihre Quelle bezüglich einiger Aspekte der Story gewesen war. Und denen erzählte sie sonst alles.

»Alan, ich weiß nicht, was passiert ist, aber ich habe der Polizei nichts dergleichen erzählt. Ich rufe Anna an, um das zu klären.«

»Sie ist für heute nach Hause gegangen. Sie war ziemlich bestürzt.

Hat gesagt, sie müsse erst wieder klare Gedanken fassen oder so. Bring das in Ordnung, Becks. Anna ist eine nette Frau, und ich sehe es gar nicht gern, wenn jemand sie verletzt, schon gar nicht eine Freundin von mir.«

»Alan, glaub mir, ich habe ihren Namen nicht an die Polizei weitergegeben. Du kennst mich doch.«

»Bring das in Ordnung, Becks.«

»Mach ich.«

Noch während sie das Gespräch mit Alan beendete, suchte sie bereits Annas Nummer in der Kontaktliste ihres Handys heraus. Sie wählte, und es klingelte am anderen Ende, schaltete dann jedoch auf Voicemail um. Mist! Sie hörte, wie Annas Stimme eine gestelzte Nachricht diktierte, dann einen Piepton.

»Anna, Rebecca hier. Hören Sie, ich weiß nicht, was DCI Roach Ihnen erzählt hat, aber es ist nicht wahr. Wir müssen reden.«

Sie beendete das Gespräch und starrte eine Weile auf das leere Display ihres Handys. Sie hatte ohne jeden Grund ein schlechtes Gewissen. Die Professorin hatte getan, was sie für richtig hielt. Rebecca hatte sie geschützt. Aber jetzt wurde sie von einer Polizeibeamtin manipuliert. Diese verdammte Roach! Rebecca mochte Anna, hatte das Gefühl, sie könnten Freundinnen werden. Ihr gefiel der Gedanke nicht, dass sie wütend auf sie war, oder, was noch schlimmer war, von ihr enttäuscht sein könnte. Sie musste sie sehen, das mit ihr klären, sie davon überzeugen, dass sie sie nicht im Stich gelassen hatte. Sie schaute auf die Uhr. Halb vier. Sie konnte nicht einfach die Redaktion verlassen, nicht nach dem Gespräch, das sie gerade mit Les geführt hatte. Anderseits konnte sie nicht zulassen, dass eine Frau, die sie mochte, glaubte, sie hätte sie hängen lassen.

Wenige Minuten zuvor hatte sie gewusst, dass sie auf eine Entscheidung zusteuerte, hatte jedoch nicht geglaubt, dass es schon so bald so weit sein würde.

Sie starrte auf die Uhr, auf den Sekundenzeiger, der sich ach so langsam in kleinen Sprüngen vorwärtsbewegte, eine Sekunde, noch eine, noch eine. Ihre Gedanken tickten mit.

Gehen.

Bleiben.

Gehen.

Bleiben ...

55

Nolan verzog keine Miene, während er den jungen Mann musterte, der ihm am Tisch gegenübersaß. Er wusste, dass er den Jungen damit nur noch nervöser machen würde. Er hatte ihn angerufen, ihn gebeten, sich mit ihm im Barney's zu treffen, ihn gewarnt, Scott bloß nichts davon zu erzählen. Natürlich konnte es sein, dass der Junge seinem Bruder ohnehin davon erzählen würde. Aber Nolan spekulierte darauf, dass die Angst des jungen Mannes vor ihm größer war als seine Loyalität Scott gegenüber, der seine Jungs nur mit Poltern und Donnerwetter bei der Stange hielt. Nolan ging viel subtiler vor. Wenn es drauf ankam, war er derjenige, den man genau im Auge behalten musste, weil man nie wusste, was er gerade dachte. Scott stänkerte immer lautstark, lächelte, spielte den großen Mann, Nolan war ruhiger, immer am Rand der Gruppe, berechnend. Bei Scott wussten die Jungs, woran sie waren, seine Unberechenbarkeit war berechenbar, aber bei Nolan hatten sie einfach keine Ahnung. In vielerlei Hinsicht verriet er am meisten von sich, wenn er nichts verriet. Das erschreckte Jungs wie Deke zu Tode.

»Also, wo war mein Bruder neulich abends?«

Der Junge hieß eigentlich Derek, wurde aber lieber Deke genannt. »Von welchem Abend neulich redest du?«

»Vor ein paar Tagen, als der Typ auf dem Friedhof umgebracht worden ist.«

»Der Perversling?«

»Aye. Warst du an dem Abend mit Scott zusammen?«

Deke reckte sich stolz. »Ich bin an den meisten Abenden mit Scott zusammen. Er und ich, wir sind Kumpel.«

Nolan ließ das auf sich beruhen. Scott hatte keine Busenfreunde. Diese Schwäche hatten sie gemeinsam. »Natürlich. Wo wart ihr also?«

Deke schaute nun entschieden verschlagen drein. »Wieso willst du das wissen, eh?«

Nolan wahrte seine versteinerte Miene. »Alles, was du wissen musst, ist, dass ich es wissen will.«

Deke versuchte, eine Aura stoischer Männlichkeit aufrechtzuerhalten, doch Nolans eiskalter Blick tat seine Wirkung. Dekes Zunge schnellte hervor, um die Lippen zu befeuchten. »Also … Was hat Scotty denn gesagt, wo er war?«

»Egal, was Scotty gesagt hat. Ich will, dass du es mir sagst.«

Deke ging das in Gedanken durch. Nolan wusste, wie viel Mühe ihn das kosten würde. Deswegen hatte er Deke gefragt und nicht den anderen Blödmann, der mit seinem Bruder herumhing. Deke würde eher reden, ohne groß nachzudenken. Als er nach seinem Telefon auf dem Tisch griff, überlegte Nolan, ob er ihn vielleicht unterschätzt hatte. »Vielleicht sollte ich mal bei Scotty nachfragen, weißt du?«

Nolan zog das Handy zu sich hin. »Vielleicht solltest du einfach meine Frage beantworten, Deke. Und vielleicht solltest du mich nicht stocksauer machen. Ich lasse mich nämlich gar nicht gern stocksauer machen. Das macht mich stocksauer.«

Deke schaute zu, wie sein Handy von ihm weggezogen wurde, und schluckte schwer. Er sah sich in der Bar um, als suchte er Verstärkung, doch der Raum war leer. Nicht einmal der Fernseher lief, und Jack war auch nicht da, dafür hatte Nolan gesorgt. Er beobachtete, wie Deke seine Chancen abwägte. Er konnte lügen, aber darin war er nicht besonders gut. Er konnte sich weigern, Nolan zu sagen, was er wissen wollte, aber das könnte schlecht für ihn enden. Gerüchten zufolge waren im Keller der Bar Blutflecke, die sich nicht wegwaschen ließen. Nolan wusste, dass das nicht stimmte, aber es war ein praktisches Gerücht, das man kultivieren sollte. Dekes letzte Option war, zu reden, aber darüber wäre wiederum Scott nicht sonderlich erfreut, wenn er es herauskriegte. Der Junge war in einer echten Zwickmühle. Nolan tat es leid, dass er ihn in die Falle gelockt hatte, aber er musste es wissen.

Er beschloss, den Einsatz zu erhöhen. Er stand langsam auf. »Komm schon, mein Junge, wir gehen mal kurz hinters Haus ...«

»Wir waren bei South Ferry unten am Strand«, platzte Deke heraus.

Nolan ließ sich wieder auf seinem Stuhl nieder. »Und ihr habt was gemacht?«

»Uns diesen Typ vorgeknöpft, der Zeug geklaut hat. Scott hat gesagt, dass er ihm eine Lektion verpassen muss.«

Nolan wusste, dass das stimmte. Deke war zu verängstigt, um zu lügen. »Wie vorgeknöpft?«

Deke zappelte. Es machen, das war eine Sache, drüber reden, ganz etwas Anderes. »Na ja, du weißt schon, vorgeknöpft. Ihm ein, zwei Schläge verpasst.«

Nolan dachte an das Blut auf Scotts Hemd. »Was für Schläge?«

Deke war unbehaglich zumute. »Na ja, Scotty war echt sauer deswegen, weißt du? Er hat sich den Typ ziemlich gründlich vorgenommen. Wir haben versucht, ihn aufzuhalten, ehrlich. Nolan, das musst du mir glauben, aber er ist völlig ausgerastet, weißt du?«

Das wusste Nolan. »Hatte mein Bruder Drogen genommen?«

»Aye, wir alle, aber was dann passiert ist, das war nicht in Ordnung. Wir haben versucht, es ihm zu sagen, aber Scotty war völlig von der Rolle, weißt du. Ich meine, einem Jungen eine reinhauen, das ist eins, aber ihn so verdreschen und ihm dann die Knarre in den Mund stecken ...«

Nolan spürte, wie es ihm kalt über den Rücken lief. »Eine Knarre? Scotty hatte eine Knarre?«

»Aye. Wir wussten das auch nicht. Er hat den Jungen vermöbelt, und dann hat er ihn zu Boden geworfen, und er lag da auf den Felsen mitten im Tang, und Scott zieht diese Pistole raus und rammt sie dem Jungen in den Mund. Echt, Mann, ich hab mir fast in die Hose gemacht. Ich hab wirklich gedacht, der drückt ab.«

»Aber das hat er nicht, oder?«

»Nein, er hat den Jungen nur angebrüllt und die Knarre wieder rausgerissen. Ich glaube, er hat ihm dabei ein paar Zähne ausgeschlagen.«

»Und dieser Junge, wo ist der jetzt?«

»Bei meiner Schwester. Wir wollten nicht, dass er zu einem Arzt geht oder so. Sie ist Krankenschwester. Sie kümmert sich im Moment um ihn.«

Eine Pistole. Scotty hatte eine Pistole. Das Einzige, was Ma – und Dad – nie gewollt hatten, denn sobald man Pistolen ins Spiel bringt, ändert sich alles. Die Prügelei war schlimm genug, aber eine Pistole, das war etwas ganz anderes.

Die Frage war, wo zum Teufel Scott jetzt war. »Hast du meinen Bruder heute schon gesehen?«

»Aye, vor einer Weile. Er war nicht gerade bester Laune, weißt du. Er meinte, er hätte noch was zu erledigen. Ich wollte mitgehen, aber er sagte, es wäre was Persönliches. Eine Familienangelegenheit.«

Scott hatte die Zeitungsredaktion keine Sekunde aus den Augen gelassen.

Er trommelte ungeduldig auf das Lenkrad, als schlüge er den Takt zu einem Musikstück, obwohl keine Musik lief. Er hatte während des Wartens ein paar Lines Koks gezogen, um seine innere Unruhe zu dämpfen, aber er war noch immer völlig überdreht. Nolan hätte ihm gesagt, dass das Zeug nicht half, aber sein Bruder war ein fromm daherredender Scheißkerl, der nicht wusste, wie man Spaß hat. Außer vielleicht mit dieser Kleinen von der Zeitung.

Scott würde seinen Drogenvorrat darauf verwetten, dass er mit der gepennt hatte. Wenn nicht, warum zum Teufel hing er sonst mit der rum? Für mehr waren Mädels doch nicht gut, oder? Gut aussehen und sich bespringen lassen.

Er wusste nicht, warum er eigentlich hier war, hatte die Sache nicht wirklich durchdacht. Er war aus dem Haus gerannt, in sein Auto gestiegen und eine Weile durch die Gegend gefahren, hatte gehofft, seine Wut würde sich legen, aber das tat sie nicht. Ma hatte nicht das Recht, ihm zu befehlen, alle Verbindungen zu Spioraid abzubrechen, auf gar keinen Fall. Sie begriff nicht, was er begriffen hatte: All diese politische Korrektheit bedrohte ihre Lebensweise. Wenn es drauf ankam, hatte Scott nichts gegen Ausländer oder Schwule. Die kauften seine Produkte wie alle anderen auch. Aber die mussten wissen, was sich für sie gehörte. Moslems dagegen waren eine andere Sache. Denen traute er kein bisschen. Das waren alles Terroristen, wenn man ihn fragte. Zumindest aber potenzielle Terroristen, und das war schon schlimm genug. Man musste sie im Auge behalten, und man musste ihnen sagen, wo's langgeht. Die mussten begreifen, dass Schottland ein Land für Weiße ist. Er selbst hatte noch nie die Schwelle einer Kirche überschritten, aber er wusste, dass Schottland ein christliches Land war, und das hatten Moslems und Juden und was sonst noch zu kapieren. Die sollten hingehen und anbeten, wen oder was sie wollten, aber nicht versuchen, hier das Regiment zu übernehmen. Denn dann würden sich die Weißen wehren. Und sie würden gewinnen. Wenn diese Leute ihre gottverdammte Scharia haben wollen, dann sollen sie dahin zurückgehen, wo sie hergekommen sind. Alle würden ihnen zum Abschied hinterherwinken. Auf Nimmerwiedersehen.

Aber Perverslinge. Perverslinge, das war eine ganz andere Geschichte. Die musste man vom Angesicht der Erde tilgen. Die Schwulen waren eine Sache, solange sie sich an Ihresgleichen hielten, aber die Perversen waren hinter den Kids her. Eier abschneiden, ihnen ins Maul stopfen und sie aufknüpfen, so würde Scott mit ihnen verfahren.

Ma sah das allerdings nicht so wie er. Die Perverslinge, ja, die schon, aber nicht die anderen. Sie begriff einfach nicht, wie sehr die ihre Lebensweise bedrohten. Finbar hatte das verstanden, und die Leute in Spioraid auch. Patrioten, das waren die. Schottische Patrioten. Sie mussten sich von diesen Schweinehunden in Westminster losmachen und sich den Rest der Welt auf Armeslänge vom Leib halten. Handel, ja schon, aber scheiß auf die EU – da draußen ist eine ganze Welt – und scheiß auf die Politik der offenen Grenzen für Einwanderer. Wir haben jetzt schon genug von denen im Land, wir brauchen nicht noch mehr. Und alle, die schon hier sind, würde er frohen Herzens verabschieden, alle, wie sie da sind, und ihnen fröhlich hinterherwinken.

Nolan. Der sollte das eigentlich begreifen. Er hat doch gesehen, wie diese Schweinehunde alle anderen anschauen, als wäre das hier ihr Land, als wären Weiße nicht mehr willkommen. Scott hatte Nolan zu einem Treffen von Spioraid eingeladen, aber er hatte ihn nur ausgelacht. Gemeint, das wäre ein Haufen von Spinnern. Wie blind konnte man sein? Scott wusste, dass Nolan das schwache Glied in der Kette war, wusste es schon ewig, und er hatte Ma alles Mögliche eingeflüstert, ihre Gedanken gegen ihn vergiftet. Und jetzt war diese kleine Reporterin ins Spiel gekommen, und es war höchste Zeit, etwas zu unternehmen.

Und Scott war genau der richtige Mann dafür.

56

Die Sonne hatte endlich die Wolken durchbrochen, es war wie ein letztes trotziges Aufbäumen an einem Tag, der entschlossen trübe und feucht gewesen war. Es war kein Regen gefallen, doch er hing in der Luft wie eine Vorahnung. Aber als jetzt die Sonne rauskam, erinnerte sie die Welt daran, dass es sie noch gab, sprengte die Wolken mit gleißendem Blitzen, malte farbige Streifen auf den Himmel und tauchte die wellige Oberfläche des Wassers in goldenes Licht. Doch das Tageslicht schwächelte bereits und würde schon bald hinter den niedrigen Bergen jenseits des Beauly Firth sein Leben aushauchen.

Im Osten weichte das graue Licht bereits die Kanten der Kessock Bridge auf. Ihre Lichter glitzerten auf dem trüben Wasser, das der goldene Schein aus dem Westen nicht eingefärbt hatte. Die Scheinwerferstrahlen der Autos blitzten auf, bewegten sich über das Wasser wie leuchtende Insekten. Der Buckel der Black Isle wurde noch dunkler, und die Häuser entlang des Strandes und der bewaldeten Hänge waren nur noch schwach zu sehen. Lediglich die Pünktchen der leuchtenden Glühbirnen, die in Wohnzimmern und Küchen und Eingangsfluren eingeschaltet wurden, deuteten sie noch an.

Die Abendsonne warf lange Schatten auf die Stelle, wo Rebecca geparkt hatte. Ein Mann, der seinen Hund spazieren führte, nickte ihr zu, als sie auf dem Treidelpfad aneinander vorübergingen. Sein Labrador schnüffelte am Ufer des Caledonian Canal, der hier schnurgerade in die Meerenge mündete. Rebecca überlegte, ob der Hund wohl je hereingesprungen war. Das Wasser erschien in diesem Licht schwarz und wirkte tief, die Böschung steil. Doch der Gedanke wurde schnell fortgespült, als sie die Person, die sie gesucht hatte, am anderen Ufer sah: allein auf einer Bank, den Blick starr auf die Brücke und den Moray Firth dahinter gerichtet. Sobald der Hundebesitzer fort war, gehörte dieses Stück Kanal in Clachnaharry nur noch Anna und Rebecca.

Am Pfad entlang waren auf Taillenhöhe Lampen angebracht, die einen schwachen Schein auf den Weg warfen. Rebecca hielt auf das Gebäude der Kanalverwaltung zu, dessen weiße Mauern noch die letzten Strahlen der Abendsonne einfingen. Zwei schmale, bewegliche Brücken verliefen zu beiden Seiten der Meeresschleuse, die den Booten den Übergang zwischen den verschiedenen Wasserpegeln ermöglichte. Die Büros der Kanalverwaltung hatten seit 16 Uhr Feierabend, und es warteten auch keine Boote für den nächsten Morgen. Rebeccas Schritte hallten auf der Brücke laut in der stillen Luft, und sie dachte, Anna müsste bestimmt gehört haben, dass sie sich näherte, aber sie hatte wohl nichts bemerkt. Sie saß in ihren Mantel geduckt da, hatte die Hände tief in den Taschen versenkt und regte sich nicht einmal, als Rebecca neben ihr auf der Bank Platz nahm. Sie saßen schweigend da, schauten über das Wasser, auch wenn vielleicht keine von beiden das Wasser wirklich sah. Jetzt, da Rebecca hier war, überlegte sie, was sie sagen könnte. Als sie einen kurzen Blick auf Anna warf, bemerkte sie, dass deren Augen einen seltsam verschwommenen Ausdruck hatten, als wäre lediglich ihr Körper hier, während ihr Geist, ihr Bewusstsein anderswo waren. Verirrt. Abgeschweift.

Rebecca holte tief Luft. »Anna. Ich habe DCI Roach nichts von Ihnen erzählt.«

Anna schien sie nicht zu hören. Sie regte sich nicht. Ihre Augen schauten noch immer wie verloren auf das Wasser, dessen bleierne, kalte Oberfläche von der aufkommenden Brise gebrochen wurde, die vom Firth herüberwehte. Rebecca wusste nicht, was sie sonst noch sagen sollte. Sich zu wiederholen, das wäre, als bettelte sie um Vergebung für etwas, das sie nicht getan hatte. Also ließ sie ihre Worte einfach weiter zwischen ihnen schweben und hoffte, dass Anna reagieren würde.

Es dauerte ganze zwei Minuten. Eigentlich keine lange Zeit, aber hier auf dieser kühlen Landzunge, wo allmählich das Licht hinter den niedrigen Bergen im Westen verlosch und die letzten Strahlen auf die fedrigen Wolken fielen, die wie Rauch vor dem dunklen Himmel schwebten, hier schien es eine Ewigkeit zu sein. Eine Ewigkeit, in der Anna völlig verloren schien.

Endlich redete sie leise: »Es macht jetzt auch nichts mehr aus.«

»Es macht sehr wohl etwas aus«, erwiderte Rebecca, froh, dass Anna zumindest sprach, selbst wenn ihre Stimme so klang, als käme sie aus weiter Ferne. Wieder einmal hatte Rebecca das Gefühl, als wäre die Historikerin nicht wirklich bei ihr. Hatte DCI Roachs Lüge sie wirklich so sehr verstört?

Wieder ein langes Schweigen. Dann murmelte Anna etwas. Es klang wie »Jetzt ist alles zu spät«, aber Rebecca war sich da nicht sicher. »Zu spät wofür?«

Anna schien sich noch tiefer in ihren Mantel zurückzuziehen. Sie war eine kraftvolle Frau, aber nun schien sie vor Rebeccas Augen in sich zusammenzusacken. Hier ging es nicht um DCI Roachs Lüge. Es war etwas anderes geschehen, und Rebecca merkte, wie ihre Besorgnis wuchs. »Anna, was ist los?«

Nichts. Alle Bewegung war erstarrt, außer der Brise, die Anna durch das kurze blonde Haar fuhr. Sie schien nicht einmal zu atmen.

»Anna? Sagen Sie mir, was los ist. Was immer es ist, es lässt sich in Ordnung bringen.«

Da bewegten sich Annas Augen, und Rebecca sah den Schmerz, der in ihnen lebte. »Es lässt sich nicht in Ordnung bringen. Jetzt nicht mehr.«

Und dann nahm sie wie in Zeitlupe die Hände aus den Taschen, und Rebecca sah das Blut, mit dem ihre Finger, ihre Knöchel, ihre Handflächen verkrustet waren. Sie streckte den Arm aus und packte Annas Hände, drehte sie um, suchte nach Wunden, kratzte mit den Fingern verkrustetes Blut fort, fand aber nichts. »Anna, sind Sie verletzt?«

Anna zog ihre Hände weg. Schob sie wieder in die Manteltaschen, sackte erneut in sich zusammen. In Rebeccas Handtasche sang Robbie Williams. Ihr Handy. Sie ignorierte es. Der Anruf wurde auf ihre Voicemail umgeleitet.

»Wessen Blut ist das, Anna?«, fragte Rebecca und versuchte, ihre Stimme nicht zu dringlich klingen zu lassen. Sie musste ganz ruhig mit der Frau reden. Sie musste sie aus der Reserve locken. Denn irgendwas stimmte hier nicht, stimmte überhaupt nicht. »Anna? Sagen Sie es mir – wessen Blut ist das?«

Alan hatte sie schließlich gefunden.

Er hatte eine Stunde lang in seinem Büro gesessen und geistesabwesend Schreibarbeiten erledigt. Seine Gedanken waren jedoch bei Anna Fowler und ihrem Gesicht gewesen, als sie mit ihm geredet hatte. Er hatte ein schlechtes Gewissen, weil er einen Augenblick lang wirklich geglaubt hatte, Rebecca habe der Polizei von der Geschichtsprofessorin erzählt. Doch je mehr er darüber nachdachte, desto sicherer war er sich, dass sie so etwas niemals tun würde. Er hatte Professor Fowler nicht davon überzeugen können, hatte aber das Gefühl, dass es wirklich wichtig wäre.

Universitätsflure konnten sehr einsame Orte sein, wenn die Studenten im Unterricht sind oder alle das Gebäude verlassen haben, wie es jetzt der Fall war. Der Campus war nicht groß – die Universität hatte weitere Standorte in den westlichen Highlands –, aber die Korridore kamen einem sehr lang vor, wenn man keine andere Menschenseele dort antraf. Die auf den Gängen angebrachten

Sensoren registrierten seine Bewegungen, wenn er um die Ecken bog und Türen aufdrückte, und Lichter leuchteten flackernd auf und erloschen wieder. Energie sparen, an der Beleuchtung sparen. Seine Schritte hallten quietschend über die gebohnerten Fußböden wider, als er eine Tür nach der anderen durchschritt. Hörsäle, Büros, Toiletten. Gelegentlich erhaschte er durch die schmalen Glasstreifen, die längs an den Türen verliefen, einen Blick auf jemanden, doch meist waren die Zimmer leer, trübe, die Stühle unbesetzt, die Schreibtische abgeräumt, die Computerbildschirme dunkel.

Die Tür von Professor Fowlers Büro war abgeschlossen. Alan hielt die Hände wie einen Trichter an den Glasstreifen und linste in den Raum, doch der lag dunkel vor ihm. Die Jalousien waren heruntergelassen, um das bisschen Tageslicht auszusperren, das noch übrig war. Er konnte gerade eben den Schreibtisch und die Bücherstapel ausmachen. Er hatte zu lange gewartet. Er hätte früher kommen sollen, anstatt an seinem Schreibtisch zu hocken und online Kästchen anzukreuzen. Er rüttelte noch einmal an der Türklinke, ohne genau zu wissen, warum. Die Tür blieb verschlossen, wie erwartet. Er seufzte, wandte sich ab. Er würde morgen mit ihr reden. Er wusste nicht, ob Rebecca inzwischen mit ihr gesprochen hatte, doch selbst wenn, würde er dafür sorgen, dass die Professorin wusste, dass Rebecca eine von den Guten war.

Er wollte gerade gehen, als er drinnen jemanden stöhnen hörte.

Chaz schaute auf das Display seines Handys, bevor er den Anruf annahm. Nummer unterdrückt. Er überlegte, nicht dranzugehen, doch manchmal unterdrückten auch Zeitungen ihre Rufnummer, es könnte also auch Arbeit sein.

»Chaz, hier ist Nolan Burke.«

Einen Augenblick lang verspürte Chaz Besorgnis. Warum zum Teufel rief Nolan Burke bei ihm an? Und wie zum Teufel war er an seine Telefonnummer gekommen? Doch er holte nur tief Luft und sagte: »Hi.« Dann fügte er noch hinzu: »Wie geht's?«

»Hi, Wie geht's?«, als wäre es völlig alltäglich, dass ein allseits bekannter Drogenhändler ihn aus heiterem Himmel anrief. Zwei Kumpel bei einem freundlichen Plausch, die sich auf einen Drink verabredeten.

Nolans Stimme klang dringlich. »Wo ist Rebecca?«

Mist, dachte Chaz, der Typ will mich irgendwie benutzen, um an sie heranzukommen. »Ich habe keine Ahnung, wo Rebecca sich aufhält, Mr Burke.«

»Nolan.« Die Antwort schien inzwischen automatisch zu kommen. »Ich muss sie finden.«

»Haben Sie versucht, bei ihr anzurufen?«

»Ich habe ihre Nummer nicht.«

Na, von mir kriegst du die auch nicht, Kumpel. Das sagte er natürlich nicht. »Was ist los? Vielleicht kann ich ihr eine Nachricht übermitteln, wenn ich sie sehe?«

Es trat eine Pause ein. Nolan dachte nach. »Chaz«, sagte er schließlich. »Ich darf Sie doch so nennen?«

»Natürlich.« Was zum Teufel sollte er darauf denn sonst sagen?

»Hören Sie, ich muss sie finden. Glauben Sie mir, wenn ich sage, dass es dringend ist.«

Chaz' Telefon piepste, um einen anderen Anruf anzukündigen. Alan. »Okay, ich versuche, Rebecca zu erreichen, und rufe dann zurück.« Als er auflegte, wurde ihm klar, dass er den Mann ja gar nicht anrufen konnte, weil die Nummer unterdrückt worden war. Er nahm Alans Anruf an. »Du rätst nie, wer gerade ...«

»Chaz, hast du schon was von Rebecca gehört?« Alans Stimme klang genauso dringlich wie die von Nolan Burke. Irgendwas stimmte hier nicht.

»Nein. Ich hatte gerade ...«

»Ich habe versucht, bei ihr anzurufen, aber sie geht nicht ran. Sie ist nicht in der Redaktion, ist früher gegangen. Wir müssen sie unbedingt finden.«

Chaz' Telefon piepste schon wieder. Er hoffte, dass es Rebecca sein würde, aber es war wieder eine unterdrückte Rufnummer. Nolan Burke. Fürs Erste ignorierte er ihn. »Was ist los, Alan? Nolan Burke hat vorhin auch nach ihr gefragt.«

»Nolan Burke? Wieso sollte der ...? Ach, das ist jetzt egal. Geh zu ihrer Wohnung und sieh nach, ob sie dort ist.«

»Alan, kannst du mal eine Minute die Luft anhalten und mir sagen, was zum Teufel los ist?«

»Ich habe keine Zeit für Erklärungen, Chaz. Geh einfach zu ihrer Wohnung. Ruf mich zurück.«

Alan legte auf, Chaz stand noch da und hatte das Handy am Ohr.

Er schaute aus dem Fenster und sah sein Auto draußen auf dem Parkplatz stehen. Alan hatte eine Fahrgemeinschaft mit einer Kollegin, und heute war sie an der Reihe, also war Chaz motorisiert. Er blickte auf die Schlüssel, die in einer Schale neben der Wohnungstür lagen, holte tief Luft, spürte, wie ein Phantomschmerz an seinem Bein nagte, als ihm klar wurde, dass er sich hinter das Lenkrad setzen müsste.

Als er nach draußen trat, fielen die ersten Regentropfen.

57

Anna redete ein, zwei Minuten kein Wort, und wieder schien es viel länger. Rebeccas Telefon klingelte erneut, aber sie überließ auch diesen Anruf ihrer Voicemail. Wer es auch war, konnte warten. Wahrscheinlich die Redaktion, die wissen wollte, wo sie war. Sie konnte sich jetzt nicht ablenken lassen. Sie durfte sich nicht ablenken lassen.

»Ich hatte mir dieses neue Leben aufgebaut«, sagte Anna mit leiser Stimme und gesenktem Kopf. »Ich dachte, ich wäre eine andere Person geworden. Mit einem neuen Namen, einem neuen Leben, einem neuen Ich.«

Rebecca war sich nicht sicher, wovon Anna redete, fürchtete aber, die Frau würde verstummen, falls sie jetzt nachfragte. Sie musste sie reden lassen.

»Aber die Vergangenheit ist immer bei uns, nicht? Wo immer wir hingehen, folgt sie uns, und es gibt kein Entrinnen. Ich bin Anna Fowler, eine erwachsene Frau, eine Akademikerin, und doch werde ich immer dieses Kind bleiben, dieses arme, gequälte Kind. Ich habe dieses Zimmer vor so vielen Jahren verlassen, aber in vielerlei Hinsicht bin ich noch immer dort. Ich bin noch immer in diesem Bett, starre auf die Tür, lausche auf die Schritte auf der Treppe. Doch als dieses Mal die Tür aufging, habe ich nicht ihn gesehen, sondern den Jungen. Und der Junge hatte sich in ihn verwandelt. Ich habe sein Gesicht gesehen, und alles, was ich mir so sorgfältig aufgebaut hatte, stürzte einfach in sich zusammen. Er benutzte einen anderen Namen, aber das machte ich ja auch. Doch er war noch immer Brian, und ich war noch immer Yvonne. Ich würde immer Yvonne bleiben. Ich würde immer dieses Kind bleiben.«

Rebecca spürte, dass ihr die ersten Regentropfen über die Wangen rannen wie Tränen.

Scott hatte neben dem Auto der Reporterin geparkt, das auf dem Gelände beim Kanal stand, und beobachtet, wie sie über den Treidelpfad zu den Brücken ging. Ein Mann mit einem Köter war vorbeigegangen, hatte durch die Windschutzscheibe auf ihn gelinst. Scott wollte den Mistkerl böse anstarren, hatte aber absichtlich das Gesicht abgewendet. Er wollte keine Aufmerksamkeit auf sich lenken. Schließlich war er nur ein Typ, der in der Abenddämmerung eine kleine Spazierfahrt machte. Hier gab's nichts zu sehen. Der Mann, der seinen Hund Gassi führte, ging weiter.

Die Kleine hatte die Brücke überquert und hielt auf eine Bank zu, auf der bereits eine andere Frau saß. Er hatte gehofft, sie würden allein sein. Er war sich nicht sicher, was er zu ihr sagen wollte, aber er wusste, dass er sich hier von niemand anderem anglotzen lassen wollte. Die Kleine hatte sich auf die Bank gesetzt, und Scott trommelte mit den Fingern seiner rechten Hand auf das Lenkrad, während er überlegte, was er nun tun sollte.

Unbewusst ruhte seine Linke auf dem Beifahrersitz und umfasste die Pistole.

»Manche Menschen sterben, wenn sie jemandem das Leben nehmen, aber das Kind starb nicht. Für das Kind war es der Anfang eines Lebens, als es jemandem das Leben genommen hat.«

Rebecca hatte noch immer kein Wort gesprochen, weil sie Annas Bedürfnis erkannt hatte, jetzt zu reden, Gedanken laut auszusprechen, die sie lange mit sich herumgetragen hatte. Irgendwann hatte sie angefangen, über sich selbst in der dritten Person zu sprechen. Sie war das Kind geworden, und dann wiederum auch nicht. Sogar ihre Stimme hatte sich verändert, war nun ein wenig höher. Rebecca spürte, wie es ihr kalt über den Rücken lief, und das lag nicht an der Kühle des Abends oder dem Nieselregen, der sie inzwischen einhüllte. Der Grund für dieses Bibbern war Angst, doch nicht etwa, weil Rebecca sich in Gefahr wähnte. Diese Angst war vielmehr von Anna ausgegangen wie eine kalte Hand, die ihr nun mit eisigen Fingern über die Haut strich. Rebecca hatte keine Angst vor der Frau, sondern Angst um sie. Und um das Kind, zu dem sie geworden war.

»Er war der Vater des Kindes, aber er war ein Ungeheuer. Das Kind liebte ihn und hasste ihn und fürchtete ihn. Und als das Kind ihn tötete, spürte es, wie diese Liebe und dieser Hass und diese Angst verschwanden. Danach war es wie betäubt. Nichts war mehr in seinem Inneren übrig. Nichts.«

Sie murmelte etwas Unzusammenhängendes. Rebecca gab sich alle Mühe, es zu verstehen, aber der Regen wusch es fort. Dann wurde die Stimme wieder kräftiger, nicht sehr, aber doch genug. »Das Kind wurde erwachsen. Ein neuer Name. Ein neues Leben. Eine neue Person. Ein sorgfältig konstruiertes Leben. Doch noch immer nichts innen drin. Alles tot. Alles tot. Alles tot.«

Chaz' Telefon klingelte erneut, als er gerade Rebeccas Wohnung erreichte. Nolan Burke. »Irgendwelche Neuigkeiten?«

Die Fahrt hierher, so kurz sie auch gewesen war, hatte ihm große Schwierigkeiten bereitet. Der Schmerz in seiner Seite hatte an ihm genagt und ihn gequält. Er wusste, dass er sich diesen Schmerz nur einbildete, doch er fühlte sich sehr echt an. Der Regen spritzte auf die Windschutzscheibe und verstärkte den Schmerz. Es hatte auch in jener Nacht auf der Insel geregnet. Der Schmerz, der Stress, die Bilder in seinem Kopf hatten ihren Tribut gefordert, also war seine Antwort auf Nolans Frage äußerst knapp.

»Hören Sie, was geht hier eigentlich vor? Ich habe Sie im einen Ohr und Alan im anderen, und alle wollen wissen, wo Rebecca ist. Und ich sause hier in der Gegend herum wie eine Schmeißfliege in der Flasche und habe keine Ahnung, warum. Also, was ist los? Ist Rebecca in Schwierigkeiten?«

Er wusste, dass er mit Nolan nicht so hätte reden sollen, aber es reichte ihm allmählich. Am anderen Ende der Leitung herrschte Schweigen. Chaz fürchtete schon, er habe sich vergaloppiert und Nolan habe aufgelegt. Doch dann hörte er einen schweren Atemzug. »Sie könnte in Schwierigkeiten sein, Chaz. Deswegen muss ich sie finden.«

»Was für Schwierigkeiten?«

Wieder Schweigen. »Wenn ich recht habe, dann sind es die allerschlimmsten«, sagte er. »Bitte drängen Sie mich nicht, glauben Sie mir einfach. Wir müssen sie finden. Ich muss sie finden. Und Sie müssen mir dabei helfen. Sie ist nicht in der Redaktion.«

»Ich weiß. Zu Hause ist sie auch nicht. Und sie geht nicht an ihr Telefon.«

»Wo könnte sie sonst noch sein?«

Darauf konnte Chaz keine Antwort geben. Er starrte auf Rebeccas Fenster, als hoffte er, dass sie dort erscheinen würde. Nolans Stimme klang besorgt. Alan war besorgt gewesen. In Chaz rang seine Angst vor dem Autofahren mit den Sorgen um seine Freundin. Er versuchte, zu überlegen, wo sie noch hingefahren sein könnte.

»Schicken Sie mir eine SMS mit Ihrer Telefonnummer«, sagte er. »Ich kann noch ein paar Anrufe machen.«

»Er hat in der Erwachsenen das Kind nicht wiedererkannt, wenn er es überhaupt bemerkt hat. Das Kind hatte sich verändert, war eine Frau geworden. Selbst als es von ihm am Filmset dieses Gift gekauft hat, hat er es nicht erkannt. Doch es war immer noch das Kind. Das arme und verängstigte Kind, das er nicht beschützt hat. Erst als es ihm all das Gift eingeflößt hat, da hat er es begriffen. Es war sehr leicht. So leicht. Ihm folgen, so lange ausharren, bis niemand in der Nähe war, ihn im Vorübergehen streifen, und dann einfach warten, bis die Wirkung eintrat. So leicht. Zumindest dieser Teil.«

Anna hielt wieder inne, so als durchlebte sie noch einmal, was sie getan hatte, und ihre Worte wurden kräftiger, klarer. Die eisige Furcht, die Rebecca hatte erstarren lassen, begann wieder zu tauen. Anna stellte keine Bedrohung für sie dar, da war sie sich sicher. Sie hatte keine Ahnung, wessen Blut an Annas Händen war, aber sie musste es herausfinden, denn es könnte sein, dass jemand dringend medizinische Hilfe brauchte. Und doch scheute sie sich, auch nur eine einzige Frage zu stellen, denn sie fürchtete, damit den Wortfluss zu unterbrechen. Die Frau musste das alles jetzt loswerden, sich reinigen, und Rebecca konnte nur zuhören.

»Man sagt, das Töten wird einfacher. Das stimmt nicht. Das Kind weiß das jetzt. Der Vater war der erste. Der Sohn war der zweite. Das Kind wusste, dass es unrecht war. Sogar als es den Plan machte, wusste es, dass das, was es tun wollte, unrecht war. Aber es musste das tun. Dieser Mann, der Vater, und dieser Junge, jetzt ein Erwachsener, hatten ihm die Kindheit gestohlen. Die Unschuld. Die Liebe, das Vertrauen, die Selbstachtung. Das Kind durfte nicht zulassen, dass sie auch noch das wegnahmen, was vom Leben des Kindes übrig war.«

Rebeccas Telefon läutete zum gefühlt zehnten Mal, und sie verfluchte sich in Gedanken dafür, dass sie Robbie Williams als Klingelton gewählt hatte. Sein Gesang und die muntere Musik waren völlig fehl am Platz auf dieser vom Nieselregen umhüllten, vom kühlen Wind umwehten Landzunge, während eine Frau vom Morden sprach. Rebecca bewegte sich sehr langsam, fasste in die Manteltasche und zog vorsichtig das Handy heraus. Sie schaute auf das Display. Chaz. Er würde warten müssen.

»Tut mir leid«, sagte sie, und ihre Stimme klang fremd, nachdem sie so lange geschwiegen hatte.

Anna schien gar nicht zu bemerken, dass sie geredet hatte. »Er lag da auf dem Heidekraut und starrte zu dem Kind hinauf. Er konnte sich nicht bewegen, jedenfalls nicht viel. Das Kind spürte, dass er wusste, was geschah, wusste, warum das so sein musste. Denn jetzt hatte er das Kind erkannt. Er hatte das Kind, das einmal war, in der Frau erkannt, die jetzt ist. Und das Kind sah in ihm eine Art von Hinnahme, als es das Claymore hob und herabstieß. Und beobachtete, wie er starb. Es war nicht so wie beim Vater. Das war gewaltsam, sogar schnell gewesen. Dieser Tod schwebte in die Nacht hinaus, während sein Atem sich verlangsamte und schließlich verging. Und dann war er fort, und was er einmal gewesen war, wurde zu einem Hauch im Nebel.«

Rebeccas Telefon klingelte erneut. Chaz. Diesmal musste sie den Anruf annehmen, wenn auch nur, um ihm zu sagen, er solle nicht weiter anrufen.

Sie bekam gar keine Gelegenheit, irgendetwas zu sagen, ehe Chaz schon sprach: »Wo bist du?«

»Clachnaharry, aber hör mir zu ...«

»Was zum Teufel machst du da draußen?«

»Ich bin hier ... mit jemandem. Ich erkläre es dir später.«

»Mit wem bist du da?«

Sie warf der Frau neben sich einen Blick zu, doch die war nach wie vor in der Vergangenheit versunken. In der fernen oder nahen Vergangenheit, das konnte Rebecca nicht sagen. Trotzdem wandte sie sich ein wenig ab und senkte die Stimme. »Anna Fowler, aber ...«

»Bleib da. Rühr dich nicht vom Fleck. Wir kommen dich holen.«

»Nicht ...«

Chaz hatte die Verbindung bereits unterbrochen.

Rebecca schaute das Telefon verwundert an, als könnte es ihr mitteilen, was zum Teufel hier vorging, schaltete es dann ganz aus und steckte es weg. Sie hatte dringendere Dinge zu tun. Und vielleicht war es gar keine so schlechte Idee, dass Chaz kam. Die Polizei anrufen, dieser Gedanke war ihr mehr als einmal durch den Kopf geschossen. Sie konnte Chaz bitten, das zu tun, während sie weiter Anna Gesellschaft leistete. Und sie reden ließ. Denn jetzt wollte Rebecca alles wissen.

Nolan war noch im Barney's und wartete auf Chaz' Rückruf. Er ging im Hinterzimmer, einem winzigen Büro und Lagerraum, auf und ab und schnippte gedankenverloren mit dem Daumen gegen die Visitenkarte, die er während der Unruhen in Ferry aus Chaz' Tasche geklaut hatte. Er fühlte sich so hilflos. Er wusste, dass Scott irgendwo da draußen war und dass er eine Pistole hatte. Es gab für ihn keine Möglichkeit, herauszufinden, ob Scott hinter Rebecca her war, jedenfalls konnte er es nicht sicher wissen. Aber sein Bauchgefühl sagte ihm, dass es so war. Er überlegte, ob er Ma anrufen sollte, entschied sich aber dagegen. Sie konnte da auch nichts machen. Er versuchte es bei Scott, aber da wurde er sofort zu seiner Voicemail umgeleitet. Auch keine Überraschung.

Sein Telefon klingelte, es war Chaz' Nummer. Er drückte auf den grünen Button und hörte ihn sagen: »Clachnaharry.«

58

Es nieselte leise, aber beharrlich. Der Regen wehte wie ein feiner Nebel an den Lampen vorbei, die den Treidelpfad markierten. Inzwischen hatte die Dunkelheit den Himmel erobert. Am anderen Ufer des Kanals strahlten am improvisierten Parkplatz vor den niedrigen Häuserterrassen die Scheinwerfer eines Autos in die Nacht. Wahrscheinlich jemand, der seinen Hund Gassi führt. Rebecca wandte sich wieder zu Anna, in deren weißem Gesicht und kurzem blonden Haar sich das schwache Licht spiegelte. Die Historikerin hatte schon ein paar Minuten nicht mehr gesprochen, saß sehr reglos da, die blutverkrusteten Hände immer noch tief in den Manteltaschen versenkt. Sie starrte in die Dunkelheit hinaus, auf das Wasser, das leise gegen das Land schlug wie eine Uhr, die die Zeit zählt. Für Anna tickte sie rückwärts, nahm sie mit in vergangene Zeiten, in die nahe und ferne Vergangenheit. Rebecca hatte begriffen, dass die Frau nicht mehr hier war. Ihr Körper schon, aber ihre Gedanken waren in den Wellen ihres Lebens versunken, trieben auf den Wirbeln der Erinnerung und der Reue.

Rebecca wagte eine Frage. »Können Sie mir von Lancaster erzählen?«

Zunächst glaubte sie nicht, dass Anna sie gehört hatte, überlegte, ob die Gedanken der Professorin sich in den Gezeiten verloren hatten. Doch schließlich antwortete sie, und ihre Stimme kam wie aus weiter Ferne.

»Er war wie er, wie der Vater. Ein Raubtier. Er hat den Tod verdient. Das Kind musste sich schützen.«

»Wieso war Lancaster eine Bedrohung?«

»Er nicht, nicht direkt. Aber er hat eine Strafe verdient. Niemand würde um ihn trauern.«

Annas Erzählung war nun wieder bruchstückhaft. Sie lieferte nur scheibchenweise Informationen, doch Rebecca konnte sich daraus eine Geschichte zusammensetzen. Nachdem sie ihren Vater ermordet und die Strafe abgesessen hatte, zu der man ein Kind überhaupt verurteilen kann, hatte sie sich mithilfe der Gerichte und der Sozialdienste eine neue Identität geschmiedet. Sie hatte eine neue Persona und ein neues Leben für sich geschaffen. Das alles war in Gefahr gewesen, als ihr Bruder auftauchte, obwohl er sie nicht wiedererkannte. Sie konnte jedoch nicht sicher sein, dass das so bleiben würde. Also kaufte sie zunächst Drogen von ihm oder ließ sie von anderen kaufen, und dann brachte sie ihn um. Annas Plan war gewesen, die Sache so verworren wie möglich zu machen: der Diebstahl der Kostüme, die Ortswahl und, zu ihrem Glück, die Verbindung der Opfer zu Spioraid. Anna konnte nicht gewusst haben, dass Goodman oder Roberts gegen diese Gruppe ermittelte, aber sie hatte aus Rebeccas Storys erfahren, dass Lancaster in Dalglieshs Fadenkreuz geraten war, weil dieser sich davon politischen Gewinn versprach. Selbst ihr Versuch, Donahue mit in die Sache hineinzuziehen, war nur ein Ablenkungsmanöver gewesen.

Rebecca spürte, wie Wut in ihr aufkam, weil diese Frau sie für ihre mörderischen Zwecke benutzt hatte. Sie hatte gedacht, dass die Motivation der Historikerin auf echte Besorgnis über die Ereignisse zurückging, während sie in Wirklichkeit lediglich versucht hatte, die Situation zu steuern, mit dem Finger auf alle und jeden zu zeigen. Rebecca wusste nicht, ob sich ihre Wut gegen Anna oder gegen sich selbst richtete, weil sie so leichtgläubig gewesen war. Doch Wut konnte sie jetzt nicht gebrauchen. Sie musste noch etwas anderes herausfinden.

»Anna, das Blut an Ihren Händen – wessen Blut ist das?«

Alan stand abseits und beobachtete, wie die Sanitäter die Frau behandelten, die er in Professor Fowlers Büro gefunden hatte. Er wusste natürlich inzwischen, wer sie war. DCI Roach. Rebecca hatte sie erwähnt.

Als er ihr Stöhnen hörte, war er eilig losgerannt, um jemanden zu suchen, der einen Schlüssel besaß, und hatte schließlich einen Hausmeister aufgetrieben. Sie hatten die Frau am Boden liegend gefunden. Sie blutete und sprach wirr, murmelte nur immer wieder, sie sei Polizistin. Er hatte keine Ahnung, warum Anna Fowler diese Frau mit einem nicht nur inhaltlich schwergewichtigen Buch über Weltgeschichte attackiert hatte. Es lag noch immer auf dem Boden, wo es hingefallen war, und die Seiten waren buchstäblich und bildlich gesprochen mit Blut getränkt.

Damals in jener Nacht hatte es auch Blut gegeben. Auf Stoirm. Überall auf dem Sitz des Land Rovers.

Ein Sanitäter tastete sanft mit Latexhandschuhfingern die blutige Beule an DCI Roachs Hinterkopf ab, nachdem er bereits eine andere Wunde an der Schläfe versorgt hatte. Die Polizistin war jetzt wieder ein wenig zurechnungsfähiger und redete mit dem glatzköpfigen Kommissar, der als erster auf Alans Notruf reagiert hatte. Ein Polizist in Uniform hatte den Garderobenständer durchgeschaut und hielt einen weiten Regenmantel in Tarnfarben und eine dunkle wollene Sturmmütze in die Höhe.

Damals in jener Nacht waren auch Sanitäter da gewesen. Und Polizisten. Und Chaz, blutend ... und, wie er dachte, sterbend.

Man hatte Alan gesagt, er solle sich nicht von der Stelle rühren, und genau das hatte er getan. Allerdings hatte er versucht, Rebecca zu erreichen, und er hatte kurz mit Chaz telefoniert. Er hielt sein Telefon in der Hand, seine Handflächen schwitzten, und er schaute alle paar Minuten auf das Display, als würde er sonst nicht merken, wenn es klingelte. Er hatte noch einmal bei Chaz versucht, doch der hatte den Anruf nicht angenommen. Er probierte es erneut bei Rebecca, doch diesmal klingelte es nicht einmal, sondern schaltete sofort auf Voicemail um.

Der Regen strich am Fenster entlang, genau wie damals in jener Nacht.

Und Chaz war irgendwo da draußen. Allein.

Chaz hatte das alles schon einmal durchlebt. Hinter dem Lenkrad. Regen. Lichter im Rückspiegel. Doch diesmal war da eine Stimme. In seinem Kopf. *Es könnte alles wieder geschehen.*

Seine Finger umklammerten das Lenkrad so fest, dass es in seine Handflächen zu beißen schien. Die Scheibenwischer fegten den Regen fort, sobald er auf das Glas prasselte, und das leise Quietschen war wie der Schlag eines Metronoms und erinnerte ihn daran, dass die Zeit verstrich. Es war ihm noch immer nicht klar, in welcher Gefahr Rebecca schwebte – Alan hatte nichts gesagt, und Nolan Burke hatte sich auch nur außerordentlich geheimnisvoll geäußert –, doch er wusste, dass er seine Freundin so schnell wie möglich erreichen musste. Er musste die Angst ignorieren, die in seinen Gedanken kreischte.

Es könnte alles wieder geschehen.

Er musste das Stechen in seiner Seite und seinem Bein ignorieren.

Erinnerst du dich? Erinnerst du dich an den Regen und den Wind und die Lichter?

Er musste die Scheinwerferstrahlen hinter sich ignorieren, die nun auf seinen Rückspiegel blitzten oder von der Gegenfahrbahn kamen.

Immer diese Lichter.

Und der Schmerz.

Er wusste, dass da eigentlich kein Schmerz war. Er redete sich ein, da sei kein Schmerz. Und doch war er da, beißend, aufflammend, brennend.

Halt an.

Fahr an die Seite.

Der Verkehr war dicht, weil die arbeitende Bevölkerung aus dem Stadtzentrum von Inverness nach Hause fuhr. Er fluchte jedes Mal, wenn er an einer Ampel oder einem Kreisverkehr stehen bleiben musste. Er verfluchte die Fahrer, die zu langsam waren oder sich beim Abbiegen zu viel Zeit ließen. Lichter flammten auf, verebbten.

Genau wie damals auf der Insel.

Er versuchte, die Stimmen in seinem Kopf durch schiere Willenskraft zu vertreiben. Er zwang den Schmerz dazu, zu vergehen.

Er fuhr weiter. Er musste.

Annas Worte wurden verworren und sogar noch unzusammenhängender, doch Rebecca schaffte es, daraus zusammenzustückeln, was geschehen war. DCI Roach hatte in Annas Büro irgendetwas gesehen – einen Regenmantel vielleicht? Daraufhin hatte Anna etwas an ihrem Gesichtsausdruck entdeckt, das sie davon überzeugte, dass man sie erkannt hatte.

Sie habe sie einfach nicht gehen lassen können, hatte sie gesagt. Habe sie nicht gehen lassen können.

Also hatte sie sie aufgehalten. Dort liegen lassen. War hierhergekommen, wo die Luft klar und frisch war und sie denken konnte. Und sich erinnern. Die Brise, die über das Wasser heranschwebte, ließ ihre Erinnerungen leicht dahinfließen.

Ob DCI Roach lebte oder tot war, konnte Rebecca nicht sagen. Nicht einmal Anna selbst wusste es. Aber das verkrustete Blut an ihren Händen sprach Bände. Es war an der Zeit, einen Anruf zu tätigen.

Rebecca zog erneut ihr Telefon hervor und drückte den Schalter an der Seite. Es war ein älteres Handy und würde ein paar Minuten brauchen, bis es hochgefahren war. Sie hätte es nicht ausschalten sollen, doch zu dem Zeitpunkt hatte sie es für eine gute Idee gehalten. Wieder einmal Napoleons berühmte Worte.

»Ich rufe jetzt jemanden an«, sagte sie mit ruhiger, besänftigender Stimme zu Anna. Sie verspürte immer noch keine Gefahr, aber es konnte nicht schaden, wenn sie beide Ruhe bewahrten. Diese Frau hatte bereits drei Menschen umgebracht, vielleicht vier, und Rebecca hatte nicht den dringenden Wunsch, Nummer fünf zu werden. Anna reagierte nicht. Sie regte sich nicht. Sie war völlig fertig.

Die Balken erschienen auf dem Display und teilten ihr mit, dass sie mit dem Netz verbunden war. Rebecca begann dreimal die Neun für den Notruf zu tippen. Sie schaffte zwei, bevor sie hinter sich die Stimme eines Mannes hörte.

»Das würde ich nicht machen, Schätzchen.«

Sie schaute über die Schulter und sah etwa einen Meter entfernt Scott Burke stehen. Es war dunkel, aber sie konnte ihn im Licht, das über den Kanal zu ihnen herüberschien, gut genug erkennen. Sie konnte sein blondes Haar und seine Tarnjacke und sein fieses kleines Lächeln sehen.

Und die Pistole in seiner Hand.

59

Von Anna konnte sie keine Hilfe erwarten, denn die schien gar nicht zu bemerken, dass Scott Burke da war. Sie regte sich nicht, als er redete, schaute nicht einmal in seine Richtung. Sie starrte nur in die Dunkelheit, und ihre Gedanken waren nun irgendwo im tiefen Wasser versunken. Rebecca erhob sich langsam, die Augen auf den Lauf der Pistole gerichtet. Ihre Furcht von vorhin, als sie begriff, dass Anna eine Mörderin war, verblasste verglichen mit der blinden Panik, die sie nun ergriffen hatte. Sie wollte wegrennen, aber ihre Beine reagierten nicht. Schwer wie Blei fühlten sie sich an, kalt und nutzlos. Das leise Klatschen der Wellen war verebbt. Sie spürte nicht mehr, wie der Regen über sie hinwegspülte. Sie machte den Mund auf, um zu sprechen, doch die Worte wollten nicht kommen. Die Hand, die das Telefon hielt, hing kraftlos an ihrer Seite, jeder Gedanke daran, Hilfe herbeizurufen, war aus ihrem Kopf gewichen.

Der Lauf.

Das Lächeln.

Scott Burke.

»Du bist eine kleine Hexe, weißt du das?« Er nuschelte ein wenig, fiel ihr auf. Betrunken? Unter Drogen? Oder war es einfach nur die reine, unverdünnte Wut? Wenn ja, warum? Sie wollte danach fragen, doch sie konnte noch immer nicht reden. Die eiskalte Todesangst war von den Beinen hinaufgestiegen und hielt nun ihren Hals mit Eisfingern umklammert. Herrgott noch mal, Rebecca, sag was …

Das Lächeln verwandelte sich in ein Knurren, als er ihre nicht gestellte Frage beantwortete. »Hast dich in die Geschäfte meiner Familie eingemischt. Die meiner Ma. Meines Bruders. Hast den ganzen Scheiß durcheinandergebracht. Uns ging's prima, bis du aufgetaucht bist, Nolan den Kopf so verdreht hast, dass ich ihm nicht mehr trauen kann. Das hast du gemacht, du kleines Miststück. Also ...« Er ruckte ein wenig mit der Pistole, als sei das eine Erklärung.

Sag was, Rebecca. Egal was.

Es sah aus, als wollte Scott noch weiterreden, doch er überlegte es sich noch einmal anders. Sein Mund ging auf, schloss sich wieder. Das Lächeln, dieses Lächeln, dieses fiese kleine Lächeln kroch auf sein Gesicht zurück.

Bring ihn zum Reden, Rebecca. Chaz ist unterwegs. Der kann Hilfe rufen.

Sie fand ihre Stimme wieder. Sie klang erstickt, weil die Eisfinger nicht locker ließen, aber sie zwang die Worte heraus. »Mr Burke, ich weiß nicht, wovon Sie reden.«

»Ach nein? Also hast du nicht mit meinem Bruder gevögelt, ihm nicht allen möglichen Scheiß eingeredet?«

»Hat er Ihnen das erzählt?«

»Nein, aber das heißt nicht, dass es nicht wahr ist.«

Trotz ihrer lähmenden Angst fühlte sie sich erleichtert. Sie wollte nicht, dass Nolan Burke so über sie redete. »Es stimmt nicht.«

»Ja, klar.«

»Wirklich nicht. Das müssen Sie mir glauben.«

Er beugte sich näher zu ihr hin. Sie wollte vor ihm zurückweichen, konnte aber nicht. »Ich muss gar nichts glauben, Schätzchen. Ich bin der mit der Knarre.«

Jetzt konnte sie seine Augen sehen. Sie flackerten, als hätte er irgendwas genommen. Herrgott, der Typ war auf einem Trip. Der Gedanke tröstete sie kein bisschen. Ihre Augen huschten zu Anna, die noch immer wie eine Art Skulptur auf der Bank saß, nur dass sie jetzt vor sich hinmurmelte. Scott hörte sie, ruckte mit der Pistole kurz in ihre Richtung, »Was sagt die?«

»Sie ist krank. Sie braucht Hilfe.«

»Ach ja? Wenn wir dich aus dem Weg geräumt haben, erlös' ich auch noch die Kuh da aus ihrem Elend.«

Rebecca zwang ihre Beine, sie von der Bank fortzutragen. Sie musste etwas unternehmen, um das Blut wieder in Gang zu bringen. Sie versuchte nicht zu fliehen, denn es würde ihr nichts nützen, Abstand zwischen sich und Scott zu bringen. Vor einer Kugel kann man nicht weglaufen. Nicht, dass sie mit Kugeln irgendwelche Erfahrungen hatte. Sie schob sich an Anna vorbei auf den Treidelpfad. Er bewegte sich mit, bis er mit dem Rücken zur Bank stand. Die Pistole in seiner Hand – er war Linkshänder, bemerkte sie überflüssigerweise – war noch immer auf sie gerichtet. Sie hatte noch nie in den Lauf einer Pistole geblickt. Sie wusste nicht, wie leicht es sein würde, eine abzufeuern. Sie wusste nicht, ob er das je getan hatte. War sie das erste Opfer? Gab es schon andere?

Sie bewegte sich langsam, doch ihre Gedanken rasten wild und kamen doch nicht voran. Ihre Beine waren schwach, schwerfällig, ihr Mund war ausgetrocknet, ihre Handflächen feucht. Ihr Atem war ein scharfes Keuchen, und in ihrem Magen schwelte die Säure. Reden, entschied sie. Bring ihn zum Reden. Was hätte sie auch anderes tun können?

»Mr Burke ...«

Er grinste hämisch. »Immer noch höflich, was?«

»Das ist alles ein Irrtum, das müssen Sie einsehen. Sie können das nicht machen. Einige Leute wissen, dass ich hier bin. Ich habe Freunde, die hierher unterwegs sind. Diese Frau ist sehr krank, sie braucht Hilfe. Sie hat Jake Goodman getötet.«

Das überraschte ihn, und er wandte sich halb um und schaute Anna mit anderen Augen an. Wenn das ein Film wäre, würde Rebecca sich nun auf ihn stürzen und ihm die Pistole entreißen. Der Gedanke schoss ihr kurz durch den Kopf. Aber das hier war kein Film. Rebecca war keine Hollywood-Schauspielerin. Wenn sie es vermasselte, würde die Szene kein zweites Mal gedreht.

»Sie hat auch Lancaster umgebracht«, fuhr sie fort. »Sie hat heute vielleicht auch eine Polizistin getötet.«

Da wurde sein Lächeln breiter. »Ja? Vielleicht lade ich sie dann mal zum Essen ein. Wir könnten eine wie sie brauchen, die für unsere Familie arbeitet.«

Seine Worte klangen jetzt sehr vernuschelt. Er war völlig weg vom Fenster, merkte sie. Nichts, was sie sagen oder tun konnte, würde zu ihm durchdringen. Was immer er eingeworfen hatte, er war genauso abgetaucht wie Anna, die da in ihrer eigenen kleinen Welt saß. Rebecca machte den Mund auf, schloss ihn wieder. Ihr waren die Worte ausgegangen. Lass dir was einfallen.

Scott wandte sich erneut zu ihr. »Wie auch immer«, sagte er.

Sag jetzt was.

Er hob die Pistole ein wenig an.

Irgendwas.

Er legte den Kopf schief. »Mir ist langweilig.«

Rebeccas Gedanken erstarrten, und die Mündung der Pistole schien riesig, als er sie weiter anhob. Vielleicht könnte sie sich zur Seite werfen, sobald er abdrückte. Vielleicht würde er danebenschießen. Vielleicht konnte sie in den Kanal springen, sich unter Wasser verbergen. Vielleicht ...

»Scotty!« Die Stimme schien zwischen sie getreten zu sein, obwohl sie hinter Rebecca erschallte. Scotts Kopf ruckte in die Richtung, aus der sie gekommen war, und zum Glück senkte sich die Pistole wieder. Rebecca drehte sich halb um und sah Nolan, der auf der anderen Seite des Kanals über den Treidelpfad gesprintet kam und das Gesicht zu ihnen gewandt hatte. Die Scheinwerfer eines Autos schwenkten vom Dorf her auf sie zu, kamen plötzlich zum Stehen. Chaz sprang aus dem Wagen, begann auch auf sie zuzurennen.

Rebecca hätte nie gedacht, dass sie je so froh sein würde, Nolan Burke zu sehen. Er war nun beinahe auf der Fußgängerbrücke, Chaz auf halbem Weg auf dem Treidelpfad. Das Einzige, was sie bisher aufrecht gehalten hatte, war die Spannung gewesen; nun raubte ihr die Erleichterung den letzten Rest Kraft, und sie spürte, wie die Knie unter ihr nachgaben. Sie wäre vielleicht auch zu Boden gesackt, wenn nicht Scott einen Satz gemacht, sie bei den Schultern gepackt und wie einen Schutzschild vor sich geklemmt hätte. Sie wehrte sich gegen ihn, aber er hatte sie fest im Griff, obwohl sie spürte, dass sein Körper zitterte, als wäre ihm kalt. Die Hand mit der Pistole hing lose an seiner Seite, aber es wäre nicht viel nötig, um sie wieder zu erheben und ihr an die Schläfe zu setzen. Ein kleiner Druck auf den Abzug, und sie wäre hinüber. Ihr war schlecht. Sie spürte, wie Ermattung über sie hinwegflutete. Aber sie musste ruhig bleiben, denken, musste auf eine Gelegenheit warten. Auf irgendwas.

Sei kein Opfer, Becks.

Das werde ich nicht sein, Dad. Nicht heute Abend. Nie.

»Halt dich da raus, Nolan, Scheiße noch mal!«, brüllte Scott. Nolan kam auf der Brücke schlitternd zum Stehen, erkannte, was Rebecca bereits begriffen hatte. Ihre Lage war jetzt schlechter als zuvor. »Ein einziger Schritt, Bro. Ein einziger Schritt, und ich erledige sie. Ich meine es ernst.«

Mit diesen Worten hob er die Pistole an ihre Schläfe.

Nolan legte eine Hand auf das Brückengeländer, hob die andere in einer flehenden Geste. »Ganz ruhig, Scotty. Immer schön cool bleiben, ja?«

Scott lachte. Es war ein sprödes Lachen, ohne jede Spur von Humor. »Ich bin cool, Mann. Ich bin Mr Freeze. Du solltest selbst cool bleiben, siehst ein kleines bisschen überhitzt aus.«

Chaz war am anderen Ufer stehen geblieben. Nolan schob sich langsam weiter über die Brücke. »Hör mir zu, Scotty, das ist Wahnsinn, okay? Steck das Ding weg, und wir reden.«

»Verpiss dich, Mann! Was nutzt das Reden? Eh? Du hast sie wohl nicht mehr alle, nicht seit diese Schlampe auf der Bildfläche erschienen ist.«

»Das hier hat nichts mit Rebecca zu tun.«

»Nein? Womit denn dann?«

Nolan trat nun von der Brücke. Jede Bewegung war bedacht, er hielt die Hände vor sich, sprach mit gleichmäßiger Stimme. »Du hast recht. Ich bin nicht mehr derselbe. Ich bin es müde, Scotty, das ist alles. Ich habe es satt, was wir machen, habe unser Leben satt. Das Geschäft. Ich brauche mehr.«

Scott zog Rebecca näher an sich heran. »Und ist sie dieses ›Mehr‹? Du hast ihr Sachen über uns gesteckt, nur weil du ihr an die Wäsche willst ...«

Das leugnete Nolan nicht. »Ich habe es dir schon gesagt, es hat nichts mit ihr zu tun, Kumpel. Das musst du mir glauben, Bro.«

Wieder dieses Lachen, als zerbräche etwas. »Dir glauben? *Dir* glauben? Warum sollte ich? Du bist ein gottverdammter Verräter, Mann, nichts als ein gottverdammter Verräter.«

Nolan war inzwischen ganz nah gekommen, und Scott schien es zum ersten Mal zu bemerken. Er riss Rebeccas Körper ein wenig nach rechts, und die Pistole schwang von ihr zu Nolan herüber. »Ich hab dir gesagt, du sollst verdammt noch mal da stehen bleiben, wo du warst, Scheiße noch mal!«

Rebecca wusste, dass das ihre Chance war. Ihre einzige Chance. Ihr Hollywood-Augenblick. Sie hatte die Nase voll davon, dass man sie bedrohte und hin und her schleuderte.

Sei kein Opfer ...

Scott Burke war ein Irrer, zugedröhnt mit Drogen, und ihr reichte es jetzt. Die Stimme ihres Vaters erschallte laut in ihren Gedanken, ein Ratschlag, den er ihr zur Selbstverteidigung gegeben hatte.

Wenn du kannst, ziele auf die Weichteile. In die Augen bohren, in die Hoden treten ...

Doch sie konnte seine Augen nicht erreichen, und für seine Leistengegend war sie nicht in der richtigen Ausgangsposition.

Wenn das nicht geht, ziele auf die Gelenke.

Sie hob ihr rechtes Bein, so hoch sie konnte, und rammte ihm ihre Fußsohle fest ins Knie. Sie hörte ihn fluchen, als er automatisch zur Seite schwankte, aber sie war noch nicht fertig. Sie rutschte mit dem Absatz ihres Schuhs an seinem Bein entlang und trat mit aller Kraft auf den Fußrücken. Sie trug feste Stiefel, er Turnschuhe. Sie wusste, das würde ihm wehtun, aber würde es reichen?

Es reichte – nur gerade genug, dass er seinen Griff lockerte –, und sie riss sich frei, als er aufbrüllte. Was nun folgte, war wie ein Tanz in Zeitlupe.

Sie, die von ihm fortwirbelte.

Nolan, der sich in Bewegung setzte.

Scott, dessen Gesicht vor Schmerz und Wut verzerrt war.

Die Pistole, die wieder zur ihr schwenkte.

Sie, die begriff, dass sie keinen Ausweg mehr hatte.

Nolan, der zu weit weg war.

Chaz, dessen Schritte über die Brücke donnerten.

Scott, der die Pistole auf sie richtete, zum Schuss bereit.

Dröhnende Schritte.

Sie, die sich wappnete, sich fragte, wie es sich anfühlen würde, erschossen zu werden, zu sterben.

Dröhnen.

Und dann ...

Dröhnen.

Anna, die wie ein Gespenst hinter Scott auftauchte und die Arme um ihn legte, sein Handgelenk mit den Fingern umfasste, ihn zur Seite riss.

Chaz auf dem Treidelpfad.

Die Pistole, ein Schuss, der irgendwohin losging.

Scott, der über die Bank gerissen wurde und mit Anna die Böschung hinunterfiel, sich immer wieder überschlug, darum kämpfte, sich von ihr zu lösen. Aber sie war zu stark, sie war zu kräftig.

Seine ganze Kraft kam nur von den Waffen und den Männern, die ihm den Rücken freihielten. Die Pistole, die durch die Luft flog.

Und dann ein Schrei hinter ihr. Rebeccas Name. Sie drehte sich von Anna weg, die Scotts Kopf gegen einen Felsen hämmerte. Es lag jemand am Boden.

Blut, dunkel und nass.

Rebecca kniete sich auf den regenglatten Pfad, bemerkte die Feuchtigkeit nicht, die durch die Knie ihrer Jeans drang, als sie auf das Blut starrte, das ihm aus der Brust quoll. Sie hörte ihn leise husten. Dunkle Bläschen erschienen auf seinen Lippen. Die unmittelbare Gefahr war vorüber, aber sie war immer noch wie betäubt und wusste nicht, was sie tun sollte, während ihre Hände über seiner Brust schwebten. Krankenwagen, dachte sie. Einen Krankenwagen rufen.

»Keine Sorge«, sagte sie. »Ich hole Hilfe.«

Sie hatte ihr Telefon noch in der Hand, tippte also noch die letzte 9 für den Notruf, wartete und erklärte dann der Vermittlung, sie bräuchten einen Krankenwagen. Und die Polizei. Ein nachträglicher Gedanke. Seine Hand hob sich, und sie ergriff sie, während sie redete, drückte sie, um ihn zu beruhigen. Sie zwang sich ein Lächeln auf die Lippen. Alles wird gut, sollte dieses Lächeln sagen. Es wird alles gut mit dir. Sie fragte sich, ob er die Höllenangst, die sie verspürte, in ihren Augen brennen sah.

Er hustete erneut, und Blut spritzte ihm auf das Kinn und die Wangen. Der Regen nahm es auf, verdünnte es, wusch es weg. Aber nicht ganz.

Chaz war inzwischen bei ihnen angekommen. »Herrgott«, krächzte er, als er zu ihr hinunterschaute, die neben Nolan kniete, seine Hand hielt und mit der Notrufzentrale sprach. Sein Gesicht war aschfahl, und er wusste eindeutig nicht, was zu tun war. Da sind wir schon zwei, dachte sie.

Sie hielt das Telefon kurz vor die Brust. »Sieh mal nach Anna«, bat sie ihn und war überrascht, wie ruhig ihre Stimme zu sein schien, obwohl ihr Herz wie wild pochte und ihre Gedanken rasten. Dann hielt sie das Telefon wieder ans Ohr. Chaz zögerte, seine Augen waren auf Nolan gerichtet, der zu seinen Füßen lag. Dann ging er über das Gras an die Stelle, wo Anna vorhin Scott zum Wasser gezerrt hatte.

Nolans Finger spannten sich an, und er zitterte, während ein Krampf durch seinen Körper lief. Die Mitarbeiterin der Notrufzentrale bat Rebecca, am Apparat zu bleiben. Also stellte sie das Handy auf Lautsprecher und legte es auf den Weg. Der Regen würde ihm nicht guttun, aber das war ihr gleichgültig.

Nolan zog sie näher zu sich. »Scotty«, sagte er mit zerrissener Stimme.

»Chaz schaut nach ihm«, antwortete sie. Ehrlich gesagt war es ihr eigentlich egal, was mit Scott war. Sie sorgte sich mehr um Anna. Und Nolan.

Ein beinahe unmerkliches Nicken. »Mit dir alles in Ordnung?«

»Ja. Ich bin nicht verletzt.«

Wieder dieses Nicken. Nur ein ganz kleines. »Gut«, sagte er.

Chaz kam zurückgehumpelt. »Scott ist weg vom Fenster. Atmet aber noch.«

»Was ist mit Anna?«

»Keine Spur von ihr.«

Sie wollte ihn noch weiter ausfragen, aber da spürte sie, dass Nolans Finger schlaffer wurden. Sie blickte zu ihm hinunter und sah, dass seine Augen kurz flatterten und sich dann schlossen. Sein Körper entspannte sich, schien in sich zusammenzufallen.

Der Regen weinte.

Die Brise seufzte.

»Nolan?«, rief sie. »Nolan?«

Er hörte nicht mehr, wie sie ihn beim Vornamen nannte.

Das Kind schwimmt.

Hinaus. Weit hinaus. So weit, wie es nur kann. Weit hinaus ins kalte Wasser, mit angespannten Armen und kräftig kickenden Beinen. Langsam, ohne Mühe. Muss immer weiter schwimmen. Nicht fliehen, allerdings. Es gibt keine Flucht, nicht vor der Vergangenheit, denn die folgt einem immer. Die lebt in der Luft und existiert in jedem Atemzug. Sie wartet, sie lauert, sie wiederholt sich. Sie hat Zeit. Für die meisten Menschen ist Zeit nur ein Maß, aber für das Kind ist sie eine Strafe.

Eine Zeit lang war das Kind beinahe glücklich gewesen. Was man glücklich nennt, zumindest. Aber dabei hat es eigentlich nur auf der Stelle getreten. Seine Zeit abgesessen. Und nun hatte die Zeit das Kind eingeholt.

Also musste sie das alles zu Ende bringen.

Das Kind schwimmt, und die Erwachsene schwimmt mit ihm, führt es, ermutigt es, obwohl auch ihr die Kälte in die Knochen dringt und die Muskeln erstarren lässt.

Musst immer weiter schwimmen, *sagt die Erwachsene.* Bis es Zeit ist, aufzuhören.

Wann wird das sein?

Das wirst du schon merken.

Wenn die Zeit gekommen ist.

Und sie schwimmen zusammen gen Westen.

62

Draußen vor Elspeths Büro donnerte der Regen vom Himmel. Er prasselte gegen die Fensterscheiben wie ein Besucher, der Einlass begehrt. Es war kalt, trotz der Wärme, die der in der Ecke leuchtende Elektroofen ausstrahlte. Rebecca war immer noch in den dicken Wollmantel gehüllt, den sie heute Morgen angezogen hatte, ohne darüber nachzudenken, hatte den Mantelkragen hochgeschlagen und die Hände um den Henkelbecher mit Kaffee geschmiegt, den Elspeth für sie gemacht hatte. Aber sie schien die Wärme nicht in sich speichern zu können. Seit dem vergangenen Nachmittag war ihr nicht mehr warm gewesen. Normalerweise hätte sie befürchtet, dass sie irgendetwas ausbrütete, aber sie wusste, dass es das nicht war. Ihr war eiskalt, aber daran war keine Bazille schuld.

Sie war heute Morgen nicht zur Arbeit gegangen. Ihr Telefon hatte dreimal geklingelt, und die Nummer der Redaktion war auf dem Display aufgeleuchtet, doch sie hatte sie ignoriert. Sie wusste, dass ihr eine Standpauke bevorstand, nachdem sie am Tag zuvor die Redaktion ungefragt verlassen hatte, aber das kümmerte sie nicht. Heute nicht. Vielleicht nie wieder. Elspeth hatte nichts dazu gesagt, doch Rebecca wusste, dass ihre frühere Chefin sie verstand.

»Also«, sagte Elspeth bedächtig.

Rebecca nippte an ihrem Kaffee, schmeckte aber nichts. Er war heiß, nur darauf kam es an, und vielleicht würde er es schaffen, den kalten Klumpen in ihren Eingeweiden aufzutauen. »Also«, sagte sie.

»Mir dir alles in Ordnung?«

Das fragen einen die Leute, nicht wahr? Alles in Ordnung mit dir? Twitter, Facebook, immer wenn jemand die Aufmerksamkeit auf sich lenken will. Anscheinend nannte man das Sadfishing. Um Sympathie buhlen. Ein Kommentar – »Mir ist alles zuwider« – und die Reaktionen – »Mit dir alles in Ordnung, Schatz?« Mit Rebecca war nicht alles in Ordnung. Sie hatte zugehört, wie eine Frau, die sie mochte, die vielleicht eine Freundin hätte werden können, in groben Umrissen schilderte, wie sie drei Menschen umgebracht hatte. Sie war mit einer Pistole bedroht worden. Sie hatte mit angesehen, wie ein Mann auf dem nassen Erdboden starb, wie sein Blut sich mit dem Regenwasser mischte und fortfloss, um in der Erde zu versickern. Das hätte genauso gut sie sein können, oder Chaz. Aber es war Nolan gewesen, der sie einmal in seiner verlegenen Art auf einen Drink eingeladen hatte. Der ihr Blumen mitgebracht hatte. Und den *Guardian* las. Und der ein Drogenhändler und gewalttätiger Mann war und gestorben war, weil er versucht hatte, ihr zu helfen. Und die Kälte war in ihren Körper und in ihre Seele gesickert, und sie wusste nicht, was sie wegen seines Todes fühlte oder ob je wieder alles mit ihr in Ordnung sein würde.

»Es geht mir gut«, antwortete sie.

Elspeth warf ihr einen Blick zu, der sie wissen ließ, dass sie das etwa so sehr glaubte wie die Theorie, dass Außerirdische die Pyramiden erbaut hatten. »Hast du schon gehört, wie es DCI Roach geht?«

»Sie wird es überleben«, sagte Rebecca. Die Polizistin hatte Anna Lügen über Rebecca erzählt. Das würde sie ihr so schnell nicht verzeihen.

»Ist sie wirklich mit einem Buch außer Gefecht gesetzt worden?«

»Ja.«

Elspeth blies die Wangen auf. »Worte können tatsächlich verletzen.«

Sie versuchte Rebecca zuliebe fröhlich zu sein. Der kam der Satz vom Pfeifen im dunklen Wald in den Sinn.

Elspeth fragte. »Und Anna Fowler?«

»Keine Spur von ihr. Sie wird, sagen die Leute, irgendwo an Land gespült werden. Irgendwann. Oder vielleicht auch nicht.«

Anna. Alles, was sie getan hatte, war planlos gewesen, nicht richtig durchdacht. Sie hatte nur reagiert. Oder das Kind in ihr hatte reagiert. Das Kind, das Rebecca gegen Ende gehört hatte. Sie hat ihren Bruder umgebracht und dazu ihr eigenes Schwert benutzt. Natürlich wussten sie das erst jetzt, nachdem sie Annas Zuhause durchsucht und ein Foto gefunden hatten, auf dem sie das Claymore in der Hand hielt. Es wäre aber früher oder später auch so herausgekommen. Dann hatte sie Lancaster getötet, aber die Regenbekleidung nicht entsorgt, auf der sich überall die DNA des Toten befand. Es war beinahe so, als hätte sie erwischt werden wollen.

»Was ist mit Scott Burke?«

»Der wird es auch überleben. Schwere Gehirnerschütterung. Er wird vor Gericht kommen.«

Mo Burke hatte ihre Söhne verloren. Rebecca stellte sich vor, wie sie in ihrem makellosen Heim in Inchferry saß, den Hund auf dem Schoß, mit einer brennenden Zigarette in ihrem stillen Haus. Ihr Ehemann im Gefängnis. Ihr jüngster Sohn mit Aussicht auf eine Haftstrafe in U-Haft. Ihr Ältester auf einem Tisch in der Pathologie. War das Familiengeschäft das wert? War irgendetwas das wert?

»Und was ist mit dir?«

Rebecca hatte auf den Kaffee in ihrem Henkelbecher gestarrt. Sie schaute über den Schreibtisch hinweg zu Elspeth. »Was soll mit mir sein?«

»Was jetzt?«

Rebecca wusste es nicht. Der Job war so gut wie vorbei. Sie hatte dem Tod ins Antlitz geschaut, hatte das gruslige Lächeln dahinter gesehen, und sie hatte einem Mann die Hand gehalten, als er dem Leben entglitt, ein Husten, ein Seufzen, und er war fort. Das Leben war Verlust. Ihr Vater. Nolan. Ihr ungeborenes Kind. Sie spürte, wie diese Gedanken sie aushöhlten. War das Trauer? Sollte es stets so für sie bleiben? Verlust, immer Verlust? Sollte ihre Zukunft einsam sein?

Sie spürte, wie ihr die Tränen in den Augen brannten, aber sie drängte sie zurück. Nein, entschied sie. Das war Selbstmitleid, und so wollte sie nicht leben. Ja, sie trauerte, aber sie würde nicht zulassen, dass die Trauer sie beherrschte. Ihr Vater hatte einmal gesagt, das Leben werde, was das Leben eben werde – Herausforderungen, Gelegenheiten, Prüfungen –, und wir könnten nur das Beste draus machen. Uns den Herausforderungen stellen, die Gelegenheiten ergreifen, die Prüfungen überdauern. Das würde sie tun.

Elspeth wartete noch ein paar Augenblicke, bevor sie sagte: »Ich habe einen Vorschlag für dich.« Rebecca wartete. Elspeth zündete eine Zigarette an. »Ich habe hier ein recht profitables kleines Geschäft hochgezogen, aber es springt nur genug für eine Person dabei heraus. Die Sache ist die: Ich brauche das Geld nicht. Ich habe meine Ersparnisse, ich habe nächstens meine Rente, und Julies Geschäft läuft auch gut. Die Hauptsache ist aber, dass ich zu alt für die ganze Rennerei bin. Dieses Büro braucht eine jüngere Person, die, wenn nötig, alles liegen und stehen lassen und in die wilde Welt aufbrechen kann, um einer Story auf der Spur zu bleiben. Die vor allem erst einmal weiß, was eine gottverdammte Story ist.« Elspeth zog an ihrer Filterzigarette und warf Rebecca einen langen Blick zu. Dann sagte sie mit Nachdruck: »Der ich vertraue.«

Rebecca blinzelte Elspeth an, während sie das verarbeitete. »Moment mal, bietest du mir an, die Agentur zu übernehmen?«

»Nein, zum Teufel, bilde dir bloß keine Schwachheiten ein. Ich biete dir einen Job an. Der Laden gehört weiterhin mir. Und jeden Gewinn, den er abwirft, sacke ich ein, ehe du ›Titelseite freihalten‹ sagen kannst. Ich kann dir das gleiche Gehalt anbieten, das du beim *Chronicle* bekommst, vielleicht ein bisschen mehr. Aber das Gute ist, dass du mehr oder weniger deine eigene Chefin sein wirst. Ich bin da, wenn du Hilfe, Ratschläge, Anleitung oder einen Tritt in den

Hintern brauchst. Aber abgesehen davon bist du auf dich gestellt.« Noch eine Rauchwolke. »Was meinst du?«

Rebecca war so schockiert, dass sie das Frieren vergaß. Das hatte sie nicht erwartet, als sie heute Morgen in Elspeths Büro gekommen war. Sie war hier, um von allem wegzukommen, was geschehen war. Jetzt hatte man ihr einen Job angeboten. Sie wusste nicht, was sie dazu sagen sollte. Es war in den letzten paar Tagen zu viel geschehen, als dass sie noch klar denken konnte.

»Ich will dir was sagen«, meinte Elspeth. »Denk mal drüber nach. Das Angebot steht, wenn du es haben willst. Wenn nicht, auch kein Problem.«

Rebecca versuchte immer noch, eine Antwort zu formulieren, als ihr Handy klingelte. Sie dachte zuerst, dass es wieder die Redaktion war, erkannte aber die Nummer nicht. Sie überlegte, ob sie den Anruf ignorieren sollte, beschloss aber dann, das Risiko einzugehen. Wenn es jemand war, der auf gut Glück bei ihr anrief und etwas über einen Unfall wissen wollte, in den sie verwickelt war, der aber nicht ihre Schuld war, dann könnte sie ein bisschen Dampf ablassen, indem sie ihm ein paar ausgewählte Schimpfworte an den Kopf warf.

Aber es war kein Anruf auf gut Glück. »Ms Connolly. Hier ist Tom Muir ...« Sie erkannte den Namen nicht. »Wir sind uns neulich abends in Inchferry über den Weg gelaufen.«

Der Mann, der so leidenschaftlich gegen Dalglieshs Leute gesprochen hatte. Der Gewerkschaftler, dem sie ihre Visitenkarte gegeben hatte. »Ah ja, Mr Muir. Was kann ich für Sie tun?«

Er atmete schwer. »Na ja, meine Liebe, normalerweise traue ich der Presse nicht. Ich glaube, das habe ich bereits gesagt. Ich habe so meine Probleme mit dem *Chronicle*, aber ehrlich gesagt glaube ich, es ist an der Zeit, dass ich mit jemandem über diese Sache rede. Sie sind die einzige Reporterin, die ich kenne, und ich habe Ihren Bericht über die Demo gelesen. Er war präzise und fair. Das hat mir gefallen. Ich habe auch einige Ihrer Artikel über die Morde gelesen. Sie scheinen zu begreifen, wie solche Geschehnisse die Leute mitnehmen.«

Du hast ja keine Ahnung, dachte Rebecca. »Worüber möchten Sie mit mir sprechen, Mr Muir?«

»Wissen Sie etwas über den Kirkbrig-Mord?«

Sie schüttelte den Kopf, obwohl er das nicht sehen konnte. »Leider nicht.«

»Aye, war vielleicht vor Ihrer Zeit, meine Liebe. Vor zehn Jahren. Ein junge Bursche ist ins Gefängnis gewandert, weil er in Kirkbrig einen Rechtsanwalt aus Glasgow umgebracht haben soll. Das ist ein kleines Dorf an der Westküste. Ich arbeite mit der Familie zusammen daran, seinen Namen reinzuwaschen ...«

Rebecca hörte zu, als Tom Muir ihr einige Einzelheiten dieses Falls erläuterte. Und während er sprach, spürte sie, wie die Kälte, die jede Zelle ihres Körpers durchdrungen hatte, sich auflöste. Ihre Gedanken wurden klar und scharf, ihr Instinkt regte sich und nahm alles zur Kenntnis.

»Das interessiert mich sehr, Mr Muir«, antwortete sie. »Aber ich sollte Ihnen vielleicht sagen, dass ich beim *Chronicle* aufhöre.«

»Oh«, sagte er, und seine Stimme klang nun sehr reserviert. »Nun, dann vielleicht jemand anders ...«

»Ich gehe aber nicht weg.« Rebecca schaute Elspeth über den Schreibtisch hinweg in die Augen und nickte ihr kaum merklich zu. »Ich habe hier einen neuen Job, und ich glaube, ich kann Ihr Vorhaben bei einer größeren Leserschaft als nur der des *Chronicle* bekannt machen.«

Als Rebecca das näher erläuterte, sah sie, wie Elspeth sich zurücksetzte. Sie hatte die Zigarette noch immer zwischen die Lippen geklemmt, aus der sich der Rauch zur geschwärzten Decke hochkräuselte, und sie lächelte.

Rebecca lächelte zurück.

DANKSAGUNGEN

Den *Highland Chronicle* gibt es nicht. Sowohl die Zeitung als auch die Muttergesellschaft sind frei erfunden, wenn auch die Herausforderungen, mit denen sie sich konfrontiert sehen, sehr real sind. Auch Inchferry gibt es nicht. Ich habe es erfunden. Suchen Sie also nicht danach.

Das vergangene Jahr war sehr hart, und es war nicht leicht, dieses Buch zu schreiben. Also habe ich mich bei vielen Menschen zu bedanken. Da ich garantiert jemanden vergessen werde, entschuldige ich mich schon einmal im Voraus.

Professor Lorna Dawson und Professor James Grieve haben meine Fragen mit ihrem Expertenwissen beantwortet, ebenso die Anwältin Laura Thomson. Etwaige Fehler sind natürlich alle meine. David Kerr hat zum Lokalkolorit der Stadt Inverness beigetragen. Ich habe mir allerdings mit der Verfahrensweise der Polizei einige Freiheiten erlaubt.

Befreundete Kriminalschriftsteller haben mir geholfen, mit diesem Buch nicht vom Weg abzukommen – Dank an Neil Broadfoot, Gordon Brown, Mark Leggatt, Michael J. Malonre, Denzil Meyrick, Caro Ramsay und Theresa Talbot. Sollte ich mich doch einmal verirrt haben, an ihnen liegt es bestimmt nicht.

Mein herzlichster Dank geht an alle Freunde, die in einer schwierigen Zeit für mich da waren. Sie sind zu zahlreich, um sie einzeln zu erwähnen, aber ein besonderes Dankeschön muss an Gary McLaughlin gehen, weil er auf die Jungs (Mickey den Hund und Tom den Kater) aufgepasst und mir so die Teilnahme an Veranstaltungen ermöglicht hat.

Wie immer gilt meine Dankbarkeit all den Bloggern, Rezensenten und Buchhändlerinnen, die Rebeccas erstes Abenteuer unterstützt haben und das hoffentlich auch diesmal tun werden.

Meine Lektorin Debs Warner hat wunderbare Arbeit geleistet und aus meinem Manuskript ein fertiges Buch gemacht. Dank geht auch an Hugh Andrew, Alison Rae, das gesamte Team bei Polygon, sowie an meine Agentin Lina Langlee für alles, was sie getan haben.

Von Douglas Skelton ist bei DuMont außerdem erschienen:
Die Toten von Thunder Bay

Die Übersetzung wurde ermöglicht mithilfe
des Publishing Scotland translation fund.

Dieses Buch wurde klimaneutral produziert.

Deutsche Erstausgabe April 2022
DuMont Buchverlag, Köln
Alle Rechte vorbehalten
Copyright © 2020 by Douglas Skelton
Dieses Werk wurde vermittelt durch die Literarische Agentur Kossack, Hamburg.
Die englische Originalausgabe erschien 2020 unter dem Titel ›The Blood is Still‹
bei Polygon, ein Imprint von Birlinn Ltd., Edinburgh.
© 2022 für die deutsche Ausgabe: DuMont Buchverlag, Köln
Übersetzung: Ulrike Seeberger
Umschlaggestaltung: Lübbeke Naumann Thoben, Köln
Umschlagabbildung: Schafe © pidjoe / iStock by Getty Images; Himmel
© plainpicture/Design Pics/John Short; Landschaft © plainpicture/JanJasperKlein
Satz: Fagott, Ffm
Gesetzt aus der Freight Text und der Plaquette
Druck und Verarbeitung: CPI books GmbH, Leck
Gedruckt auf säurefreiem und chlorfrei gebleichtem Papier
Printed in Germany
ISBN 978-3-8321-6593-2

www.dumont-buchverlag.de

**DOUGLAS
SKELTON**

**DAS
UNRECHT
VON
INVERNESS**

Ein Fall für
Rebecca Connolly

Kriminalroman

Aus dem Englischen
von Ulrike Seeberger

LESEPROBE

DOUGLAS
SKELTON

DAS UNRECHT VON INVER NESS

EIN FALL FÜR REBECCA CONNOLLY

DuMONT

1

Der Soldat im roten Rock zeichnete sich wie ein Blutfleck vor dem mattgrauen Himmel und dem graubraunen Gestrüpp am Berghang ab.

Dieser trostlose Brocken Erde oberhalb des Wassers hatte tatsächlich einen Namen, ein schreckliches Gebräu aus schottischen Lauten, aber er konnte ihn, verdammt noch mal, nicht aussprechen. In seinen Augen war er kaum mehr als ein pockennarbiger Erdhaufen, der Wind und Wetter anzog wie eine Heckenhure ihre pickeligen Freier.

Das Wasser des Sees schien zu schaudern, als eine kalte Brise den Hang hinaufwehte und die einsame Gestalt fand, die dort Posten stand. Der Gefreite Harry Greenway mummelte sich tiefer in seinen Uniformrock und beobachtete die kleine Fähre, die gerade über die Meerenge gerudert wurde. Er wünschte, er wäre in seinem Quartier, mit einem Becher heißen Grog in der einen und einer ofenwarmen Hammelpastete in der anderen Hand. Dieses Wachestehen war eine sinnlose Aufgabe, seine Strafe dafür, dass er sich nicht sorgfältig genug um die Brown Bess gekümmert hatte, seine Muskete, die er nun lose im Arm hielt. Sein Sergeant wäre nicht erfreut, wenn er sehen könnte, wie achtlos er das Gewehr behandelte. Aber hier gab es ja keine Zeugen, außer den verflixten Elementen und dem, den er bewachte. Und den kümmerte nichts mehr, da würde Greenway jede Wette eingehen. Warum die Muskete so makellos sauber sein musste, begriff er einfach nicht. Schließlich waren sie nicht auf dem Schlachtfeld, denn inzwischen waren diese

Heiden ja besiegt. Und doch stand er hier, auf diesem gottverlassenen, vom Wind gepeitschten Berg mit Blick auf zwei Seen. Der Gefreite Greenway weigerte sich, diese Gewässer auch nur in Gedanken mit dem schottischen Begriff Loch zu bezeichnen, selbst wenn er das dazu nötige kehlige Krächzen fertiggebracht hätte, das in seinen Ohren so klang, als versuchte jemand, einen Klumpen Schleim hochzuwürgen.

Die aufgehende Sonne hatte den grauen Himmel noch kaum erhellt. Obwohl sein Uniformrock dick war, fürchtete Greenway, er könne tatsächlich Gefahr laufen, sich seine edelsten Teile abzufrieren. Das käme ihm gar nicht gelegen, denn er hegte die Hoffnung, diese schon bald bei der jungen Eilidh zum Einsatz zu bringen. Sie war die Tochter eines Gastwirts in der Nähe der Kaserne und wohlbekannt dafür, dass sie für ein, zwei Pennys den Rock schürzte. Ein keckes kleines Ding, und er rechnete fest damit, mit ihr das Tier mit den zwei Rücken zu machen, ehe die Woche vorüber war.

Er verdrängte das Bild ihrer festen Rundungen aus seinen Gedanken und stampfte auf den harten Boden, um wieder ein wenig Gefühl in die Füße zu bekommen, die wie Eisklötze in seinen eckigen schwarzen Stiefeln steckten, doch auch, um irgendwie gegen die Beule unter seiner Hose anzukämpfen. Im Wasser unten lagen Inseln, als ob sie verankert wären, nichts als schwarze Klumpen. Diejenige, die sie Isle of the Dead, Insel der Toten, nannten, schien dunkler als die anderen zu sein. Auch sie hatte einen Namen in dieser kehligen Sprache, doch Greenway erinnerte sich nur an die korrekte englische Bezeichnung für den Ort, an dem diese Heiden ihre Clan Chiefs bestatteten. So wie sie da buckelig und finster aus dem Wasser aufragte, erinnerte sie ihn an das, was sich hinter ihm befand. Während der trostlosen Nachtstunden war es ihm leichtgefallen, den Blick nicht darauf zu richten. Er war auf und ab gegangen, um die ewige, teuflische Kälte abzuwenden, die hier die Norm zu sein schien. Er hatte auch darauf geachtet, das Gesicht stets abzuwenden, falls plötzlich ein verirrter Mondstrahl das Bild erhellen sollte. Allerdings war das nicht sehr wahrscheinlich, denn ein Leichentuch aus Wolken verhüllte jeglichen Schein am Himmel. Jetzt, da der Tag dämmerte, so matt und leblos er auch sein mochte, gab sich Greenway alle Mühe, stets auf das Wasser unten und die Berge dahinter zu blicken. Es bestand keine Notwendigkeit, den Gegenstand seiner Bewachung im Auge zu behalten, denn er – es – würde sicher nirgends mehr hingehen.

Früher einmal war es ein Mann gewesen, doch nun war es keiner mehr. Das Fleisch war verschwunden, von Nebelkrähen und dem wilden schottischen Wetter sauber abgerupft und abgenagt. Jetzt war es nur noch ein Gestell aus verwitterten Knochen, an denen einmal Muskeln und Fleisch und Sehnen festgemacht gewesen waren. Drei Jahre hing es jetzt an diesem Galgen. Mindestens einmal sei es aus seinen Fesseln geschlüpft, hatte ihm ein Corporal mit einer gewissen Genugtuung mitgeteilt. Aber man habe es wieder aufgefädelt und erneut aufgehängt. Als Warnung, hatte der Corporal mit seinem starken West-Country-Akzent gemeint, an diese Schotten, denen vielleicht immer noch ein wenig der Sinn nach Rebellion stand.

Greenway wusste nicht, was der Mann angestellt hatte, um ein solches Schicksal zu verdienen – außer, dass er ein verräterischer Jakobiter war, was wohl ausreichte. Aber es war ihm nicht sonderlich wichtig. Wache bei den Knochen eines Toten zu halten, das war lediglich eine Pflichtübung, eine Erinnerung daran, dass er sich in Zukunft besser um seine Waffe kümmern sollte. Und doch brachte es ihn aus der Ruhe. Seine Mutter zu Hause in Spitalfield hatte ihm den Kopf mit allen möglichen Geschichten von Gespenstern und Rache von jenseits des Grabes angefüllt, und in der trostlosen Hochlandnacht hatte er sich eingebildet, er hätte diese Knochen klappern hören, als sie vom Galgen stiegen, um das Unrecht zu rächen, was ihm seiner Meinung nach widerfahren war.

Trotz seines dicken Uniformrocks schien die Brise durch Greenway zu wehen, als wäre er gar nicht da, um sich dann um den hölzernen Galgen zu schlingen wie ein alter Freund, der gekommen war, um dem Toten Respekt zu zollen. Die Kette schrammte quietschend am Pfosten, und es klang wie ein Schrei nach Aufmerksamkeit. Der junge Soldat wandte sich um, um sich zu vergewissern, dass seine Schreckgespenster der Nacht nicht Wirklichkeit geworden waren.

Die alte Frau sah er hier zum ersten Mal.

Sie stand am Fuß des Galgens und starrte wie flehentlich hinauf. Er hatte nicht gehört, wie sie den Hang hinaufkam. Aufgeschreckt schwang er die Brown Bess in eine schussbereite Position herum.

»Zurück!«, befahl er und legte so viel Autorität in seine Stimme, wie er aufbringen konnte, obwohl seine Stimme vor Kälte bibberte. Seine Worte kamen schwach und ängstlich hervor und verkümmerten im Hauch der Brise.

Die Alte nahm seine Worte weder zur Kenntnis, noch befolgte sie seinen Befehl. Sie blieb einfach weiter unter dem Skelett stehen und starrte hoch, als hinge dort der gekreuzigte Christus und nicht irgendein dreckiger Rebell, der sich gegen seinen König gestellt hatte. Der junge Gefreite kam ins Grübeln. Hatte nicht auch ihr Heiland sich im Heiligen Land gegen die Obrigkeit gestellt? War er nicht selbst ein Rebell gewesen? Solche Gedanken waren jedoch nur was für die Gelehrten und nicht für einen Wehrpflichtigen, der in den Freudenhäusern Londons aufgewachsen war. Also verbannte er sie aus seinem Kopf. Er trat ein paar Schritte näher zu der Frau hin, bemühte sich nach Kräften, nicht auf das Knochengestell zu blicken, das sich in der Brise wiegte. Er nahm die Waffe quer vor die Brust, bereit, sie anzuheben, sobald er es für nötig hielt. Schon diese Bewegung stärkte seine Entschlossenheit und verlieh seiner Stimme stählerne Härte.

»Hört ihr mich, Frau? Zurück da!«

Die Frau wandte den Kopf zu ihm, und er sah, wie alt sie war. Ihr

Gesicht war von einem zerlumpten Wollschal umrahmt und kreuz und quer von Falten durchzogen, die sich tief in das Fleisch gegraben hatten, das vom Wüten zu vieler Winter wettergegerbt war. Als ihre Augen auf die Muskete fielen, die er wie einen Schild vor die Brust hielt, warf sie ihm ein leises Lächeln zu, kaum mehr als das Aufklaffen eines schwarzen Schlunds. Doch als sie sprach, klang ihre Stimme stark, war so rau und schartig wie ihre Haut.

»Hast wohl Angst, tapferer Soldat?«

»Nein, Mütterchen«, antwortete er sanft, während er die Waffe senkte. Die ständigen Ermahnungen seiner Mutter, allen Frauen Respekt zu erweisen, waren tief in seiner Seele verwurzelt. Peggy Greenway hatte in ihrem Leben nicht viel Respekt erfahren, nachdem ihre Mutter sie im Alter von vierzehn Jahren in die Freudenhäuser von Southwark in den Dienst gegeben hatte. »Ihr dürft nur nicht zu nah herantreten«, warnte Greenway die Alte. »Es ist nicht sicher.«

Sie schaute auf den Galgen zurück, und ihr Lächeln wurde traurig. »Seumas würde mir niemals ein Leid antun. Niemals im Leben und niemals im Tod. Wir sind durch Blutsbande verbunden, er und ich.«

Greenway war schon lange genug in diesem elenden Land, um zu wissen, dass Seumas das schottische Wort für James war. Der Mann, der einmal mit diesen Knochen herumgelaufen war, hieß James Stewart und war ein Verräter und Mörder. Dem Soldat war der Mann, der das einmal gewesen war, recht gleichgültig, aber so viel wusste er doch.

»Ihr seid mit ihm verwandt?«

Eine knotige Hand, die Gelenke angeschwollen und verformt, streichelte zärtlich über die ausgebleichten Fußknochen des Gehenkten. »Aye, ich bin verwandt mit ihm, wie viele hier in Appin. Blutsverwandt und verschwägert. Selbst wenn wir das nicht wären, hätten wir ihn geliebt, denn er war ein guter Mann. Ganz anders als die, die ihm dieses Ende bereitet haben – und diejenigen, die ihn hier verrotten ließen.«

Greenway war für derlei Debatten über die Gerechtigkeit der Situation nicht gut gerüstet.

»Trotzdem kann ich nicht zulassen, dass ihr so nah herantretet. Der Galgen ist nicht sicher. Außerdem lautet so mein Befehl: niemanden nah herantreten lassen an die ...« Er legte eine Pause ein, während er in Gedanken das richtige Wort suchte. »Überreste.«

Das Lachen der Frau traf ihn so scharf wie eine Ohrfeige seiner Mutter. »Ach, wäre deinen Leute doch nur so sehr am Wohlergehen meines Verwandten gelegen gewesen, als euresgleichen ihn so grausam behandelt haben.«

Greenway konnte es sich nicht verkneifen, darauf zu antworten: »Der Gerechtigkeit wurde Genüge getan.«

Nun wirbelte ihr Kopf mit einer Geschwindigkeit zu ihm herum, wie er sie bei einem so alten Menschen nicht für möglich gehalten hätte. »Gerechtigkeit, sagst du? Gerechtigkeit?« Sie spuckte etwas Dickes, Schleimiges auf den Boden zwischen ihnen beiden. »Das halte ich von eurer englischen Gerechtigkeit.«

Aus ihrem Mund klang das Wort »englisch« so, als wäre es etwas, das sie nicht einmal den Schweinen vorsetzen würde.

»Mütterchen, ich muss euch verwarnen.«

Sie wedelte ihre klauenartige Hand vor ihm hin und her. »Ach was, mein Junge. Ich bin viel zu weit im Leben fortgeschritten, für mich haben deine Worte keine Bedeutung mehr. Welche Strafe könntet ihr denn einer Frau auferlegen, die ihre Meinung sagt? Einer alten Frau, die miterleben musste, wie ihre Söhne und Enkel im Aufstand umgekommen sind? Und deren Tochter sich vor Kummer um ihr Kind verzehrt, das man auf dem Rückzug aus England einfach erfrieren ließ? Einen Jungen von sechzehn Sommern, gestorben an einem Fieber, das er sich bei diesem nutzlosen Feldzug geholt hat, im Kampf für einen Trunkenbold und Verschwender,

der sich keinen Deut um dieses Land schert, aus dem er geflohen ist wie ein geprügelter Hund.«

Greenway hatte während des Aufstands von 1745 nicht für seinen König unter Waffen gestanden, wusste jedoch, von wem die alte Frau sprach: von Prinz Charles Edward Stuart. Den man auch *The Young Pretender* nannte, und der unter den schottischen Clans die Revolte angefacht und seine Armee nach Süden geführt hatte, um den Thron an sich zu reißen. Bis Derby waren sie gekommen, ehe sie kehrtmachten und sich in die Heimat zurückzogen. Die bloße zahlenmäßige Überlegenheit der Regierungstruppen, die Gerissenheit Seiner Königlichen Hoheit Prinz William Augustus, des Herzogs von Cumberland, und die angeborene Feigheit von Charles Stuart führten dazu, dass der Aufstand auf dem Moorland bei Inverness ein tödliches Ende fand. Greenway hielt den Mund, denn er spürte, dass Schweigen der klügere Weg war. Seine Augen huschten immer wieder zur Bergkuppe, um sich zu versichern, dass dort keine Autoritätsperson angekommen war und die Worte der Frau mithören konnte – oder mitbekam, dass er die Alte für ihre verräterischen Reden nicht zur Rechenschaft zog.

Der Blick der Frau war zu dem Skelett zurückgekehrt, und erneut streichelte ihre Hand die Fußknochen mit offensichtlicher Zuneigung. »Das, was hier geschehen ist, hatte rein gar nichts mit Gerechtigkeit zu tun«, murmelte sie, halb für sich. »Nicht mit der Gerechtigkeit der Menschen und nicht mit der Gerechtigkeit Gottes. Das hier war Mord.«

Die Pflicht drängte Greenway dazu, nicht weiter stillzuschweigen.

»Mütterchen, ich muss euch noch einmal verwarnen, ihr ...«

Wiederum ergriff die unsichtbare kalte Hand des Windes die Knochen und ließ sie klappern. Unwillkürlich machte Greenway einen Schritt zurück, hob im Reflex die Muskete. Die alte Frau bemerkte die Furcht, die in seinem Gesicht aufblitzte, und lächelte erneut.

»Ja, das jagt dir Angst ein, mein Junge«, sagte sie. »Dieses Geräusch. Und das sollte es auch. Denn wenn auch das Fleisch verschwunden ist und nur noch diese nackten Knochen zurückgeblieben sind, lebt doch der Geist weiter. Du bist jung. Du weißt nichts von diesen Angelegenheiten. Aber hör mir gut zu, englischer Soldat, du wirst Ungerechtigkeit erleben und Grausamkeit und Niedertracht von denen über dir. Und dann musst du stillhalten und lauschen, denn dieses Geräusch – das Klappern der Knochen – wird durch die Jahre hinweg widerhallen.«

2

Inverness, Gegenwart

Das Lächeln des Manns war ärgerlich und im Grunde sehr beunruhigend. Eigentlich war es kaum vorhanden, ein winziges halbherziges Grinsen, doch es spiegelte sich auch in den Augen wider. Schwere Lider; manche würden sie als schläfrig bezeichnen.

Rebecca Connolly war müde. Sie hatte in letzter Zeit nicht gut geschlafen. Das war an sich nichts Neues, aber heute war Samstag, und sie hatte die Woche über einiges zu tun gehabt. Von Rechts wegen hätte sie jetzt gemütlich im Schlafanzug zu Hause hocken und sich darauf freuen sollen, eine Folge *The Marvelous Mrs. Maisel* nach der anderen anzuschauen, anstatt hier in der Altstadt von Inverness vor dem kleinen Büro der Nachrichtenagentur einem aufgebrachten Mann gegenüberzustehen, der gleichzeitig einem Witz zu lauschen schien, den nur er allein hörte.

Er war plötzlich hinter ihr aufgetaucht, als sie die Tür zum Büro aufschloss. Wahrscheinlich hatte er draußen vor dem Haus gewartet und ihre Ankunft beobachtet, überlegte sie. Tatsächlich hatte sie seine Schritte hinter sich auf der Treppe gehört. Und sobald sie sich oben in der offenen Tür umdrehte, war er erschienen.

»Sind Sie Rebecca Connolly?«, fragte er im Gesprächston, wartete aber die Antwort nicht ab, sondern hielt ein Boulevardblatt von vor zwei Tagen in die Höhe. »Und haben das hier geschrieben?«

Sie beugte sich vor und blickte im trüben Licht des Treppenhauses auf die Zeitungsseite. Eine Wolke von Rasierwasser wehte ihr entgegen wie eine Visitenkarte. Die Story, auf die der Mann mit dem Zeigefinger der anderen Hand tippte, war ein Bericht über eine Gerichtsverhandlung in Inverness, bei der es um eine Ausschreitung im Stadtbezirk Inchferry ging.

»Ja, ich bin Rebecca Connolly«, bestätigte sie ihm. »Aber diese Story habe ich nicht geschrieben.«

»Sie kam aber von Ihrer Agentur, stimmt's?«

»Ja«, erwiderte sie und fragte sich, woher er das wusste.

Die Hand mit der Zeitung sank herunter, und er richtete seinen trägen Blick auf sie. »Ich bin gar nicht erfreut.«

Das überraschte Rebecca nicht. Beschwerden über Gerichtsberichte gingen wöchentlich ein, waren heute bei der Nachrichtenagentur so üblich wie damals, als Rebecca noch beim *Highland Chronicle* gearbeitet hatte. Derlei war sie gewöhnt.

»Worüber, Mr ...?«

»Martin Bailey«, sagte er. »Das ist mein Junge, dessen Namen Sie da genannt haben.«

Rebecca war zwar tatsächlich bei dem Vorfall dabei gewesen, als einige Leute während einer aus dem Ruder gelaufenen Demonstration randaliert hatten. Sie hatte zwar die Story nicht geschrieben, doch sie erkannte den Namen als den eines Angeklagten.

»Okay«, sagte sie.

Seine Augen wanderten zum Büro hinter der Türöffnung, als erwartete er, hineingebeten zu werden. Doch hier auf dem Flur, wo die Tür zur Schneiderei gegenüber offen stand und von dort laut ein Song von Katie Perry aus dem Radio herüberschallte, fühlte sie sich wohler. So alltäglich diese Beschwerden auch für sie waren, irgendwas an diesem Mann mit seinem dünnen Gesicht und seinem leisen, monotonen Tonfall gab ihr ein ungutes Gefühl.

»Ich bin gar nicht erfreut«, wiederholte er. »Ich will nicht, dass mein Name in der Zeitung steht.«

»Nun, er ist Ihr Sohn.«

»Der ist auch Martin Bailey. Und Sie haben auch noch meine Adresse abgedruckt. Ich glaube nicht, dass das in Ordnung ist.«

»Wohnt Ihr Sohn bei Ihnen, Mr Bailey?«

»Ja.«

»Dann haben wir in der Agentur und die Zeitungen jedes Recht, die Adresse abzudrucken. Die ist allen öffentlich zugänglich.«

Er starrte sie noch einige Augenblicke an, und das Lächeln lag unverändert auf den Lippen. Ihr dämmerte vage, dass er diese Antwort bereits erwartet hatte. »Mein Anwalt sagt was anderes.«

Auch dieses Argument war alltäglich. Rebecca hatte zu zählen aufgehört, wie oft ihr Leute präsentierten, was ihnen angeblich ein Anwalt erzählt hatte, obwohl der ihnen höchstwahrscheinlich genau das Gleiche gesagt hatte wie Rebecca. Sie bezichtigte Bailey trotzdem nicht der Lüge. Es war immer besser, in solchen Situationen geschäftsmäßig vorzugehen.

»Ich kann nichts dafür, was er Ihnen gesagt hat, Mr Bailey. Tatsache ist, dass wir in einem Bericht über eine Gerichtsverhandlung den Namen und die Adresse des Angeklagten drucken dürfen. Die sind in öffentlichen Akten zugänglich.«

»Die Leute in meiner Nachbarschaft denken, dass ich das bin.«

»Das bezweifle ich, Mr Bailey. Wie alt ist Ihr Sohn?«

»Dreiundzwanzig.«

»Und das wird in der Story erwähnt. Sie sind nicht dreiundzwanzig, oder?«

»Nein.«

»Na bitte. Da werden die Leute kaum glauben, dass Sie es sind.«

Er nickte halbherzig, und wieder hatte sie den Eindruck, dass sie ihm nichts Neues sagte. Er fuhr sich mit der Hand durch das lange Haar, das er zu einer Art Vokuhila nach hinten gerafft hatte.

Es war ein warmer Frühsommertag, und er hatte die Hemdsärmel aufgerollt. Zwischen den dunklen Haaren auf seinem sehnigen Unterarm entdeckte sie ein Tattoo, das verdächtig wie die Zahl 88 aussah. Rebecca wusste, dass Neonazis diese Zahl als Symbol für den Hitlergruß benutzten, weil H der achte Buchstabe im Alphabet ist. In Anbetracht dessen, worüber er sich im Augenblick beschwerte, hielt sie es für sehr unwahrscheinlich, dass es für dieses Tattoo einen anderen, unschuldigen Grund geben könnte.

Man hatte Baileys Sohn erst einige Monate nach den Ausschreitungen in Inchferry verhaftet. Die hatten damals angefangen, als die Menge nach einer Rede von Finbar Dalgliesh, dem Anführer der Gruppierung *Geist der Gälen*, außer Rand und Band geraten war. Die Gruppe zog natürlich die gälische Bezeichnung *Spioraid nan Gael*, kurz oft SG, vor, aber Rebecca hielt das für eine kulturelle Beleidigung. Denn diese Leute zeichneten sich durch sehr wenig Geist und sehr viel rechtsextremes Geschrei aus, während sie behaupteten, dass die Zukunft ihnen gehörte. An jenem Abend war Rebecca unter die Füße der Menge geraten, nachdem jemand sie zu Boden gestoßen hatte. Es war kein angenehmes Erlebnis gewesen.

Beim Anblick dieses Tattoos überlegte sie, ob der Mann vielleicht ein SG-Mitglied war, und der Gedanke bescherte ihr ein mulmiges Gefühl im Magen. Vielleicht gehörte er sogar zu New Dawn, dem noch extremeren Ableger der Partei, dessen Existenz im Augenblick sowohl Dalgliesh als auch die SG selbst abstritt. Zum Teufel, dieser Kerl war unter Umständen sogar an dem Abend dabei gewesen, war vielleicht der Mistkerl, der sie umgestoßen hatte. Diese Leute waren völlig durchgeknallt.

Ihr Blick fiel über die Schulter des Mannes zur offenen Tür des Schneiderbetriebs. In Gedanken ging sie ein paar der Bewegungen durch, die ihr Selbstverteidigungslehrer ihr beigebracht hatte. Augen, Nase, Hals und Schritt. Kräftig und schnell zuschlagen.

Er bemerkte ihren Blick, und es zuckte um seine Mundwinkel. Sie verfluchte sich, weil sie ihm damit verraten hatte, dass er sie eingeschüchtert hatte, wenn auch nur ein bisschen.

»Das sind alles Lügen«, erklärte er. »Was die vor Gericht gesagt haben. Da bekommt man nie die Wahrheit zu hören.«

Rebecca wusste sehr wohl, dass Gerichte sich mit dem befassen, was beweisbar ist, doch Lügen kommen ja immer irgendwoher. Und die Wahrheit liegt allzu oft in den Augen – und den Ohren – des Betrachters oder Hörers. Diesen saftigen Knochen würde sie ihm allerdings nicht vorwerfen, noch viel weniger über diese Aussage mit ihm debattieren.

»Tut mir leid, Mr Bailey, aber ich habe einen Termin, also …«

»Sie waren an dem Abend damals dabei«, sagte er.

Also war er tatsächlich in Inchferry gewesen. Wieder einmal hatte sie den Eindruck, dass er mit ihr seine Spielchen trieb.

»Ja«, erwiderte sie.

»Aye, hab Sie gesehen.« Er kniff die Augen zusammen. »Sie waren damals noch beim *Chronicle*.«

»Das stimmt, aber …«

»Finbar hat gesagt, Sie sind unser Feind.«

Finbar. Sie redeten einander mit dem Vornamen an. Das hatte an sich noch nicht zu bedeuten, dass er ein Busenfreund des SG-Anführers war. Dalgliesh war der Typ Mann, der mit den Leuten ein Bier trinkt und eine Zigarette raucht und jedem, der ihn vielleicht unterstützen könnte, anbietet, ihn Finbar zu nennen. Aber es bestätigte, dass Bailey SG-Anhänger war. Und sie war jetzt eine Feindin, nicht die Presse im Allgemeinen, sondern sie persönlich. Ein wenig erfreute sie das, allerdings nicht so sehr, dass es ihre Nerven beruhigt hätte. Sie hatte Mühe, nach außen hin ruhig zu bleiben.

»Sie sind genau wie all die anderen. All diese Mainstream-Medien. Diese liberale Elite. Sie würden die Wahrheit nicht mal erkennen, wenn sie Sie in den Hintern beißt.« Er verzog die Lippen zu einem hämischen Grinsen, während seine Augen sie langsam von Kopf bis Fuß musterten. »Aber jetzt ändert sich das alles. Sie wären gut beraten, wenn Sie sich daran erinnern.«

Da wären wir also, dachte sie. Er hatte all die rechtsextremen Schlagwörter ausgepackt. Mainstream-Medien. Liberale Elite. Rebecca hatte das Gefühl, als wiederholte er Phrasen, die er bei einer

SG-Versammlung gehört hatte, allesamt entweder Halbwahrheiten oder schamlose Lügen und Bestätigung alter Vorurteile. Es war immer stressig, wenn jemand sich über Berichte aus dem Gerichtssaal beschwerte, aber wenn ein SG-Mitglied diese Beschwerde vorbrachte, kam noch ein weiteres Level der Besorgnis hinzu. Irgendetwas an den Worten des Mannes, an der Art, wie er sie hervorstieß, wie er das Wort »Sie« betont hatte, wie er sich herausnahm, sie mit diesen halb geschlossenen, spöttischen Augen beinahe zu durchbohren, ließ ihren Geduldsfaden reißen. *Mach was, das die anderen nicht erwarten*, hatte ihr Vater ihr einmal geraten. *Anstatt zurückzuweichen, geh näher ran. Manche Leute sind nichts als heiße Luft.*

Sie trat einen halben Schritt vor, sicherte ihren Stand, wie der Selbstverteidigungslehrer es ihr beigebracht hatte, und sagte: »Mr Bailey, das klang gerade in meinen Ohren wie eine Drohung.«

Er regte sich nicht. Sein Lächeln wurde nur noch breiter. »Keine Drohung, Schätzchen. Dieses Land ändert sich, und Leute wie ihr, ihr ändert euch am besten mit, mehr sage ich nicht. Wenn ihr wisst, was gut für euch ist.« Er macht einen Schritt von ihr weg, wandte sich zur Treppe, sah sich noch einmal um. Unverändert lächelnd, als würde in seinem Kopf weiter dieser kleine Witz erzählt, musterte er sie von Kopf bis Fuß, als hätte er gespürt, dass sie angespannt war, zur Flucht oder zum Kampf bereit. »Glauben Sie mir, Rebecca Connolly, die Sache ist noch lange nicht zu Ende.«

Sie versuchte, sich eine schlaue Antwort darauf einfallen zu lassen, doch es kam ihr keine in den Sinn. Stattdessen ließ sie ihn ohne ein weiteres Wort gehen, lauschte auf seine Schritte auf der Treppe und hörte, wie die Tür zur Straße zufiel. Erst dann holte sie tief Luft und stieß sie langsam wieder aus, wütend über das kleine Beben beim Ausatmen. Atme, befahl sie sich. Ein. Aus.

Ihr Telefon piepte. Sie öffnete die SMS und sah ein Bild: Auf einem Banner über einem Denkmal prangten die Worte »JAMES STEWART IST UNSCHULDIG«.

Dann klingelte das Telefon.

»Haben Sie das Foto bekommen?« Tom Muirs Stimme klang zittrig, fern. Rebecca wusste nicht, ob er aus einer Gegend mit schlechtem Empfang anrief oder ob sein Handy so alt war, dass es von Rechts wegen noch eine Wählscheibe hätte haben sollen. Fürs Erste verbannte sie also Martin Bailey aus ihren Gedanken.

»Ja, ich sehe es mir gerade an.«

»Ich weiß nicht, wie lange das da hängen bleiben wird. Irgendein Mistkerl wird es sicher runterreißen. Die gibt's auch bei uns in Keil Chapel, wo James of the Glens begraben liegt, und in Lettermore, wo Colin Campbell ermordet wurde.«

Beides waren Orte, die mit einem Fall vor beinahe 270 Jahren zu tun hatten. Damals hatte man einen gewissen James Stewart dafür verurteilt, dass er einen Regierungsbeamten ermordet hatte. Rebecca kannte die Geschichte gut, denn ihr Vater hatte ihr vor langer Zeit davon erzählt.

Doch diese Banner bezogen sich nicht auf irgendeine historische Gestalt. Dieser James Stewart lebte eindeutig in der Gegenwart.

»Okay, Chaz wartet vor der Tür auf mich«, sagte sie. »Wir kommen wahrscheinlich am frühen Nachmittag bei Ihnen an. Ich gehe zuerst noch zu Mrs Stewart.«

»Ich habe für Sie bei Afua den Weg bereitet, so gut ich eben kann«, sagte die Stimme am anderen Ende der Leitung. »Aber ich hoffe doch sehr, dass Sie Ihre Unerschrockenheitspillen genommen haben, meine Liebe.«

»Gleich früh am Morgen, wie jeden Tag«, sagte sie, und ihre Gedanken wanderten wieder zu Martin Bailey und seiner letzten Aussage. Irgendwie wusste sie, dass es mehr als eine Drohung gewesen war.

Es war ein Versprechen.